Das Lied der Toskana

Julia K. Rodeit

Die talentierte Sängerin Franzi entwickelt sich zum neuen Star am Pop-Himmel. Als ihr Lebensgefährte ihr einen Heiratsantrag macht, scheint ihr Glück perfekt zu sein. Dann zwingt ein Kreislaufkollaps sie zu einer unfreiwilligen Pause. Im malerischen, aber renovierungsbedürftigen Hotel ihrer Nonna in der Toskana sucht Franzi eine Auszeit. Immer wieder gerät sie dort jedoch mit dem Plantagenbesitzer Alessio aneinander, der ihr früher schon das Leben zur Hölle gemacht hat. Bis sie merkt, dass er ihr Herz auf ungewohnte Art höher schlagen lässt. Ist Franzi bereit, ihr Leben zu überdenken und eine neue Richtung einzuschlagen?
Ein zauberhafter Dolce-Vita-Liebesroman über die Suche nach sich selbst, den eigenen Stärken und nicht zuletzt der großen Liebe.

Julia K. Rodeit ist das Pseudonym der Krimi-Autorin Katrin Rodeit, die mit ihrer Familie am Rande der Schwäbischen Alb wohnt.
Weil das Ermorden von Menschen auf Dauer recht anstrengend und mitunter auch langweilig wurde, hat sie beschlossen, als Julia K. Rodeit ihre romantische Seite zum Vorschein zu bringen. Dabei entführt sie ihre Leserinnen und Leser an traumhafte Orte auf dieser Welt.

Weitere Informationen finden Sie auf: www.julia-rodeit.de
Oder auf der Facebook-Seite: Julia K. Rodeit - Autorin
Außerdem freue ich mich über jede Rückmeldung per Mail von Ihnen:
julia@julia-rodeit.de

Julia K.
Rodeit

Das Lied der Toskana

Roman

Bibliografische Information der Deutschen Nationalbibliothek:
Die Deutsche Nationalbibliothek verzeichnet diese Publikation in der Deutschen Nationalbibliografie; detaillierte bibliografische Daten sind im Internet über http://dnb.d-nb.de abrufbar.

Impressum

Das Lied der Toskana
1. Auflage September 2018

c/o Papyrus Autoren-Club
Pettenkoferstr. 16-18
10247 Berlin
julia@julia-rodeit.de

Lektorat: Melanie Lahmer, Dr. Christiana Lindecke
Korrektorat: SKS Heinen
Covergestaltung: Your Bookdesign Yasmine Blender / Motiv: © Pointbreak, © shutterstock.com - LianeM, © shutterstock.com - Yulia YasPe
ISBN:

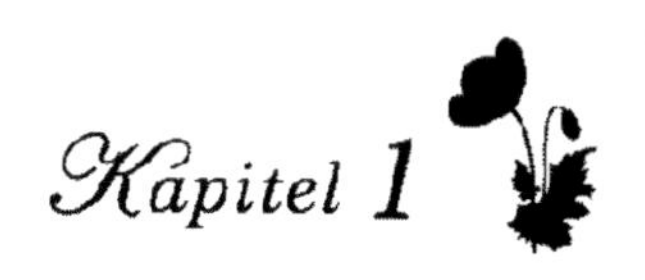

Kapitel 1

Die Musik verstummte. Das Licht ging aus und hüllte sie in Dunkelheit. Einen Moment war es still, ehe Applaus und Jubel über sie hereinbrausten wie ein Orkan.

Franzi schloss die Augen und genoss alles: Die Begeisterung, die ihr aus der Menge entgegenschlug, die Dunkelheit und die Glücksgefühle, die ihren Körper fluteten. Sie hatte ein grandioses Konzert abgeliefert. Das Publikum hatte ihr gehört, sobald sie auf die Bühne getreten war und die ersten Töne von *»Love my life«* gesungen hatte. Dem Lied, das ihr zum Durchbruch verholfen hatte. Die Menschen hatten sie durch das Konzert getragen, hatten mitgesungen und sie mit Applaus überschüttet. Zeitweise hatte sie das Gefühl gehabt, dem größten Chor der Welt gegenüberzustehen, so vielstimmig schlug ihr aus tausenden von Kehlen der Refrain ihrer Lieder entgegen. Es war wie im Rausch gewesen.

Einen Augenblick war sie ganz für sich allein. Dann ging das Licht wieder an und die Helligkeit katapultierte sie zurück in die Wirklichkeit. Sie sah die Hände, die sich ihr entgegenstreckten, hörte die Rufe, die, von einem rhythmischen Klatschen begleitet, eine Zugabe verlangten.

Sie winkte, strahlte in die Menge und ging seitlich von der Bühne. Die Stimmen der Menschen dahinter, ihrer Crew, ihres Managers, drangen wie durch einen Nebel zu ihr durch.

»Du warst fantastisch«, rief Niko erfreut und drückte sie.

»Sie lieben dich!« Nadja, die Visagistin, überschlug sich beinahe vor Begeisterung.

Ein Techniker klopfte ihr anerkennend auf die Schulter und überprüfte das Mikrofon für die Zugabe.

»Du musst noch einmal raus.« Niko schob sie wieder in Richtung der Bühne.

Franzi nickte erschöpft und nahm automatisch das zweite Mikrofon entgegen, das man ihr reichte.

Die Endorphine verschwanden schneller aus ihrem Körper als früher. Plötzlich fühlte sie sich müde und wollte nur noch schlafen.

Drei Songs noch, ermutigte sie sich selbst. Das Publikum hat es verdient. Von draußen schallten noch immer Rufe nach einer Zugabe hinter die Bühne.

Sie knipste das Lächeln wieder an, von dem sie wusste, dass man sie dafür liebte, und trat erneut hinaus. Ihr »Geht es euch gut? Könnt ihr noch?« ging im Jubel der Massen unter.

Sie sang sogar noch vier Lieder, bevor sie das Mikrofon endgültig weglegte. Ein bisschen war es wieder wie früher, dachte sie mit einem Anflug von Traurigkeit, als ihr das Singen vor Publikum noch die Welt bedeutet hatte.

Vom Veranstalter bekam sie einen riesigen Blumenstrauß überreicht und wurde anschließend zusammen mit dem ganzen Team zur Party eingeladen. Lieber wäre sie in ihr Bett gegangen und hätte bis zum nächsten Mittag ohne Unterbrechung geschlafen.

Doch sie lächelte, lehnte die Cocktails ab und bat stattdessen um ein Glas Wasser. Zwei Stunden später entschied sie, dass sie nun gehen konnte, ohne jemanden zu brüskieren. Auch wenn sie die Erste war, die die Feier verließ, die ihr zu Ehren gegeben wurde.

Der Taxifahrer fuhr sie quer durch die Stadt und setzte sie vor ihrem Hotel ab. Mittlerweile hatte sie den Überblick verloren. Alle sahen auf eine bestimmte Weise gleich aus und wenn sie am nächsten Tag aufwachte, hatte sie mitunter Schwierigkeiten, sich zu erinnern, in welcher Stadt sie war.

Der Applaus rauschte noch in ihren Ohren, als sie in ihr Zimmer ging, sich der Kleidung entledigte und erschöpft ins

Bad schlich. Selbst, als sie im Bett lag und Stille sich über sie senkte, meinte sie, ihn noch zu hören.

Trotz der bleiernen Müdigkeit hinderte sie die Erinnerung an den heutigen Abend am Einschlafen. Erst Stunden später fiel sie in einen unruhigen Schlaf.

Kapitel 2

»Unser heutiger Gast im Frühstücksprogramm ist Franzi Marino.« Die Stimme des Moderators überschlug sich beinahe bei der Ankündigung. »Einen wunderschönen guten Morgen, Franzi.«

»Guten Morgen.« Sie merkte selbst, wie rau sich ihre Stimme anhörte, und schenkte ihrem Gegenüber ein entschuldigendes Lächeln.

Ein Jingle wurde eingespielt, ehe das beliebteste Lied von Franzis erstem Album *»Love my life«* ertönte.

Der Moderator, Chris Feierabend, nahm seinen Kopfhörer ab und bedeutete Franzi, ihren ebenfalls wegzulegen.

»Puh, das war gerade noch rechtzeitig.« Die Erleichterung war ihm deutlich anzuhören.

In der Tat.

Im Studio war es drückend heiß und sie fächelte sich mit einer Zeitschrift Luft zu.

»Möchtest du etwas trinken?«

»Ein Kaffee wäre eine hervorragende Idee.« Sie lächelte dankbar. »Wenn möglich einen Eimer.«

Nicht einmal dazu hatte die Zeit gereicht. Als sie aus dem Bett hochgeschossen war und registriert hatte, wie spät es war, hatte sie sich die nächstbesten Klamotten übergeworfen, die Zähne geputzt und ein bisschen Wimperntusche aufgelegt. Der Moderator konnte froh sein, dass sie es rechtzeitig geschafft hatte, wie aus dem Ei gepellt sah sie heute nicht aus.

Franzi konnte sich nicht erklären, wie das geschehen war. Sie war extra früh zu Bett gegangen, weil sie in den letzten Tagen so wenig geschlafen hatte. Doch zuerst hatte sie nicht einschlafen können und sich bis nach Mitternacht im Bett gewälzt. Gegen halb fünf war sie aufgewacht und hatte schon mit dem Gedanken gespielt, aufzustehen. Dabei musste sie wieder eingeschlafen sein und hatte den Wecker nicht gehört oder ihn im Halbschlaf ausgemacht, das ließ sich nicht mehr nachvollziehen. Als sie die Augen aufschlug, war es halb acht und damit hatte sie noch genau eine halbe Stunde Zeit, um zum Radiosender zu gelangen. Im morgendlichen Berufsverkehr von München. Es würde sie nicht wundern, wenn in den nächsten Tagen einige Strafzettel wegen zu schnellen Fahrens eintrudelten.

Eigentlich hatte sie früher da sein wollen, um entspannt den Sender und das Team kennenzulernen. Diesmal jedoch konnten alle froh sein, dass sie es zum Beginn der Sendung geschafft hatte. Das Team war sichtlich nervös gewesen, als sie endlich eintrudelte, und sie war augenblicklich mit einem Mikrofon versorgt worden. Glücklicherweise kannte sie die Abläufe in Fernseh- und Radiostudios mittlerweile gut genug, sodass sie kein Problem damit hatte, gleich anzufangen.

Die junge Assistentin stellte ihr eine Henkeltasse mit dem Logo des Senders vor die Nase und lächelte sie schüchtern an.

Dankbar nahm Franzi den Becher entgegen und trank einen ersten Schluck. Der Kaffee war keine Offenbarung, im Moment konnte sie sich aber nichts Besseres vorstellen.

Sie lehnte sich zurück und schloss kurz die Augen. Ein paarmal atmete sie tief ein und aus, dann öffnete sie die Lider und straffte sich.

»Alles gut bei dir?« Chris hörte sich besorgt an.

»Ja, ja, alles okay«, gab sie zurück und zwang ein Lächeln auf ihr Gesicht, das seine Wirkung nicht verfehlte, denn der Moderator strahlte sie an, als habe sie das Licht eingeschaltet. Er setzte den Kopfhörer wieder auf und Franzi griff ebenfalls nach ihrem.

Die letzten Töne des Liedes verklangen und Chris machte ihr ein Zeichen.

»Einen wunderschönen guten Morgen, ihr da draußen! Ich hoffe, ihr habt ausgeschlafen, denn unser heutiger Gast verdient unsere ganze Aufmerksamkeit. Ich freue mich riesig, dass ich heute Franzi Marino bei uns begrüßen darf.«

Franzi nickte und setzte ein professionelles Lächeln auf, von dem sie wusste, dass es nötig war, weil es sich auf ihre Stimme übertrug.

»Franzi, wir haben gerade deinen ersten Song *›Love my life‹* gespielt. Die Zuhörer lieben ihn. Aber wie ist es mit dir? Kannst du ihn überhaupt noch hören?«

Sie lachte. »Aber klar, Chris. Genau genommen ist das immer noch mein Lieblingssong. Mit ihm hat alles angefangen und es wird auch in Zukunft kein Konzert geben, in dem ich ihn nicht spiele. Selbst wenn ich ihn mittlerweile gefühlte tausend Mal gesungen habe.«

»Was magst du an dem Song?«

Diese Frage hatte sie schon öfter beantwortet. Doch die Antwort darauf fiel ihr zunehmend schwer. Auch jetzt zögerte sie.

»Nun«, begann sie schließlich, »er drückt aus, was ich fühle.«

Normalerweise erzählte sie, dass sie sich glücklich schätzen durfte, in ihrem Leben das zu machen, was sie wollte: singen. Das war es, was die Zuhörer erfahren wollten. Dass sie ihr Hobby zum Beruf gemacht und sich damit einen Traum erfüllt hatte.

»Ich liebe mein Leben, ganz einfach«, kürzte sie diesmal ab.

Der Moderator sah sie einen Augenblick irritiert an, war aber routiniert genug, die Hörer das nicht merken zu lassen.

»Wir wollen natürlich noch mehr über dich erfahren. Nach einer kurzen Pause geht es gleich weiter. Davor haben wir noch ein paar Verbraucherinformationen für euch und natürlich unser Verkehrs-Update. Wie immer bei uns schon um Viertel nach.«

Franzi trank einen weiteren Schluck Kaffee. Die müden Lebensgeister weckte das nur langsam. Chris entschuldigte sich und ließ Franzi allein zurück. Wieder fächelte sie sich Luft zu. Ihr Kreislauf war heute nicht der Beste. Kein Wunder, wenn man so aus dem Bett schoss und gezwungen war, gleich Vollgas zu geben.

Die schüchterne Assistentin kehrte zurück. »Noch einen Kaffee?«

»Das wäre großartig. Du bist ein Schatz.«

Wortlos nahm sie den leeren Becher mit und kehrte kurz darauf mit einem gefüllten zurück.

»Ich kann ohne Kaffee auch nicht leben«, meinte das Mädchen, von dem Franzi nicht wusste, wie es hieß. Unschlüssig blieb sie stehen.

»Darf ich vielleicht …« Sie führte den Satz nicht zu Ende und sah an Franzi vorbei.

»Ja?«

»Vielleicht … Wenn ich bitte ein Autogramm bekommen könnte?« So, wie sie errötete, hatte sie ihren ganzen Mut zusammennehmen müssen, um die Frage zu stellen.

»Aber sicher.« Franzi holte Autogrammkarten aus ihrer Handtasche. »Wie heißt du denn?«

»Julie. Mit ie am Ende, bitte.«

Franzi nahm einen Kugelschreiber, der auf dem Tisch herumlag, schrieb schwungvoll »Für Julie« auf die Karte und setzte ihre Unterschrift darunter.

»Danke«, flüsterte das Mädchen und verschwand hochrot, aber sichtlich erfreut nach draußen.

Der Moderator kehrte zurück.

»Hast du Lust auf eine Unplugged-Einlage am Ende?«

Bitte nicht das auch noch, dachte Franzi und stöhnte innerlich. Doch sie lächelte tapfer, weil sie wusste, dass das erwartet wurde und dazugehörte.

»Sicher.«

»Okay, dann wollen wir mal wieder.« Er setzte den Kopfhörer auf und wartete, bis die Töne des eingespielten Liedes verklungen waren. »Franzi, wir haben uns eben über deinen ersten Song unterhalten. Den wirst du sicher auch beim *Sunset-Beach-Festival* spielen.«

Franzi sah ihn mit gerunzelter Stirn an. Woher wusste er davon?

»Wie uns brandheiß zugetragen wurde, hast du eine Anfrage bekommen, auf diesem wunderbaren Festival zu spielen. Das ist eine einmalige Auszeichnung und war schon für manchen jungen Künstler der große internationale Durchbruch. Was bedeutet es für dich, dort singen zu dürfen?«

»Darf ich überhaupt darüber reden?« Sie lachte verkrampft. Ihr Manager, Niko, hatte ihr erst gestern Abend von der Anfrage erzählt und bisher hatte sie nicht zugesagt.

»Natürlich«, erwiderte Chris und senkte verschwörerisch die Stimme. »Wir sind ja unter uns.« Er lachte über seinen Witz und Franzi nickte gequält.

»Als Kind bin ich einmal bei dem Festival gewesen«, spulte sie das übliche Programm ab. »Zufällig waren wir im Urlaub dort. Es war wunderschön und damals wollte ich nichts mehr, als einmal dort auf der Bühne zu stehen.«

»Wie es aussieht, erfüllt sich dieser Wunsch schon bald. Aber was kommt dann? Welche Ziele hast du als nächstes?«

Franzi schluckte. Was sollte sie sagen? Wie sollte sie ihm erklären, dass ihr die Antwort auf diese Frage schlaflose Nächte bescherte? Er würde es nicht verstehen. Das tat niemand. Nicht einmal sie selbst. Sie hatte in kurzer Zeit erreicht, wovon alle jungen Künstler träumten. Doch sie war damit nicht glücklich. Franzi beschloss, vage zu bleiben.

»Nun, ich hoffe natürlich, dass meine Fans mir treu bleiben, egal, wo mein Weg mich hinführt.«

»Das werden sie, da bin ich mir ganz sicher.«

Das wäre er vermutlich nicht mehr, wenn er wüsste, dass sie letzte Nacht mit dem Gedanken gespielt hatte, ihre Karriere an den Nagel zu hängen.

»Wir hören gleich einen weiteren Song von Franzis neuem Album *›Know the truth‹*. Außerdem gibt es für unsere Zuhörer eine kleine Überraschung, denn Franzi performt live und unplugged für uns. Bleibt also unbedingt dran, es geht gleich weiter.«

Ein Werbeblock wurde eingespielt, anschließend ein weiterer Song von ihr. Franzi brachte den Rest des Interviews mit Anstand hinter sich. Der Moderator konnte ja nichts dafür, dass sie schlecht geschlafen hatte. Das Koffein tat langsam seine Wirkung und sie fühlte sich frischer. Selbst die Unplugged-Einlage gelang besser, als sie das erwartet hatte, und nun fragte sie sich wieder, warum sie in letzter Zeit so pessimistisch war. Der Gedanke an ein Karriereende war plötzlich so weit weg, dass sie sich fragte, wo er überhaupt hergekommen war. Seltsam, was einem so im Kopf herumspukte, wenn man nicht schlafen konnte.

Am Ende der Sendung erhielt sie als Dankeschön eine Tüte mit Pralinen und Küsschen links und rechts auf die Wange von dem Moderator, der sich überschwänglich für ihren Besuch bedankte.

Als sie auf die Straße trat, blinzelte Franzi in die Sonne. Ihr Auto, ein schnittiges Audi Cabriolet in Silbergrau, stand noch dort, wo sie es geparkt hatte. An der Windschutzscheibe haftete allerdings ein Strafzettel. Wenn das der einzige des heutigen Morgens blieb, konnte sie sich glücklich schätzen.

Urplötzlich wurde sie von Schwindel erfasst. Sie keuchte. Ihr Herz klopfte und ihre Beine fühlten sich an wie Pudding. Hilflos stützte sie sich am Auto ab und schloss die Lider.

Franzi kam es vor wie eine Ewigkeit, bis das Rauschen in ihren Ohren nachließ und sie die Augen wieder öffnen konnte, ohne, dass sich alles drehte.

Erschrocken atmete sie durch. Was war das gewesen? Unsicher öffnete sie die Autotür und ließ sich auf den Sitz fallen. Dort blieb sie mehrere Minuten sitzen, bis sie sich in der Lage fühlte, am Straßenverkehr teilzunehmen, ohne ein Sicherheitsrisiko für andere zu sein.

Im Anschluss hatte sie einen Termin mit ihrem Personal Trainer im Fitnessstudio. Konnte sie überhaupt trainieren? Im Moment fühlte sie sich wieder normal. Was sollte sie tun, wenn der Schwindel sie erneut erfasste?

Vermutlich nur der Kreislauf, versuchte sie, sich selbst zu beruhigen. Es schadete sicher nicht, ihn ein bisschen in Schwung zu bringen. Kein Wunder, wenn man so aus dem Bett gerissen wurde. Und außer den beiden Tassen Kaffee hatte sie heute noch nichts zu sich genommen.

Love my life, dachte sie in einem Anflug von Ironie und startete den Motor.

Auf dem Weg ins Fitnessstudio hielt sie bei einer Bäckerei und holte sich eine Brezel. Sie musste dringend etwas essen, um ihren Blutzucker ein bisschen zu stabilisieren.

In den kommenden zwei Stunden ließ ihr Personal Trainer Tim sie ordentlich schwitzen. Zunächst schickte er sie für eine halbe Stunde auf den Crosstrainer und verlangte ihr bei dem eingestellten Programm sportliche Höchstleistungen ab. Anschließend arbeitete er an den Geräten mit ihr, wobei er Wert auf eine richtige Haltung legte, weniger auf ein hohes Gewicht. Aus Erfahrung wusste Franzi jedoch, dass das weit anstrengender sein konnte als hohe Widerstände. Gegen Ende keuchte sie und spürte bereits den herannahenden Muskelkater.

Sie stöhnte verhalten auf, doch Tim lachte nur.

»Das ist mein Job«, war sein gleichmütiger Kommentar.

Franzi presste die Lippen aufeinander. Glücklicherweise war ihr nicht mehr schwindelig geworden. Allerdings hatte sie sich auch gezwungen, mehr Wasser als sonst zu trinken.

Anschließend schlich sie in die Sauna und legte sich nach zwei Durchgängen in den Ruheraum auf eine Liege. Müde schloss sie die Augen, um sich auszuruhen. Es dauerte nicht lange und sie dämmerte weg. Sie schlief nicht tief und wachte nach einer halben Stunde von allein auf. Doch die Zeit hatte ihr gutgetan.

Das lag nur an der verdammten Schlaflosigkeit, mit der sie sich seit Wochen herumplagte. Mitten in der Nacht war sie schlagartig hellwach und dann kreisten ihre Gedanken unablässig. Um Dinge, die bei Tag betrachtet gar nicht so schlimm waren. Nach zwei oder drei Stunden schlief sie wieder ein und wenn der Wecker läutete, fühlte sie sich wie gerädert. Heute hatte sie sogar verschlafen.

Das musste endlich ein Ende haben. Letzte Woche war sie bei ihrem Hausarzt, Dr. Wagner, gewesen. Ihm hatte sie von ihren Problemen berichtet und er hatte sorgenvoll den Kopf geschüttelt und ihr Blut abgenommen. Blass sei sie, hatte er festgestellt, was angesichts der schlaflosen Nächte nicht verwunderlich war. Vielleicht stimmte etwas mit ihrer Schilddrüse nicht, mutmaßte er.

Franzi hoffte, dass er sich bald mit den Ergebnissen der Blutuntersuchung bei ihr meldete, damit dieser unsägliche Zustand endlich vorbei war. Mittlerweile lief sie herum wie ein Zombie.

Als sie aufstand, erfasste sie erneut Schwindel und sie ließ sich stöhnend auf die Liege fallen. Es dauerte, bis sie die Augen wieder öffnen konnte und sie auf die Beine kam. Hastig kippte sie zwei weitere Gläser Wasser hinunter, ehe sie zum Duschen ging. Sie musste sich beeilen, wenn sie nicht zu spät zum Mittagessen mit ihrer Mutter kommen wollte.

Franzi öffnete die Tür zu dem italienischen Café, in dem sie sich verabredet hatten. Augenblicklich wurde sie überwältigt vom Duft nach frischem Hefeteig, der ihr in die Nase stieg. Tief atmete sie ein.

Ihr Magen quittierte die Geruchsattacke mit einem tiefen Brummeln. Kein Wunder nach diesem Fitnessprogramm. Ihr lief das Wasser im Mund zusammen, als sie die tiefrote Tomatensoße sah, die der Pizzabäcker mit einer Schöpfkelle auf die fertigen Teiglinge gab und sie mit dem Boden des großen Löffels routiniert darauf verteilte. Sehnsüchtig starrte Franzi auf die Glasscheibe, hinter der ein italienischer Koch mit weißer Mütze wirbelte. Jetzt noch Käse, Rucola und Parmaschinken darauf und fertig war ihre Lieblingspizza.

Da gingen wieder einmal die italienischen Gene mit ihr durch. Sie löste den Blick von der Leckerei, die eben im Holzbackofen verschwand, und sah sich um. Ihre Mutter saß am Fenster, die schlanke Hand in die Höhe gereckt, um mit einem vornehm angedeuteten Winken auf sich aufmerksam zu machen.

Franzi lächelte, als sie sie sah. Eher wie eine ältere Schwester wirkte sie. Diana Gräber trug ihr blondes Haar in einem modisch kurzen Pagenschnitt mit seitlichem Scheitel. Allein das ließ sie höchstens wie Anfang vierzig aussehen, obwohl sie Mitte fünfzig war. Sie trug eine hellblaue Bluse mit raffiniertem Kragen, die eng geschnitten ihrer immer noch jugendlichen Figur schmeichelte. Beneidenswert, wie schlank sie war. Und dabei kostete sie das offenbar keine Mühe. Für ihre Mutter existierten Worte wie mangelnde Selbstkontrolle und Disziplinlosigkeit nicht.

An ihrem rechten Arm klimperten schmale goldene Armreifen, am linken Handgelenk trug sie eine Uhr, die zwar nicht mondän aussah, deren Luxus aber in der Schlichtheit wirkte.

Beim Näherkommen allerdings wurde sich Franzi der Menge an Make-up bewusst, mit der ihre Mutter versuchte, die Falten um Mund und Augen zu kaschieren. Dennoch hätte man auch aus der Nähe noch gut fünf bis zehn Jahre von ihrem tatsächlichen Alter abziehen können. Schon allein der leuchtend rote Lippenstift verlieh ihr einen Hauch von Jugendlichkeit.

Als ihre Tochter den Tisch erreichte, erhob sie sich mit graziler Leichtigkeit, als trüge sie Turnschuhe. Dabei steckten ihre Füße in Pumps mit schwindelerregend hohen Absätzen. Der Hauch eines teuren Parfüms hüllte Franzi ein, als ihre Mutter sie an den Oberarmen fasste und ihr links und rechts ein Küsschen auf die Wange hauchte.

»Meine Liebe, wie schön, dich zu sehen«, ließ sie mit angenehm heller Stimme vernehmen.

Franzi ließ sich stöhnend auf einen Stuhl sinken. Sie fühlte sich müde und ausgelaugt und war froh, endlich sitzen zu können. Die Hetzerei durch die Stadt vom Fitnessstudio hierher war aufreibend gewesen. Von der Parkplatzsuche einmal abgesehen. In München eine Parkmöglichkeit in der Innenstadt zu finden, war wie die sprichwörtliche Suche nach der Nadel im Heuhaufen, und das Ergattern eines solchen glich einem Sechser im Lotto. Mit Zusatzzahl. Franzi hatte bald aufgegeben und das Parkhaus gewählt, mit dem Nachteil, dass sie etwas weiter laufen musste.

Am liebsten hätte sie sich auf ihr Sofa geworfen, die Beine hochgelegt und einen Mittagsschlaf gemacht. Nun, das konnte sie später immer noch machen.

»Erzähl, mein Kind, wie geht es dir?« Ihre Mutter sprach kultiviert und ließ keinen Hauch ihres Berliner Dialekts vernehmen. Franzi wusste, dass sie ihn sich mit Mühe und eiserner Disziplin abgewöhnt hatte. »Du bist ein wenig spät.«

»Tut mir leid, aber ich habe keinen Parkplatz gefunden.«

Der Kellner kam herbeigeeilt, um ihre Wünsche aufzunehmen.

»Ein Mineralwasser«, bat ihre Mutter und nickte ihm zu.

»Ich hätte gern einen großen Milchkaffee bitte.«

Diana quittierte die Bestellung mit gerümpfter Nase. »Der übermäßige Koffeingenuss lässt deine Haut vorzeitig altern.«

Franzi erwiderte nichts. »Außerdem nehme ich eine Pizza Parma. Eine kleine«, schob sie eilig hinterher, als sie den Blick ihrer Mutter auffing.

»Nein, danke, für mich nichts.«

Sie warteten, bis der Kellner sich entfernt hatte, ehe ihre Mutter weitersprach.

»Ich habe die Sendung heute Morgen verfolgt. Du warst gut.«

Wenn nicht einmal ihre Mutter bemerkt hatte, dass sie müde gewesen war, war das ein gutes Zeichen.

»Ist es wahr, dass du für das *Sunset-Beach-Festival* angefragt wurdest?«

Franzi zögerte kurz, dann beugte sie sich nach vorn und senkte die Stimme. Auch wenn das sinnlos war, immerhin hatte sich die Nachricht schon verbreitet, dafür hatte vorhin Chris Feierabend gesorgt. »Niko hat eine Anfrage bekommen. Ich weiß es auch erst seit gestern.«

»Das ist ja toll!« Diana Gräber fasste über den Tisch nach ihren Händen und drückte sie. An den leuchtenden Augen ihrer Mutter sah Franzi, wie sehr sie sich für ihre Tochter freute. »Nun hast du es wirklich geschafft! Dort ein Auftritt gleicht einem Ritterschlag. Jetzt wird niemand mehr an dir vorbeikönnen. Erinnerst du dich, als wir damals zugesehen haben?« Bei der Erinnerung begannen ihre Augen zu glänzen und für einen Moment tauchte sie ab in die Vergangenheit.

»Wie könnte ich den Tag jemals vergessen?« Franzi lächelte ihrer Mutter zu.

Das *Sunset-Beach-Festival* fand am kilometerlangen, breiten Strand von St. Peter-Ording statt. Mit dem Sand zwischen den Zehen, der strahlenden Sonne und dem Meer im Hintergrund war es ein Volksfest für jedermann. Die Stimmung war ausgelassen und nicht nur für die Zuschauer war es ein einmaliges Erlebnis gewesen.

Es war schön, mit ihrer Mutter über diese Dinge zu sprechen. Auch sie hatte als junge Frau die Chance auf eine Karriere als Sängerin gehabt. Damals allerdings waren Schlager das Maß aller Dinge gewesen. Über das Talent verfügte sie zweifellos. Der große Durchbruch war ihr, warum auch immer, verwehrt geblieben. Vielleicht hatte nur einfach das letzte Quäntchen Glück gefehlt. Als sie unerwartet schwanger wurde, hatte sie ihren Traum endgültig begraben. Franzi wusste davon, und manchmal fragte sie sich, ob ihre Mutter ihr den Erfolg neidete. Oder, schlimmer noch, ihr die Schuld am Scheitern ihrer Karriere gab. Dann schalt sie sich für ihre Gedanken. Diana tat alles, um ihre Tochter zu unterstützen.

»Das könnte sogar dein internationaler Durchbruch sein.«

Franzi nickte und fragte sich gleichzeitig, warum sie sich nicht darüber freuen konnte. Vielleicht lag es einfach daran, dass sie sich erschöpft fühlte. Außerdem hatte sie langsam Hunger.

Als der Kaffee gebracht wurde, nahm sie einen großen Schluck. In Gedanken versunken zog sie die Pralinen vom Radiosender aus der Tasche und löste den Clip der Cellophanverpackung.

»Kind, das sind doch nicht etwa Pralinen?«, vernahm sie die entsetzten Worte ihrer Mutter.

»Doch, sind es«, sagte sie, nachdem sie die erste hinuntergeschluckt hatte. »Mir hängt der Magen in den Kniekehlen.«

»Aber das ganze Training. Das ist dann völlig umsonst. Hast du wieder zugenommen?«

»Nein, habe ich nicht. Im Gegenteil. Dr. Wagner meinte letzte Woche, ich sei zu dünn.«

»Papperlapapp! Der Mann wird alt.« Wieder griff Diana nach ihrer Hand. »Liebes, ich meine es nicht böse, das weißt du.«

Franzi nickte ergeben.

»Du musst fit sein, wenn du auf Dauer dieses Tempo gehen möchtest. Und das musst du, wenn du deine Karriere vorantreiben willst. Das *Sunset-Beach-Festival* ist eine einmalige Chance.«

»Ich weiß«, gab Franzi resigniert zurück.

Erleichterung breitete sich in ihr aus, als der Kellner die Pizza brachte. Die angebrochene Pralinenpackung steckte sie zurück in ihre Tasche.

Verschiedene Aromen drangen an ihre Nase und ließen ihr das Wasser im Mund zusammenlaufen. Während sie aß, lauschte sie den Ausführungen ihrer Mutter. Wie immer drehte sich bei ihren Gesprächen beinahe alles um die Musik.

»Freust du dich auf die Feier heute Abend?«, fragte Diana übergangslos und lächelte, als Franzi den letzten Bissen hinuntergeschluckt hatte.

Das Klingeln ihres Telefons enthob sie einer Antwort. Franzi zog ihr Handy aus der Tasche und runzelte die Stirn. Sie hoffte, dass ihr Hausarzt Neuigkeiten für sie hatte.

Dr. Wagner war ihr Arzt, seit sie denken konnte. Natürlich hatte sie zuvor einen Kinderarzt gehabt. An den konnte sie sich aber kaum noch erinnern. Hängen geblieben war einzig, dass er Mundgeruch gehabt hatte. Damals war sie froh gewesen, als ihre Mutter sie zu Dr. Wagner mitgenommen hatte und der sich bereit erklärte, auch ihre Betreuung zu übernehmen. Aus diesem Grund duzte er sie noch heute und nannte sie beim Vornamen, während sie ihn nach wie vor brav mit Dr. Wagner ansprach und »Sie« zu ihm sagte.

Da sie damals ein Kind gewesen und für ihn der Umgang mit so jungen Patienten ungewöhnlich war, verhielt er sich ihr gegenüber immer väterlich und zuvorkommend. Das hielt auch heute, gut zwanzig Jahre später, noch an. Stets machte er sich Sorgen um das kleine Mädchen und hatte Angst, dass ihr alles zu viel werden könnte. Dabei vergaß er, dass sie mit ihren achtundzwanzig Jahren eine erwachsene Frau war und mitten im Leben stand. Während er beinahe schon in Rente ging und sich den Luxus leistete, nur noch ausgewählte Patienten zu behandeln.

Manchmal konnte Franzi den Impuls, ihm um den Hals zu fallen, kaum unterdrücken. Wie man es bei einem Vater tat, den man beruhigen wollte. Bei ihrem eigenen hatte sie kaum Gelegenheit dazu, denn ihre Eltern hatten sich getrennt, da war sie gerade einmal sechs Jahre alt gewesen, und er wohnte nicht eben um die Ecke.

»Hallo Francesca.«

Franzi sah ihn förmlich vor sich, wie er hinter seinem großen Schreibtisch über den Papieren thronte. Sein weißer Schnurrbart zitterte, wenn er sprach.

Er war einer der wenigen, der sie bei ihrem richtigen Namen nannte, und das auch nur, wenn er eindringlich wurde. Gerade das war es, was Franzi misstrauisch machte.

»Haben Sie Neuigkeiten für mich?« War bei der Untersuchung am Ende etwas Besorgniserregendes herausgekommen?

»Wie man es nimmt.«

Franzi wartete bang darauf, dass er weitersprach. Während ihre Mutter sie mit Argusaugen beobachtete.

»An der Schilddrüse liegt es auf jeden Fall nicht«, beschwichtigte er sie.

»Was ist dann?«

Sein Seufzen drang deutlich aus dem Hörer.

»Francesca, was ich dir jetzt sage, wird dir vermutlich nicht gefallen.«

Franzi spürte, wie ihr das Blut in die Beine sackte. Sie war froh, dass sie saß, sonst hätten ihre Knie nachgegeben.

»Du leidest an einem Zustand akuter Erschöpfung. Und wenn du nicht aufpasst, wirst du früher oder später zusammenklappen.«

Einen Augenblick lang wusste sie nicht, was sie sagen sollte. Dann begann sie zaghaft zu lachen, doch es klang hysterisch.

»Ist das alles?«, fragte sie erleichtert, als sie wieder sprechen konnte. Sie hatte sich bereits mit einem Bein im Grab stehen sehen.

»Francesca, damit ist nicht zu spaßen.« Die Stimme des Arztes klang eindringlich. »Du wärst nicht die Erste, die sich zu viel zumutet und dann zusammenbricht. Die Anzeichen sind eindeutig vorhanden. Schlaflosigkeit, Erschöpfung, Konzentrationsmangel. Du musst kürzertreten.«

»Wie stellen Sie sich das vor? Ich habe Verpflichtungen.«

»Francesca, du spielst ernsthaft mit deiner Gesundheit. Ich rate dir dringend, einen längeren Urlaub zu machen.«

Franzi schwieg. Sie war sich der aufmerksamen Blicke ihrer Mutter durchaus bewusst.

»Ich denke darüber nach«, versprach sie und wusste nicht, ob die Erleichterung überwog, dass sie nicht schwer erkrankt war, oder das Entsetzen, dass ihr Arzt ihr eine Pause verordnet hatte.

»Lass dir nicht zu lange Zeit mit der Entscheidung. Du weißt, ich mag dich.«

Franzi bedankte sich und steckte das Smartphone zurück in die Tasche.

Diana hob fragend die Brauen.

»Das war Dr. Wagner«, sagte Franzi widerstrebend.

»Ist etwas Schlimmes?« Diana sah sie erschrocken an.

»Er hat mir zu einer längeren Pause geraten, weil er meint, dass ich kurz vor einem Zusammenbruch stehe.«

»So ein Blödsinn«, brauste Diana auf. »Du bist doch fit.«

»Na ja, ganz wohl fühle ich mich im Moment nicht. Ich schlafe schlecht und ab und zu wird mir schwindelig.«

»Franzi, das kannst du nicht machen. Nicht jetzt, wo das *Sunset-Beach-Festival* ansteht. Davon hängt deine weitere Karriere ab.«

»Ich weiß«, erwiderte sie leise.

Ihre Mutter biss sich auf die Unterlippe und dachte angestrengt nach. »Okay, ich verstehe das natürlich.« Doch Franzi hörte die Panik in ihrer Stimme. »Du musst durchhalten bis zum Festival. Anschließend kannst du Urlaub machen. Gern auch einen längeren. Aber so eine Chance bekommst du nie wieder. Damit steht und fällt deine Zukunft.«

Franzi nickte bedrückt. Im Moment schossen ihr tausend Gedanken durch den Kopf, aber sie war nicht in der Lage, sie zu sortieren.

»Versprich mir, dass du darüber nachdenkst.« Eindringlich sah ihre Mutter sie an und schließlich nickte Franzi zögernd, was Diana einen erleichterten Seufzer entlockte.

»Also, die Party heute Abend«, nahm sie den Faden auf, als wäre nichts gewesen. Franzi war froh über die Ablenkung. »Freust du dich darauf?«

Philip hatte Geburtstag und es sollte eine große Feier werden, denn ihr Lebensgefährte beabsichtigte, für den Posten des Landrats zu kandidieren. Er wäre damit der jüngste in der Geschichte und Parteifreunde sagten ihm bereits eine große Karriere voraus. Es wurde gar gemunkelt, dass er als Kanzlerkandidat aufgebaut werden sollte. Das brachte mit sich, dass nicht nur Bekannte und Parteifreunde eingeladen waren, sondern auch einflussreiche Größen aus der Wirtschaft.

Das würde sicher ein langer und anstrengender Abend werden. Franzi hätte etwas Ruhigeres vorgezogen. Aber es war Philips Geburtstag und er hatte jedes Recht, ihn so zu feiern, wie er sich das wünschte.

»Was wirst du anziehen?«

Franzi zuckte mit der Schulter. »Keine Ahnung. Jeans und T-Shirt?«

Ihrer Mutter entgleisten prompt die Gesichtszüge. »Das kannst du nicht machen! Nicht heute Abend.«

Franzi lachte hellauf. »Natürlich nicht. Aber das kleine Schwarze muss es nun auch nicht sein, oder?«

»Nicht unbedingt«, lenkte ihre Mutter ein und schnitt eine Grimasse. »Aber stell dir nur vor, all die bedeutenden Gäste.«

Franzi hegte den Verdacht, dass ihre Mutter die Party nutzen würde, um Kontakte zu knüpfen. So, wie sie es gern tat, wenn sich die Gelegenheit bot, einflussreiche Menschen kennenzulernen. Man konnte schließlich nie wissen, wofür eine Bekanntschaft einmal gut war.

Manchmal fragte sie sich, warum ihrer Mutter das so wichtig war. Das Gesangstalent hatte sie ihrer Tochter vererbt. Den Wunsch, sich mit bedeutenden Personen zu umgeben, definitiv nicht. Franzi hätte lieber mit einem Stadtstreicher auf einer Parkbank gesessen statt mit einem Bürgermeister beim Dinner. Da musste sie wenigstens keine Angst haben, das falsche Besteck zu benutzen. Ihre Mutter beherrschte die vorgeschriebene Etikette zur Perfektion.

»Du solltest dich anständig kleiden.« Diana klang nun ernsthaft bestürzt und warf ihr einen sorgenvollen Blick zu.

Franzi wunderte sich, dass ihrer Mutter das so wichtig war. »Warum? Kommt der Kaiser von China?«

Sie bestellte einen Espresso macchiato, was ihr einen weiteren strafenden Blick eintrug, den sie aber tapfer ignorierte.

»Nein. Aber dem Anlass wäre es angemessen, wenn du dich vornehm kleiden würdest.«

»Ist ja gut, Mama. Ich habe mir ein rotes Sommerkleid gekauft, das passen müsste. Damit brüskiere ich bestimmt niemanden.«

Mit einem geheimnisvollen Lächeln lehnte sich ihre Mutter zurück. »Dann wird das sicher ein unvergesslicher Abend werden.«

Franzi nickte und fragte sich, was diese Worte bedeuteten. Unwillkürlich hatte sie das Gefühl, dass sich etwas hinter ihrem Rücken zusammenbraute, das ihr nicht behagte. Die Überraschungen, die man in letzter Zeit für sie bereitgehalten hatte, waren meist mit viel Arbeit und Stress für sie verbunden gewesen.

Als sie zu Hause ankam, war sie in ihren Überlegungen keinen Schritt weiter. Dr. Wagners Worte nagten an ihr. Ebenso auch die eindringliche Warnung ihrer Mutter. Sie steckte in einer verdammten Zwickmühle und hatte keine Ahnung, was sie tun sollte.

Sie parkte vor dem Haus mit ihrer Maisonette-Wohnung und sah auf die Uhr. Viel Zeit blieb ihr nicht mehr, um sich für die Geburtstagsfeier zurechtzumachen.

Ausnahmsweise fuhr Franzi mit dem Fahrstuhl in den vierten Stock. Heute fühlte sie sich zu schlapp, um noch mehr sportliche Höchstleistungen zu bringen. Definitiv hatte sie sich beim Fitnesstraining am Morgen übernommen. Zwar waren weitere Schwindelanfälle ausgeblieben, aber sie ahnte, dass ihr Körper ihr seine Grenzen aufzeigte.

Sie öffnete die Tür und trat ein. Die Wohnung gehörte ihr noch nicht lange, und manchmal fühlte es sich an wie ein Traum. Sie hatte sie gekauft, als abzusehen war, dass der Erfolg ein langfristiger werden könnte und sich nicht als Eintagsfliege entpuppte.

Großzügig sollte ihr Heim sein, war ihre Vorstellung gewesen. Und hell natürlich. Mit einer modernen Einrichtung.

Der Makler hatte bei ihren Wünschen glänzende Augen bekommen und sich eifrig ans Werk gemacht, ihr luxuriöse Wohnungen herauszusuchen. Zunächst schluckte Franzi, als sie die Preise sah. Aber ihre Mutter hatte die Zweifel mit dem berechtigten Hinweis, sie könne es sich leisten, vom Tisch gefegt. Mit Sicherheit stimmte das, dachte Franzi. Doch es erschien ihr dekadent, ihr hart erarbeitetes Geld für vier so luxuriöse Wände auf den Kopf zu hauen. Noch hatte sie sich nicht daran gewöhnt, und manchmal rieb sie sich die Augen, wenn sie sah, was auf ihren Kontoauszügen für Summen standen.

Schließlich hatte sie sich für eine der kleineren Wohnungen entschieden. Sie war immer noch teuer genug. Hätte man ihr vor fünf Jahren gesagt, dass sie jemals so viel Geld für ein Dach über dem Kopf ausgeben würde, hätte sie demjenigen den Vogel gezeigt.

Die Wohnung war freundlich und geräumig und bot mit der ausladenden Dachterrasse einen herrlichen Blick über die Dächer Münchens. Ein bisschen verwildert und eingewachsen war sie. Aber mit den Loungemöbeln eine Oase der Ruhe und Erholung.

Doch dafür hatte Franzi heute keinen Sinn. Ihre momentane Situation zehrte an ihren Nerven. Sie wusste, dass sie die Entscheidung, ob sie beim Festival singen wollte, nicht ewig hinauszögern konnte. Im Moment fühlte sie sich dazu nicht in der Lage.

Sie startete den Kaffeevollautomaten in der Küche, der in die Schrankwand integriert war, und ließ ihre Tasse volllaufen. Im Schlafzimmer empfing sie angenehme Kühle. Dieser Raum war ihr fast der liebste im Haus. Entgegen den Ratschlägen ihrer Mutter, die auf Weiß bestand, hatte sie sich für kräftige Orangetöne an der Rückwand entschieden. Der Raum hatte die beruhigende Wirkung mediterranen Flairs. Erdig braune Möbel und auch die rotorange Bettwäsche vervollständigten den Eindruck.

Das musste ein Überbleibsel ihrer Wurzeln sein. Kein Wunder, dass ihre Mutter sich damit nicht hatte anfreunden können. Oder wollen. Sie grinste in sich hinein.

Franzi nahm das rote Sommerkleid aus dem Schrank und ging damit ins angrenzende Badezimmer. Der Makler hatte nicht aufgehört, in den höchsten Tönen davon zu schwärmen, wie luxuriös alles war. Die Regendusche sowie die Jacuzzi-Funktion in der Badewanne ließen keine Wünsche offen. Franzi schwirrte bald der Kopf. Sie hatte sich in die Farben und die Wärme verliebt, die der Raum ausstrahlte, nicht in die technischen Vorzüge.

Den Ausschlag gab schließlich die Dachterrasse, auf der einige Pflanzkübel herumstanden, für die der Makler sich mit einem verärgerten Stirnrunzeln entschuldigte. Eigentlich hätte der Hausmeister sie längst entsorgen müssen.

Franzi hingegen ging wie magisch angezogen zu den halb verkümmerten Rhododendren und begutachtete die Reste des mittlerweile vertrockneten Kräutergartens. Heimatliche Gefühle stiegen in ihr hoch, ohne dass sie wusste, woher, und instinktiv ahnte sie, dass ihr diese Wohnung ein Zuhause werden würde.

Nicht nur der Makler war überrascht, auch ihre Mutter warf ihr einen verwunderten Blick zu, als sie ausrief: »Die nehme ich«. Dabei hatte sie nicht einmal alles gesehen, geschweige denn eine Nacht über diese wichtige Entscheidung geschlafen. Sie war sich sicher gewesen wie selten im Leben, dass das ein gemütliches Heim werden würde. Deswegen ignorierte sie ausnahmsweise auch jeden wohlgemeinten Rat ihrer Mutter und blieb stur.

Franzi duschte ausgiebig, zog sich um und legte ein Make-up für den Abend auf, ehe sie den mittlerweile kalten Kaffee austrank und einen letzten prüfenden Blick in den Spiegel warf. Sie war zufrieden mit dem Ergebnis und stellte erleichtert fest, dass sie deutlich frischer aussah als noch kurz zuvor. Vielleicht war alles doch nicht so schlimm. Probehalber verzog sie die Mundwinkel zu einem Grinsen, das zunächst noch etwas schief geriet. Dann erreichte das Strahlen ihre braunen Augen, die von langen Wimpern sanft umrahmt wurden. Ein bisschen wirkte es, als habe sie das Lächeln angeknipst. Aber es funktionierte und das war das Wichtigste. Sie streckte ihrem Spiegelbild die Zunge heraus und lachte leise auf.

Ihr Handy läutete und sie warf einen verärgerten Blick auf das Display. Doch als sie sah, wer störte, wurde ihr warm ums Herz.

»Ciao, Papà«, sagte sie.

»Ciao, piccola mia«, sagte er, und die lang gezogenen Buchstaben, mit denen er die Koseworte an sie richtete, sorgten für ein heimeliges Gefühl in ihrer Magengegend, und urplötzlich verspürte sie den beinahe überwältigenden Wunsch, sich an seine Brust zu werfen und den Kopf an seinem Hals zu vergraben, wie sie es als Kind gern getan hatte.

»Wie geht es dir?«

»Wenn du anrufst, immer gut«, lächelte sie in den Hörer und setzte sich auf den Rand der Badewanne.

»Erzähl! Von dir hört und sieht man nur noch im Fernsehen.«

»Ja, ist das nicht unglaublich? Ich kann es immer noch nicht fassen, was alles passiert.« Sie versuchte sich an einem lockeren Tonfall, weil sie nicht wollte, dass ihr Papa sich Sorgen machte. So wichtig war ihr, dass er stolz auf sie war. Und es wäre nicht fair gewesen, ihn mit ihren Nöten zu überfallen, wo er in Mailand viel zu weit entfernt war. Auch wenn sie im Moment nichts lieber getan hätte, als ihm ihr Herz auszuschütten.

»Sì, das ist fantastico. Aber, Francesca, wie geht es dir? In dir drin?«

Franzi biss sich auf die Unterlippe. Ein bisschen fühlte sie sich überrumpelt von den Antennen ihres Vaters.

Seit Franzi denken konnte, litt sie unter dem schlechten Verhältnis ihrer Eltern. Zunächst waren da die ständigen Streitereien gewesen, denen sie ausgesetzt gewesen war. Dann hatte ihre Mutter eines Tages die Reißleine gezogen und war zusammen mit ihr ausgezogen. Zwar hatte ihr Vater versucht, den Kontakt zu seiner Tochter zu halten, und war auch nur ihr zuliebe anfangs in Deutschland geblieben, aber es war schwer gewesen, weil Diana kein gutes Haar an ihm gelassen hatte. Als Kind glaubte Franzi alles, was ihre Mutter ihr sagte. Erst später lernte sie zu differenzieren und stellte fest, dass viel von dem, was sie ihr erzählte, übertrieben und ausschließlich auf deren verletzten Stolz zurückzuführen war. Wie sie sich ab und zu fragte, ob ihre Mutter ihr die Schuld am Scheitern der eigenen Karriere gab, so vermutete sie, dass diese die Frage auf ihren Vater bezogen, ohne mit der Wimper zu zucken, bejahen würde.

Für Franzi war es noch nie einfach gewesen, beiden gerecht zu werden. Auch ihr Vater schimpfte bisweilen auf die Mutter. Doch sie versuchte ihr Bestes, um zu beiden ein gutes Verhältnis zu pflegen. Schließlich war sie dazu übergegangen, nicht mehr über den anderen Elternteil zu sprechen, und seither schienen alle ihren Frieden gefunden zu haben.

»Mir geht es gut, Papà.«

Er schwieg einen Moment, und Franzi ahnte, dass er sich um sie sorgte.

»Möchtest du nicht einmal Urlaub machen?«, fragte er schließlich. »In Italien? Bei deiner Nonna? Du hast sie lange nicht gesehen und sie wird auch nicht jünger. Ihr Fleckchen Erde ist wirklich idyllisch.«

Franzi wusste, dass ihre Großmutter eine kleine Pension in der Toskana führte, und erinnerte sich gern an die zwei Sommer, die sie dort verbracht hatte.

Ob sie Philip dazu überreden konnte? Ein paar Tage in der Toskana hörten sich verlockend an. Es mussten nicht unbedingt Palmen und Sandstrand sein. Zwar wohnte ihr Vater weit entfernt in Mailand, aber sicher würde er auch zu Besuch kommen. Damit könnte sie zumindest die Zeit bis zum Festival überbrücken und sich anschließend einen längeren Urlaub gönnen. Das war die perfekte Lösung für ihr Problem.

»Ich werde mit Philip darüber reden«, versprach sie und nahm sich das für den Abend fest vor.

»Er gefällt dir wohl, dein Filippo«, meinte ihr Vater und lachte gutmütig.

»Er ist ein toller Mann«, schwärmte sie. »Natürlich nicht so toll wie mein Papà«, schob sie eilig hinterher.

»Du kannst ihm ausrichten, dass wir in Italien nicht viel reden, wenn es um das Glück unserer Töchter geht. Aber wir haben, wie sagt man, eine große Verwandtschaft für gute Alibis.«

Jetzt lachte Franzi lauthals los. Scherzhaft machte ihr Papa manchmal auf Mafioso, auch wenn er davon so weit entfernt war wie vom Mond. Doch er gefiel sich in der Rolle des Beschützers, obwohl er keiner Fliege etwas zuleide tun konnte.

»Ich richte es ihm aus. Allerdings kann ich mich nicht daran erinnern, dass wir eine italienische Großfamilie haben. Philip hat heute übrigens Geburtstag und wenn ich nicht zu spät kommen möchte, muss ich mich langsam fertig machen.«

»Ah, sì, ich verstehe.«

»Ich rufe dich am Wochenende an, Papà. Und dann komme ich dich besuchen. Zusammen mit Philip.«

Sie verabschiedeten sich und Franzi legte mit einem Gefühl der Geborgenheit auf. Bei all dem Ruhm, den sie im Moment hatte, war es manchmal tröstlich zu wissen, wohin sie nach Hause kommen konnte. Heute Abend würde sie mit ihrem Lebensgefährten über den längst überfälligen Urlaub reden. Sie schlug zwei Fliegen mit einer Klappe und konnte sich nach dem Festival erholen.

Kapitel 3

Staunend ließ Franzi ihren Blick über die Menge unter ihr gleiten. Sie stand auf der Galerie in der Eingangshalle des Softwareunternehmens, in dem die Geburtstagsfeier stattfand. Der Geschäftsführer war ein Freund von Philip und hatte das Foyer für die Feierlichkeiten zur Verfügung gestellt.

Dass es gelungen war, das sterile Flair in ein behaglich gehobenes Partyambiente zu verwandeln, verwunderte sie. Sie hatte befürchtet, dass die Feier eine staubtrockene Angelegenheit inmitten einer Firmeneingangshalle werden würde. Jetzt war sie beruhigt. Die Angestellten des Partyservice hatten ganze Arbeit geleistet. Den Tag über waren sie damit beschäftigt gewesen, die große Halle in eine Art Ballsaal umzugestalten. Dort, wo sonst Geschäftsleute ein- und ausgingen, standen nun mit weißen Tüchern überzogene Stehtische. Kellner eilten mit Tabletts hin und her und begrüßten die Gäste mit einem Glas Sekt und Häppchen. Weiter hinten gab es runde Tische, an denen später diniert werden würde. Außerdem hatte Philip eine Band engagiert, die der Party den nötigen Schwung geben sollte.

»Wenn du mich fragst, ist das an Dekadenz kaum zu überbieten«, sagte Sarah, Nikos Assistentin und mittlerweile eine gute Freundin, spöttisch und schüttelte den Kopf beim Anblick der Menschenmenge. »Ist das eine Wahlkampfveranstaltung oder eine Geburtstagsparty?«

Franzi zuckte mit der Schulter. Es war Philips Fest. Er hatte das so gewollt und die Anwesenden waren seiner Einladung zahlreich und willig gefolgt. Wenn es nach ihr gegangen wäre, hätten sie lieber in einem kleinen Restaurant gefeiert, bei leckerem Essen und einem hervorragenden Glas Wein. Sie hätte Philip in trauter Zweisamkeit ihr Präsent überreicht. Stattdessen war sie in seine Wohnung nach Grünwald gefahren und hatte ihm das Geschenk zwischen Tür und Angel überreicht, weil er schon auf dem Sprung zur Feier gewesen war. Gefreut hatte er sich dennoch, als er die Uhr in Augenschein genommen hatte, und sie in eine liebevolle Umarmung gezogen. Es war nicht nur eine einfache Armbanduhr, die sie ausgesucht hatte. Vielmehr zeigte sie zwei verschiedene Zeiten an. Damit er immer wusste, wie spät es zu Hause war. Denn oft genug war er im Ausland unterwegs.

»Du möchtest nur, dass ich dich nicht aus dem Schlaf reiße, weil ich mal wieder verschusselt habe, dass es bei dir mitten in der Nacht ist«, sagte er lachend und küsste sie. »Sie ist wunderschön. Das ist eine großartige Idee.«

Er legte den Schmuck an, ehe sie zur Party aufbrachen. Dort entschuldigte er sich jedoch, weil er nach dem Rechten hatte sehen wollen. Franzi war das nur lieb gewesen. Sie flüchtete sich auf die Galerie und beobachtete die eintreffenden Gäste, die gratulierten und gemeinsam mit ihrem Lebensgefährten scherzten. Von oben entdeckte sie bekannte Persönlichkeiten. Hauptsächlich aus der Politik, es waren aber ebenso Unternehmer und Künstler darunter. Einige davon kannte sie, manche sogar näher. Andere hingegen sah sie heute zum ersten Mal. Wieder einmal wunderte sie sich, mit wie vielen Menschen Philip befreundet war. Und das offenbar gut.

»Wahnsinn, die Masse«, staunte Franzi. »Das müssen mindestens dreihundert Leute sein. Wenn du deinen Geburtstag so feierst, hast du es geschafft.« Obwohl sie lieber allein mit ihm gefeiert hätte, zollte sie ihm dennoch Respekt für dieses Fest.

»Du hast es doch auch geschafft.« Sarah warf ihr einen verwunderten Blick zu.

»Ich?«

»Deutschland liegt dir zu Füßen. Und wenn du beim *Sunset-Beach-Festival* auftrittst, bald die ganze Welt.«

»Ich stehe immer noch am Anfang.«

»Im Ernst, was sagt es aus, wie viele Menschen zu deiner Party kommen?«

Franzi schwieg und dachte über die Worte nach. »Zumindest heißt das, dass du beliebt bist.«

»Und was hast du davon? Wie viel ist echt?«

Die Frage wirkte wie ein Nadelstich.

»Was genau ist denn wirklich Glück?«

»Keine Ahnung.« Franzi zuckte mit der Schulter.

»Also ich für meinen Teil feiere lieber in kleinem Rahmen. Mit den fünf oder zehn besten Freunden. Die müssen aber mitten in der Nacht da sein, wenn ich sie anrufe und ihnen sage, dass ich ein Problem habe. Dann sollen sie zu mir kommen und mich unterstützen. Ohne lang darüber nachzudenken und egal, wie spät es ist.«

Franzi sog die Unterlippe zwischen die Zähne und kaute darauf herum. Hatte Sarah am Ende recht? In letzter Zeit fühlte sie sich zunehmend einsam, obwohl es wahrscheinlich auch ihr gelungen wäre, mit ihren Bekannten diesen Saal zu füllen. Aber wahre Freunde? So richtige? Da gab es nur Sarah. Selbst Babsi, mit der sie die Schulbank gedrückt hatte und von der sie geglaubt hatte, dass sie ihre beste Freundin war, hatte sich in ihrem Licht gesonnt und überall mit ihr angegeben. Zwar war der Kontakt nach wie vor vorhanden, mittlerweile aber nur noch sporadisch.

»Vielleicht hast du recht«, lenkte sie ein. Von diesen Gedanken wollte sie sich nicht den Abend verderben lassen. »Komm, wir feiern ein bisschen. Außerdem habe ich Hunger. Wir sollten uns beeilen und von den Häppchen kosten, bevor die Bande da unten alles weggefuttert hat.«

Gemeinsam mit Sarah versuchte Franzi, sich einen Weg zum Geburtstagskind zu bahnen, wurde jedoch immer wieder aufgehalten. Sie lachte und scherzte mit Philips Gästen und war überrascht, als er plötzlich neben ihr stand.

»Endlich habe ich dich gefunden.« Er sah blendend aus in seinem teuren Anzug, den er in gewollter Lässigkeit ohne Krawatte trug. Die kantigen Wangen und die kleine, kaum wahrnehmbare Narbe über dem linken Auge, verliehen ihm etwas charmant Verwegenes. Sein dunkles Haar war leicht gewellt und er strahlte, als wollte er den Saal zum Leuchten bringen. Verstohlen warf er einen Blick auf seine neue Uhr und zwinkerte ihr verschwörerisch zu.

»Du stiehlst mir die Show«, raunte er ihr ins Ohr.

Sie lächelte. »Das möchte ich nicht.«

»Ach was, du bist mein persönlicher Glamourfaktor unter den staubtrockenen Politikern.« Er lachte laut. »Ich bin mir sicher, dass deine Anwesenheit mir Pluspunkte im Wahlkampf bringt.«

Im gleichen Moment kam eine groß gewachsene Blondine in einem tief dekolletierten roten Abendkleid auf sie zu und legte ihre Hand besitzergreifend auf Philips Arm. Sie schenkte Franzi ein entschuldigendes Lächeln und neigte den Kopf zur Seite.

»Tut mir leid, wenn ich störe. Philip, kannst du kurz kommen?«

Franzi runzelte die Stirn. Heute hatte sie kaum eine freie Minute allein mit Philip verbracht und jetzt unterbrach sie schon wieder jemand.

Die Blondine hängte sich in der Zwischenzeit an Philips Arm und schmachtete ihn mit großen Augen an. Sie war ganz in ihrem Element und Franzi wunderte sich unwillkürlich über die Vertraulichkeit.

»Ich hatte gerade eine nette Plauderei mit Dr. Landgraf«, flötete sie weiter. »Und habe ihm von deinen Ideen zum Ausbau der flächendeckenden Internetnutzung erzählt. Er ist begeistert und möchte gern mehr davon hören. Wenn ihm die

Vorschläge zusagen, könnte er sich sogar vorstellen, dich zu unterstützen. Ist das nicht großartig?«

Philip blühte, wenn möglich, noch mehr auf und seine Augen leuchteten euphorisch.

»Franzi, du entschuldigst mich? Aber mit Dr. Landgraf muss ich unbedingt sprechen. Der stand auf meiner Liste ganz oben.«

Was blieb ihr auch anderes übrig? Philip hauchte ihr einen flüchtigen Kuss auf die Wange und eilte hinter Britta her, die einem Wellenbrecher gleich durch die Feiernden pflügte und den Weg freimachte. Franzi nahm sich vor, Philip in einer ruhigen Minute zu fragen, wer Britta war und welche Funktion sie innehatte. War sie eine neue Assistentin, von der sie nichts wusste?

Manchmal wunderte sich Franzi, dass sie Philip erst seit einem knappen Jahr kannte. Es gab Tage, an denen sich ihre Beziehung nach einer kleinen Ewigkeit anfühlte. Seinen Flirtversuchen hatte sie anfangs eine herbe Abfuhr erteilt. Zu schmerzlich hatte sie feststellen müssen, dass mit ihrem überraschenden Erfolg plötzlich jede Menge vermeintlicher Freunde und Speichellecker an ihrer Seite zu finden waren. Zunächst hatte ihr das geschmeichelt, bis sie merkte, dass diese neuen »Freunde« nichts weiter wollten, als sich in ihrem Glanz zu sonnen und ein bisschen des Ruhms abzuhaben. Was umso schlimmer war, wenn sie in ihrem Windschatten nach Bekanntheit strebten. Das hatte zur Folge, dass sie sich rigoros abschottete und kaum noch jemanden an sich heranließ. Paradoxerweise fühlte sie sich einsamer, je mehr Menschen sie kannte.

Bis Philip in ihr Leben getreten war und sie an der Bar eines Hotels angesprochen hatte, in dem sie kurz zuvor aufgetreten war. Rüde wimmelte sie ihn ab. Doch er ließ nicht locker, schickte ihr beharrlich Nachrichten und gab ihr durch kleine Gesten zu verstehen, dass er keineswegs an ihrem Geld oder ihrer Berühmtheit interessiert war, sondern vielmehr an ihr als Mensch. Schließlich folgte sie seinen Bitten und willigte in ein Date ein. Dieser Abend war einer der schönsten gewesen, den sie seit Langem erlebt hatte, und schon bald war aus ihnen ein Paar geworden.

Staunend und mit stiller Freude begriff sie, dass Philip weder ihr Geld noch ihren Glanz benötigte. Er war selbst eine Persönlichkeit auf der politischen Landesbühne und strebte mit Willen und Ehrgeiz nach oben. Manchmal kam es ihr fast so vor, als ziehe er sie mit, nicht umgekehrt. Souverän stellte er sie bei Empfängen vor, wenn sie zusammen welche besuchten, und wurde nicht müde zu erwähnen, wie stolz er auf die hübsche Sängerin an seiner Seite war.

Franzi hätte gern mehr Zeit mit ihm verbracht, verstand jedoch, dass sein Job viele Reisen erforderte. Deswegen waren sie bisher nicht zusammengezogen. Getrennte Wohnungen waren sinnvoller, wenn er früh aufstehen musste oder spät nach Hause kam, hatte er erklärt. Zwar wäre es schöner gewesen, sie hätten zusammengewohnt, aber sie arrangierte sich mit der Situation.

»Hm«, raunte er ihr plötzlich ins Ohr und sein Atem kitzelte sie am Hals.

Franzi drehte sich überrascht um. War sein Gespräch schon beendet?

»Ich wäre jetzt lieber irgendwo allein mit dir«, flüsterte er.

»Du bist zurück?« Franzi sah sich suchend um, von Britta fehlte jede Spur.

»Das ging schneller als geplant«, frohlockte er. »Ich habe den Deal im Sack.«

»Schön, das freut mich. Wo ist Britta?«

Irritiert sah Philip sie an. »Keine Ahnung. Ich glaube, sie hat unterwegs jemanden getroffen.«

»Aha.«

Aufmerksam betrachtete er Franzi von der Seite. »Bist du etwa eifersüchtig? Auf Britta?«

Franzi antwortete nicht. Philips Blick war eine Mischung aus Entrüstung und Belustigung. »Das musst du wirklich nicht sein. Nicht wegen Britta.« Er lachte, ehe er sich vertraulich nach vorn beugte. »Ganz unter uns, ich habe sie nur eingestellt, damit sie mir genau diese Kontakte knüpft. Das macht sie großartig. Über alles andere …«, er hob die Schultern, »breiten wir lieber den Mantel des Schweigens.«

Er zwinkerte ihr zu und nun lächelte auch Franzi wieder.

»Was soll ich mit Britta, wenn ich dich an meiner Seite habe? Vergessen wir sie einfach. Komm, lass uns anstoßen.« Er hielt einen vorbeieilenden Kellner an und nahm zwei Sektflöten von dessen Tablett. Eine davon reichte er Franzi. »Zum Wohl!« Die Gläser klirrten aneinander und er grinste vergnügt. »Ich habe gehört, dass es später am Abend eine Überraschung gibt.« Er schenkte ihr ein verschwörerisches Lächeln. »Die wollen wir uns natürlich nicht entgehen lassen. Komm, ich muss dir dringend Cornelia Arzenstein vorstellen.«

Während Franzi noch überlegte, wer das war, schob Philip sie durch die Menge. Sie schüttelte hier eine Hand und führte dort etwas Small Talk. Professionell lächelte sie mit Philip um die Wette, bis ihr die Gesichtsmuskeln wehtaten.

Nach dem dritten Glas Sekt fühlte sich Franzi angenehm beschwingt. Hoppla, da wäre sie fast gestolpert. Vielleicht sollte sie etwas essen. Suchend sah sie sich um und entdeckte ihre Mutter am Büfett, die sich einige Salatblätter auf den Teller legte und diese mit einer Scheibe Tomate garnierte. Diana lachte gerade mit einem distinguiert aussehenden älteren Herrn über dessen Witz und strich sich kokett über das Haar.

Im gleichen Moment tauchte Sarah auf und sie löste sich von Philip, der in ein Gespräch mit einem Parteifreund vertieft war. Sie kannte ihn nur vom Hörensagen und wusste nicht genau, welche Funktion er innehatte. Aber dass er neben seiner Frau und den beiden Kindern eine Geliebte hatte, das war ihr bekannt. Sie mochte den Mann nicht, doch Philip hielt große Stücke auf ihn, weil er Kontakte bis zur Parteispitze hatte.

Zusammen mit ihrer Freundin machte sie sich auf den Weg zum Büfett und betrachtete staunend die aufgetischten Köstlichkeiten. Da war ein kleines Vermögen aufgebaut, stellte sie mit Kennerblick fest, und fragte sich, wer den Löwenanteil davon berappen musste. Ob die Partei etwas beisteuerte? Sie wusste es nicht, es ging sie auch nichts an, ermahnte sie sich. Seltsam, das Thema Finanzen hatten sie in ihrer Beziehung von Anfang an gemieden. Vielleicht, weil es bei beiden keine Rolle spielte. Allerdings gingen sie unterschiedlich damit um. Während Philip nicht unbedingt verschwenderisch, aber sehr großzügig war, haushaltete Franzi mit ihrem Ersparten. Sie war zwar nicht in Armut aufgewachsen, den Wert des Geldes hatte sie jedoch in jungen Jahren kennengelernt.

Sarah häufte sich den Teller mit Lachs und Pastete voll. Franzi entschied sich neben Salat für Vitello tonnato und Antipasti. Das waren eindeutig die italienischen Gene, dachte sie und kicherte in sich hinein.

Diana war noch immer mit Helmut beschäftigt, wie sie zwischenzeitlich in Erfahrung gebracht hatte. Er war Schauspieler und auf den zweiten Blick kam er Franzi vage bekannt vor. Allerdings vermochte sie keinen der Filme aufzuzählen, in denen er mitgespielt hatte.

Sie setzte sich zusammen mit Sarah an einen der runden Tische in der ersten Reihe, der für Philips Familie und die engsten Freunde reserviert war. Endlich gesellten sich auch das Geburtstagskind und ihre Mutter samt Helmut zu ihnen und die Gespräche wurden am Tisch weitergeführt.

Philip verbreitete nach allen Seiten gute Laune. Trotzdem wirkte er nervöser als sonst. Franzi ertappte ihn immer wieder dabei, wie er an seinem Hemd zupfte oder sich über das Kinn strich. Dabei hatte er allen Grund, sich zu entspannen. Alles klappte wie am Schnürchen und die Gäste hatten ihren Spaß.

Franzi war in eine Unterhaltung mit ihrer Mutter und Sarah vertieft, als die Band plötzlich zu spielen aufhörte und das Licht ausging. Die Gespräche an den Tischen verstummten, ehe ein überraschtes Gemurmel einsetzte. Auch Franzi reckte den Kopf und sah sich nach allen Seiten um. Sie versuchte, Philips Blick aufzufangen, aber der schien mit sich selbst beschäftigt zu sein und atmete tief ein und aus, ohne auf die Menschen um ihn herum zu achten. Eine Tür ging auf und eine ganze Schar Köche betrat den Raum, die zu einem von der Band gespielten Tusch Eisbomben hereintrugen. Wunderkerzen zischten und tauchten die Köstlichkeiten in ein feierlich funkelndes Licht.

Erstaunt sah Franzi zu Philip hinüber, der ihr ein unergründliches Lächeln schenkte. War das die Überraschung gewesen, von der er gesprochen hatte? Warum hatte er ihr nichts erzählt?

Die Köche durchquerten unterdessen begleitet vom freudigen Applaus der Gäste den Saal und steuerten einen Tisch im hinteren Bereich an, auf dem die süßen Leckereien für das Nachtischbüfett aufgebaut waren.

Franzi fing Sarahs Blick auf. Zusammen verfolgten sie gespannt, wie die Köche die Eisbomben, in denen immer noch Wunderkerzen vereinzelt aufleuchteten, abstellten. Die Menge jubelte und das rhythmische Klatschen ging in einen lauten Beifall über, der durch den Raum schallte.

Dann kam der Sänger der Band von der Bühne und drückte Philip sein Mikrofon in die Hand, die merklich zitterte.

Franzi sah erwartungsvoll zu ihm auf. Er räusperte sich mehrmals und bekam einen freundlichen Applaus. Ehe er zu sprechen begann, musste er sogar kurz warten, bis es ruhig wurde.

»Liebe Freundinnen, liebe Freunde. Liebe Familie«, mit einer kleinen Geste bedachte er die Anwesenden des Tisches, an dem er saß. Einen Augenblick verharrte er bei Franzi und lächelte ihr verkrampft zu. »Ich danke euch herzlich, dass ihr alle gekommen seid, um meinen Geburtstag mit mir zu feiern. Obwohl es unvernünftig ist zu feiern, dass man älter wird.« Vereinzeltes Gelächter aus der Menge. »Ich versichere euch, mir ist es eine besondere Ehre, dass ihr meiner Einladung gefolgt seid.«

Erneut erklang sporadisches Klatschen und Philip hob die Hand. Mittlerweile hatte er zu seiner gewohnten Selbstsicherheit zurückgefunden und ging einige Schritte auf und ab. Nun war er wieder ganz der Alte, wie Franzi feststellte. Oder hatte sie sich die Nervosität vorhin nur eingebildet? Souverän hielt Philip das Mikro und redete in gewählten Sätzen zu seinen Gästen. So kannte man ihn, wenn er Reden hielt. Zumeist frei, denn er hatte sein Konzept im Kopf und beherrschte es meisterhaft, jedem Zuhörer das Gefühl zu geben, dass er ausschließlich für ihn sprach.

Er verlor einige Worte über das vergangene Lebensjahr und was alles geschehen war, bevor er eine Pause einlegte und an den Tisch zurückkehrte.

Franzi sah ihn auf sich zukommen, wie er sie mit seinem Blick gefangen hielt. Plötzlich schien er nur noch zu ihr zu sprechen. Ihr Herzschlag beschleunigte sich und ihr wurde heiß, obwohl sich die feinen Härchen auf ihren Unterarmen aufstellten. Sie spürte nur am Rande, wie Sarah sie in den Oberschenkel kniff.

Jetzt war Philip bei ihr und reichte ihr die Hand, die sie verunsichert ergriff. Ehe sie sich versah, zog er sie von ihrem Stuhl hoch und sie stand ihm gegenüber.

Franzi schluckte. In ihrem Kopf überschlugen sich die Gedanken und doch fühlte er sich leer an. Er würde nicht wirklich …? Sie spürte, wie sich ihre Überraschung mit Panik mischte. Nicht hier. Bitte nicht vor all den fremden Leuten, dachte sie und krallte sich krampfhaft an seiner Hand fest.

»Liebe Franzi«, begann Philip zu sprechen und sah ihr dabei fest in die Augen.

Sie erwiderte seinen Blick und flehte ihn stumm an, das nicht zu tun.

»Seit ich dich getroffen habe, hat sich mein Leben verändert.«

Franzi stockte der Atem und für einen Moment wurde ihr schwindelig. Doch sie fing sich und klammerte sich an den Mann, den sie liebte. Und der jetzt vor ihren Augen, vor den Augen aller anwesenden Gäste, in die Knie ging und das Mikrofon weglegte. Franzi verfolgte wie in Trance, wie er aus der Tasche ein Schmuckkästchen hervorholte, dessen Deckel er nach oben klappte, ehe er es drehte und zu ihr aufblickte.

Wie gebannt starrte Franzi auf den schmalen Ring mit dem funkelnden Stein, dann blickte sie Philip in die Augen, die sie so voller Liebe und Wärme anstrahlten. Fest hielt er ihre Hand umklammert und räusperte sich noch einmal.

»Franzi Marino, möchtest du mich heiraten?«

Franzi wollte sprechen, aber die Worte, das eine Wort nur, blieben ihr in der Kehle stecken. Sie fühlte, dass alle Blicke im Raum auf sie gerichtet waren. Ihr war heiß und kalt gleichzeitig. Das war er also. Dieser eine Moment, der ihre Zukunft für immer verändern sollte. Der Augenblick, der der glücklichste in ihrem Leben sein sollte.

Es war totenstill und plötzlich war sich Franzi der umstehenden Gäste bewusst, die auf eine Antwort warteten. Das erlösende »Ja«. Manche gierten vielleicht nach einem »Nein«. Auf der Suche nach der Sensation.

Die Zeit stand still.

Sie holte tief Luft und flüsterte schließlich kaum wahrnehmbar ein ersticktes »Ja«.

Philip lächelte glücklich und atmete bei ihrer Antwort auf. Er sprang hoch, um sie in eine stürmische Umarmung zu ziehen und sie zu küssen.

»Ich liebe dich«, flüsterte er atemlos und presste seine Lippen auf ihre. Tausende kleiner Küsse hauchte er auf ihren Mund, die Stirn und ins Haar. »Für einen Moment dachte ich tatsächlich, dass du »Nein« sagen könntest.« Er lachte erleichtert, ehe er ernst wurde und eine Hand auf ihre Wange legte. Sie spürte seinen Atem auf ihrer Haut, seine Nasenspitze war ihrer nur um wenige Zentimeter entfernt. »Franzi, ich liebe dich von ganzem Herzen und ich möchte mein Leben mit dir verbringen.«

Jetzt wachte sie auf und bemerkte den tosenden Applaus und die Jubelschreie im Raum. Langsam sah sie auf, registrierte, dass die Anwesenden aufgestanden waren. Sektgläser wurden ihnen entgegengereckt. Philip entließ sie aus seiner Umarmung, hielt aber ihre Hand fest. Gemeinsam drehten sie sich in Richtung der Gäste und nahmen lächelnd die Glückwünsche entgegen. Ihre Mutter stand neben ihr, sie hatte Tränen in den Augen.

»Ich bin so glücklich, mein Kind!« Schluchzend drückte sie ihre Tochter an sich. »Ich freue mich sehr für dich.«

»Mensch, Franzi, das ist ja großartig«, bestürmte Sarah ihre Freundin und herzte sie ebenfalls.

Franzi wusste nicht, wie ihr geschah. Ein Glas wurde ihr in die Hand gedrückt. Alle wollten mit ihr anstoßen. Natürlich waren auch Reporter und Fotografen zugegen, sie musste lächeln, gemeinsam mit Philip in die Kamera grinsen und

Fragen über sich ergehen lassen, die sie im Moment weder beantworten konnte, noch wollte.

Es dauerte eine gefühlte Ewigkeit, bis sich der Tumult gelegt hatte und sie ein wenig Atem schöpfen konnte. Doch es war nicht vorüber. Ihre Mutter überfiel sie mit ersten Ideen für das bevorstehende Ereignis und hatte Vorschläge parat, die Franzi im Moment nicht interessierten.

Philip erging es ähnlich. Ehe sie wieder beieinander waren, war es weit nach Mitternacht. Dann erst zog er seine Zukünftige an sich und tanzte mit ihr. Vergessen waren all die Menschen um sie herum und endlich konnte auch Franzi genießen, was passiert war. Der Gedanke an einen Abend zu zweit in einem kleinen Restaurant verblasste zunehmend. Und als sie allein bei Philip zu Hause waren, war er gänzlich verschwunden.

Im Flur streifte sie müde die Schuhe von den Füßen, ehe sie sich mit einem Aufstöhnen auf das Sofa fallen ließ.

Philip betrachtete sie mit einem liebevollen Lächeln und legte sein Jackett ab.

»Du hast mir das schönste Geburtstagsgeschenk von allen gemacht«, sagte er und kam langsam auf sie zu.

»Ich hatte nicht gedacht, dass du dich so über die Uhr freust«, scherzte sie erschöpft.

»Du weißt genau, dass ich nicht das meine.« Er setzte sich neben sie und griff nach ihrer Hand. »Ich dachte wirklich einen Augenblick lang, dass du »Nein« sagst.« Er lachte erleichtert, als sei das ein dummer Witz.

Franzi hingegen schwieg und lächelte verkrampft. Sie behielt für sich, dass sie den Bruchteil einer Sekunde daran gedacht hatte.

Kapitel 4

In den folgenden Tagen überschlugen sich die Medien mit Meldungen zu ihrer Verlobung. »Die Popsängerin und der Politiker«, stand in den einschlägigen Magazinen zu lesen. »Das neue Traumpaar und der romantische Antrag an seinem Geburtstag«. Nicht alles, was gedruckt wurde, entsprach der Wahrheit, aber das kannte Franzi bereits. Schon spekulierten sie darüber, ob sie ihres ungeborenen Kindes wegen heiraten mussten und wann die Niederkunft bevorstünde. Bilder von Palmenstränden wurden abgedruckt mit so sinnlosen Unterschriften wie »Heiraten sie an diesem einsamen Strand?«

Anfangs hatte sie die Blätter gelesen und sich zusammen mit Philip über die Spekulationen lustig gemacht. Dann war sie zunehmend genervt gewesen und schließlich hatte sie keine Zeitungen mehr angefasst. Aus Ärger darüber, was ihnen alles angedichtet wurde.

Ihre Mutter sorgte schon dafür, dass sie unter Strom stand. Dazu brauchte sie die Medien nicht. Diana hatte bereits am Tag nach Philips Geburtstag eine Liste erstellt, was zu erledigen war, und einen Zeitplan ausgearbeitet. Außerdem hatte sie sich daran gemacht, nach geeigneten Locations zu suchen. Die Gestaltung ihres Auftritts beim *Sunset-Beach-Festival* hatte sie auch in ihre Hände genommen. Obwohl Franzi noch immer nicht zugesagt hatte.

Franzi schwindelte bald von dem emsigen Treiben um sie herum und sie fühlte sich hoffnungslos überfordert mit der Organisation all dieser Dinge. Wenn sie überhaupt schlief, träumte sie von ihrer Hochzeit. Mal fand sie in einem dunklen Wald statt, mal unter Wasser. Das Brautkleid ging verloren oder gefiel Philip nicht, weil es zu offenherzig war. Es ähnelte dem Abendkleid, das Britta neulich getragen hatte, nur war es schwarz.

Bald fühlte sie sich nur noch müde und erschöpft und wünschte sich, dass sie die Feier schnell hinter sich brachten.

So überließ die dankbare Tochter ihrer Mutter gern die Planung. Der Rebell in ihr fragte sich allerdings, ob sie nicht einfach abhauen und Philip an einem einsamen Strand in der Karibik heiraten wollte. Hochzeitsreise inklusive. Im Sonnenuntergang unter Palmen am Meer.

Als sie Philip gegenüber eine solche Andeutung gemacht hatte, hatte er lachend abgewunken.

»Das ist nicht dein Ernst«, meinte er halb empört und dachte an einen Scherz. »Damit würden wir ja alle Gerüchte bestätigen, das ist doch langweilig. Am besten noch mit Babykugel unter dem weißen Kleid.« Dann war er ernst geworden. »Das geht nicht, das weißt du. Ich werde hier gebraucht. Und unsere Hochzeit wird groß ausfallen. Schon allein der Freunde und Geschäftspartner wegen, die ich unmöglich vor den Kopf stoßen kann.«

Danach hatte er sich wieder dem Artikel zugewandt, an dem er gerade arbeitete, und Franzi ein wenig ratlos und gekränkt zurückgelassen. Was wäre schlimm daran, am Sandstrand zu heiraten? Ob mit oder ohne Babybauch. Immerhin sollte das der schönste Moment in ihrem Leben werden und nicht eine Wahlkampfveranstaltung.

Das stellte sie vor die nächste Frage. Philip hatte bei Gesprächen über Nachwuchs zwar bisher nicht ablehnend reagiert, ein Freudenschrei war ihm aber auch nicht über die Lippen gekommen. Er war der Meinung, dass all das Zeit hatte. Sie waren so jung, wie er ein ums andere Mal betonte. Hatten das ganze Leben vor sich und wollten so viel zusammen unternehmen.

Mittlerweile fragte sich Franzi, was das war. Denn wann immer sie einen Vorschlag machte, hob er entschuldigend die Schultern und verwies auf seine Arbeit und den vollen Terminkalender. Zugute halten musste sie ihm allerdings, dass er auf ihre Anregung, ihre Oma in der Toskana zu besuchen, nicht so abweisend reagierte, wie sie erwartet hatte. Im Sommer vielleicht, wenn alle im Urlaub waren und auch die Politik eine Pause einlegte. Da ließe sich das sicherlich einschieben.

So hatte Franzi seufzend zugestimmt und fieberte nun diesem Ankerpunkt in ein paar Monaten entgegen. Sie merkte selbst, dass ihre Kräfte langsam aufgebraucht waren und sie eine Auszeit benötigte.

Vor dem Urlaub standen allerdings einige Konzerte an, die sie zugesagt hatte.

Glücklicherweise war sie heute in der Nähe von München, sodass Franzi anschließend heimfahren konnte. Sie hatte vor, die Aftershowparty sausen zu lassen, denn seit dem Mittag fühlte sie sich besonders erschöpft und müde. Das lag sicher an der Hitze. Schon die letzten Tage waren drückend heiß und die Nächte unerträglich gewesen. Sie wusste schon nicht mehr, wie erholsamer Schlaf sich anfühlte.

Franzi sah in den Spiegel und bürstete nachdenklich ihr langes Haar. Jedes Mal dachte sie, dass das Lampenfieber sich mit zunehmender Routine legen müsste. Doch jeder neue Auftritt belehrte sie eines Besseren. Auch diesmal saß sie nervös in ihrer Garderobe und fragte sich, was alles schiefgehen konnte. Das reichte von so harmlosen Dingen wie dem Ausfallen des Mikrofons bis hin zu der Frage, was geschah, wenn sie stolperte oder an ihrem Kleid eine Naht aufriss.

Heute war es besonders schlimm. Schuldbewusst schenkte sie sich ein Glas Wasser ein und löschte den größten Durst. Sie hatte zu wenig getrunken.

Ihr Handy läutete und Franzi runzelte die Stirn. Sie hatte vergessen, es lautlos zu stellen. Das Letzte, was sie vor einem Konzert brauchen konnte, waren lästige Telefonate. Egal, was es war, es ließ sich verschieben.

Als sie das Gespräch wegdrückte, sah sie, dass der Störenfried ihre Mutter war. Gerade Diana sollte doch wissen, dass ihre Tochter im Moment ihre Ruhe brauchte, um später mit einem strahlenden Lächeln auf die Bühne zu gehen. Verärgert schaltete sie den Flugmodus ein und legte das Smartphone zur Seite.

Ihr Blick fiel in den Spiegel und sie beschloss, etwas mehr Wimperntusche aufzutragen. Trotz der sommerlichen Temperaturen wirkte sie blass. Nur mit Müh und Not war es ihr gelungen, die dunklen Augenringe mit Make-up zu kaschieren.

Ein Klopfen an der Tür ließ sie aufsehen. War es nicht noch zu früh? Seufzend legte sie die Wimperntusche weg und sah auf. Die Produktionsassistentin streckte den Kopf mit den raspelkurzen, grün gefärbten Haaren zur Tür herein.

»Entschuldigung«, sagte sie und trat ein.

Franzi schüttelte sich gedanklich. Die Frau war unglaublich dünn, wirkte dabei aber so zäh, als könne sie problemlos beim Berlin-Marathon mithalten. Sie trug eine enge Capri-Jeans und ein bauchfreies T-Shirt. Beides hatte sie vermutlich in der Kinderabteilung gekauft. In der Hand hielt sie ein Telefon.

»Tut mir leid, wenn ich störe.« Selbst ihr Lachen klang knabenhaft. Wenn Franzi vorhin nicht unfreiwilliger Zuhörer gewesen wäre, wie dieses kleine Geschöpf einen baumlangen Kerl zusammenfaltete, hätte sie Zweifel gehegt, ob sie erwachsen war. Nach allen Regeln der Kunst hatte sie dem

Bühnentechniker eine Standpauke gehalten, dass der am Ende mit gesenktem Haupt davongeschlichen war.

Sie streckte Franzi das Telefon entgegen. »Deine Mutter. Sie sagte, es sei dringend«, meinte sie entschuldigend.

Augenblicklich fuhr Franzi der Schreck in die Glieder. Hatte sie Diana unrecht getan? War etwas passiert? Jetzt tat ihr leid, dass sie das Gespräch weggedrückt hatte. Alarmiert griff sie nach dem Hörer, den ihr die Produktionsassistentin mit dürren Fingern reichte. Nur aus den Augenwinkeln nahm sie wahr, dass die Frau sich diskret zurückzog.

»Mama? Was ist los?« Franzi schlug sich die Hand vor den Mund. Hatte Philip einen Unfall gehabt?

»Hallo, mein Kind«, trällerte Dianas fröhliche Stimme aus dem Telefon. »Nein, natürlich ist nichts passiert. Oder doch. Das kommt ja immer auf die Sichtweise an.« Ihr Lachen perlte wie Champagner durch die Leitung an Franzis Ohr.

Sie schloss für einen Moment die Augen. Das Adrenalin, das durch ihren Körper geschossen war, sorgte für ein Rauschen in den Ohren, aus dem sich die Stimme ihrer Mutter nur langsam herausschälte.

»Mama, was ist los?«, fragte sie gepresst und betonte jedes einzelne Wort.

»Kind, du glaubst es nicht, aber mir ist es tatsächlich gelungen, dieses fantastische Hotel am Tegernsee als Location für die Hochzeit zu bekommen. Ist das nicht großartig? Der Hotelbetrieb wird eigens für euch für drei komplette Tage geschlossen.«

Einen Augenblick blieb es still. Diana wartete vermutlich auf jubilierende Freudenschreie ihrerseits.

»Mama, das ist jetzt nicht dein Ernst, oder?«

»Doch, doch! Ich musste dir das unbedingt mitteilen.«

»Das meine ich nicht.«

Das Lachen ihrer Mutter verstummte abrupt. »Was ist?«, fragte sie irritiert. »Du bist nicht ans Telefon gegangen.«

»Das hatte einen guten Grund.« Franzi konnte ihre Verärgerung nicht verbergen. »Du weißt, dass ich in zehn Minuten auf die Bühne muss.«

Kurz blieb es still in der Leitung. »Natürlich weiß ich das. Ich dachte, du freust dich über die fantastische Nachricht.«

Franzi seufzte. »Klar freue ich mich. Aber das hätte morgen früh auch noch Zeit gehabt.«

»Tut mir leid.« Jetzt klang Diana ehrlich zerknirscht.

Für einen Moment schloss Franzi die Augen. »Du brauchst dich nicht zu entschuldigen.« Nun hatte sie ein schlechtes Gewissen. Wie schaffte ihre Mutter das nur immer wieder? »Können wir bitte später darüber reden? Ich muss mich auf meinen Auftritt konzentrieren, okay?«

»In Ordnung.« Ihre Mutter klang verschnupft.

»Ich bin nervös, das weißt du. Natürlich ist es großartig, dass du eine Location gefunden hast«, lenkte sie ein. »Aber ich muss gleich raus.«

»Okay. Kein Problem.«

Franzi beendete das Gespräch und legte das Telefon zur Seite. War sie undankbar? Ihre Mutter kümmerte sich aufopferungsvoll um all die Dinge, für die sie im Moment keine Zeit und noch weniger Nerven hatte.

Das erneute Klopfen der Produktionsassistentin riss sie aus ihren Gedanken.

»Es ist Zeit«, sagte sie und wartete, bis Franzi aufstand, um sie nach vorne auf die Bühne zu begleiten.

Franzi erhob sich und hielt sich kurz an ihrem Stuhl fest. Ihr war flau im Magen.

»Ich soll dir von deinem Manager ausrichten, dass du ihn später unbedingt anrufen sollst wegen des Festivals.«

»In Ordnung«, gab sie abwesend zurück. Ihr war plötzlich so komisch. Seltsam unwohl.

Franzi griff nach ihrem Glas und trank einen weiteren Schluck. Der Schwindel wollte nicht verschwinden.

»Alles okay?« Die Stimme der jungen Frau hörte sich besorgt an, drang aber nur wie durch einen dichten Nebel zu Franzi durch. Sie kam näher und warf ihr einen prüfenden Blick zu.

»Ja, ja. Geht gleich wieder. Die Hitze vermutlich.« Franzi war unangenehm, dass sie Schwäche zeigte. Reiß dich zusammen, ermahnte sie sich.

Sie holte kurz Luft, trank einen weiteren Schluck und ließ den Stuhl los. Auf Beinen, die nicht die ihren zu sein schienen, stakste sie zur Tür.

»Bist du sicher, dass alles in Ordnung ist?« Die Produktionsassistentin hörte sich ernsthaft beunruhigt an.

»Geht schon«, sagte sie und wunderte sich, wo der fröhliche Klang in ihrer Stimme herkam. »Ich habe wahrscheinlich nur zu wenig getrunken.«

»Wenn du meinst.« Die Frau schien nicht überzeugt zu sein, verließ aber mit ihr den Raum. Auf dem langen Flur ging sie voran.

Der Schwindel traf sie erneut und völlig unvorbereitet. Franzi hielt sich an der Wand fest und bemühte sich, ruhig zu atmen. Es rauschte in ihren Ohren, dann spürte sie, wie ihre Beine nachgaben, ehe ihr schwarz vor Augen wurde und sich eine gnädige Stille über sie senkte.

Kapitel 5

Nur langsam lichtete sich die Dunkelheit. Franzi war unsagbar müde. Sie ließ die Augen geschlossen und versuchte, sich zu orientieren. Was war geschehen? Angenehm weich lag sie und es war still. Das Letzte, an das sie sich erinnerte, war ein Anruf ihrer Mutter.

Diese unsägliche Hochzeit. Franzi merkte, wie Unwillen in ihr hochstieg. Dann die knabenhafte Produktionsassistentin mit den raspelkurzen Haaren. Ihr besorgter Blick. Eine Wand, an der sie sich festhielt. Und ihre Beine, die unter ihr nachgaben. Schwärze. Sie war ohnmächtig geworden. Dabei musste sie ein Konzert spielen.

Mit einem Schlag war sie hellwach, riss die Augen auf und setzte sich ruckartig hoch. Nur, um sich Sekunden später wieder zurücksinken zu lassen, weil ihr schwindelig wurde. Diesmal allerdings blieb sie bei sich.

Was war das? Sie versuchte, die Bilder zu sortieren, die sich in ihre Netzhaut eingebrannt hatten. Ein Zimmer. Weißes Laken. Ein Bett mit einer Metallstange. Personen im Raum, die sie so schnell nicht hatte erfassen können.

Sie war nicht in ihrer Kabine hinter der Bühne. Sie lag in einem Krankenhausbett.

Okay, ganz ruhig, redete sie sich zu und öffnete die Lider erneut. Geflüster von der Tür. Ihre Mutter, die ihren suchenden Blick auffing.

»Ich habe dir doch gesagt, dass sie aufwacht«, hörte Franzi sie vorwurfsvoll sagen.

Ihr Gesprächspartner war Philip, der mit sorgenvoller Miene zu ihr ans Bett eilte und sich auf den Stuhl sinken ließ, der dort stand. Behutsam griff er nach ihrer Hand.

»Was ist passiert?« Franzi merkte selbst, wie rau sich ihre Stimme anhörte. Ihre Lippen waren ausgetrocknet und sie am Verdursten.

»Du bist umgekippt.« In Philips Blick las sie deutlich, wie hart die letzten, ja, was eigentlich? Minuten? Stunden?, für ihn gewesen sein mussten.

Ihre Mutter trat näher. Sie trug ein vornehm wirkendes Kostüm, knallrot diesmal, und passende Pumps. An ihrem Arm klapperten die unvermeidlichen goldenen Reifen.

»Schätzchen, ich fürchte, du hast zu wenig getrunken.«

Wie sich ihr Mund anfühlte, mochte Diana recht haben.

»Du bekommst im Moment Kochsalzlösung, um den Flüssigkeitsverlust auszugleichen.«

»Wenn es nichts ausmacht, hätte ich gern ein Wasser«, krächzte sie.

Philip schien froh zu sein, dass er etwas tun konnte, und griff nach der Flasche auf dem kleinen Tisch neben ihrem Bett. Er goss ein bisschen davon in einen Becher und reichte ihn ihr.

»Kannst du allein trinken?«, fragte er besorgt, als sie das Glas entgegennahm.

»Sehe ich aus wie ein Baby?« Es sollte scherzhaft klingen, aber der Versuch misslang kläglich.

Sie trank das Wasser in einem Zug und bedeutete Philip, den Becher erneut zu füllen. Den zweiten leerte sie langsamer, das gab ihr Zeit zum Nachdenken.

Im Krankenhaus war sie also. Vermutlich wegen eines Kreislaufzusammenbruchs. Kein Wunder bei der Hitze. Sie hatte tatsächlich nicht genug getrunken. Zeitweise war sie zu nervös gewesen und hatte es dabei einfach vergessen. Oder war sie ernsthaft krank? Etwas, das bisher unentdeckt geblieben war? Dr. Wagner hatte doch gesagt, dass sie nur an Erschöpfung litt.

»Was ist mit dem Konzert?«, fragte sie und gab Philip ihr Glas zurück. Sie verspürte leichte Kopfschmerzen.

»Abgesagt.« Ihre Mutter wirkte bekümmert und sah sie so traurig an, als wenn jemand verstorben wäre.

»Das ist nicht schlimm«, beeilte sich Philip zu sagen.

»Aber auch nicht gut«, mischte sich eine dritte Stimme ein.

Franzi sah überrascht auf. Niko stand an den Türrahmen gelehnt und trat näher. Bisher hatte sie ihn nicht wahrgenommen.

»Die Spekulationen werden ins Kraut schießen«, unkte er. »Von einem Tumor über eine Schwangerschaft oder ein Nervenleiden dichten sie dir alles an, du wirst sehen. Und für das Festival sind das keine positiven Schlagzeilen. Ich hoffe, sie ziehen die Anfrage nicht zurück.«

»Warum sollten sie?« Diana klang eher empört als interessiert.

»Weil niemand die Katze im Sack kauft. Das Risiko könnte dem Veranstalter zu hoch sein, dass sie den Termin nicht einhält, weil sie gesundheitlich instabil ist.«

Franzi versuchte, bei der Unterhaltung mitzuhalten. Ihr Kopf ruckte von einem Gesprächspartner zum anderen wie bei einem Pingpong-Spiel. Sie hatte Mühe, dem Schlagabtausch zu folgen. Ihr Schädel brummte.

»Das ist eine Katastrophe!« Diana wirkte gleichermaßen bekümmert wie nachdenklich, dann hellte sich ihre Miene auf. »Wenn wir ein ärztliches Attest einreichen, dass ihr nichts Schlimmes fehlt?«

»Das ist doch im Moment völlig nebensächlich«, meinte Philip entrüstet und drehte sich um. Auf seiner Stirn hatten sich steile Falten gebildet.

Offenbar war er der einzig normale Mensch in diesem Zimmer, dachte Franzi dankbar.

»Sie hatte einen Kollaps. Wichtig ist erst einmal, dass sie wieder auf die Beine kommt.«

Überraschtes Nicken.

»Blöd nur, dass ich ausgerechnet morgen zu diesem Kongress muss.« Ihr Verlobter kratzte sich verlegen am Hinterkopf. »Den kann ich unmöglich absagen, das wäre schlecht für den Wahlkampf.«

Franzis Dankbarkeit schwand so schnell, wie sie gekommen war.

»Du hattest doch einen normalen Schwächeanfall, Schätzchen?«, mischte sich ihre Mutter ein und in ihrem Gesicht las Franzi Spannung, aber auch unterdrückte Freude. »Oder bist du etwa …?«

Philips Kopf schnellte hoch. Beinahe panisch, wie ihr schien, sah er sie an. Hatten sich gerade noch alle über sie hinweg unterhalten, so stand sie jetzt im Mittelpunkt der allgemeinen Aufmerksamkeit.

»Ich denke schon«, meinte sie lahm und wusste nicht, was von ihr erwartet wurde.

Glücklicherweise ging im gleichen Moment die Tür auf. Ein Mann im weißen Kittel trat ein, aus dessen Tasche ein Stethoskop baumelte. Mit einem strahlenden Lächeln nickte er nach allen Seiten und Franzi war erleichtert über sein Erscheinen. Ihm folgte eine Krankenschwester mittleren Alters, deren füllige Figur im Gegensatz zu der des schlanken Arztes stand.

Noch größer wurde Franzis Freude, als der Doktor freundlich, aber bestimmt alle Anwesenden aus dem Zimmer schickte. Diana blitzte mit ihrem Einwand, dass sie die Mutter sei, ebenso ab wie Philip als zukünftiger Ehemann. Niko versuchte es erst gar nicht, und so strebten alle drei mit mehr oder weniger großem Widerwillen dem Ausgang entgegen. Der

Mediziner wartete, bis die Tür hinter ihnen zufiel, und trat an ihr Bett. Franzi schloss einen Moment die Lider und dankte dem Himmel, dass Ruhe herrschte.

»Hallo Frau Marino, mein Name ist Dr. Wattenschläger.« Er reichte ihr die Hand und drückte sie.

»Sie glauben gar nicht, wie froh ich bin, dass Sie da sind«, platzte es aus ihr heraus.

»Das lassen Sie mal lieber nicht Ihren Verlobten hören«, entgegnete der Arzt trocken. Lachfalten bildeten sich um seine blauen Augen, die hervorragend zu dem blonden Lockenkopf passten. »Haben Sie Beschwerden? Oder womit hängt der Ausbruch der Freude zusammen?«

»Eher damit, dass ich endlich meine Ruhe habe«, gab Franzi kleinlaut zurück und erntete ein wissendes Nicken.

»Mir scheint, das ist der Grund für Ihren Aufenthalt bei uns.« Nun wurde er ernst.

»Was habe ich eigentlich?«

»Mit einfachen Worten ausgedrückt einen Kollaps in Folge der Hitze. Definitiv haben Sie zu wenig Flüssigkeit zu sich genommen.«

»Und was heißt das?« Franzi setzte sich auf und sah ihn aufmerksam an.

»Nun, eine ganz Unbekannte sind Sie für mich nicht«, meinte der Arzt und ließ unkommentiert, was er von ihrer Musik hielt. »Ihr Pensum ist hoch. Wenn ich Ihren Hausarzt richtig verstanden habe, hat er sie in den letzten Wochen bereits darauf hingewiesen, dass Sie sich in einem Zustand akuter Erschöpfung befinden.«

Er wartete, ob sie etwas sagen wollte, doch Franzi schwieg. Schlicht, weil ihr die Worte fehlten. Sie nickte nachdenklich. Er hatte also mit Dr. Wagner gesprochen.

Als offensichtlich war, dass sie sich nicht dazu äußern würde, sprach der Arzt weiter. »Ihr Hausarzt sagte Ihnen bereits, dass er mit Ihrem Erscheinungsbild nicht zufrieden ist.«

Franzi biss die Zähne zusammen und betrachtete die Falten, die die weiße Bettdecke schlug, auf der unstet ihre Hände zuckten.

Der Doktor atmete hörbar ein. »Mir scheint, Dr. Wagner ist nicht nur ein hervorragender Mediziner, er ist auch ein kluger Mann. Sie sollten auf ihn hören. Wir können nicht viel für Sie tun.«

»Sie sind Arzt, das hier ist ein Krankenhaus. Warum können Sie nichts für mich tun?«

»Wir päppeln Sie ein bisschen auf, behalten Sie über Nacht hier und klären zur Sicherheit ein paar Dinge ab.«

»Sie müssen doch wissen, was mir fehlt. Ich kann es mir nicht leisten, krank herumzuliegen.«

»Genau das ist aber das Problem. Wenn ich es richtig einschätze, brauchen Sie nichts außer Urlaub und Ruhe. Beides gibt es nicht auf Rezept, da muss ich an Ihre Vernunft appellieren.« Er hörte sich gleichmütig an.

Konnte er ihr nicht eine Spritze geben? Mit Vitaminen oder so, damit sie schnell fit wurde.

Ein Lächeln streifte sie. »Sie werden bald wieder auf den Beinen sein«, meinte er besänftigend. »Wie lange das dauert, hängt allerdings von Ihnen ab. Wir sehen uns morgen zur Visite.«

Er wandte sich ab und ging zur Tür, drehte sich jedoch noch einmal um.

»Vanessa nimmt Ihnen Blut ab. Und vielleicht gelingt es ihr, diesem Zirkus da draußen ein Ende zu setzen.« Er deutete zur Tür, vor der die Menschen warteten, denen sie am meisten bedeutete.

Respektlos war das, fand Franzi, als er das Zimmer verließ. Oder hatte er recht? Die Krankenschwester beugte sich in der Zwischenzeit über ihr Handgelenk, in dem ein hässlicher Zugang steckte.

Die Menschen, denen sie am meisten bedeutete, dachte sie. War das wirklich so? Oder war es ihre Karriere, um die es ging?

Franzi zuckte zusammen, bis die Nadel endlich im Zugang steckte. Sie wollte die unbequemen Gedanken nicht weiter verfolgen. Im Augenblick war sie einfach nur unsäglich müde und brauchte nichts als Schlaf.

Das Blutabnehmen dauerte schier endlos lang. Als Vanessa den Rückweg antrat, atmete Franzi erleichtert auf und schloss erschöpft für einen Moment die Augen.

»Wenn Sie Ihre Ruhe haben möchten, schicke ich alle weg. Auf ärztliches Anraten«, schlug Vanessa vor.

»Das wäre nett«, meinte sie gleichermaßen enttäuscht wie entschlossen. »Ich bin müde und möchte nichts als schlafen.«

»In Ordnung.« Die Schwester nickte und straffte die Schultern, als wappnete sie sich für einen Kampf.

Als sie die Tür öffnete, vernahm Franzi ein aufgeregtes Gemurmel. Dann war es still im Zimmer. Jegliche Geräusche blieben vor der Tür. Sie schloss die Augen und fiel augenblicklich in einen tiefen Schlaf.

Als Franzi das nächste Mal aufwachte, war es dunkel. Nur an der Wand sorgte eine auf Kniehöhe angebrachte Lampe für dezentes Licht.

Die Kopfschmerzen waren beinahe weg, stellte sie erleichtert fest. Nicht jedoch der Durst. Mühsam setzte sie sich auf und griff nach dem Glas, das sich auf wundersame Weise wieder gefüllt hatte. Sie trank ein paar Schlucke und suchte vergeblich nach einer Uhr im Zimmer. Auch ihre Armbanduhr und das Handy vermisste sie.

Doch das war nicht das drängendste Problem, denn Franzi verspürte ein Grummeln im Magen, das eindeutig auf Hunger zurückzuführen war. Einen Augenblick sah sie sich ratlos um, dann suchte sie die Ruftaste, um nach der Krankenschwester zu läuten. Es dauerte nicht lange, da öffnete sich die Tür und eine junge Rothaarige betrat fröhlich lächelnd den Raum. Sie konnte kaum älter als zwanzig sein und trug ebenso wie Vanessa zuvor eine weiße Hose und einen hellen Kittel darüber

»Hallo Frau Marino. Wieder wach?«

Franzi nickte.

Die Schwester warf einen Blick auf die Uhr. »Sie haben immerhin fast fünf Stunden geschlafen.«

»Fünf Stunden?«

Ihr Gegenüber lachte. »Sie hatten es nötig. Vanessa hat mich schon gewarnt, dass ich niemanden zu Ihnen lassen soll. Haben Sie Hunger? Das Abendessen haben Sie auch verpasst.«

Verdattert nickte Franzi und die Schwester ging davon, um kurz darauf mit einem Tablett zurückzukehren. Als wäre es ein Fünf-Sterne-Gericht nahm sie den Deckel ab.

»Vermutlich sind Sie Besseres gewohnt, aber das wäre die heutige Spezialität des Hauses«, pries sie zwei Scheiben Schwarzbrot, Butter und etwas Wurst und Käse an, die unter der Haube verborgen gewesen waren. Daneben stand ein abgepackter Kirschjoghurt und ein Apfel lag ebenfalls auf dem Tablett.

Franzi verzog das Gesicht.

»Fühlen Sie sich besser?«

»Ein bisschen erschöpft noch.«

»Das wird schon.« Die Rothaarige nickte zuversichtlich. »Ich bin Marlene vom Nachtdienst. Wenn etwas ist, klingeln Sie bitte einfach.«

»Danke.« Franzi griff bereits nach der ersten Scheibe Brot.

»Bevor ich es vergesse, draußen wartet ein Herr auf Sie, der mich so lange bekniet hat, bis ich ihn hereingelassen habe.«

Franzi sah auf.

»Um die Uhrzeit ist das eigentlich nicht mehr erlaubt, aber ich denke, in diesem Fall können wir eine Ausnahme machen.«

Da kam Franzi wieder einmal ihr Promistatus zugute. Den sie so gut wie nie in Anspruch nahm. Sie musste zugeben, dass er in solchen Fällen praktisch war. Philip war die ganze Zeit über an ihrer Seite geblieben, dachte sie gerührt.

»Was will man machen? Dem Charme dieses Herrn wäre selbst ein Eisklotz erlegen und er hat extra den Weg auf sich genommen. Da konnte ich ihn ja schlecht vor der Tür stehen lassen, nicht wahr?«

Moment mal. Philip hatte keine weite Anreise. Um wen ging es? Nun war sie neugierig.

»Augenblick, ich hole ihn.« Geschäftig eilte Marlene davon und kehrte kurz darauf zurück.

Franzi konnte nicht glauben, was sie sah. Tränen brannten in ihren Augen, sie schluchzte auf und schlug sich die Hand vor den Mund. Gleichzeitig lachte sie, verschluckte sich und begann zu husten.

Die Haare standen ihm in alle Windrichtungen vom Kopf ab. Sie waren noch immer voll, doch das Schwarz war von silbernen Fäden durchzogen. Mehr als sie in Erinnerung hatte. Seine Wangen wirkten hohl, das T-Shirt saß schief und war zu eng. Ein paar Kilo zugelegt hatte er, dachte sie. Dabei hatten sie sich an Weihnachten zuletzt gesehen.

Jetzt breitete er die Arme aus und trat zu ihr ans Bett.

»Ciao, piccola mia«, sagte er und der Klang seiner sanften Stimme ließ ihre Augen endgültig überlaufen.

»Papà«, schluchzte sie nur und vergrub ihr Gesicht im nächsten Moment an seiner Brust.

Behutsam hielt er sie und ließ sie weinen. Dabei strich er ihr unablässig über den Rücken und murmelte italienische Liebkosungen, wie er es früher getan hatte, wenn sie unglücklich gewesen war oder sich wehgetan hatte.

Franzi wusste nicht, wie viel Zeit vergangen war. Aber die Geborgenheit, die ihr Vater ihr mit seiner Umarmung gab, war so übermächtig, dass sie dieses Gefühl nicht gleich wieder hergeben wollte. Er roch so unverkennbar nach ihrem Papa, nach Zuhause, dass sie mehr davon brauchte. Es war wie ein Lebenselixier, das ihr neue Kraft spendete.

Als die Schluchzer langsam nachließen und auch der Strom der Tränen versiegte, ließ er sie vorsichtig los. Sanft fasste er sie unter das Kinn und zwang sie, ihn aus tränenverschleierten Augen anzusehen. Erschütterung lag in seinem Blick.

»Amore mio, was haben sie dir angetan?«, flüsterte er fassungslos und zog sie erneut an sich, nur um sie gleich darauf wieder loszulassen und mit einer Armlänge Abstand das von ihr zu mustern, was unter der Bettdecke hervorlugte. »Du bist abgemagert«, stellte er mit dem ihm typischen italienischen Akzent betrübt fest. Sein Deutsch war zwar hervorragend, aber da er nach Mailand zurückgekehrt war, hörte man ihm seine Herkunft überdeutlich an.

Er reichte ihr ein Taschentuch, das Franzi dankbar nahm und sich schnäuzte.

»Papà«, flüsterte sie, als könne sie noch immer nicht glauben, dass er vor ihr stand. »Wie kommst du hierher?«

»Mit dem Flugzeug. Eine Sarah hat mich in der Firma angerufen und mir erzählt, was passiert ist.«

Kein Wort verlor er darüber, dass der Anruf eigentlich von seiner Exfrau hätte kommen müssen.

»Ich habe den nächsten Flieger genommen, den ich kriegen konnte. Nicht einmal Gepäck habe ich dabei. Gerade das, was ich am Leib trage.«

Franzi lachte auf. Das sah ihrem Vater mal wieder ähnlich.

»Aber jetzt«, er deutete auf das Brot, das noch immer auf dem Teller lag, »solltest du etwas essen, eh. Du bist mager geworden, du brauchst dringend ein bisschen Fleisch auf den Rippen.«

»Ich bin nicht dünn«, protestierte Franzi halbherzig. »Ich muss nur auf meine Fitness achten.«

»Sieht man ja, wohin dich das gebracht hat«, knurrte ihr Vater und machte eine weit ausholende Geste, die das Krankenzimmer umfasste.

Herzhaft biss Franzi in ihr Brot. Es mochte nicht das beste sein, aber sie hatte Hunger, und der sorgte dafür, dass sie bis zum letzten Krümel alles aufaß, was auf ihrem Teller lag. Inklusive des Joghurts und des Apfels.

Währenddessen erzählte ihr Vater von Mailand. Er arbeitete in einem Ingenieurbüro und hatte die Leitung eines größeren Projektes übernommen, sodass er jede Menge zu tun hatte.

»Dann kannst du es dir gar nicht leisten, hier bei mir zu sein. Ich möchte nicht, dass du Ärger bekommst.«

Gerührt fasste er nach ihrer Hand. »Piccola mia, für dich würde ich alles stehen und liegen lassen, das weißt du.« Aus seiner Stimme sprachen so viel Liebe und Wärme, dass Franzi automatisch wieder das Gefühl überkam, von ihm in den Arm genommen zu werden. Der Moment vorhin hatte sich nach Geborgenheit angefühlt, wie sie es lange nicht erlebt hatte.

Wieso gab ihr keiner der Menschen um sie herum diese Sicherheit? Gut, ihre Mutter war schon immer der distanziertere Typ gewesen. Sie liebte ihre Tochter zweifellos, aber es war ausgeschlossen, dass sie sie in aller Öffentlichkeit in eine liebevolle Umarmung gezogen hätte.

Aber warum war Philip nicht in der Lage, ihr dieses Gefühl zu geben? Er war ihr zukünftiger Ehemann, da sollte man davon ausgehen, dass er ihr Liebe und Geborgenheit im Überfluss schenkte.

Dabei fiel ihr ein, dass sie ihrem Vater von der bevorstehenden Hochzeit noch gar nichts erzählt hatte. Sie hatte das tun wollen, wenn sie im Urlaub waren. Zusammen mit Philip.

Seufzend strich sie sich mit der Hand über die Stirn.

»Cara, was ist los mit dir?«

Franzi sah zu ihm auf. In diese dunklen Augen, die sie schon als Kind so geliebt hatte. Es mochte noch so stürmisch um sie herum gewesen sein, wenn sie bei ihrem Vater war, war er wie ein Fels in der Brandung und trotzte dem heftigsten Orkan.

Hilflos zuckte sie mit der Schulter. Wie sollte sie ihm erklären, dass gerade alles durcheinanderpurzelte? Sie kannte sich selbst nicht mehr. Von der selbstsicheren Sängerin war nichts übrig. Sie war wieder jenes kleine Mädchen, das Schutz an der Brust des Vaters suchte.

»Dir geht es nicht gut«, stellte ihr Papa leise fest, um gleich darauf entschlossen das Kinn zu heben und in die Hände zu klatschen. »Du musst hier weg. Du brauchst Urlaub, eh. Und zwar sofort.«

»Das geht nicht.«

»Papperlapapp. Ein bisschen Pause schadet dir nicht. Außerdem wolltest du deine Nonna in Navello besuchen. Das ist genau der richtige Zeitpunkt.«

»Papà, wie stellst du dir das vor? Ich kann nicht einfach hier weg, nur um nach Italien zu verschwinden.«

»Eh, das kannst du nie«, wischte er ihren Protest zur Seite und stand auf. Wie ein Tier im Käfig ging er auf und ab, sah auf den Boden und grübelte laut. »Du brauchst Urlaub. Auf ärztlichen Rat. Ich habe mit Dottore Wattenschläger gesprochen. Er macht sich Sorgen um dich. Du mutest dir zu viel zu.«

»Das tue ich nicht. Ich bin Sängerin und habe Verpflichtungen«, sagte sie störrisch.

»Er hat dir gesagt, dass du Erholung brauchst. Ich bin mir sicher, dass wieder etwas dazwischengekommen wäre, wenn du es geplant hättest. Oder dieser Filippo hätte plötzlich ein wichtiges Meeting gehabt.«

Franzi biss die Zähne zusammen. Hatte ihr Vater recht? Beim Besuch von Philip und ihrer Mutter war es nur um anstehende Termine gegangen. Alle hatte nur interessiert, was verschoben werden musste und mit welchen Konsequenzen zu rechnen war. Philip haderte außerdem damit, dass sie jetzt den Zusammenbruch erlitten hatte, wo für ihn ein bedeutsamer Kongress anstand. War es nicht seine Pflicht, an ihrer Seite zu sein? Termin hin oder her? War sie ihm so wenig wert, dass er den nicht absagen wollte? Was musste passieren, damit er es tat?

»Vielleicht hast du recht«, sagte sie leise.

»Natürlich!« Ihr Vater sah auf, als entrüstete ihn die Feststellung, weil es gar keine andere Möglichkeit gab.

Er eilte wieder zu ihrem Bett und griff nach ihrer Hand. Mit dem für Südländer typischen Hang zu theatralischen Gesten. »Gibt es jemanden, dem du vertraust? Und damit meine ich nicht deine Mutter«, schob er knurrend hinterher.

»Sarah?«

»Ruf sie an. Sie soll den Schlüssel für deine Wohnung holen und einen Koffer für dich packen mit dem Nötigsten für die nächsten *Wochen.*«

Mit dem Nötigsten für die nächsten Wochen?

»Sie hat einen Schlüssel«, gab Franzi mit einem Anflug von Resignation zurück.

Ihr Vater telefonierte und dann dauerte es nicht lange, bis Sarah mit vom Schlaf verstrubbeltem Haar, einem großen Koffer und einer Reisetasche im Krankenhaus stand. Freudig begrüßt von Franzis Vater, der ihr überschwänglich dafür dankte, dass sie ihn angerufen hatte.

»Was hat er vor?«, fragte sie und deutete zur Tür, durch die ihr Papa eben hinausgestürmt war. Mit dem ihm eigenen Charme hatte er so lange auf Krankenschwester Marlene eingeredet, bis sie sich bereit erklärt hatte, Dr. Wattenschläger anzurufen. Der erstaunte Arzt war herbeigeeilt und hatte die Entlassungspapiere unterschrieben. Besondere Umstände erforderten manchmal außergewöhnliche Maßnahmen, meinte er lakonisch. Der Promistatus. Franzi hatte offenbar nichts mehr zu sagen. Ohnehin war sie so müde, dass ihr die Kraft für einen Widerspruch fehlte. So ließ sie geschehen, dass andere die Entscheidungen für sie trafen in der Hoffnung, dass es die richtigen waren.

»Er meint, ich brauche Urlaub.«

Sarah sagte lange Zeit nichts, nickte dann aber. »Davon wird Niko nicht gerade angetan sein. Und deine Mutter vermutlich auch nicht.«

»Was soll ich denn machen?«, fragte Franzi kläglich.

»Nichts. Es ist das Richtige, denke ich.«

»Kannst du mir einen Gefallen tun? Kümmerst du dich um meine Termine? Auftritte habe ich zum Glück nicht, aber da waren ein paar Zusagen für Interviews und einen Fernsehauftritt.«

»Kein Problem.«

»Du bist die Beste.«

Sarah grinste. »Das weiß ich. Nur lass mich mit dem Rest in Ruhe. Ich will überhaupt nicht wissen, wohin du gehst und ich war auch nie in deiner Wohnung.« Sie hob abwehrend die Hände. »Wenn mich jemand fragt, liegst du in deinem Krankenhausbett und kurierst dich aus.« Sie nahm ihre Freundin fest in den Arm. »Erhol dich gut. Wo auch immer. Du machst das schon richtig.« Sie warf ihr eine Kusshand zu, ehe sie durch die Tür verschwand.

Kapitel 6

Ihr kam es vor wie ein Traum und Franzi konnte nicht recht glauben, was passiert war. Ihr Vater hatte sie mitten in der Nacht aus der Klinik mitgenommen und nach München an den Flughafen gebracht. Für sie beide hatte er dort ein Zimmer in einem Hotel genommen, damit sie sich ausruhen konnten, bis der Flug am Morgen nach Florenz ging. Franzi hatte es nicht geschafft, sich erneut hinzulegen. Obwohl sie sich erschöpft fühlte, war sie zu aufgekratzt, um zu schlafen.

Am nächsten Tag verabschiedeten sie sich mit einer langen Umarmung. Während Franzi nach Florenz flog, musste ihr Vater zurück nach Mailand. Allerdings versprach er, baldmöglichst ebenfalls nach Navello zu kommen. Dann war Franzi allein. Wie ihr schien zum ersten Mal in ihrem Leben. Was natürlich nicht stimmte, um sie herum waren viele Menschen. Aber niemand wusste, wo sie war. Das fühlte sich tatsächlich wie Alleinsein an und war befreiend. Denn in den vergangenen Wochen und Monaten war sie ebenfalls allein gewesen, wie ihr jetzt klar wurde.

Kurz hatte sie überlegt, ob sie jemanden informieren sollte, wo sie war. Schließlich entschied sie sich dagegen. Weder ihrer Mutter noch Philip wollte sie sagen, wo sie sich aufhielt. Philip hatte außer seiner eigenen Karriere nichts im Kopf. Vermutlich bemerkte er in den nächsten Tagen nicht einmal, dass sie fehlte, weil er an seiner Rede feilte, die er halten musste und die für ihn Wahlkampf bedeutete.

Franzi merkte, wie Bitterkeit in ihr hochstieg, ohne dass sie es verhindern konnte. Er war ihr Verlobter. Sollten ihm andere Dinge nicht wichtiger sein?

Und ihre Mutter? Die kümmerte sich ausschließlich um Franzis Weiterkommen. Was nett war, denn sie tat viel dafür. Aber die wirklichen Belange ihrer Tochter blieben auf der Strecke. War sie nicht diejenige gewesen, die ihr empfohlen hatte, Dr. Wagners Ratschlag in den Wind zu schießen? Weil es im Moment wegen des bevorstehenden *Sunset-Beach-Festivals* nicht passte.

So hatte sie den Gedanken wieder verworfen. Zum Teil auch, weil sie sich eingestehen musste, dass sie feige war. Hätte sie den beiden gesagt, wohin sie verreiste, hätten alle auf sie eingeredet. Inklusive Niko. Sie hörte ihn praktisch flehen, dass sie zurückkommen sollte, und zwar sofort. Wegen der Spekulationen, die die Medien anstellten. Und Franzi wusste, dass sie bei all dem Drängen nicht standhaft bleiben und nachgeben würde.

Nein, sprach sie sich Mut zu, es war die richtige Entscheidung, die ihr Papa für sie getroffen hatte. Ihm musste sie dankbar sein, denn er hatte nicht lange gezögert, sondern das Heft in die Hand genommen.

Als das Flugzeug in Florenz landete, war es bereits nach zehn Uhr. Zögernd wandte sie sich in Richtung der Gepäckausgabe und nahm ihren Koffer. Auf die Reisetasche wartete sie eine gefühlte Ewigkeit. Um ihr Band herum war schon nichts mehr los, und Franzi stöhnte beim Gedanken daran, ein Gepäckstück als vermisst zu melden, als die Tasche behäbig aus den Katakomben herausrutschte und langsam auf die Runde ging. Sie lief dem Gepäck entgegen und hob es herunter, ehe sie dem Ausgang entgegenstrebte.

Sie wusste nicht, wer sie abholte. Ihr Vater hatte ihr nur gesagt, dass sie sich darum keine Sorgen machen solle. Er habe alles organisiert und das glaubte sie ihm auch.

Suchend sah sie sich in dem Gewühl um und fühlte sich augenblicklich wie zu Hause. Sie kannte das weithin hörbare Geschnatter ihrer italienischen Mitmenschen, als wäre sie nie woanders gewesen. Alle riefen laut durcheinander und man hatte stets das Gefühl, dass sie sich in ihrem Streit gleich gegenseitig an die Gurgel gingen. Dann schlug das Gezeter unwillkürlich in ein Lachen um und man hieb sich auf die Schulter. Offenbar gab es nichts, was geräuscharm vonstattenging, und so war der Lärmpegel hier ungleich höher als zu Hause am Flughafen, wo alles leise und verhältnismäßig gesittet zuging. Seltsamerweise störte sie das nicht, obwohl sie zu den Menschen gehörte, die es gern etwas ruhiger hatten.

Unschlüssig sah sie sich um. Ob ihre Oma sie abholte? Ob sie sie überhaupt erkannte? Mittlerweile war es dreiundzwanzig Jahren her, dass sie ihre Nonna zuletzt gesehen hatte. Seit damals, als ihre Eltern sich getrennt hatten.

Mit Sicherheit tat sie sich schwer. Aber ein vertrautes Gefühl stieg bestimmt in ihr auf, wenn sie sie sah. Oder nicht?

Mit zunehmender Verunsicherung ließ Franzi ihren Blick über die wartende und lauthals schnatternde Menge wandern und fühlte sich plötzlich verunsichert und allein. Es war niemand hier, der solche Empfindungen in ihr hervorrief. Doch, da hinten. Da stand eine ältere Dame im Kostüm, die auf jemanden zu warten schien und die sich ebenso umblickte. Franzi betrachtete die Frau. Sie war sicher über achtzig, groß gewachsen und sehr schlank, beinahe dürr. Das kastanienrot gefärbte Haar war auftoupiert und umrahmte in sanften Wellen ihr Gesicht. Ihre Lippen leuchteten tiefrot und auf der Nase trug sie eine Sonnenbrille.

Die Frau erinnerte sie an Sophia Loren, aber ihre Nonna hatte sie definitiv anders in Erinnerung. Fülliger auf jeden Fall. Schon stürmte ein vielleicht sechsjähriger Junge heran, gefolgt von seiner kleinen Schwester, deren dunkle Locken durch die Luft wirbelten. Beide warfen sich an die Beine der lachenden Frau und ließen sich herzen und drücken. Während eine zeternde Mutter hinter ihnen auftauchte, weil die beiden sich losgerissen hatten. Die Kinder klebten wie Äffchen an der alten Dame, an jedem Bein eines, der völlig egal zu sein schien, dass sie ihren Rock zerknitterten oder Löcher in die teure Strumpfhose rissen. Mit den Kindern an den Beinen drückte sie die Mutter der zwei, die noch immer schimpfte wie ein Rohrspatz und reichlich genervt wirkte. Mittlerweile war auch der Vater aufgetaucht, der sich mit dem Gepäck abmühte. Das war ein Bild perfekter Familienidylle.

Franzi löste ihren Blick und ließ ihn weiter umherschweifen. Der Wartebereich leerte sich nicht. Wann immer sie den Eindruck hatte, dass weniger Menschen draußen standen, kam ein neuer Schwall Fluggäste und das Schauspiel begann von vorne.

Einzig der ältere Herr, der unschlüssig am Ausgang stand, passte nicht recht ins Bild. Er hatte schlohweißes Haar, war leicht untersetzt und drehte einen Strohhut nervös in den Händen. Von seinem Hemd hing ein Zipfel aus der altmodischen Cordhose. Sie fing seinen Blick auf und sah ihn fragend an. Der Mann zögerte ebenfalls und ging dann ein paar Schritte auf sie zu.

»Signorina Marino?«, fragte er, als er sie erreicht hatte.

»Sì«, antwortete Franzi überrascht.

»Ihre Nonna schickt mich, Sie abzuholen«, sagte er und musterte sie von oben bis unten. »Du bist erwachsen geworden«, stellte er fest, als sei das eine Überraschung, und wechselte automatisch zum Du. »Ich weiß nicht, ob du dich an mich erinnerst. Ich bin Giacomo.«

In Franzis Gehirn begann es zu rattern. Vage Bilder von einem Mann tauchten auf, der Ball mit ihr gespielt hatte. Er hatte doch schwarzes Haar gehabt? Wenn sie sich richtig erinnerte, hatte ihm der Gemischtwarenladen im Ort gehört, in den ihre Nonna sie immer mitgenommen hatte.

»Natürlich«, stotterte sie verdutzt. Es klang seltsam, Italienisch zu sprechen. Irgendwie eingerostet. Als müsse sie erst abstauben, was sie aus dieser Schublade hervorholte. Immerhin war das Fach da und ganz leer war es auch nicht.

»Tut mir leid, dass ich zu spät bin. Ich wusste zuerst nicht, wo ich hinmuss.« Giacomo griff wie selbstverständlich nach der Reisetasche. Der Koffer hatte Rollen und ließ sich schieben.

Der alte Mann ging vor ihr her und irrte durch die Gänge. Mehr als einmal sah er sich suchend um, bis Franzi stehen blieb. Sie war schon gefühlte Kilometer durch den Florenzer Flughafen gelaufen und war sich sicher, dass er nicht so groß war.

»Wo müssen wir denn hin?«, fragte sie schließlich.

Giacomo schien ebenso erschöpft zu sein und hielt an. Er nahm den Hut ab, den er zwischenzeitlich wieder aufgesetzt hatte, und knetete den Rand mit den Fingern.

»Ich habe keine Ahnung«, gestand er und sah sich hilflos um.

Franzi nickte, weil sie sich das bereits gedacht hatte. Wenn das der Giacomo von damals war, wunderte sie das nicht, denn er war selten in die Stadt gefahren, und hatte danach jedes Mal eine laute Schimpftirade von sich gegeben, dass alle, die da lebten, früher starben von all dem Lärm, den Abgasen und der Schnelligkeit, mit der das Leben dort vonstattenging. Er hatte nie ein Flugzeug von innen gesehen und war demzufolge sicher noch nie auf einem Flughafen gewesen. Es grenzte schon an ein Wunder, dass er sie überhaupt gefunden hatte.

Resolut hielt Franzi den nächsten Mann mit leuchtend gelber Neonweste an und erklärte ihm, dass sie sich verirrt hatten. Erstaunt stellte sie fest, dass ihr Italienisch gar nicht so eingerostet war, wie sie geglaubt hatte. Denn der wortreichen Erklärung, wo das Auto zu finden sein musste, konnte sie mühelos folgen. Schließlich dankte sie ihm und lächelte ihn an. Für den Beamten schien die Sonne aufzugehen und er versprach, sich um alles zu kümmern. Er redete hektisch in sein Funkgerät und wenig später kam ein weiterer Mann mit Neonweste auf einem orangenen Gefährt angebraust. Es hatte kein Dach und bot Platz für Fahrer und Beifahrer. Umständlich kletterte Giacomo hinauf. Franzi setzte sich auf einen Notsitz dahinter, der eigens für sie heruntergeklappt wurde. Das Gepäck verstauten die beiden Männer auf der offenen Ladefläche und kurz darauf fuhren sie mit halsbrecherischer Geschwindigkeit durch die Hallen.

Die Fahrkünste der Italiener waren etwas, das sie definitiv nicht vermisst hatte, dachte Franzi, klammerte sich an ihrem Koffer fest und schloss die Augen, als der Flughafenmitarbeiter auf eine Wand zubretterte, im letzten Moment aber doch das Steuer herumriss, um abzubiegen. Der Verkehr auf der Straße folgte eigenen, nicht durchschaubaren Gesetzen. Wie der hier im Gebäude auch. Mehr als einmal unterdrückte sie einen Aufschrei nur mit Mühe. Giacomo hingegen war die Ruhe selbst und beobachtete gelassen, wie sie sich dem Parkhaus näherten.

Als das orange Ungetüm schließlich hielt, war Franzi einem Herzkasper nahe und schwor sich, so schnell in kein Auto mehr einzusteigen. Bis ihr einfiel, dass sie dann nicht nach Navello kamen.

Ergeben rollte sie ihren Koffer hinter Giacomo her, der diesmal nur knapp zehn Minuten suchte und überrascht vor dem richtigen Auto stehenblieb. Als könne er es nicht glauben, ging er um den Wagen herum und betrachtete prüfend das Nummernschild. Ehe er zufrieden nickte und aufschloss. Die Türen öffneten sich problemlos und damit waren auch die letzten Zweifel ausgeräumt, zum Autodieb zu werden. Er verfrachtete das Gepäck in den Kofferraum und hieß Franzi, auf der Beifahrerseite einzusteigen.

Schon als sie das Parkhaus verließen, bereute sie, ihm nicht angeboten zu haben, selbst zu fahren. Mit einem lauten

Hupen fuhr er auf die Straße, das nicht minder energisch beantwortet wurde, weil er einfach auf die Vorfahrtsstraße eingebogen war. Aus dem heruntergelassenen Fenster wedelte Giacomo mit der Hand und schimpfte lautstark vor sich hin.

Franzi machte unterdessen die Augen zu und beschloss, ihn nicht mehr anzusprechen. Wenigstens, bis sie Florenz verlassen und die weniger befahrene Landstraße erreicht hatten, die sie nach Navello führte.

»Deine Nonna hat sich sehr gefreut, als sie von deinem Besuch erfahren hat. Du warst seit vielen Jahren nicht mehr hier.«

»Zu lange«, murmelte Franzi und begann, sich wieder zu entspannen. »Wie geht es ihr?«

Giacomo wackelte mit dem Kopf und sagte zunächst nichts, dass Franzi erschrocken fürchtete, ihre Nonna könnte krank sein.

»Sie wird älter«, stellte er überflüssigerweise fest. »Und damit wird alles mühsamer. Sie kann froh sein, dass du kommst und ihr zur Hand gehst.«

Obwohl Franzi nur verschwommene Erinnerungen daran hatte, wusste sie, dass ihre Oma eine kleine Pension hatte. Zwar mit nur wenigen Zimmern, aber es gab stets etwas zu tun. Die Räume mussten geputzt und hergerichtet werden, Urlauber wollten empfangen, das Frühstück gemacht und das Abendessen gekocht werden. Bei ihrer Nonna wurde es nicht langweilig, wie sie sich erinnerte.

Wieder tauchten Bilder auf, deren Konturen zunehmend an Schärfe gewannen. Franzi, wie sie mit zwei oder drei frischen Handtüchern hinter Nonna hergestapft war, während die einen Korb trug, der so voll beladen war mit Wäsche, dass sie kaum darüber hinaussehen konnte. Zusammen hatten sie die Zimmer für die neuen Gäste vorbereitet und rückblickend wunderte sich Franzi über die Geduld der alten Frau. Sie hatte sicher mehr im Weg gestanden, als dass sie eine Hilfe gewesen war.

Augenblicklich meinte sie, den Duft von frischen Tomaten, Zwiebeln und Kräutern in der Nase zu haben. Sie stand in der Küche neben dem großen Topf, in dem Tomatensoße blubberte, und stibitzte etwas heraus, wenn sie sich unbeobachtet wähnte.

Dann meinte sie, den Tau an den nackten Knöcheln zu fühlen, als sie ihrer Nonna am frühen Morgen in den Kräutergarten hinter dem Haus folgte, den man durch die Küchentür erreichte.

Erinnerungen strömten auf sie ein, die immer zahlreicher und zunehmend klarer wurden. Als hätte es die vergangenen Jahre nicht gegeben und als wäre sie nie weggewesen. Franzi war überwältigt und lauschte Giacomos Ausführungen nur am Rande, der von Menschen erzählte, deren Namen ihr mal mehr, mal weniger geläufig waren.

»Alessio wird sich ebenfalls freuen, dich zu sehen.«

Unvermittelt stoppte der Film mit den schönen Erinnerungen. Das Gesicht eines schwarzhaarigen Jungen tauchte vor ihr auf. Blitzende, dunkle Augen musterten sie. Sommersprossen auf der Nase. Er war drei oder vier Jahre älter als sie. Blitzschnell griff er zu und zog sie an ihrem linken Zopf, dann kniff er sie in die Nase.

Franzi fühlte wieder jene Wut über die Gemeinheit und die eigene Unfähigkeit, die ihr damals den Atem genommen hatte. Wie hatte sie das nur vergessen können? Wahrscheinlich hatte sie es verdrängt. Bei der Erwähnung seines Namens kam jedoch alles überdeutlich hoch.

Er war älter als sie. Und auch wenn sie die Sommersprossen lustig gefunden und deren Besitzer bewundert hatte, so war die Euphorie bald in Ärger umgeschlagen. Denn Alessio war ein *mascalzone*, ein Lausbub, der es sich zum erklärten Ziel gemacht hatte, ihr Leben in eine Hölle zu verwandeln. Kröten lagen plötzlich in ihrem Bett, wenn sie die Decke zurückschlug. Oder er schenkte ihr Blumensträuße, in denen Disteln steckten.

Wenn sie sich wieder einmal bei ihrer Nonna über den frechen Nachbarjungen beklagte, hatte die nur milde abgewunken und ihr zwei Eis gegeben, mit dem Auftrag, eines davon Alessio zu bringen und sich zu vertragen.

Das hatte Franzi ein einziges Mal gemacht. Sie hatte ihren ganzen Mut zusammengenommen, um ihm die Köstlichkeit zu überreichen. Er hatte sie auch angenommen, anschließend ihre geschnappt und war damit verschwunden.

Wann immer sie danach Süßigkeiten für ihn von ihrer Nonna bekommen hatte, hatte sie sie versteckt oder mit ihrer Freundin Giulia geteilt. Alessio hatte nie wieder etwas abbekommen.

Und er sollte sich freuen, sie zu sehen? Nun, selbst wenn das so war, so beruhte das nicht auf Gegenseitigkeit. Sie biss die Zähne zusammen und reckte das Kinn.

»Ist er immer noch da?«, fragte sie, wenig interessiert.

Giacomo lachte gackernd. »Natürlich. Wo sollte er auch hin? Er führt jetzt die Plantage seines Vaters.«

»Ach, hat er sich zur Ruhe gesetzt?« Im Gegensatz zu seinem Sohn hatte sie Federico gemocht.

»Federico ist verstorben, da war Alessio nicht einmal zwanzig.«

Franzi schwieg betroffen. Klar hatte sie Alessio bisweilen die Pest und allerlei andere nette Dinge an den Hals gewünscht. Der Tod der Eltern war aber nie vorgekommen. Für ihn musste das hart gewesen sein, denn seine Mutter hatte den Vater zu der Zeit verlassen, als sie bei ihrer Nonna den Sommer verbracht hatte. Franzi war damals fünf und Alessio demnach acht oder neun gewesen. Sie erinnerte sich dunkel an eine Frau mit einem wunderschönen Sommerkleid. Es war schwarz gewesen und mit weißen Tupfen übersät, dazu hatte sie hochhackige Schuhe getragen. Sie wäre auf jedem Laufsteg eine Augenweide gewesen. Auf einer Olivenplantage wirkte sie allerdings reichlich deplatziert.

Sie war zu klein gewesen, um zu verstehen, was geschehen war. Und meist verstummten die Erwachsenen, wenn sie in Unterhaltungen platzte. Mit dem Abstand einer nun ebenfalls erfahrenen Frau verstand sie, dass es Alessios Mutter, die aus dem schicken Rom stammte, einfach nicht mehr ausgehalten hatte in der Einsamkeit der Olivenhaine.

Wie schwer musste das für den kleinen Jungen gewesen sein. Ob ein Teil seiner Boshaftigkeiten darauf zurückzuführen war? Trotzdem gab ihm das nicht das Recht, ein kleines Mädchen derart zu ärgern, dachte sie und verschränkte die Arme vor der Brust.

Den Vater außerdem so früh zu verlieren, musste hart sein. Wie er damit klargekommen war? Als fast Jugendlicher in eine solche Verantwortung gedrängt zu werden und einen Olivenhain zu führen.

»Er ist oft bei deiner Nonna«, riss Giacomo sie wiederum aus ihren Gedanken.

»Wieso das denn?«

»Hier und da geht schon mal etwas kaputt an so einem alten Haus. Und Alessio ist handwerklich begabt.«

Das konnte ja heiter werden. Sie war hergekommen, um sich zu erholen. Nicht, um sich von dem Quälgeist von früher an den Haaren ziehen zu lassen.

Allerdings war sie jetzt erwachsen und verfügte durch die Workouts über eine ordentliche Schlagkraft in der rechten Hand. Sollte er es nur versuchen, sie wusste sich zu wehren.

Anderseits, waren sie über das Alter nicht hinaus? Sicher zog Alessio mittlerweile keine Frauen mehr an den Haaren. Womöglich hatte er auch Kinder, die er vor solchen Unholden wie sich selbst schützen musste.

Franzi lehnte sich zurück. Zunächst einmal war sie hier, um wieder auf die Beine zu kommen. Bestimmt fiel ihr das nicht schwer. Ihr Blick wanderte in die Ferne über hügelige Landschaften und Klatschmohnfelder so weit das Auge reichte. Dazwischen sattgrüne Wiesen, durchzogen von kleinen Waldstücken. Hohe Pinien tauchten vereinzelt auf, kamen näher und zogen vorüber. Ein heimeliges Gefühl breitete sich in ihr aus. Es war dasselbe, das sie beim Anblick ihrer Terrasse verspürt hatte, als sie die Unordnung, die dort herrschte, zum ersten Mal in Augenschein genommen hatte. Fast meinte sie, den Duft von wildem Rosmarin in der Nase zu haben und den Wind zu spüren, der ihre Haut streichelte.

Sie fuhren auf staubigen Straßen durch Dörfer mit sandsteinfarbenen Häusern. Da rannten Hühner gackernd über die Straße, einmal stand sogar ein Schwein am Straßenrand. Bauern auf Esel ritten zur Arbeit oder kamen zurück. Es war, als würde sie in eine andere Zeit versetzt. Eine Zeit, in der alles gemächlicher und ruhiger vonstattenging, und Franzi verspürte ein Gefühl von tiefer Ruhe und Zufriedenheit.

Sie tauchte ab in die Vergangenheit. Immer mehr Erinnerungsfetzen krochen hoch und hüllten sie ein. Mit fliegenden Zöpfen rannte sie über Feldwege, hinein in Oliven- und Obsthaine. Kiwis und Aprikosen, so weit das Auge reichte. Sonnenstrahlen streichelten ihre Haut und die Luft war erfüllt vom Summen der Insekten und dem Duft der Wildnis. Sie spielte Verstecken mit ihrer Freundin Giulia und mopste Tomaten aus Nonnas Garten, die süßer schmeckten als aus jedem Supermarkt.

Sie schreckte hoch, als der Wagen zum Stillstand kam und Giacomos erleichtertes Ächzen dem des Autos in nichts nachstand. Unsicher stieg sie aus und sah sie sich um. Eben noch hatte sie von den alten steinernen Gemäuern geträumt, nun war sie mittendrin. Die Sonne schien vom Himmel und die

Farben, in die sie das Umland tauchte, wirkten kräftiger als zu Hause. Die Wiesen erschienen ihr saftiger, die Bäume dunkler und das ockerfarbene Gebäude der Pension kühler.

Einen Augenblick nahm sie sich Zeit und sog alles in sich auf. Ein Raubvogel zog am wolkenlosen Himmel träge seine Kreise, und ein laues Lüftchen strich über ihre Haut und verfing sich in ihrem Haar. Wärmer war es als in München und einen Moment genoss sie die Sonnenstrahlen.

Als sie aufblickte, kam eine alte Frau in Kittelschürze zur Tür heraus. Ihr Dutt musste einmal ordentlich gewesen sein, jetzt hatten sich etliche Strähnen daraus gelöst. Füllig war sie schon immer gewesen, sie hatte sich kaum verändert. Lediglich ihr Haar war mittlerweile weiß, aber ihr Lächeln und ihre Augen wirkten strahlend und lebendig, ganz so, wie Franzi es in Erinnerung hatte.

Sie verspürte einen dicken Kloß im Hals und blieb stehen. Unfähig, sich zu bewegen. Das war auch nicht nötig, denn die Frau kam auf sie zu und breitete ihre Arme aus. Sie lief immer schneller, für ihr Alter mit einer beachtlichen Geschwindigkeit.

»Francesca«, sagte sie freudig, als sie ihre Enkelin erreicht hatte, und schloss sie in ihre Arme, um sie an ihren großmütterlichen Busen zu drücken. »Mia bambina.«

Franzi verschlug es die Sprache. Von den Erinnerungen, die bei dieser Umarmung auf sie einprasselten, wurde ihr schwindelig.

»Nonna«, flüsterte sie schließlich, was ihre Großmutter veranlasste, sie loszulassen und mit etwas Abstand zu betrachten.

»Du bist mager wie ein altes Suppenhuhn«, stellte sie trocken fest und schüttelte missbilligend den Kopf. »Es war höchste Zeit, dass dein Vater diesem Theater ein Ende gesetzt hat. Wir päppeln dich schon wieder auf. Du bist bestimmt müde und hungrig von der Reise. Ich habe gebacken. *Maritozzi alla panna*. Die hast du als Kind geliebt.«

Franzi erinnerte sich an den klebrigsüßen Geschmack in ihrem Mund. Welches Kind liebte das nicht?

»Komm, Francesca.« Ihre Nonna packte sie an der Hand und zog sie hinter sich her ins Haus.

Wieder nannte sie jemand bei ihrem richtigen Namen. In Deutschland war sie für alle Franzi gewesen und nicht wenige dachten, dass sie Franziska hieße. Ihre Mutter hatte sich schlicht geweigert, sie bei ihrem vollen Namen zu nennen, und nur die Abkürzung verwendet. Seit ihre Eltern sich getrennt hatten sowieso. Selbst Philip hatte lange Zeit geglaubt, dass sie Franziska hieße. Schließlich zeigte man bei Verabredungen selten den Personalausweis. Ihr selbst war der Spitzname so in Fleisch und Blut übergegangen, dass das Ausfüllen eines Dokuments sie mitunter vor Schwierigkeiten stellte, wenn sic sich daran erinnerte, dass sie eigentlich anders hieß und dann verbessern musste.

Nonna zog sie hinter sich her und Giacomo folgte ihnen langsam mit dem Koffer, als habe er nichts anderes erwartet, als zum Gepäckträger abgestempelt zu werden.

Im Haus war es dunkel und kühl und es roch, wie Franzi es in Erinnerung hatte. Eine Mischung von Zitronen, frischen Gewürzen und Tomaten drang an ihre Nase und sie atmete tief ein, um möglichst viel davon zu inhalieren. Durch den Flur gingen sie direkt in die Küche, in der noch derselbe gusseiserne Herd auf gelbstichigen Fliesen stand wie damals. Die Kochplatten hatten eine Patina angenommen, die von jahrelangem Gebrauch zeugte. Gasbetrieben war er, erinnerte sich Franzi und lächelte, weil ihr das eingefallen war. Verbeulte Töpfe, Kellen und zerschrammte Pfannen lagen ordentlich aufgereiht in dem Schrank mit der klapprigen Glastür. In der Ecke stand ein zerkratzter Holztisch mit einer Bank und drei Stühlen.

»Ich setze uns einen Kaffee auf«, sagte Nonna und drückte Franzi auf einen Stuhl. Er war ebenfalls der gleiche, wenn er auch mittlerweile ein Polster bekommen hatte. Früher hatte sie auf dem blanken Holz gesessen.

Franzi war wie erschlagen von den Eindrücken. Es war, als habe jemand eine Decke von ihren Erinnerungen gezogen und sie kräftig ausgeschüttelt. Im Moment lag noch Staub in der Luft und nahm ihr den Atem. Aber sie hoffte, dass der sich bald legte.

Durch das Fenster blickte sie in den üppigen Kräutergarten, der zur Hälfte in der Sonne lag. Dahinter, das wusste sie, war die Terrasse mit dem wundervollen Ausblick über die grüne Landschaft unter ihnen. Sie diente den Gästen als Rückzugsort und Frühstücksmöglichkeit, wenn das Wetter schön war. Beinahe lachte Franzi auf, als sie sich erinnerte, wie ihre Nonna sie und Giulia, das Nachbarkind, geschimpft hatte, wenn sie einmal wieder zwischen den Tischen hindurchgefegt waren. Die Urlauber sollten nicht gestört werden. Denen machte das jedoch erstaunlich wenig aus und so sahen sowohl Franzi als auch Giulia keine Veranlassung, ihr Fangenspiel an einen anderen Ort zu verlegen.

Nonna stellte Teller auf den Tisch.

»Decken«, wies sie ihre Enkelin in dem befehlsgewohnten Ton an, mit dem sie früher schon das Regiment geführt hatte.

»Vier Teller?«, fragte Franzi verwundert, verteilte aber gehorsam das Geschirr, während ihre Nonna mit der Kaffeekanne hantierte. Sie gab Pulver in die altmodische Kanne mit dem Blümchenmuster und goss es mit kochendem Wasser auf. Augenblicklich zog ein belebender Duft nach frischem Kaffee durch den kleinen Raum.

Giacomo betrat schnaufend die Küche und ließ sich auf einen Stuhl fallen. Einer der Teller war also für ihn.

»Draußen wird gerade der Zaun ausgebessert«, erklärte ihre Großmutter und stellte eine Platte mit süßen Köstlichkeiten auf den Tisch, ohne jedoch auf ihre Frage einzugehen. Vielleicht hatte sie die auch nicht gehört.

Beim Anblick des Gebäcks lief Franzi das Wasser im Mund zusammen und ihre Frage war vergessen. Es gab nicht nur die typischen *Maritozzi alla panna*, sondern auch *Bocconotti*, kleine Teigtaschen mit Schokoladenfüllung. Die hatte Franzi fast noch mehr gemocht als die Hefeteigbrötchen mit Sahne.

Ein weiterer bekannter Duft nach Kindheit, Land und Leichtigkeit gesellte sich zu dem Potpourri an Erinnerungen dazu: der nach süßer Klebrigkeit. Plötzlich war sie sich sicher, dass sie Gefühlen Gerüche zuordnen konnte und umgekehrt. Zumindest hier in der Toskana.

Nonna öffnete die Gartentür und trat hinaus. Sie ging ein paar Schritte und war unvermittelt außerhalb des Sichtfeldes. Zu hören war sie allerdings. Mit typisch italienischem Temperament ergoss sich ein unüberhörbarer Schwall Worte, von denen Franzi noch immer nicht wusste, an wen sie gerichtet waren. Dem Tonfall und der Lautstärke nach zu urteilen, kam ein Deutscher unweigerlich auf die Idee, dass gerade ein Verbrechen geschah. Oder zumindest eine wüste Prügelei kurz bevorstand.

Franzi grinste in sich hinein. Nichts davon war der Fall. Vermutlich rief sie nur nach dem Arbeiter. Der, wie sie aus eigener Erfahrung wusste, gut daran tat, umgehend alles liegen zu lassen und an den Tisch zu kommen.

Ihre Oma stapfte zufrieden zurück, goss den Kaffee durch ein altmodisches Sieb, um das Pulver herauszufiltern, und stellte die Kanne auf den Tisch, ehe sie sich ungerührt setzte. Einem nach dem anderen schenkte sie ein und Franzi nahm einen ersten Schluck, nur, um das Gesicht zu verziehen. Sie hatte ganz vergessen, wie stark die Italiener ihren Kaffee zubereiteten, und griff unauffällig nach der Zuckerdose, aus der sich ihre Nonna und Giacomo bereits bedient hatten. Sie gab zwei gehäufte Löffel in ihre Tasse und rührte um. Still Abbitte bei ihrer Mutter leistend, deren erhobenen Zeigefinger sie schon wieder sehen konnte.

»Francesca, bambina«, setzte ihre Nonna an, nachdem sie sich ein süßes Teilchen genommen hatte. »Erzähle uns, wie es dir ergangen ist in den letzten Jahren.«

Weil sie nicht wusste, was sie antworten sollte und ihr das Zeit verschaffte, griff sie nach einem *Bocconotto* und biss herzhaft hinein. Als die Explosion der Süße auf ihrer Zunge verging, blieb der Geschmack von Schokoladenfüllung und klebrigem Teig übrig.

Gerade, als sie sich entschieden hatte, eine Kurzzusammenfassung inklusive einer weichgespülten Version des letzten Jahres zu erzählen, ging polternd die Tür auf. Ein groß gewachsener Mann in einer vom Staub grauen Arbeitshose kam herein. Das ehemals weiße Hemd hatte erdig braune Flecken, war nicht ganz zugeknöpft und hatte überdies ein Loch im Ärmel. Auf seinem Kopf thronte ein Strohhut mit weinrotem Band, den er nach einem strengen Blick von Nonna eilig abnahm und eine Pracht schwarzer Locken entblößte.

Das Faszinierendste an ihm waren jedoch die dunklen Augen, die aussahen wie kleine Kohlestücke, aber die auf eigentümliche Art zu leuchten schienen. Insbesondere, wenn er den Mund zu einem Lächeln verzog, strahlten sie mit.

»Das wurde auch Zeit!« Nonna deutete auf den Platz neben Franzi, die pflichtschuldig zur Seite rutschte. »Ich hoffe, ich kann euch nebeneinandersitzen lassen und ihr streitet nicht gleich wieder wie kleine Kinder.«

»Wie kommst du denn darauf?« Franzi war überrascht, dass ihre Oma sie vor dem Fremden so schlecht machte.

»Wäre ja nicht das erste Mal«, erhielt sie gemurmelt zur Antwort. »Das ist Alessio«, schob sie erklärend hinterher.

Sie kniff die Augen zusammen und sah ihn erneut an. Das sollte der Mann sein, der aus dem frechen Jungen geworden war? Wo waren die Sommersprossen geblieben? Unwillkürlich verzog sie das Gesicht zu einer Grimasse und fasste die Haare zu einem Pferdeschwanz zusammen.

Wie dumm, schalt sie sich gleich darauf. Sie waren beide erwachsen, und auch wenn da noch Ärger von früher übrig war, erschien es ihr albern, dem nachzugeben.

Alessio kümmerte all das überhaupt nicht. Er griff nach einem süßen Stückchen und biss herzhaft hinein. Franzis Musterung ließ er scheinbar ungerührt über sich ergehen, ehe er die Tasse mit dem heißen Kaffee an den Mund führte.

»Das ist Francesca, meine Enkelin«, sagte Nonna in dem Moment.

Alessio verschluckte sich, begann prompt zu husten und verschüttete den Kaffee über seine Hand und auf den Teller, auf dem ein kleiner dunkelbrauner See entstand.

Franzi betrachtete ihn interessiert und überlegte, ob er sich überhaupt an sie erinnerte. Selbst wenn, war auch er bestimmt zu der Einsicht gelangt, dass man nach so vielen Jahren einen Neuanfang starten konnte.

Alessio hatte sich in der Zwischenzeit gefangen und starrte sie nun mit weit aufgerissenen Augen an.

»Du?«, fragte er sie gedehnt und Franzi meinte, aus seiner Stimme mehr als nur Überraschung herauszuhören. War es Unmut?

»Ja, ich«, gab sie zurück und lächelte freundlich, in dem Bemühen, wie eine Erwachsene mit der Situation umzugehen. Dreiundzwanzig Jahre waren eine lange Zeit. »Und wenn du auch nur in die Nähe meiner Haare kommst, kriegst du eine Ohrfeige, die sich gewaschen hat.« Sie grinste freundschaftlich und zwinkerte ihm scherzhaft zu.

Einen Moment war es still am Tisch. Dann begann Nonna, in ihr Taschentuch zu husten, und Giacomo grunzte, ehe er eilig nach dem Teller mit den Teilchen griff und sich bei der Suche nach einem weiteren reichlich Zeit ließ.

Alessio starrte sie einen Augenblick wortlos mit undurchdringlichem Blick an, unter dem sie sich zunehmend unwohl fühlte, ehe er in schallendes Gelächter ausbrach. Er legte den Kopf in den Nacken und hielt sich den Bauch.

Franzi war irritiert. Was war daran so lustig? Sie war ihm mit dem festen Vorsatz gegenübergetreten, Vergangenes vergangen sein zu lassen. Er hatte keinen Grund, sich so ablehnend zu verhalten. Immerhin war er der gewesen, der ihr das Leben früher zur Hölle gemacht hatte, nicht umgekehrt.

Plötzlich kostete es sie Mühe, dem kindischen Impuls nicht nachzugeben, ihm mit aller Wucht gegen das Schienbein zu treten.

Unvermittelt hörte Alessio auf, ehe er sie nun ebenfalls einer Musterung unterzog. Das Strahlen verschwand aus seinen Augen und Franzi meinte, einen Hauch Feindseligkeit darin zu erkennen.

»Glaub mir, so wichtig bist du mir nicht«, gab er zurück und widmete seine Aufmerksamkeit dem Teller, der vor ihm stand. Er nahm sich ein weiteres Stückchen Gebäck und tunkte damit den Kaffeesee auf.

»Maria, die sind mal wieder hervorragend«, fuhr er in normalem Ton an Nonna gewandt fort. »Genau das, was ich gebraucht habe.«

»Kommst du voran?«, fragte Nonna besorgt, nicht ohne ihrer Enkelin zuvor einen prüfenden Blick zuzuwerfen.

»Es ist nicht so schlimm, wie es aussieht.« Alessio stopfte ein Stück Leckerei nach dem anderen in sich hinein.

Plötzlich schien er es überaus eilig zu haben, denn auch den Kaffee stürzte er förmlich hinunter. Franzi, die neben ihm saß, ignorierte er gänzlich. War sie sich vorhin noch herzlich willkommen vorgekommen, hatte sie nun das Gefühl, als sei sie ein unerwünschter Fremdkörper, der den offensichtlich vertrauten Gesprächen nicht folgen konnte.

Alessio und Giacomo ergingen sich in einer Diskussion über die besten Möglichkeiten, Zäune wieder instandzusetzen, während Franzi sich unsichtbar vorkam und auch Nonna in dumpfes Schweigen verfiel. Schließlich erhob sich Alessio, setzte den Hut auf und tippte zum Gruß an die Krempe, ehe er durch die Tür nach draußen verschwand.

»Manieren hat er seit damals offenbar keine gelernt«, wunderte sich Franzi befremdet.

Giacomo schwieg und starrte vor sich hin auf die Tischplatte, während Nonna etwas davon murmelte, dass Alessio es nicht einfach gehabt habe. Dann schenkte sie Kaffee nach und wollte von Franzi genau wissen, wie es ihr in den letzten Jahren ergangen war und wie das mit dem Singen plötzlich gekommen war. Bald war Alessio wieder vergessen. Wie hatte er eben gesagt? So wichtig war sie nicht. Nun, er ihr auch nicht.

Als Giacomo sich verabschiedete, ging Nonna in ihr Büro, um einen Ordner zu holen.

»Den habe ich noch nie jemandem gezeigt«, tat sie geheimnisvoll und strich liebevoll über den Deckel.

Franzi hatte das Gefühl, in etwas eingeweiht zu werden, das sie vielleicht nichts anging. Schließlich hatten sie sich seit Ewigkeiten nicht gesehen, und nur, weil sie verwandt waren, musste Nonna ihr nicht alles anvertrauen.

Sie schluckte, hatte aber den Eindruck, dass ihrer Oma der Inhalt des Ordners viel bedeutete. Vorsichtig wie eine Kostbarkeit legte sie ihn auf dem Tisch ab und atmete tief durch, ehe sie ihn behutsam öffnete.

Franzi verschlug es den Atem beim Anblick eines Kinderfotos von ihr. Das Foto war in Nonnas Garten aufgenommen. Sie saß im Gras, im Schatten einer hohen Zypresse, und spielte mit einer Schaufel und einem Eimer. Im Hintergrund leuchteten zartrosa Macchia-Pflanzen und roter Oleander. Sie trug ein weißes T-Shirt, das in starkem Kontrast zu ihrer gebräunten Haut und den dunklen Haaren stand, die ihr in großen Locken bis über die Schultern fielen. Glücklich lächelte sie in die Kamera, ihre Augen strahlten.

Von der Unbeschwertheit der Kindheit war heute nichts mehr übrig. Ebenso wenig wie die Locken, die unaufhaltsam herausgewachsen waren.

Doch ihre Nonna ließ ihr keine Zeit, das Bild zu betrachten. Sie blätterte in einer Geschwindigkeit weiter, die Franzi viel zu schnell war. Da gab es noch mehr Kinderfotos von ihr. Fotografiert hier im Haus und auf den Wiesen dahinter, aber auch in Deutschland. Sie konnte zusehen, wie sie älter wurde. Die Haare kürzer, dann wieder länger. Sie wuchs und veränderte sich, hatte vorübergehend den typisch trotzigen Gesichtsausdruck einer Pubertierenden und reifte schließlich zu einer jungen Frau heran. Ihr Vater musste die Aufnahmen nach Italien geschickt haben. Zu gern hätte sie die einzelnen Bilder länger betrachtet und wollte schon protestieren, als ihre Großmutter innehielt und ihr den Ordner unter die Nase schob.

Säuberlich auf weißem Papier aufgeklebt war da der erste Bericht in der Zeitung von ihr. Ungläubig sah sie ihre Oma an, die errötend lächelte und ihr zunickte. Sie blätterte weiter und stellte erstaunt fest, dass sie nahezu alles gesammelt hatte, was es von ihr in den deutschen Medien gab. Einige der Artikel hatte sie noch nicht einmal selbst gesehen. Dabei verstand Nonna kein Wort Deutsch.

»Unfassbar!«, murmelte sie. »Du hast das alles aufgehoben.«

»Wenn mein einziges Enkelkind auch eine solche Berühmtheit ist.« Nonna wirkte plötzlich verlegen und Franzi tat es leid, dass sie sie so lange nicht besucht hatte.

Das wäre auch schwierig gewesen. Ihre Mutter hatte ihr die Besuche zwar nicht verboten, doch als Kind hatte sie keine Gelegenheit gehabt, mal eben in den Zug zu steigen und nach Navello zu fahren. Die Treffen mit ihrem Vater hatten stets in Deutschland stattgefunden und waren von ihrer Mutter mit Argusaugen verfolgt worden. Wie alles, das nur im weitesten Sinne mit Italien und ihrem Vater zusammenhing. Später, als er nach Mailand zurückgekehrt war, wurden die Treffen noch seltener.

Als sie alt genug gewesen war, hatte sie andere Dinge im Kopf gehabt. Und dann war ihre Karriere dazwischengekommen. Das war natürlich keine Entschuldigung, dafür gab es keine. Aber nun bedauerte sie, dass sie nicht eher hierher gefahren war, wo sie als Kind so glücklich gewesen war. Hier hatte sie außerdem ihre Liebe zum Singen entdeckt. Schon allein deswegen sollte sie diesem Ort mehr Wertschätzung entgegenbringen. Nonna hatte ihr italienische Kinderlieder beigebracht und Franzi hatte bald alles nachgesungen. Dabei hatte sie herausgefunden, was sie mit ihrer Stimme anstellen konnte und vor allem, wie sie auf andere wirkte. Die Gäste ihrer Nonna hatten dem kindlichen Gesang stets erfreut gelauscht und eine ältere Dame hatte sie sogar verzückt mit dem Kinderstar Anita der Siebzigerjahre verglichen. Da natürlich gingen die Meinungen auseinander und auch wenn Franzi damals nicht gewusst hatte, wer das war, hatte ihr das Lob doch geschmeichelt.

Franzi übersetzte Nonna gerührt die Artikel aus der Zeitung und erzählte kleine Anekdoten zu den einzelnen Konzerten, von denen Bilder und Berichte in dem Ordner waren, und gemeinsam lachten sie darüber.

»Ich bin nicht ganz auf dem aktuellen Stand«, meinte Nonna, als sie fast am Ende angelangt waren. »Dein Vater sammelt immer alles und schickt es mir in unregelmäßigen Abständen.«

Tatsächlich fehlten die Berichte über ihre Verlobung und den Zusammenbruch. Darüber war sie jedoch nicht böse, denn über beides wollte sie gerade nicht sprechen.

Franzi hatte keine Ahnung, wie viel Zeit vergangen war, aber plötzlich stand Nonna auf und strich ihre Schürze glatt.

»Ich sollte draußen mal nach dem Rechten sehen«, meinte sie. »Du bleibst ja eine Weile hier, sodass wir uns das alles in Ruhe ansehen können. Ich habe immerhin Arbeit. Zwar sind im Moment nur ein Ehepaar und ein alleinstehender Mann zu Gast bei mir, doch die wollen versorgt sein.«

Franzi wunderte sich nur kurz, dass nicht mehr Gäste hier waren. Sie nickte Nonna zu, die die Küche durch den Hinterausgang verließ und sich durch den Kräutergarten aufmachte, das Haus zu umrunden.

Franzi begann in der Zwischenzeit, den Tisch abzuräumen. Schmunzelnd stellte sie fest, dass Nonna noch immer keine Spülmaschine ihr Eigen nannte, und machte sich an den Abwasch. Als sie damit fertig war, sah sie sich zögernd um und beschloss, einen Rundgang durch den Garten zu machen. Ob alles so geblieben war, wie sie es in Erinnerung hatte? Oder ob sich viel verändert hatte? Erkannte sie überhaupt etwas wieder?

Neugierig trat sie nach draußen und blieb im Kräutergarten stehen. Ein intensiv mediterraner Duft stieg ihr in die Nase. Die würzigen Aromen von Thymian und Oregano lagen in der Luft, an deren Blüten sich summend Bienen und Hummeln gütlich taten. Basilikum wuchs unter Tomatensträuchern, an deren Stauden üppig Früchte gediehen. Franzi stibitzte eine und sah sich verstohlen um, ehe sie die Köstlichkeit in den Mund steckte. Früher hatte Nonna geschimpft, wenn sie sich ungefragt etwas genommen hatte. Aber der Genuss war es allemal wert gewesen. Die kleinen Strauchtomaten schmeckten auch heute noch herrlich süß, wie von der Sonne geküsst, und Franzi nahm sich gleich eine zweite. Die Flaschentomaten weiter hinten brauchten hingegen noch ein wenig Zeit, aber beim Gedanken an die Tomatensoße, die Nonna daraus zauberte, lief ihr das Wasser im Mund zusammen.

Franzi wanderte weiter, vorbei an Gurkenpflanzen, unter denen Dill wucherte, Zucchini und Auberginen, die zwischen Paprikapflanzen und Chili wuchsen, weiter zu den Stachelbeeren im hinteren Bereich. Der Garten war ein wildes Durcheinander, aber sie wusste, dass alles seine Ordnung hatte. Nonna hatte ihr schon damals erklärt, dass es Pflanzen gab, die gut harmonierten, und andere, die sich nicht vertrugen.

»Wie du und Alessio«, hatte sie schmunzelnd erklärt.

Beim Gedanken an ihn sah Franzi auf und versuchte, ihn zu entdecken. Sie verstand nicht, warum er so seltsam reagiert hatte, als er sie gesehen hatte. Sie waren nie besonders gut miteinander ausgekommen. Was nie an ihr gelegen hatte. Man sollte jedoch annehmen, dass sie jetzt erwachsen waren und die kindischen Streitereien getrost hinter sich lassen konnten. Stattdessen war aus dem frechen Bengel ein arroganter Mann geworden, dem immer noch sämtliche Manieren abgingen.

Unwillkürlich straffte sie die Schultern und schob ihr Kinn vor. Sie musste ja nicht mit ihm reden.

Ihr Vorhaben wurde jedoch zunichtegemacht, als sie den Kräutergarten verließ. Die dahinterliegende Wiese war zu einer Seite von einem dunklen Zaun begrenzt, der das Grundstück zu der nahegelegenen Klatschmohnwiese abtrennte, die sich über mehrere Hundert Meter erstreckte und in tiefem Rot leuchtete. Sanft wiegten sich die Blüten in der leichten Brise.

Am Ende des Zaunes stand Alessio, in der Hand einen Hammer und im Mund zwei lange Nägel. Franzi betrachtete ihn verstohlen von der Seite. Bei näherem Betrachten hatte er tatsächlich Ähnlichkeit mit dem Jungen von damals, auch wenn die Sommersprossen verschwunden waren, die auf Franzi eine solche Faszination ausgeübt hatten.

Schnell riss sie sich von dem Anblick los und wollte weitergehen, um nicht in die Verlegenheit zu geraten, mit ihm reden zu müssen. Da hielt er mitten in der Bewegung inne, ließ den Hammer sinken und drehte sich zu ihr um.

Franzi blieb stehen wie ein Reh im Lichtkegel eines Autoscheinwerfers. Lange Zeit musterte er sie einfach nur. Neugierig, wie ihr schien. Erleichtert stellte sie fest, dass zumindest die Feindseligkeit aus seinem Blick verschwunden war.

Sie hatte den Gedanken kaum zu Ende gedacht, da verzogen sich seine Mundwinkel zu einem herablassenden Grinsen.

»Sieh an, was verschafft mir die Ehre?« Seine Worte klangen spöttisch. Er bückte sich, um den Hammer auf dem Boden abzulegen und einen neuen Pfahl hochzunehmen. Dabei keuchte er vernehmlich. »Wie kommt es, dass so jemand wie du sich zu uns in die Provinz verirrt?« Sein Tonfall war ätzend.

So jemand wie sie. Sie stemmte die Fäuste in die Hüften und kam langsam näher. Dabei ließ sie Alessio, der sich noch immer mit dem Pfahl abmühte, keine Sekunde aus den Augen.

»Hast du ein Problem?«, fragte sie ruhig und reckte die Nase in die Luft. Wenn er meinte, dass er der Einzige war, der arrogant sein konnte, hatte er sich geschnitten.

Franzi blitzte Alessio an. Ungerührt erwiderte er ihren Blick. Länger, als nötig war. Pah, wahrscheinlich fiel ihm keine schlagfertige Antwort ein.

Nichts regte sich in seinem Gesicht. Lediglich die dunklen Augen funkelten, ehe sich winzige, kaum wahrnehmbare Fältchen darum bildeten und die Mundwinkel zuckten. Lachte er sie etwa aus?

Ehe sie etwas sagen konnte, drückte er ihr mit einem »Halt mal« den Pfahl in die Hand. Zwar stand er auf dem Boden, sein Gewicht war dennoch beachtlich, und so unvorbereitet, wie es Franzi traf, keuchte sie kurz auf, um zu verhindern, dass sie zusammen mit dem Ding umfiel.

»Zu schwer für dich?«

»Der kleine Stock doch nicht«, gab sie mit zusammengebissenen Zähnen zurück.

»Dann ist ja gut.«

»Was heißt überhaupt Provinz? Falls du es vergessen hast, ich habe meine Nonna schon früher besucht.« Franzi mühte sich mit dem Pfahl ab und versuchte, ihn gerade zu halten.

Ein weiterer geringschätziger Blick von Alessio traf sie, ehe er einen größeren, schweren Hammer vom Boden aufhob, den sie zuvor nicht gesehen hatte.

»Dafür hast du dich ganz schön lange nicht sehen lassen.«

Einen Moment blieb ihr die Luft weg. Was für eine Unverschämtheit! Wer war er, dass er sie kritisierte? Auch wenn das stimmte, dachte sie mit einem Anflug von Schuldbewusstsein. Aber das gab ihm nicht das Recht, so mit ihr zu reden.

»Sicher, dass du das hältst?«

»Schlag zu.« Sie atmete flach durch zusammengebissene Zähne. Ihr Kopf war vermutlich schon ganz rot. Sie fühlte, wie ihr Rücken feucht wurde.

»Festhalten.« Franzi konnte den Pfahl gerade noch richtig packen, da schlug er mit dem schweren Hammer obendrauf und trieb ihn in die Erde. Jeder Schlag ging wie ein Erdbeben durch ihren Körper und schüttelte sie von oben bis unten durch, dass ihre Zähne geklappert hätten, hätte sie sie nicht fest zusammengepresst.

»Ich habe nicht gedacht, dass ich dich jemals wiedersehe«, sprach er weiter und bedeutete Franzi mit einem Nicken, dass sie den Pflock loslassen konnte.

Erleichtert trat sie einen Schritt zurück und schüttelte verstohlen die Arme aus, als Alessio ihr auch schon ein Brett in die Hand drückte. Überrumpelt packte sie zu.

»Das ist nicht ganz so schwer, das müsste ein Stadtkind wie du halten können. Hier hinhalten«, schlug er den gleichen Befehlston wie kurz zuvor an.

Zum Glück war die Leiste leichter.

»Und warum nicht, wenn ich fragen darf?«

Alessio hielt einen langen Nagel an das Holz und setzte mit dem kleineren Hammer zum Schlag an, vorher sah er jedoch auf. Seine dunklen Augen glänzten und nun meinte Franzi wieder, jenen Hauch von Feindseligkeit in seinem Blick zu entdecken, den er vorhin schon in der Küche gehabt hatte.

»Weil das hier für jemanden wie dich nichts ist.«

Für jemanden wie sie? Hatte er noch alle Latten im Zaun? Apropos Latte …

Franzi ließ los und hörte zufrieden, wie er die Luft ausstieß, als das Stück Holz auf seinem Fuß auftraf.

»Ups, die war wohl doch zu schwer für mich Stadtpflanze«, gab sie sich zerknirscht. »Wie ungeschickt von mir. Aber tröste dich, ein Kerl wie du wird das schon aushalten. Du bist sicher einiges gewöhnt, hier auf dem Land.« Sie betonte das letzte Wort übertrieben und schenkte ihm einen entschuldigenden Augenaufschlag, ehe sie bedauernd die Schultern hob. »Und falls das nichts für mich ist, tut es mir schrecklich leid, dass ich hier bin. Ich beabsichtige, ein paar Tage zu bleiben. Das ist jetzt natürlich total blöd.«

Sie lächelte und winkte fröhlich, ehe sie auf dem Absatz kehrtmachte und davonging. Sein Blick brannte ein Loch in ihren Rücken. Das Brett war nicht besonders schwer gewesen und hatte ihn überdies nicht richtig getroffen. Er würde es also überleben. Ob er sauer war? Egal, sie würde einen Teufel tun, sich umzudrehen.

Zufrieden grinste sie in sich hinein. Das hätte sie schon als Kind machen sollen, wenn er sie wieder an den Haaren gezogen hatte. Damals war sie zu klein und zu ängstlich gewesen. Einmal abgesehen davon, dass sie ihm körperlich unterlegen gewesen war. Das war sie auch heute noch, doch sie machte es mit Schlagfertigkeit wett.

Ungerührt ging Franzi weiter, den Kopf hoch erhoben. Als sie hinter der nächsten Hausecke war, kicherte sie leise.

Allerdings fragte sie sich, wo die Feindseligkeit herkam, die er ihr entgegenbrachte. Sie hatten sich seit Jahren nicht gesehen und sie erinnerte sich auch nicht daran, ihm etwas getan zu haben. Hegte er eine prinzipielle Abneigung gegen Menschen aus der Stadt?

Eigentlich war es egal. Sie sollte sich lieber auf die schönen Dinge besinnen. Darauf, dass sie endlich hier war. Damit hatte Alessio recht, wie sie widerstrebend zugab. Sie hätte eher zurückkehren müssen. Nonna hatte sie vermisst. Wie rührend von ihr, dass sie das Fotoalbum gemacht hatte. Bewegt erinnerte sie sich an den Stolz, den sie im Gesicht ihrer Oma gesehen hatte, und nahm sich vor, sie nun öfter zu besuchen. Alessio konnte ja bei sich zu Hause bleiben, wenn er ihren Anblick nicht ertrug, dachte sie trotzig.

Sie setzte ihren Streifzug über das Grundstück fort. Im Grunde hatte sich nichts verändert. Im Garten, der an die Terrasse angrenzte, war die liebevolle Handschrift ihrer Nonna zu sehen. Dafür hatte sie schon immer Geschick gehabt. Er trug den Hauch einer Verwilderung, was ihm etwas Verwegenes gab. Doch sie wusste, dass das Absicht war. Wieder hatte sie Nonnas Stimme im Kopf. »Das soll so sein, mein Kind. Man muss der Natur ihren Lauf lassen. Nur so kann sie wachsen und sich wohlfühlen. Nur den Rahmen, in dem sie gedeiht, sollte man abstecken. Das ist wie mit der Kindererziehung. Den Rest macht sie allein.«

Natürlich hatte sie damals nichts von dem verstanden, was Nonna ihr erzählt hatte. Aber die kleine Franzi hatte brav genickt und zugesehen.

Pflanzenkübel fassten die Terrasse ein. Die Blüten der Rhododendren leuchteten in kräftigem Rot und zartem Rosa und bildeten einen herben Kontrast zu den in die Jahre gekommenen Behältnissen, von denen die Farbe abblätterte. Es störte das Bild der heimeligen Idylle und Franzi trat näher. Auch die Möbel, die dort standen, hatten ihre besten Tage hinter sich. Warum tauschte ihre Großmutter sie nicht aus, dachte sie verwundert. Früher war ihr wichtig gewesen, dass alles ordentlich aussah. Oder bemerkte sie den Verfall mit zunehmendem Alter nicht?

Franzi ging weiter, doch ihr Blick hatte sich verändert. Sie sah das Anwesen nicht mehr mit den verklärten Augen des Kindes, das sie einmal gewesen war, sondern mit den kritisch geschulten einer Erwachsenen. Es waren Kleinigkeiten, doch sie waren unübersehbar vorhanden. Hier eine abgesprungene Fliese, dort eine beschädigte Bodenplatte. Die Fassade des Hauses benötigte an einigen Stellen eine Ausbesserung.

Alles in allem war es noch nicht schlimm, aber Reparaturen waren dringend notwendig und früher oder später stand eine grundlegende Sanierung an. Franzi ahnte, dass es um die Leitungen im Inneren des Hauses, Wasser wie Strom, ebenfalls nicht gut bestellt war.

Sie nahm sich vor, ihre Nonna in den kommenden Tagen darauf anzusprechen. Sicher ergab sich eine Gelegenheit dazu.

Zum Abendessen hatte ihre Oma ihr Lieblingsessen zubereitet: *Ragù alla bolognese*. Dazu gab es Tagliatelle. Nicht wie in Deutschland Spaghetti. Franzi war gerührt, dass Nonna ihr Lieblingsgericht kochte.

Die Gerüche von verschiedenen Kräutern, frischen Tomaten, Knoblauch und angedünsteten Zwiebeln zogen nicht nur durch die Küche, sondern begleiteten Franzi auch auf ihrer Runde über das Grundstück und sorgten dafür, dass ihr Magen schon bald vernehmlich knurrte. Darüber rückte das Bild des in die Jahre gekommenen Hauses in den Hintergrund.

Die Nudeln waren auf den Punkt al dente gekocht und die Soße so aromatisch, als habe Nonna den Sommer eingefangen und in den Topf verbannt. Franzi schloss genießerisch die Augen, als sie die erste Gabel in den Mund schob. Wie hatte sie nur je vergessen können, wie herrlich dieses Ragù bei ihrer Nonna schmeckte. Ihrem Vater war es zwar auch nicht schlecht gelungen, aber an dieses reichte es nicht heran. Ihre Mutter hatte sich auf ihr Betteln hin mürrisch ein- oder zweimal am Ragù versucht, war jedoch kläglich gescheitert. Franzi hatte geahnt, dass das nicht nur mit Unwissen zusammenhing, sondern mit Dianas Abneigung gegen alles, was mit Italien zu tun hatte. Da ihre Mutter mit dem geschickten Hinweis auf die nicht gerade linienfreundliche Küche der Italiener die Besuche in einer Pizzeria auf ein Minimum reduzierte, gab Franzi auf. Darüber war dieses Gericht in Vergessenheit geraten.

Umso mehr genoss sie nun jeden Bissen. Ihre Nonna brachte dazu Wein auf den Tisch und fegte ihren Einwand, dass sie erst einen Kreislaufzusammenbruch erlitten hatte, vom Tisch.

»Ich trinke jeden Tag Wein«, erwiderte sie und deutete an sich herunter. »Hat es mir geschadet? Nein. Also wird dich ein Glas nicht umbringen. Was glaubst du, wie ich so alt geworden bin.«

Damit hatte sie die dunkelrote Flüssigkeit eingeschenkt und Franzi kosten lassen. Der Wein war trocken, harmonierte aber wunderbar mit dem Ragù.

Sie häufte sich den zweiten Teller mit handgemachten Tagliatelle voll.

»Dir schmeckt es«, stellte Nonna mit einem zufriedenen Lächeln fest. »Nimm nur. Wird Zeit, dass du ein bisschen was auf die Rippen bekommst.«

Das dauerte vermutlich nicht lange, dachte Franzi, nahm einen ordentlichen Klecks Soße und ließ es sich schmecken.

Es wurde ein lustiger und geselliger Abend. Giacomo stieß später dazu und gemeinsam schwelgten sie in Kindheitserinnerungen, über die ihre Nonna und Giacomo herzhaft lachten und Franzi verlegen werden ließen, wenn wieder jemand einen Satz mit »Weißt du noch, als sie damals …« begann.

»Erinnerst du dich, wie sie hinter dem Haus Suppe gekocht haben?« Giacomo lachte laut, als er Nonnas gerümpfte Nase bemerkte.

»Sie und Giulia haben ein Sud aus Gras und Kräutern angesetzt und ich habe mich tagelang gefragt, was so bestialisch stinkt. Bis ich den Eimer mit dem Gebräu gefunden habe.«

Jetzt grinste auch Franzi. »Das war Biodünger.«

Während die beiden Alten dem Wein zusprachen und sich herrlich amüsierten, merkte Franzi, wie sie zunehmend müder wurde. Sie blieb bei dem einen Glas und trank danach Wasser.

Es war ein langer Tag gewesen. Erinnerungen waren auf sie eingestürmt, die sie erst verarbeiten musste. Die Fülle an Eindrücken hatte sie überwältigt. Kaum zu glauben, dass sie gestern Nacht noch im Krankenhaus in München gelegen hatte.

Nun konnte sie sich nicht mehr vorstellen, jemals dort im Bett gelegen zu haben. Sie fühlte sich weder schwach noch krank. Überhaupt war ihr Zuhause so weit weg, dass das in einem anderen Leben gewesen zu sein schien. Selbst ihre Mutter und Philip waren plötzlich fern.

Der Hauch eines schlechten Gewissens ergriff sie. Was beide wohl über ihr Verschwinden dachten? Zwar hatte sie in der Eile gestern zwei Nachrichten vom Krankenhausbett aus geschrieben und Sarah hatte versprochen, beide abzugeben. Darin hatte sie jedoch nur erklärt, dass sie eine Auszeit benötigte und Ruhe brauchte. Sie würde sich melden, sobald sie wiederhergestellt war und niemand sollte sich Sorgen machen.

Niko tobte vermutlich. Aber war das nicht der Grund gewesen, warum Papa sie weggeschickt hatte? Gestern noch hatte er ihr erfolgreich eingeredet, dass sie mehr auf sich achten müsse. Zusammen mit den Worten von Dr. Wagner und denen des netten Arztes im Krankenhaus hatte das den Ausschlag gegeben, warum sie letztendlich zugestimmt hatte.

Nein, sie musste kein schlechtes Gewissen haben, sagte sie sich. Sie würde in den kommenden Tagen das tun, wozu man ihr geraten hatte. Und was sie selbst schon lange Zeit nicht mehr gemacht hatte: Sie war im Urlaub und wollte sich erholen. Mindestens zwei Wochen hatte sie mit ihrem Papa verabredet. Das zumindest konnte sie vor sich selbst verantworten, ohne ihre Verpflichtungen zu vernachlässigen.

Müde schlich sie die Treppe hinauf. Nonna hatte ihr eines der Zimmer für Gäste überlassen wollen, aber Franzi hatte abgelehnt. Erstens wollte sie die kostbaren Räumlichkeiten nicht blockieren und zweitens hatte das vertraute Gefühl von Kindheit ihr heute so viel gegeben, dass sie regelrecht süchtig danach war. Sie wollte mehr davon und deswegen bat sie Nonna, ihr das Kämmerchen zu richten, in dem sie früher gewohnt hatte.

Kopfschüttelnd hatte ihre Oma das Zimmer zurechtgemacht und noch einmal betont, dass sie doch Platz habe. Seltsam, damals war die Unterkunft regelmäßig ausgebucht und besonders bei den Stammgästen beliebt gewesen. Heute jedoch waren nur wenige Urlauber da. Franzi hatte sich nicht getraut zu fragen, aber sie hatte gesehen, dass nur zwei der zwölf Zimmer belegt waren. Ob das in Zusammenhang mit dem in die Jahre gekommenen Zustand der Pension stand?

Müde putzte sie sich die Zähne an dem kleinen Handwaschbecken in ihrem Zimmer. Alles war wie früher. Selbst den Kleiderschrank und den Stuhl hatte es damals schon gegeben. Ganz abgesehen von dem alten, schweren Bett, das ihr als Kind riesig erschienen war. Heute wirkte alles viel kleiner und sie kam sich vor wie Alice im Wunderland, die plötzlich gewachsen war.

Eine Weile spielte sie mit dem Handy in ihrer Hand, dann schaltete sie es ein und lauschte den Signaltönen der eingehenden Mitteilungen. Sie öffnete keine davon und wartete auf eine von Philip. Fünf Minuten vergingen und das Smartphone verstummte. Keine Nachricht von ihrem Verlobten. Zehn weitere verstrichen und schließlich machte sie das Gerät enttäuscht aus. Hatte er überhaupt bemerkt, dass sie weg war?, fragte sie sich bitter.

Nachdenklich zog Franzi ein Schlaf-Shirt über und schlüpfte unter die Decke. Alessios hochmütiges Gesicht schlich sich in ihre Überlegungen und sie fragte sich, was sie ihm getan hatte. Auch das war etwas, was sie in den kommenden Tagen herausfinden wollte.

Mit diesem Gedanken fiel sie in einen tiefen, traumlosen Schlaf.

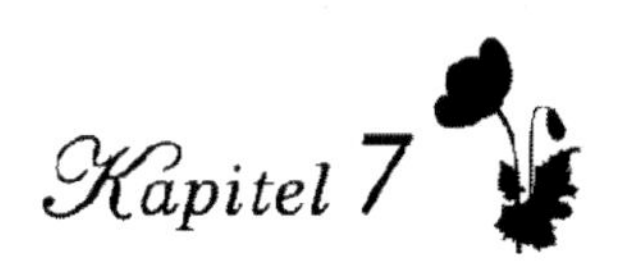

Kapitel 7

Als Franzi am nächsten Morgen die Augen aufschlug, tanzten Staubkörnchen im Licht der hereinfallenden Sonnenstrahlen. Einen Moment sah sie sich orientierungslos um. Bis ihr einfiel, dass sie in Italien bei ihrer Nonna war. Sie streckte sich und blieb dann reglos liegen, um sich umzusehen.

Ihr Blick glitt durch das Zimmer und Eindrücke von früher strömten auf sie ein. Sie schmunzelte, als sie sich daran erinnerte, wie sie sich unter dem Bett versteckt hatte, weil ihre Oma wollte, dass sie duschte. Franzi war anderer Meinung gewesen und wild entschlossen, die Oberhand zu behalten. Schließlich war es ihr unter dem Bett zu langweilig geworden. Leise war sie hervorgekrochen und hatte die Tür einen Spaltbreit geöffnet. Um ihrer Nonna, die geduldig davor ausgeharrt hatte, direkt in die Arme zu laufen. Wie lange das her war!

Sie streckte sich erneut. Niemand erwartete sie. Nicht einmal Philip, der sich nicht gemeldet hatte. Sie schob den Ärger zur Seite.

Keine Verpflichtungen zu haben, war ein ungewohnter Gedanke. Zuhause wäre sie wie eine Aufziehpuppe aus dem Bett gefahren, unter die Dusche gesprungen und hätte zwei Tassen Kaffee getrunken. Bevor sie ins Fitnessstudio oder zu einem Termin gehetzt wäre.

Dusche und Kaffee allerdings waren reizvolle Überlegungen, dachte sie und schlug die Decke zurück. Dabei fiel ihr Blick auf die Uhr. Sie musste sich täuschen! Franzi kniff die Augen zusammen und nahm die Armbanduhr vom Nachttisch. Kurz nach zehn. In der Nacht war sie vermutlich stehen geblieben. Oder nicht? Sie stand auf und sah zum Fenster hinaus. Sinnlos. Am Stand der Sonne hatte sie noch nie sehen können, wie spät es war. Hoch war sie. Höher zumindest, als wenn sie daheim aufstand.

Ihr schwante, dass es sehr wohl kurz nach zehn war, und dass sie nur einfach zum ersten Mal seit Langem tief und fest geschlafen hatte. Ohne Unterbrechungen und ohne sich schlaflos im Bett zu wälzen, weil ihr tausend Gedanken durch den Kopf gingen. Was musste Nonna von ihr denken?

Franzi tapste barfuß über den Flur hinüber in das Badezimmer. Unten hörte sie es rumoren und ein verlockender Duft nach Kaffee und frisch Gebackenem zog durch das alte Haus. Der sorgte dafür, dass Franzi schnell fertig war und sich hastig anzog.

Mit noch nassen Haaren ging sie hinunter und linste um die Ecke in die Küche. Nonna hatte ihr den Rücken zugewandt und hantierte am Herd. Da blubberte etwas in einem großen Topf. Franzi schnupperte und trat ein. Ein süßer Duft lag in der Luft und sie kam näher.

Ihre Oma drehte sich um und maß sie mit einem erstaunten Blick.

»Auch schon wach?«, fragte sie und Franzi spürte, wie sie rot wurde.

»Tut mir leid, ich glaube, ich habe verschlafen.«

»Nun, das kommt darauf an, wann du normalerweise aufstehst«, bekam sie trocken zur Antwort.

Franzi versuchte, einen Blick in den Topf zu erhaschen.

»Wenn es wirklich schon halb elf ist, komme ich gerade aus dem Fitnessstudio.«

Nonna seufzte und sah sie missbilligend an. »Ohne Frühstück nehme ich an. Ihr jungen Dinger von heute esst nicht mehr richtig. Schau dich nur an. Ein Klappergestell bist du!«

Franzi rutschte auf die Bank und nahm den Teller in Augenschein, der auf dem Tisch stand. Darauf lag ein Hörnchen und anders als in Deutschland war es aus Hefeteig.

»Machst du Marmelade?«, fragte sie neugierig und schnupperte erneut.

Ihre Oma drehte sich um, den Kochlöffel in der Hand und auf dem Gesicht ein breites Grinsen.

»Aprikose. Sie braucht noch ein wenig.«

»Aber sie ist warm, da schmeckt sie am besten.« Franzi schnappte sich ihren Teller, stand auf und war mit drei großen Schritten am Herd. Wie selbstverständlich öffnete sie die Besteckschublade und nahm einen Löffel heraus.

»Lass das, sie ist nicht fertig«, mahnte Nonna.

Davon ließ Franzi sich jedoch nicht beirren. Sie tauchte den Löffel in die blubbernde orange Marmelade und nahm einen großzügigen Klecks heraus, um sich gleich darauf erneut einen zu nehmen.

»Lecker«, meinte sie und grinste, als ihre Oma ihr mit dem Kochlöffel drohte. Wirklich böse war sie ihr nicht, das sah Franzi an den zuckenden Mundwinkeln.

Sie nahm Platz und strich die warme Köstlichkeit dick auf ihr Hefehörnchen. Wortlos stellte Nonna eine Tasse Cappuccino daneben und setzte sich zu ihr.

»Das wird ein herrlicher Tag heute.«

Franzi nickte. Wann hatte sie zum letzten Mal etwas so Köstliches zum Frühstück bekommen? Wann hatte sie überhaupt zuletzt gefrühstückt?

»Möchtest du nicht deine Freundin Giulia besuchen?«

»Meinst du, sie erinnert sich noch an mich?«, fragte sie, als sie hinuntergeschluckt hatte.

»Natürlich! Warum nicht?«

Im gleichen Moment ging die hintere Tür auf und Alessio polterte herein. In einer abgeschnittenen Jeans, die voller

Staub war. Darüber ein kurzes weißes Leinenhemd und den unvermeidlichen Hut auf dem Kopf.

Franzi starrte ihn an wie eine Erscheinung. Der Arbeitslook hatte durchaus etwas an sich. Jetzt konnte sie die Werbung mit sabbernden Frauen verstehen, die durch die Scheibe die halb nackten Fensterputzer mit Blicken verschlangen.

Alessios Gesicht allerdings, dessen Miene bei ihrem Anblick erstarrte, zerstörte die vorübergehend aufkommende Illusion, von der Franzi ohnehin nicht wusste, wo sie herkam. Solche Gedanken waren ihr sonst fremd. Das musste an der Luftveränderung liegen.

Ob er ihr den Angriff mit dem Brett von gestern übel nahm? Das war doch nur ein Scherz gewesen. Verstand er keinen Spaß? Sie hatte ihn ja nicht ernsthaft verletzt. Freundlich lächelte sie ihn an, in der Hoffnung, das Kriegsbeil damit zu begraben.

Sie schob sich ein weiteres Stück des mit Marmelade bestrichenen Hörnchens in den Mund, während Nonna eilig aufstand.

»Möchtest du einen Cappuccino und ein zweites Frühstück?«

In Alessio tobte ein innerer Kampf, das war ihm deutlich anzusehen. Mehrfach setzte er zum Sprechen an, tat es dann aber nicht. Das Hörnchen ließ ihm das Wasser im Mund zusammenlaufen, so wie er auf Franzis Teller starrte. Dazu müsste er sich nur zu ihr an den Tisch setzen. Und das war genau das, was er vermutlich nicht wollte. Warum auch immer.

Franzi grinste in sich hinein und genoss die Situation.

Ihre Nonna sah Alessio an, als habe sie nicht ewig Zeit, um auf eine Antwort zu warten, und schnaubte bereits vernehmlich, während Franzi ihm interessiert zusah. Wie entschied er sich? Wie groß war die Verlockung von Nonnas Hörnchen? Boshaft strich sie noch einmal Marmelade auf ein

Stück, schob es langsam in den Mund und kaute genüsslich, ohne ihn aus den Augen zu lassen. Dann leckte sie sich über die Lippen und trank zufrieden einen Schluck vom Cappuccino.

Für einen Augenblick schien Alessio vergessen zu haben, dass er sie nicht mochte. Er sah ihr mit leicht geöffnetem Mund und glitzernden Augen dabei zu, wie sie aß, ehe er den Blick abwandte.

»Frühstück«, brachte er heiser an Nonna gewandt hervor.

»Wurde auch Zeit«, murmelte ihre Oma und schob etwas von Jugend von heute, die sich nicht entscheiden könne, hinterher.

Franzi grinste schadenfroh und aß ungerührt weiter.

»Wenn du glaubst, dass du im Stehen essen kannst, hast du dich geschnitten.« Nonna deutete resolut auf den Stuhl. »Nimm dir einen Teller und setz dich gefälligst an den Tisch, wie ordentliche Menschen mit Manieren das machen.«

Für einen Moment sah es so aus, als überlege er es sich anders, dann nahm er gehorsam Platz, sah Franzi aber nicht an.

Sie beugte sich zu ihm hinüber. »Tut dein Fuß arg weh?«, fragte sie scheinheilig.

Jetzt wandte er sich ihr zu und sah sie an. Lange und unergründlich.

»Das tut mir total leid, ehrlich«, sagte sie und grinste entschuldigend. »Aber ich habe da einen Tipp für dich: Retterspitzumschläge wirken Wunder.«

Ein Hörnchen landete im Korb, das Franzi sich schnappte, ehe er danach greifen konnte. Mit einem provozierenden Blick hob sie die Schultern und wäre jede Wette eingegangen, dass er es ihr aus der Hand gerissen hätte. Vermutlich hinderte ihn einzig Nonnas Anwesenheit daran. Wie damals, als er ihr das Eis geklaut hatte.

Statt ihm die Zunge herauszustrecken, lächelte sie ihn an und strich weiter Marmelade auf ihr Gebäck.

»Wir sprechen uns noch, Miss Neunmalklug«, gab er leise zurück.

»Ui, jetzt habe ich aber Angst.«

Alessios Mundwinkel zuckten verdächtig, doch bevor er etwas erwidern konnte, setzte sich Nonna an den Tisch.

»Kommst du voran?«, fragte sie an Alessio gewandt.

»Ich denke, ich werde heute Mittag fertig.«

»Das ist großartig. Mir fällt wirklich ein Stein vom Herzen. Das sah heruntergekommen aus.«

Vieles sah nicht mehr schön aus, dachte Franzi, schwieg jedoch. Stand es so schlimm, dass Alessio alles reparieren musste? Handwerker mit einer Grundrenovierung zu beauftragen, wäre vermutlich sinnvoller gewesen. Die arbeiteten wahrscheinlich schneller und professioneller als der Nachbar. Aber natürlich kosteten sie Geld. Geld, das Nonna nicht hatte.

»Das mache ich gern.«

Franzi wunderte sich über den warmen Klang in Alessios Stimme und den beinahe liebevollen Blick, mit dem er Nonna bedachte. Jetzt griff er sogar über den Tisch und fasste nach ihrer Hand.

»Ich weiß gar nicht, wie ich das wiedergutmachen soll.«

»Ach, mir fiele da schon etwas ein.« Nun hatte er auch noch ein spitzbübisches Grinsen im Gesicht, das ihm, zugegeben, gut stand. »Du machst dein wunderbares *Pesto* und ich lasse mich von dir verwöhnen. Ihr *Pesto* ist einzigartig«, sagte er an Franzi gewandt.

Die verschluckte sich, überrascht von der Aufmerksamkeit, die ihr plötzlich zuteilwurde. Dabei sah er sie mit einem überlegenen Lächeln an, das ihr deutlich sagte, dass er Nonna besser kannte als sie, die sie deren Enkelin war.

Ihre Oma sah derweil verlegen lächelnd auf den Tisch. »Ach das«, meinte sie und machte eine wegwerfende Handbewegung. »Das mache ich doch gern. Das einzige Geheimnis sind die Tomaten. Sie müssen in viel Sonne gebadet haben, bevor sie getrocknet und verarbeitet werden.«

Alessio trank seinen Cappuccino aus und stopfte sich das letzte Stück vom Hörnchen in den Mund, ehe er aufstand und Nonna einen Kuss auf die Wange drückte.

»Ich sehe zu, dass ich fertig werde«, sagte er und war mit einem Winken schon fast an der Tür.

»Pass auf, dass dir nichts auf den Fuß fällt.« Franzi registrierte zufrieden, wie er einen Augenblick im Türrahmen stehen blieb, sich aber nicht umdrehte. Dann schlug die Tür hinter ihm zu und die beiden Frauen sahen ihm nach.

»War er schon immer so?«

Ihre Nonna schmunzelte nur. »Wie so?«

»Na, so seltsam eben. Gestern hatte ich den Eindruck, er hat ein Problem mit Frauen, die aus der Stadt kommen.«

»Ihr habt euch damals auch gestritten.«

»Ihr *Pesto* ist einzigartig«, äffte Franzi ihn nach. »Schleimer.«

Jetzt lachte ihre Oma lauthals.

»Was hat er gegen mich?«

Nonna stand auf und begann, das Geschirr abzuräumen. »Das musst du schon selbst herausfinden.«

Mehr war ihrer Oma zu dem Thema nicht zu entlocken.

Franzi überlegte noch immer, was die rätselhafte Äußerung ihrer Nonna zu bedeuten hatte. Doch aus ihr war nichts herauszubekommen und schließlich gab sie auf. Mit dem Hinweis, ein weiteres Zimmer vorbereiten zu müssen, hatte sie sich an die Arbeit gemacht und frische Wäsche aus dem Schrank geholt.

Franzi war ihr gefolgt und hatte ihre Hilfe angeboten. Das war die Gelegenheit, in Erfahrung zu bringen, wie es um den Pensionsbetrieb bestellt war.

Nonna hatte zunächst abgewehrt und ihr gesagt, dass sie sich erholen solle. Aber Franzi fühlte sich erholt wie seit Langem nicht und half gern. Also hatte sie sich Handtücher genommen und war hinter ihr die Treppe hinaufgestiegen.

Die Gästezimmer befanden sich über zwei Stockwerke verteilt in den oberen Bereichen. Es gab einen separaten Eingang, der getrennt von den Privaträumen war. In diesem Teil des Hauses war Franzi als Kind nicht oft gewesen, weil ihre Nonna das nicht wollte. Sie war stets in Sorge darüber, dass sie die Urlauber und deren Ruhe stören könnte, und hatte sie jedes Mal verscheucht, wenn sie dort aufgetaucht war.

Umso spannender war es nun für sie. Als habe sie das Privileg, die heiligen Hallen zu betreten. Neugierig sah sie sich um. Modern war sicher anders, aber Nonna hatte immer Stil bewiesen und die Räume mit gemütlich mediterranem Flair ausgestaltet. Liebevolle kleine Details, wie Bilder zauberhafter Landschaftsaufnahmen und stilvolle Tonvasen, schufen eine heimelige Atmosphäre und sorgten dafür, dass sich die Gäste wohlfühlten. Zumindest hatte Franzi das so in Erinnerung.

»Du bist im Moment nicht ausgebucht«, ergriff sie behutsam die Gelegenheit, als sie das Zimmer betraten, das sie fertig machen wollten.

»Ach Francesca.« Nonna seufzte und plötzlich sah sie so alt aus, wie sie war. Die ganze Leichtigkeit und Vitalität der vergangenen Stunden waren verflogen wie welke Blätter im Herbstwind. Sie ließ die Schultern hängen und machte ein trauriges Gesicht.

Besorgt legte Franzi die Handtücher auf dem Bett ab und fasste ihre Oma am Oberarm.

»Was ist los? Raus mit der Sprache.«

Hilflos zuckte Nonna mit den Schultern. »Was soll ich sagen? Sieh dich doch mal um.« Sie breitete die Hände in einer weit ausholenden Geste aus, aber es blieb offen, was sie damit meinte. »Das ist alles nicht mehr zeitgemäß.«

»Meinst du wegen des Zustandes vom Haus? Das kann man renovieren.« Franzi war erschüttert. Weniger von den Worten als vielmehr von dem Verfall, der plötzlich über die alte Dame gekommen war.

»Wenn das so einfach wäre.« Wieder seufzte Nonna. »Wer will denn schon hierher? Ich meine, wir sind in Navello. Nicht in Florenz oder Venedig. Da wollen die jungen Leute hin. Nicht in die Ödnis.«

Für einen Moment fehlten Franzi die Worte. Ihre Großmutter machte sich in der Zwischenzeit an dem Bett zu schaffen und legte frische Wäsche auf.

»Früher, da war das anders. Da gab es nichts Besseres, als dem schnellen Leben zu entkommen und sich auf dem Land zu erholen. Heute kommen nur noch alte Menschen her, die das zu schätzen wissen. Oder Radfahrer, die sich auf der Durchreise verirrt haben. Einmal war sogar ein Motorradfahrer hier. Der hatte so ein grünes Ding, das einen Höllenlärm gemacht hat.«

»Und deine Stammgäste?« Franzis Stimme war nun kaum mehr ein Flüstern.

Die alte Frau sah mit müden Augen auf, ehe sie die Decke glattstrich. »Die sind längst weg. Verstorben, nehme ich an. Wir werden ja alle nicht jünger.«

Weil Franzi es nicht ertrug, tatenlos dazustehen und die Traurigkeit im Gesicht ihrer Nonna zu sehen, ging sie ins Bad und sah nach dem Rechten. Sie hängte die frischen Handtücher über die dafür vorgesehenen Halter und stellte neues Toilettenpapier in den Schrank.

»Kommst du?« Nonna hatte einen geschäftsmäßigen Ton angeschlagen. Business as usual, hieß das wohl.

Franzi kehrte zurück ins Zimmer.

»Und was heißt das jetzt?«, fragte sie, weil sie die Frage nicht länger zurückhalten konnte.

Wieder zuckte Nonna nur mit der Schulter. »Ich habe keine Ahnung, wenn ich ehrlich bin. Wenn Alessio nicht zwischendurch etwas reparieren würde, wäre hier längst alles zu Bruch gegangen und die Reparaturen hätten meine Ersparnisse aufgefressen. Ich habe ohnehin ein schlechtes Gewissen ihm gegenüber. Was er geleistet hat, ist mit keinem Geld der Welt zu bezahlen. Und er will nichts dafür. Hat es nie gewollt. Vermutlich ist es am sinnvollsten, ich verkaufe den Kasten.«

»Nein!«

»Was soll ich denn tun?«, brauste Nonna auf. »Ich bin nicht ausgebucht. Dass derzeit zwei Zimmer belegt sind und das jetzt noch dazu, hatte ich seit Jahren nicht. Das obere Stockwerk nutze ich schon lange nicht mehr.«

Franzi spürte, wie ihr das Blut in die Beine sackte und ihr schwindelig wurde. Fast wie neulich vor dem Konzert. Sie hielt sich an der Kommode fest.

»Kind, was ist los?« Besorgt beugte sich Nonna zu ihr hinüber und legte eine Hand auf ihren Arm.

»Geht schon«, murmelte Franzi.

Schweigend gingen sie nach unten. Franzi war tief in Gedanken versunken. Dass es so schlimm um das Haus stand, hatte sie nicht einmal geahnt.

Der Schock saß tief und Franzi wollte allein sein, um in Ruhe über alles nachzudenken. Nonna war in der Küche verschwunden, um *Pesto* für das Mittagessen vorzubereiten. Kurz lag Franzi ein bissiger Kommentar auf der Zunge, aber sie verkniff ihn sich in letzter Sekunde. Wenn Alessio nicht wäre, sähe es noch düsterer aus, hatte Nonna gesagt. Vielleicht war er doch nicht so schlimm, wie sie gedacht hatte?

Sie ging durch die Vordertür hinaus, umrundete das Haus und versuchte, es mit objektiven Augen zu betrachten. Nicht mit den verklärten des Kindes, das sie damals gewesen war.

Nun wurde deutlich, wie viel zu machen war. Gestern hatte sie die schadhaften Stellen nur oberflächlich betrachtet, jetzt erkannte sie das ganze Ausmaß. Fenster mussten gestrichen oder gar ersetzt werden, im Garten gab es einiges zu tun. Er könnte moderner und frischer gestaltet werden. Franzi hatte spontan jede Menge Ideen, wie er zu einer wahren Wohlfühloase umgestaltet werden könnte. In Gedanken spielte sie mit einem Grillplatz und einer Chill-out-Area. Das Geländer um die Terrasse herum bedurfte einer Ausbesserung und neue Möbel waren auch kein Schaden. Dadurch gewann dieser heimelige Ort an Attraktivität, ohne dass sein ursprünglicher Charakter verloren ging.

All das kostete aber Geld. Und dann war fraglich, ob die Neuerungen angenommen wurden. Was, wenn sich trotz allem niemand dafür interessierte? Navello war nur eine kleine Ortschaft, zwar idyllisch gelegen inmitten von Zypressenwäldern, Olivenhainen und Klatschmohnfeldern, doch Nonna hatte recht: Wer verirrte sich hierher, wenn er gleichzeitig Florenz oder Venedig haben konnte?

Sie schluckte beim Gedanken daran, dass der Ort ihrer Kindheit bald nicht mehr Nonna gehören könnte. Es war nur wenig Zeit, die sie hier verlebt hatte, aber das war die glücklichste ihres Lebens gewesen. Einmal abgesehen von den Ärgernissen mit Alessio. Zusammen mit ihrer Freundin Giulia hatte sie viele Stunden draußen verbracht und sich den ganzen Tag die tollsten Spiele ausgedacht. Dieser Ort war für sie untrennbar mit Unbeschwertheit und Freiheit verknüpft. Das spürte sie deutlich, seit sie wieder hier war. Er war ein Rückzugsort vor der Schnelllebigkeit. Ein Stück heile Welt, das vielleicht vergessen worden war, deswegen aber umso wertvoller.

Hier hatte sie als kleines Mädchen einst ihr Talent entdeckt, und obwohl sie damals noch nicht gewusst hatte, was sie damit anfangen sollte, war der Wunsch, Sängerin zu werden, unweigerlich mit ihrer Nonna und der Pension verbunden. Es zu verkaufen brach nicht nur ihrer Oma das Herz, es würde auch ihr wehtun.

Tief in Gedanken versunken ging sie um das Haus herum. Das Klopfen des Hammers, mit dem Alessio einen weiteren Holzpfahl in die Erde trieb, schallte dumpf zu ihr herüber. Entschlossen ging sie auf ihn zu. Diesmal bemerkte er sie erst, als sie bei ihm war. Er ließ sein Arbeitsgerät sinken und wischte sich den Schweiß von der Stirn, ehe er den Hut in den Nacken schob und sie mit durchdringendem Blick schweigend musterte. Nicht feindselig, eher abwartend.

»Kann ich kurz mit dir reden?«

»Keine tätlichen Angriffe heute?« Er hörte sich belustigt an, doch Franzi war nicht zum Scherzen aufgelegt.

Sie atmete tief durch. »Ich möchte nur mit dir reden.«

Alessio legte den Hammer zur Seite und verschränkte die Arme vor der Brust, was Franzi als Aufforderung auffasste.

»Wie lange machst du das schon?«, fragte sie.

»Was?«

»Bei Nonna aushelfen.«

»Wie kommst du jetzt darauf?«

»Himmel, es interessiert mich einfach.« Ihr Ausbruch tat ihr sofort leid. Sie wollte nicht aufbrausend sein, aber der drohende Verkauf des Hauses zerrte an ihren Nerven.

Alessio schien zu spüren, dass es ihr ernst war. Aufmerksam musterte er sie. »Keine Ahnung. Ich helfe Maria immer mal wieder.« Ein feines Lächeln umspielte seine Lippen. Er mochte ihre Nonna, das war deutlich zu sehen. »Wer soll all das sonst machen? Handwerker sind teuer und hier ist nur

Giacomo, der ihr unter die Arme greift. Irgendwann habe ich gesehen, wie er eine schadhafte Stelle verputzt hat. Ich bin ihm zur Hand gegangen und so hat sich das entwickelt.« Mit schief gelegtem Kopf sah er sie an.

»Das ist nett von dir«, sagte Franzi leise. »Danke.«

Alessio nickte langsam. Ob er wusste, wie schlimm es um die Pension stand? Hatte Nonna ihm gegenüber je etwas erwähnt? Einen Moment überlegte sie, ob sie ihm davon erzählen sollte. Dann verwarf sie den Gedanken jedoch. Sie hatte keine Ahnung, ob ihrer Oma das recht war.

Unschlüssig blieb sie stehen und sah auf ihre Schuhspitzen hinunter.

»Wenn du schon mal hier bist, möchtest du mir vielleicht helfen?«, fragte Alessio.

Überrascht sah Franzi auf. »Darf ich das denn überhaupt noch? Ich meine, hast du nicht Angst um deine Füße?«

Alessio lachte und seine dunklen Augen funkelten. Er griff nach einem Brett und drückte es ihr in die Hand, ehe er den Hammer aufhob und ihn scherzhaft in die Luft hob. »Du musst mit dem Risiko leben, dass ich mich revanchiere.«

»Mein armer Daumen.« Franzi seufzte und nun stahl sich trotz der trüben Gedanken ebenfalls ein Lächeln auf ihr Gesicht. »Ich schätze, das ist nur recht und billig.«

Alessio trieb den Nagel mit langen, gezielten Schlägen in das Holz und Franzi hatte keine Sekunde Angst davor, dass er ihre Finger treffen könnte. Als er fertig war, ließ er den Hammer sinken und lachte leise.

»Was ist?«

Jetzt sah er auf und Franzi stockte bei seinem durchdringenden Blick kurz der Atem.

»Du warst niedlich damals, als du noch klein warst und hübsche, lange Zöpfe hattest.«

»An denen du immer gezogen hast.«

Das Lächeln verschwand. »Das tut mir leid. Ich habe mich wie ein Idiot benommen.«

Franzi nickte. Dem war nichts hinzuzufügen.

»Gerade musste ich daran denken, wie ich mit Luca eine Höhle bauen wollte. Du und Giulia, ihr wolltet unbedingt mitspielen. Ich habe gesagt, dass das nichts für euch ist. Aber du kleiner Dreikäsehoch hast die Fäuste in die Hüften gestemmt und mich von unten angefunkelt. Dann hast du einen Stein genommen und versucht, ihn hochzuheben.«

Franzi nickte langsam. »Ich erinnere mich.«

»Er war dir zu schwer und ist dir heruntergefallen.«

»Giulia auf den Fuß.«

Alessio hob die Hand. »Mir auf den Fuß.«

»Nein, das war Giulia.«

»Es war meiner. Offenbar hat das System bei dir.«

Franzi reckte die Nase in die Luft. »Wie es System hat, dass du mich an den Haaren gezogen hast.«

Er betrachtete sie mit schiefgelegtem Kopf. »Die gibt es aber nicht mehr.«

»Ach, würdest du sonst immer noch daran ziehen?«, zog sie ihn auf. Der Schlagabtausch machte ihr zunehmend Spaß.

»Verlockend wäre es.«

Einen Moment schwiegen sie.

»Er ist Giulia auf den Fuß gefallen und sie hat fürchterlich geweint.«

»Nein, meine Liebe, mir.« Erneut drückte er ihr ein Brett in die Hand. »Das ist das Letzte. Hilfst du mir? Den Rest schaffe ich allein.«

Schweigend griff Franzi zu. Das Geplänkel mit Alessio war lustig und unbeschwert und ließ sie ihre Sorgen um Nonnas Haus vorübergehend vergessen. Er war gar nicht so übel, wie sie gedacht hatte. Immerhin half er ihrer Oma und verlangte dafür nicht einmal etwas. Womöglich hatte sie ihn gestern nur auf dem falschen Fuß erwischt. Oder sich die Feindseligkeit nur eingebildet.

»Danke«, sagte er, als die Leiste befestigt war und sah zu ihr auf.

»Gern geschehen. Ich habe ja nichts gemacht.«

»Wir werden uns in der nächsten Zeit öfter über den Weg laufen.« Unschlüssig drehte er den Hammer in der Hand. »Das Rohr unter dem Spülbecken in der Küche tropft, die Haustür klemmt und ein Fenster muss neu gestrichen werden.«

»Du musst das nicht tun.«

Jetzt lächelte er wieder jenes feine Lächeln, das er immer auf den Lippen hatte, wenn es um Nonna ging. »Ich weiß. Aber ich mache das gern.«

»Danke.«

»Es war übrigens mein Fuß, den du damals getroffen hast.« Er zwinkerte ihr zu.

»Du möchtest nur, dass ich mich entschuldige. Keine Sorge, ich werde Giulia fragen.« Sie drehte sich um und winkte im Gehen noch einmal.

Kapitel 8

Nonna überließ ihr gern das alte Fahrrad, damit Franzi sich auf den Weg machen konnte. Der war nicht weit und führte sie an Mohnblumenfeldern vorbei, die in voller Blüte standen. Sanft wiegten sich die roten Köpfe in der leichten Sommerbrise und Franzi sog tief die würzige Luft nach wildem Rosmarin und Thymian in ihre Lungen. Sie hatte absichtlich diesen Weg gewählt. Zwar war er etwas mühsamer und führte sie über ausgetretene Pfade, auf denen auch immer wieder Steine lagen, aber die weitläufige Natur hatte sie vermisst. Das stellte sie jetzt fest, da sie in Italien war.

Außerdem war das eine Abkürzung und sie lief nicht Gefahr, auf der Straße einem Raser zum Opfer zu fallen. Falls sich überhaupt jemand hierher verirrte.

Augenblicklich war die gute Stimmung verschwunden und Franzi dachte an die Sorgen ihrer Nonna. Die Toskana war noch immer eine beliebte Urlaubsregion. Und speziell hier oben waren Ruhe und Erholung garantiert. Aber natürlich lag Navello verhältnismäßig weit entfernt von den angesagten Städten.

Was, wenn es ihrer Nonna nicht gelang, das Ruder herumzureißen? Sie müsste das Anwesen verkaufen und damit ging dieser wunderbare Ort ihrer Kindheit verloren.

Gab es überhaupt Interessenten für die Pension und den großen Garten darum herum? Wenn schon niemand hier Urlaub machte, wer sollte ein solches Haus kaufen wollen?

Nachdenklich fuhr sie weiter. Die Landschaft veränderte sich und die Mohnblumenfelder wurden von Olivenhainen abgelöst, durch die Franzi jetzt radelte. Vermutlich bewegte sie sich sogar auf Alessios Grund und Boden, überlegte sie.

Ob sich seine Landwirtschaft rechnete? War er gern Landwirt? Oder hatte er den Betrieb von seinem Vater nur übernommen, weil ihm nichts anderes übrig geblieben war? Natürlich hätte er verkaufen und weggehen können. Doch offenbar liebte er diesen Ort und hatte eine Abneigung gegen Großstädte.

Augenblicklich kehrten ihre Gedanken zu Nonnas Problemen zurück. Wo wohnte sie, wenn sie das Haus verkaufte? In einer Stadt konnte sich Franzi ihre Oma beim besten Willen nicht vorstellen. Gab es nicht eine Möglichkeit, die Pension zu halten? Sicher, sie hätte sie finanziell unterstützen können. Aber Franzi kannte ihre Nonna gut genug um zu wissen, dass sie viel zu stolz war, um das anzunehmen. Außerdem war das keine dauerhafte Lösung des Problems.

Wie sie es auch drehte und wendete, Franzi fand keine Lösung und verschob ihre Überlegungen auf später. Sie passierte eine Herde von Schafen, die scheinbar sich selbst überlassen auf den Hängen weideten. Sie mussten bereits zum Besitz von Giulias Familie gehören. Franzi hatte von Nonna erfahren, dass Giulia Luca, ihren Freund aus Kindertagen, geheiratet hatte und somit auch in dessen landwirtschaftlichen Betrieb eingestiegen war. In der Ferne erstreckten sich Weinberge, die ebenfalls zu dem Gut gehörten.

Die beiden waren schon als Kinder unzertrennlich gewesen. Luca war nur wenige Jahre älter als die Mädchen und hatte immer nett mit ihnen gespielt. Zwar war er nicht der Schlankeste gewesen und hatte stets etwas behäbig gewirkt, aber er war ein prima Kumpel gewesen. Franzi gönnte ihrer Freundin das Glück an seiner Seite und war neugierig, was sich verändert hatte.

Ob sie Giulia überhaupt noch mochte? Jetzt war sie aufgeregt. Es war nicht gesagt, dass sie einen Punkt fanden, an dem sie an früher anknüpfen konnten. Ihr Leben hatte sich in gänzlich andere Richtungen entwickelt. Vielleicht hatten sie sich nichts mehr zu sagen? Das wäre traurig. Doch Franzi würde es nicht erfahren, wenn sie nicht zu ihr ging.

Zwischenzeitlich hatte sie das Anwesen der Di Punzios erreicht und stieg vom Fahrrad ab. Entschlossen packte sie den Lenker fester und ging langsam auf den Hof.

Das Haus war ebenfalls eines der älteren, aber es war erstaunlich gut in Schuss. Überrascht erkannte Franzi eine angrenzende Gastwirtschaft. Hatte die schon immer dazugehört? Sie konnte sich beim besten Willen nicht daran erinnern.

Zwei kleine Mädchen stoben über den Hof, kaum älter als fünf Jahre. Als sie Franzi erblickten, blieben sie abrupt stehen und betrachteten die Besucherin misstrauisch. Franzi stockte für einen Moment der Atem. Die beiden sahen nicht nur eine aus wie die andere, sie glichen auf verblüffende Weise jener Freundin aus Kindertagen, die sie in Erinnerung hatte. Zweifellos waren das Giulias Töchter. Sie hatten die gleichen braunen Haare, die dunklen Augen und die weichen Gesichtszüge. Sogar die Stupsnasen erinnerten an Klein Giulia.

»Ciao.« Sie lächelte die beiden freundlich an. »Wer seid ihr denn?«

Während das eine Mädchen hinter dem Rücken der Schwester verschwand, reckte die das Kinn.

»Ich bin Sofia, das ist Elena. Und wer bist du?«

»Ich bin Francesca«, gab Franzi zurück und hoffte, dass die Mädchen nicht vor Angst davonliefen. Bei Elena war sie nicht sicher, sie sah aus, als könnte sie jederzeit die Flucht ergreifen.

Sofia hingegen erwiderte ihren Blick selbstbewusst. »Und was willst du?«

Elena zupfte ihre Schwester am Ärmel. »Mamma hat gesagt, wir dürfen nicht mit Fremden reden«, flüsterte sie so laut, dass Franzi es hörte.

Sie verbiss sich ein Lächeln und nickte. »Da hat eure Mamma recht. Am besten holt ihr sie mal. Was meint ihr?«

Die Kinder steckten die Köpfe zusammen und beratschlagten kurz. Dann drehte sich Sofia wieder um. »Ich denke, das geht in Ordnung. Du wartest hier«, wies sie Franzi mit erhobenem Zeigefinger an, ehe die beiden im Haus verschwanden. Diesmal lief Elena voran und Franzi wurde das Gefühl nicht los, dass sie so schnell rannte, um möglichst viel Abstand zwischen sich und die Fremde zu bringen.

Sie hörte die beiden durch das Haus nach Giulia rufen. Ein Hund bellte, dann war die Stimme einer Frau zu hören, die lauthals schimpfte. Ob mit dem Hund oder den Kindern fand Franzi nicht heraus. Sie blieb im Hof stehen, umklammerte den Lenker ihres Fahrrades und harrte der Dinge, die kamen.

Es dauerte nicht lange, bis die Tür aufging. Vorneweg eines der Mädchen, vermutlich Sofia. Dahinter eine Frau in ihrem Alter, deren Haar mittlerweile erheblich kürzer war, die aber noch immer die gleiche Stupsnase wie früher hatte. Fülliger war sie geworden. Elena versteckte sich hinter ihr.

Giulia schob ihre Tochter vor sich her aus dem Haus, während Elena sich an ihrem Rock festklammerte. Erst jetzt erblickte Franzi den mächtigen Bauch, den die Frau vor sich hertrug.

»Ja bitte?«, fragte sie und kniff die Augen zusammen. Die leicht gerunzelte Stirn deutete darauf hin, dass sie angestrengt nachdachte. »Das glaube ich nicht«, murmelte sie und schlug sich die Hand vor den Mund.

Franzi hatte es die Sprache verschlagen. Sie kämpfte mit einem Kloß im Hals, so sehr bewegte sie die Begegnung mit ihrer Freundin. Sie lächelte nur, setzte mehrfach zum Sprechen an und schwieg doch.

Giulia kam näher, sagte ebenfalls nichts und starrte sie einfach nur an.

Franzi tat, was sie am besten konnte, und begann leise zu singen: »Giro giro tondo, gira il mondo«, stimmte sie an und machte eine Pause.

In Giulias Augen schimmerten Tränen und sie schluckte, ehe sie einfiel: »Gira la Terra.«

Und schließlich sang Sofia mit: »Tutti giù per terra!«

Dann lachten alle drei und auch auf Elenas Gesicht zeigte sich ein zaghaftes Lächeln. Giulia fiel Franzi um den Hals und herzte sie zum Erstaunen der Kinder, weil die Frau ja immer noch eine Fremde war.

»Francesca! Das darf nicht wahr sein! Wie schön, dich zu sehen!« Giulia ließ sie kurz los, um sie anzusehen, ehe sie sie erneut an sich riss, was mit dem großen Bauch zwischen ihnen gar nicht einfach war. »Was machst du hier? Wo warst du so lange?«

Weitere Fragen prasselten auf Franzi nieder. Sie lachte und weinte gleichzeitig und sagte trotzdem kein Wort, weil ihr die Stimme den Dienst versagte.

Jetzt sprachen auch die Mädchen wild durcheinander.

»Mamma, wer ist das?«

»Sie kann aber schön singen.«

»Woher kennst du sie?«

Zu allem Überfluss stob ein brauner Hund aus dem Haus, dessen Fellfarbe Marke Straßenköter war. Aufgeregt bellend sprang er um die Gruppe herum. Noch immer redeten die drei durcheinander, während Franzi sich von ihren Gefühlen überwältigt die Tränen aus den Augenwinkeln wischte.

Schließlich machte Giulia dem Theater ein Ende und sprach mit lauter Stimme ein Machtwort. Danach verstummte selbst der Hund und blieb schwanzwedelnd vor Franzi stehen. Neugierig schnupperte er an ihrem Bein.

»Francesca«, sagte Giulia. »Möchtest du nicht hereinkommen? Das Mittagessen steht auf dem Tisch. Auf einen mehr oder weniger kommt es nicht an. Nein, ich möchte keine

Widerrede hören. Kinder, kommt, Hände waschen. Wir haben heute einen Gast zum Essen. Wo ist Matteo?«

Giulia scheuchte ihre Töchter ins Innere des Hauses und griff entschlossen nach Franzis Hand, als habe sie Angst, dass die sich in einem unbeobachteten Moment aus dem Staub machen könnte. Mit einer für ihre Leibesfülle erstaunlichen Geschwindigkeit zog sie ihre Freundin hinter sich her, wies währenddessen die Mädchen zurecht und rief nach Matteo. Immer begleitet vom Bellen des Hundes, der aufgeregt neben ihnen hersprang.

Sie trieb die ganze Meute in die Küche, und ehe Franzi sich versah, saß sie auf einer Bank, links und rechts flankiert von den Zwillingsmädchen. Sofia sah sie ungeniert an, während Elena verschüchtert schwieg und lieber auf den Tisch starrte.

Giulia ließ sich mit einem Ächzen auf einen Stuhl gegenüber sinken, die Hand ins Kreuz gestützt.

»Der Bauch bringt mich um«, stöhnte sie und schloss für einen Moment die Augen, ehe sie Franzi ausgiebig musterte.

»Francesca«, sagte sie erneut, als könne sie es noch immer nicht fassen. »Wie geht es dir? Ich habe so viel von dir gehört. Maria erzählt immerzu von dir. Du bist in Deutschland eine berühmte Sängerin. Stimmt das? Oh, es gibt so viel zu erzählen. Warum warst du nicht mehr hier? All die Jahre habe ich mich gefragt, was du machst und ob du mich vergessen hast. Dann wollte ich Maria nach deiner Adresse fragen, aber immer kam irgendetwas dazwischen. Matteo, die Zwillinge und jetzt das.« Sie deutete auf ihren Bauch. »Nicht zu fassen«, meinte sie, »dass ich mir das noch einmal angetan habe. Ich habe Luca gesagt, dass ich nicht noch einmal Zwillinge möchte. Jetzt, wo die Mädchen aus den Windeln raus sind. Aber alle haben auf mich eingeredet und mir gesagt, dass das nicht noch einmal passiert. Schließlich haben wir in beiden Familien keine Mehrlingsgeburten. Was soll ich sagen? Jetzt sitze ich hier. Und rate mal, womit.« Mit finsterer Miene warf sie wieder einen Blick nach unten auf die Rundung.

Hatte sie schon immer so viel geredet? Sie holte kaum Luft und Franzi fragte sich, ob sie durch die Ohren atmete, da sprach sie bereits weiter.

»Jetzt brauchen wir ein noch größeres Auto für fünf Kinder. Ich habe Luca aber schon gesagt, dass nun Schluss ist. Ich altere schneller als du zusehen kannst mit so vielen Kindern.«

»Aber Mamma, freust du dich denn nicht?«, wollte Sofia wissen. »Ich mich schon. Dann bin ich nicht mehr die Jüngste. Ich bin nämlich zwanzig Minuten später geboren als Elena«, erklärte sie an Franzi gewandt.

»Sollte man nicht meinen«, brummte Giulia. »Wo ist eigentlich Matteo? Der Bengel ist nie da, wenn man ihm ruft. Dabei habe ich ihm gesagt, dass er zum Essen kommen soll. Wird doch alles nur kalt.«

Giulia stand wieder auf, um in den Flur zu gehen und lautstark nach ihrem Sohn zu rufen. Begleitet von einigen netten Worten, die ihm Beine machen sollten.

Franzi wusste währenddessen nicht, wie ihr geschah. Bisher hatte sie kein Wort gesagt. Dazu kam sie gar nicht. Wenn Giulia, wie jetzt, schwieg, übernahm Sofia deren Part und plapperte munter weiter. Im Moment erzählte sie, was sie den Vormittag über getrieben hatte, während ihre Mutter in einem großen Topf rührte.

Der Duft von frischen Tomaten und mediterranen Kräutern drang an ihre Nase und ihr Magen meldete sich vernehmlich. Kaum zu glauben, dabei hatte sie für ihre Verhältnisse viel gefrühstückt. Vermutlich war es die Luft, die ihren Appetit befeuerte.

Sie erinnerte sich daran, wie ihre Freundin im Sandkasten darauf bestanden hatte, dass der ganze Kuchen aufgegessen wurde, nicht nur ein Bissen. Mit den Worten »Schmeckt es dir etwa nicht?« und einem kritischen Blick hatte sie jedes Kind dazu gebracht, dass der Kuchen Schaufel für Schaufel abgetragen und ins Gebüsch befördert wurde.

Zwischenzeitlich erschien ein vielleicht achtjähriger Junge in der Küche, der von seiner Mutter mit der Ermahnung, sich die Hände zu waschen, sofort wieder weggeschickt wurde. Er hatte rabenschwarzes Haar, die gleiche Stupsnase wie die Mädchen und einen genervten Gesichtsausdruck. Ihm war anzusehen, dass er beim Anblick des Gastes vor Neugierde beinahe platzte, aber sich eher die Zunge abbiss, als zu fragen, wer das war.

Unverkennbar Lucas Sohn. Wenn sie die Kinder von Giulia und Luca betrachtete, fühlte sie sich augenblicklich in ihre Kindheit zurückversetzt.

Ein zaghaftes Zupfen an ihrem linken Hosenbein riss sie aus ihren Gedanken. Elena lächelte schüchtern von unten zu ihr auf.

»Hier kommt man wohl nicht viel zum Reden«, flüsterte sie der Kleinen zu, während Sofia und ihre Mutter in ein Wortgefecht über das weitere Gedeck verwickelt waren, das für den Gast aufgetragen werden musste. Giulia war der Meinung, dass ihre Tochter das übernehmen könnte, während die nicht im Traum daran dachte, ihren Platz neben Franzi aufzugeben.

»Hier musst du einfach machen«, gab Elena zurück. »Sonst kommst du zu nichts.«

Sieh an, die stillen Wasser in der Gesellschaft, dachte Franzi amüsiert. Elena war vielleicht die zurückhaltendere der Schwestern, aber sicher die, die ihren Weg als Erste ging. Wie gewitzt ein so kleines Kind bereits sein konnte. Das imponierte Franzi.

»Singst du mir nachher noch was vor?« Mit großen Kulleraugen sah sie zu Franzi auf, der warm ums Herz wurde. Wie konnte sie dem Kind diese Bitte abschlagen?

»Natürlich. Wenn du das gern möchtest.«

Der dankbare Blick und das strahlende Lächeln, das Franzi daraufhin erhielt, vergrößerten ihre Freude nur.

Mittlerweile war auch Matteo zurückgekehrt und Franzi grüßte ihn freundlich lächelnd. Sie klärte ihn auf, wer sie war, und hoffte, dass die erste Neugier damit gestillt war.

Giulia stellte in der Zwischenzeit einen großen Topf *Pappa al Pomodoro* auf den Tisch, eine aromatische Tomatensuppe mit gerösteten Brotwürfeln.

Sofia verzog enttäuscht das Gesicht und schnitt sogar eine Grimasse, als ihre Mutter ihr den vollen Teller hinstellte.

»Iss, Kind, sonst bekommst du kein Eis«, beschied ihre Mutter sie und Sofia begann murrend zu essen.

»Geht doch«, meinte Giulia zufrieden und wandte sich ihrer Freundin zu. »Jetzt sag, wie lange haben wir uns nicht gesehen?«

»Dreiundzwanzig Jahre.«

»Ha, aber ich habe dich wiedererkannt.«

»Ich dich ja auch.« Franzi grinste und kostete von der Suppe. Wie konnte man ein Gericht nicht mögen, das schmeckte, als habe man die Sonne auf den Teller gebracht! »Das ist großartig«, schwärmte sie und Giulia freute sich sichtlich.

»Siehst du, andere finden lecker, was ich koche«, erklärte sie ihrer Tochter.

»Andere vielleicht«, maulte Sofia. »Die dürfen auch von der Karte bestellen, wir nicht.«

»So weit kommt es noch. Das ist keine Gastwirtschaft hier.«

»Aber nebenan. Ich möchte auch da essen.«

»Kleines Fräulein, iss deine Suppe, sonst gibt es kein Eis.«

Sofia maulte Unverständliches vor sich hin und aß widerwillig weiter.

»Das Restaurant gehört euch?«, fragte Franzi neugierig.

Giulia nickte. »Als wir geheiratet haben und noch keine Kinder hatten, war das unser gemeinsamer Wunsch. Ich habe nicht nur im Sandkasten leidenschaftlich gern gekocht.«

»Daran erinnere ich mich«, lachte Franzi. »Du hast uns gezwungen, den ganzen Sand ins Gebüsch zu werfen, weil wir so tun mussten, als ob wir all deine Kuchen und Gerichte aufessen. Am Ende vom Sommer war kaum noch etwas übrig und Nonna hat sich gewundert, wo er abgeblieben ist.«

Giulia lachte. »Wir fanden die Idee damals toll, die eigenen Produkte auf den Teller zu bringen.«

»Jetzt nicht mehr?«

Ihre Freundin seufzte tief. »Doch, aber mit den Kindern ist das nicht einfacher geworden.«

Franzi nahm ein Stück Brot aus dem Korb und stippte es in die Suppe. Sie musste sich unbedingt das Rezept geben lassen. Hoffentlich rückte Giulia es heraus.

»Wir haben geheiratet, da war ich knapp zwanzig. Wir kannten uns ja quasi schon von Kindesbeinen an und jedem war klar, dass aus uns ein Paar werden würde. Als Matteo zur Welt kam, war ich zweiundzwanzig. Damals hat Lucas Vater noch gelebt und alles war leicht und unbeschwert. Die Trattoria lief von allein, wir hatten genug Gäste und auch Touristen haben sich regelmäßig her verirrt. Das allerdings hat in den letzten Jahren deutlich nachgelassen.«

»Das hat Nonna mir erzählt«, warf Franzi bedrückt ein. »Ihre Pension ist nicht mehr ausgebucht.«

»Wir überleben, so ist es nicht. Dann wollten wir ein zweites Kind. Dass ich gleich mit Zwillingen schwanger werde, war nicht geplant. Und in keiner der beiden Familien gibt es Anzeichen dafür. Mit dreien wurde das Leben beschwerlicher. Aber ich habe es hinbekommen. Und die Mädchen gehen ab nächstem Jahr in die Schule.«

Franzi warf einen Blick zu Elena hinüber, deren Augen bei dem Wort »Schule« zu leuchten begannen.

»Ich kann schon ein bisschen lesen«, verkündete sie, nicht ohne Stolz, während Sofia vernehmlich schnaubte und Matteo das Gesicht zu einer Grimasse verzog, die deutlich machte, was er davon hielt.

»Freust du dich darauf?«, fragte Franzi und Elena nickte verhalten.

»Ich nicht«, gab Sofia von sich und legte den Löffel zur Seite. Bis auf einen kleinen Rest hatte sie alles aufgegessen. »Ich verstehe nicht, wozu das gut sein soll.«

»Das ist dein verdammter Job«, gab Giulia ungerührt zurück. »So wie das hier meiner ist.« Sie machte eine ausladende Bewegung, die das Haus und das Drumherum mit einschloss.

Franzi unterdrückte ein Kichern. Die Schule als Job zu bezeichnen, war typisch Giulia.

»Tja, und dann wollte Luca noch ein Kind. ›Der krönende Abschluss‹, hat er gesagt. Ich habe ihn gewarnt und gesagt, dass es wieder Zwillinge werden könnten. Aber nein, alle wussten es besser. Das kommt nicht noch einmal vor. Ist ja gar keine Veranlagung da. Wahrscheinlicher ist es, in der Lotterie den Jackpot zu knacken.« Düster schnaubte sie auf. »Und was ist passiert? Ich sitze hier mit dickem Bauch und den Jackpot hat ein anderer geknackt. Ist das nicht ungerecht?«

Franzi lachte laut auf. »Ihr könntet einen Koch einstellen, der dir die Arbeit ein bisschen erleichtert.«

»Haben wir längst. Ich kann nicht mehr am Herd stehen, das ist unmöglich.«

»Wann ist es denn so weit?«

»Der Arzt meint, ich habe noch gut drei Wochen. Wenn du mich fragst, fühle ich mich wie eine Melone kurz vor dem Platzen. Mir wäre es gestern lieber als morgen.«

»Werden es wieder Mädchen?« Franzi betrachtete neugierig den Bauch ihrer Freundin. Wie es wohl war, Kinder zu haben?

»Ein gemischtes Pärchen diesmal. Das wird spannend.«

»Das glaube ich gern. Zwillinge sind überhaupt interessant.«

»Kinder generell. Aber man sieht ja bereits an den Mädchen, was für unterschiedliche Charaktere sie haben. Noch eins wie Sofia und Matteo, dann bin ich bedient.«

Franzi lachte.

Mittlerweile waren sie am Ende ihrer Mahlzeit angelangt und Giulia sammelte die Teller ein, ehe sie die Kinder zum Spielen nach draußen schickte. Den Protest ihrer Tochter, die lautstark das versprochene Eis einforderte, ignorierte sie zunächst und vertröstete das Mädchen auf später.

»Kaffee?«, fragte sie und Franzi nickte dankbar. Sie stand auf, um der Freundin beim Aufräumen zu helfen.

Die Ruhe, die einkehrte, wirkte wohltuend. So herrlich die drei waren, vorhin war es zugegangen wie im Tollhaus.

»Ich bin pappsatt«, verkündete sie und ließ sich auf einen Stuhl sinken.

Mit hochgezogenen Brauen sah Giulia sie an. »Du bist ein bisschen durchsichtig, wenn du mich fragst.«

»Wie meinst du das?«

»Ich habe immer mal wieder Bilder von dir gesehen. Deswegen habe ich dich gleich erkannt. Da fiel mir auf, dass du ziemlich blass um die Nase bist. Selbst das Make-up, mit dem man dich zugekleistert hat, konnte das nicht verbergen. Und wenn du vor mir stehst, sehe ich Schatten unter deinen Augen.«

Franzi schwieg.

»Maria hat alles in einem Ordner gesammelt. Den allerdings hat sie mir nicht gezeigt. Darum macht sie ein großes Geheimnis.«

Franzi nickte. »Aber mir.«

»Sie ist mächtig stolz auf dich«, fuhr ihre Freundin fort und Franzi lächelte in sich hinein. »Auf jeden Fall ist mir da aufgefallen, dass du in letzter Zeit nicht mehr so strahlend ausgesehen hast wie früher. Gut, dass du nach Italien gekommen bist. Das *dolce vita* päppelt dich ein bisschen auf.«

»Nonna gibt sich die größte Mühe.«

»Das glaube ich gern.«

Giulia goss starken Kaffee in zwei Tassen und stellte sie zusammen mit der Zuckerdose auf den Tisch. Franzi griff zu und gab einen Löffel hinein, bevor sie langsam umrührte.

Ihre Freundin legte ihren zur Seite und fasste mit einem warmen Lächeln nach Franzis Hand. »Es ist schön, dass du wieder hier bist«, sagte sie und Franzi kam es vor, als sei ihre Stimme belegt. »Weißt du noch? Damals, der letzte Sommer, in dem du hier warst?«

Franzi nickte und starrte vor sich hin. »Da waren wir fünf Jahre alt.«

»Ich habe gespürt, dass du nicht wiederkommst. Ich weiß nicht, warum, ich habe es einfach geahnt.«

Franzi erinnerte sich. Giulia war an ihrem letzten Tag weinend zu ihr gelaufen und hatte gefragt, ob sie sich nun nie wiedersahen. Franzi hatte das nicht verstanden und die Freundin beruhigt. Sie hatten sich fest in die Arme geschlossen und sich geschworen, dass Franzi zurückkehren würde.

»Es hat lange gedauert«, meinte Franzi und lächelte. »Aber ich habe mein Versprechen gehalten.«

»Das hast du, in der Tat. So, und jetzt erzähl, wie ist das Leben als berühmte Sängerin so?« Giulias Augen glühten und sie war mit dem gleichen Eifer bei der Sache wie zuvor Elena, als sie von der Schule berichtet hatte. »Das ist so aufregend!«

Franzi tat ihr den Gefallen und erzählte, wie es dazu gekommen war, dass sie diesen Weg eingeschlagen hatte. Bei einem weiteren Kaffee schwelgten sie in Kindheitserinnerungen.

»Die ganzen Streiche, die wir gespielt haben«, schwärmte Giulia. »Erzähl davon bloß nichts den Kindern. Sonst verlieren sie das letzte bisschen Respekt vor mir. Erinnerst du dich, wie wir unsere Sachen gepackt haben, um in den Zoo zu fahren?«

»Herrje, wir sind gerade bis zur Bushaltestelle gekommen.«

»Konnte ja niemand ahnen, dass der Busfahrer Giacomos Bruder ist.«

»Wir wären Tage unterwegs gewesen.«

»Und vermutlich nie angekommen. Dabei wollte ich doch einfach nur sehen, ob Elefanten wirklich so groß sind, wie du behauptet hast.«

»Hast du etwa geglaubt, dass ich mir das nur ausgedacht habe?«

Giulia zuckte mit der Schulter. »Man kann nie wissen.«

»Sag mal, erinnerst du dich noch an die Höhle, die Luca und Alessio bauen wollten?«

Ihre Freundin lehnte sich schwerfällig zurück und dachte angestrengt nach. »Hast du damals nicht einen Stein nach Alessio geworfen?«

»Ich? Niemals!«, rief Franzi empört aus. »Wenn, dann ist er mir höchstens versehentlich heruntergefallen. Aber ich dachte, er sei dir auf den Fuß gefallen.«

Giulia schüttelte den Kopf. »Nein, das war ganz bestimmt Alessio.«

Franzi schwieg. Wie es aussah, musste sie sich bei Alessio entschuldigen. Dabei wäre sie jede Wette eingegangen, dass sie nicht ihn, sondern Giulia getroffen hatte.

Der Nachmittag verging wie im Flug. Sofia kam herein und forderte vehement das versprochene Eis ein. Auf Elenas Bitte hielt Franzi Wort und sang weitere Kinderlieder, in die bald alle einstimmten. Später servierte Giulia Limoncello für Franzi, und als Luca nach getaner Arbeit nach Hause kam, saßen alle am Tisch und waren bester Stimmung. Natürlich musste auch er begrüßt werden und Giulia verlangte, dass Franzi zum Abendessen blieb.

Sie zögerte kurz und bat darum, ihre Nonna anrufen zu dürfen, damit sie sich nicht sorgte. Als ihre Oma hörte, wo ihre Enkelin war, freute sie sich mit ihr und wünschte ihr einen schönen Abend.

Luca holte Wein aus dem Keller, und als die Kinder im Bett waren, tauchten sie in ein gemeinsames Damals ab und fühlten sich selbst wieder wie Kinder.

»Es ist so schön, dass du hier bist«, sagte Giulia erneut, als sie ihre Freundin nach draußen brachte. »Versprich mir, dass du nicht gleich zurück nach Hause fährst«, verlangte sie.

Franzi wankte leicht. Das letzte Glas Wein hätte sie doch ablehnen sollen, dachte sie. Sie würde einfach die Abkürzung durch die Felder nehmen und das Rad notfalls schieben.

»Keine Sorge, ich bleibe noch ein paar Tage«, versprach sie. Sie fühlte sich in der Gesellschaft ihrer Nonna und ihrer Freundin so wohl wie schon lange nicht mehr. Hier war nicht alles auf dem neuesten Stand, das mochte sein, und es gab das eine oder andere zu verbessern. Aber die Stimmung war so herzlich, wie sie es selten erlebt hatte.

»Weißt du was?« Giulia war voller Freude. »Wir machen morgen einen drauf.«

Zweifelnd sah Franzi auf den Bauch ihrer Freundin hinunter und fragte sich, was deren Vorstellung von »einen draufmachen« war. Bis in die Puppen konnten sie sicher nicht in irgendwelchen Bars herumhängen.

»Wir gehen ins Dorf in die Bar und quatschen über die alten Zeiten. Du kannst ein Glas Wein trinken und ich fahre. Was meinst du?« Voller Feuereifer sah sie Franzi an. »Bitte«, fügte sie hinzu. »Ich weiß nicht, wann ich in absehbarer Zeit wieder eine Gelegenheit dazu haben werde.«

»Also gut, warum nicht«, stimmte Franzi zu und musste sich ordentlich konzentrieren, das Fahrrad um die Hausmauer herum zu lenken.

»Oh, ich freue mich so! Ich hole dich ab. Sagen wir gegen acht Uhr? Dann ist Luca zu Hause und kann sich um die Kinder kümmern. Und wir zwei gehen hübsch aus.« Spontan fiel Giulia ihr um den Hals und drückte sie an sich.

So viel geherzt worden wie heute war Franzi lange nicht mehr. Es tat gut, dachte sie bei sich, als sie das Fahrrad langsam durch den Olivenhain schob.

Mittlerweile war es stockdunkel. Zikaden begleiteten ihren Heimweg mit einem lautstarken Konzert. Hatte die Luft hier immer schon so würzig gerochen? Sie konnte sich nicht erinnern, obwohl sie sich plötzlich fühlte, als sei sie wieder fünf Jahre alt. Zu Hause war das längst nicht mehr der Fall und bisher hatte sie das auch nicht vermisst. Jetzt änderte sich alles schlagartig. Die Unbeschwertheit und Leichtigkeit des Lebens waren zurück und erst jetzt merkte sie, wie unglücklich sie gewesen war.

Eine tiefe Ruhe breitete sich in ihr aus, als sie durch die alten Bäume über den staubigen Weg nach Hause ging. Sicher schadete es nicht, wenn sie ein Weilchen unterwegs war. So hatte sie die Chance, wieder nüchtern zu werden.

Franzi hatte nicht viel getrunken. Aber das bisschen reichte, um sie wanken zu lassen. Sie kicherte albern, als sie daran dachte, was ihre Mutter dazu sagen würde. Die war der Meinung, dass Alkohol schädlich sei. Nicht gut für die Konstitution. Diana trank so gut wie keinen Tropfen.

Plötzlich überkam sie eine tiefe Sehnsucht nach Daheim. Sie wollte diese herrlichen Momente, die sie hier erlebte, mit den Menschen teilen, die sie liebte. Allen voran Philip und ihre Mutter. Sicher machten sich beide Sorgen um sie.

Entschlossen packte sie den Lenker ihres Fahrrades fester und schritt eilig weiter. Es sprach nichts dagegen, wenn sie ein Lebenszeichen von sich gab.

Als Franzi zurück war, schlich sie auf Zehenspitzen durch das Haus hinauf in ihr Zimmer. Ihre Oma schlief bestimmt schon lange. Das war die nächste Baustelle, um die sie sich kümmern würde. Obwohl es mitten in der Nacht war, war ihr, als könnte sie Bäume ausreißen. Es wäre doch gelacht, wenn ihr nicht etwas einfiel, womit sie Nonna und ihre Pension retten konnte.

Als sie das Handy einschaltete, dauerte es einen Augenblick, bis es hochgefahren war. Fast im gleichen Moment bereute sie ihren Anflug von Sentimentalität, als es wie schon am gestrigen Abend in Sekundenbruchteilen aufleuchtete, piepte und hupte. Auf allen Kanälen trafen Nachrichten ein und Franzi fühlte sich überrumpelt und erschlagen. Weggewischt waren die Ruhe und Gelassenheit, die sie verspürt hatte, als sie das alte Fahrrad durch die Olivenhaine geschoben hatte. Als ob eine fremde Macht die Finger nach ihr ausstreckte und sie hemmungslos hin und her schubste. Sie war nicht mehr Herrin ihrer selbst, sondern gesteuert von diesem kleinen Gerät, das immer neue Mitteilungen anzeigte.

Mit einer Mischung aus Faszination und Abscheu betrachtete sie ihr Smartphone und fühlte, wie es ihr den Boden unter den Füßen wegzuziehen drohte. Bis sie sich selbst Einhalt gebot.

Das war nur ein dummes Telefon. Wie konnte es sein, dass es solch einen Einfluss auf sie und ihr Seelenleben hatte? Gestern hatte ihr das auch nichts ausgemacht. Angestrengt dachte Franzi nach und begann langsam zu begreifen. Sie biss sich auf die Unterlippe und griff vorsichtig nach dem Smartphone, als habe sie Angst, dass es ihr etwas antun könnte. Mittlerweile war es verstummt. Vermutlich hatte es alle Mitteilungen heruntergeladen.

Sie entsperrte es und ignorierte alles. Die Mails, die SMS und die WhatsApp-Nachrichten. Lediglich die von Philip öffnete sie zunächst mit klopfendem Herzen. Wie es ihm wohl ging? Ob er sich große Sorgen machte?

Nichts dergleichen, wie sie mit zunehmendem Erstaunen feststellte. Er zeigte sich zwar verwundert über ihr Verschwinden, meinte aber, dass sie sich die Zeit ruhig nehmen solle, um sich zu erholen. Keine Frage danach, wo sie war oder wie es ihr ging. Stattdessen schrieb er, wo er sich aufhielt und was der Kongress bedeutete. Im Moment war er offenbar in Frankreich und knüpfte dort Beziehungen.

Franzi starrte auf das Handy und nickte langsam. Gut zu wissen, dachte sie mit einem Gefühl tiefer Enttäuschung. Wenigstens hatte er gemerkt, dass sie weg war. Nachdem er sich zunächst nicht gemeldet hatte, war das mehr, als man erwarten konnte, dachte sie mit einem Anflug von Bitterkeit.

Ihre Mutter hingegen äußerte zwar Sorge über ihren Verbleib, wartete im Anschluss aber gleich mit Vorwürfen auf. Sie könne doch nicht einfach weglaufen, ohne jemandem zu sagen, wo sie war. Was die Presse dazu bemerkte, war ihr wichtiger als das Befinden ihrer Tochter. Außerdem drängte sie darauf, dass sie sich wegen des *Sunset-Beach-Festivals* endlich meldete. Der Veranstalter war nervös und diese einmalige Chance durften sie sich nicht durch die Lappen gehen lassen.

Die Hochstimmung, die sie nach dem Besuch bei Giulia und ihrer Familie verspürt hatte, war verflogen und einer Leere gewichen, die sie gänzlich auszufüllen drohte. Mechanisch schaltete sie das Smartphone ab, ohne einen Blick auf all die anderen Nachrichten zu werfen, die eingetrudelt waren, und ohne eine Antwort zu schreiben. Sie dachte nicht darüber nach, was die Mitteilungen der Menschen, die sie liebte, bedeuteten, sondern lediglich, was sie mit ihr machten. Traurigkeit erfasste sie und für einen Augenblick kämpfte sie mit den Tränen.

Dann kehrte der Trotz zurück. Vielleicht war es ganz gut, dass sie hier war. Sie unterdrückte den Impuls, zornig mit dem Fuß aufzustampfen, im letzten Moment. Auch nur, weil sie Nonna nicht wecken wollte. Sie ging ins Bad, putzte die Zähne und legte sich ins Bett. Nun war sie nüchtern, doch fast wünschte sie, es wäre anders, weil ihr der Alkohol beim Einschlafen helfen könnte.

Kapitel 9

Hatte sie sich am Abend zuvor noch gefühlt, als könnte sie Bäume ausreißen, so war sie heute hundemüde und quälte sich mühsam aus dem Bett. Lange Zeit hatte sie keinen Schlaf gefunden und war in der Nacht mehrfach aufgewacht. Ganz wie in Deutschland, dachte sie missmutig. Es war noch früh, aber aus Erfahrung wusste sie, dass es nichts brachte, sich länger im Bett zu quälen. Sie würde ohnehin nicht mehr einschlafen können. Jetzt eine Tasse Kaffee, dachte sie. Und Ruhe. Dann war alles gut. So war es daheim auch.

Sie ging ins Bad und zog sich mechanisch an. Keinen Gedanken verschwendete sie an die Nachrichten, die sie erhalten hatte, und so ging sie hinunter und versuchte, ein Lächeln auf ihr Gesicht zu zaubern.

Nonna genügte ein Blick. »Welche Laus ist dir über die Leber gelaufen?«, fragte sie, als sie ihre Enkelin von oben bis unten gemustert hatte. »Nach Kater sieht das nicht aus. Obwohl ich gestern Nacht gedacht habe, dass eine Herde Elefanten durch das Haus trampelt.«

Ihre Vorsicht war also umsonst gewesen. Vermutlich hatte ihre Oma auf sie gewartet, weil sie sich Sorgen um sie gemacht hatte. Wie früher, dachte sie gerührt und wollte ihr Gesicht in Nonnas Kittelschürze vergraben.

Stattdessen riss sie sich zusammen und setzte sich an den Tisch.

»Guten Morgen«, sagte sie und hörte selbst, wie rau sich ihre Stimme anhörte. »Ich habe nicht besonders gut geschlafen«, gab sie leise zu.

»Das sieht man.« Nonna holte einen Teller mit *Cannoli* aus dem Kühlschrank und stellte ihn auf den Tisch. Beim Anblick des mit Creme gefüllten Gebäcks lief Franzi das Wasser im Mund zusammen. Sie griff zu und biss herzhaft hinein. Es geht doch nichts über eine ordentliche Dosis Zucker am frühen Morgen, um die Laune zu heben, dachte sie zynisch und kaute zunehmend genüsslich. Es schmeckte wie früher, als Nonna ihr zum Trost Kekse zugesteckt hatte, wenn sie sich wehgetan oder geärgert hatte. Über Alessio beispielsweise.

Sieh an, wenn man an den Teufel denkt. Gerade drückte er die Tür auf und trat mit einem fröhlichen »Buongiorno« ein. Er strahlte über das ganze Gesicht und seine gute Laune stand im Gegensatz zu Franzis schlechter. Sie war heute nicht zum Scherzen aufgelegt und erwiderte seinen Gruß nur halbherzig. Am liebsten wäre sie allein gewesen.

Nonna war gleich in ihrem Element, bat ihn herein und hieß ihn, am Tisch Platz zu nehmen. Seinen Hinweis, dass er doch weiterarbeiten müsse, fegte sie vom Tisch und nötigte ihm ebenfalls einen Cappuccino auf. Dazu bekam er einen Teller, auf den sie ungefragt zwei der *Cannoli* legte.

Franzi war noch immer mit sich beschäftigt. Das Verhalten ihres Verlobten kränkte sie. Sie hatte ein schlechtes Gewissen gehabt, weil sie in einer Nacht-und-Nebel-Aktion fluchtartig das Krankenhaus verlassen hatte und nach Italien geflohen war. Gestern noch hatte sie sich in den schillerndsten Farben ausgemalt, wie all jene, die sie zurückgelassen hatte, sich um sie sorgten. Um dann festzustellen, dass nichts davon der Fall war. Von ihrer Mutter war sie mit Vorwürfen überschüttet worden und ihr Verlobter glänzte mit Ignoranz. Keiner wollte wissen, wie es ihr ging.

»Seid mir nicht böse«, murmelte sie und legte einen Schwung *Cannoli* auf ihren Teller, bevor sie sich Kaffee nachschenkte und mit einem kurzen Gruß an niemand Bestimmten gewandt nach draußen verschwand. Nonnas Entschuldigung an Alessio, dass ihre Enkelin mit dem falschen Fuß zuerst aufgestanden war, ignorierte sie geflissentlich und stapfte um das Haus herum.

Die Luft war früh am Morgen klar und frisch, Franzi spürte Tautropfen am Bein, wo ihre Füße das Gras im Schatten streiften. Ein weiterer sonniger Tag kündigte sich an. Die Luft war erfüllt vom Summen der Insekten und vereinzelt zirpten Zikaden.

Der Tag war viel zu schön, um schlechte Laune zu haben, dachte Franzi und betrat die Terrasse. Für eine Erwachsene galt das Verbot, sich hier aufzuhalten, wohl nicht mehr. Sie würde die Gäste nicht stören. Ohnehin saß dort nur eine junge Frau mit feuerrotem Haar, das sie zu einer unordentlichen Frisur auf ihrem Kopf aufgetürmt hatte. Franzi nickte ihr abwesend zu. Auf ihr gemurmeltes »Buongiorno« erhielt sie zu ihrer Überraschung ein »Guten Morgen« zurück.

Sieh an, es verirren sich doch noch deutsche Touristen hierher. Wobei die Frau nicht nach einer Urlauberin aussah. Zwar trug sie ein Sommerkleid, aber sie hatte eine sorgenvolle Miene aufgesetzt und pustete gedankenverloren in ihren Tee. Vor ihr lag ein Block, darauf ein Bleistift. Aufgeschrieben hatte sie nichts. Ob sie zum Arbeiten hier war? Nach Geschäftsfrau sah sie nicht aus. Dazu war sie zu leger gekleidet. Wer um Himmels willen schleppte Arbeit mit in den Urlaub? Jetzt nahm sie den Bleistift in den Mund und kaute in sich gekehrt auf der Rückseite herum. Ihr verkniffener Gesichtsausdruck deutete darauf hin, dass sie angestrengt nachdachte.

Franzi überlegte kurz, dann zuckte sie mit der Schulter. Wenn sie die *Cannoli* alle aß, die sie zu einem kleinen Turm auf ihrem Teller gestapelt hatte, wurde ihr schlecht, so viel war sicher.

Zögernd trat sie auf die Frau zu. Die legte mit einem theatralischen Aufseufzen den Stift zur Seite und sah abwartend hoch.

»Entschuldigung, ich wollte Sie nicht unterbrechen«, sagte Franzi unschlüssig.

Wieder ein Seufzen. »Bringt sowieso alles nichts«, gab die Frau mit einem typisch norddeutschen Einschlag in der Stimme zurück.

»Ich dachte, Sie möchten mir vielleicht beim Vernichten der Süßigkeiten helfen.« Franzi hob den Teller an. »Wenn ich die allein esse, wird mir übel. Außerdem ist Zucker angeblich gut gegen schlechte Laune. Ich muss Sie aber warnen, ich habe schon einen gegessen. Bei mir hat sich nichts verändert.«

Jetzt genoss sie die ungeteilte Aufmerksamkeit der jungen Frau. Einen Moment sah sie sie mit durchdringendem Blick aus ungewöhnlich grünen Augen an, dann deutete sie auf den Platz ihr gegenüber.

»In dem Fall biete ich mich ebenfalls als Versuchskaninchen an. Und falls sie nicht helfen, haben wir immerhin verhindert, dass Sie den Rest des Tages über der Kloschüssel hängen.«

Die trockene Art gefiel Franzi. Sogar ein Lächeln stahl sich auf ihre Lippen, das die Rothaarige erwiderte. Sie stellte die *Cannoli* und die Tasse ab und setzte sich.

»Bitte, greifen Sie zu.« Franzi schob den Teller zu ihr hinüber.

Neugierig betrachtete die Frau die Köstlichkeit und nahm eines. Sie biss vorsichtig hinein und auf ihrem Gesicht breitete sich Überraschung aus. »Wenn das nicht gegen alles hilft, weiß ich auch nicht. Wo haben Sie die her? Die möchte ich jeden Morgen zum Frühstück.«

Franzi grinste.

»Haben Sie kein Frühstück bestellt?«

»Doch, Müsli und Joghurt.«

»Das war ein Fehler. Die *Cannoli* sind von meiner Oma. Die können Sie auch haben. Sie müssen ihr nur sagen, dass Sie ein italienisches Frühstück wollen. Dann bekommen Sie jeden Tag so etwas. *Cornetti*, *Cannoli*, was immer sie gerade frisch gemacht hat.«

»Wenn ich das vorher gewusst hätte«, murmelte die Frau und wischte sich einen Klecks Cremefüllung aus dem Mundwinkel.

»Das lässt sich jederzeit ändern«, erklärte Franzi großzügig. »Oder bleiben Sie nur eine Nacht?« Neugierig sah sie ihr Gegenüber an.

Wieder seufzte die Frau, griff aber mit einem »Darf ich?« nach dem nächsten Gebäckstück. Franzi nickte ihr auffordernd zu. Nach zweien war sie ohnehin so satt, dass sie das Mittagessen ausfallen lassen musste.

»Ich habe keine Ahnung, wie lange ich bleibe.« Das Gesicht der Frau verfinsterte sich. »Vielleicht für immer«, fügte sie mit Grabesstimme hinzu.

»Das klingt dramatisch.« Beinahe hätte Franzi gelacht. Einzig der düstere Gesichtsausdruck der Rothaarigen hielt sie davon ab. »Entweder Sie haben eine Bank überfallen oder Sie sind auf der Flucht vor bösen Gangstern und haben Angst, dass man Sie findet. Aber keine Sorge, das ist hier nicht besonders wahrscheinlich.« Jetzt lachte sie doch. »Wollen wir ›du‹ sagen?«, fragte sie spontan und reichte die Hand über den Tisch. »Ich bin Franzi. Na ja, eigentlich Francesca.« Es hörte sich ungewöhnlich an, den eigenen Namen auszusprechen. Aber gar nicht schlecht. Und hier gehörte sich das so, fand Franzi.

»Ella«, sagte die Rothaarige. Ihr Händedruck war angenehm kräftig.

»Also, Ella, dann erzähl mal, was dich mit so einem miesepetrigen Gesicht in die Einöde der Toskana geführt hat.«

Ihr Gegenüber grinste und schob sich eine Strähne aus der Stirn. »Mein leerer Tank.«

»Ich fürchte, das musst du mir erklären.«

»Oh, das ist ganz einfach. Ich schätze, bei mir ist eine Sicherung durchgebrannt. Ich bin Schriftstellerin«, fügte sie hinzu, als ob das eine ausreichende Erklärung war.

»Wie aufregend! Ich habe noch nie eine echte Autorin getroffen. Was schreibst du?«

Ella zuckte mit der Schulter. »Wenn ich ehrlich bin, weiß ich das im Moment selbst nicht. Früher waren es Gegenwartsromane.«

Franzi sah sie mit gerunzelter Stirn an. Sie konnte Ella nicht folgen. »Und jetzt?«

Ihr Gegenüber seufzte tief auf. »Ich habe vor einem Jahr einen Vertrag für ein neues Buch unterschrieben«, begann sie stockend. »Leider gefällt mir meine eigene Idee nicht mehr. Sie war von Anfang an Müll. Wenn ich ehrlich bin, habe ich sie nur aufgeschrieben, damit mein Agent und der Verlag Ruhe geben.«

Ihr Blick schweifte in die Ferne und für einen Augenblick wirkte sie abwesend. Franzi spürte, wie sehr sie die Situation bedrückte.

»Kannst du dir nicht etwas Neues ausdenken?«

»So einfach ist das nicht. Die Geschichte ist an den Verlag verkauft und nun möchte er ein Ergebnis sehen. Also habe ich mich hingesetzt und angefangen zu schreiben. Es klappte nicht. Als wenn der Stift sich weigerte, Buchstaben auf das Papier zu bringen. Liegt vermutlich daran, dass es Mist war, was ich mir ausgedacht habe. Ein Stift merkt so etwas«, erklärte sie und Franzi nickte nur, als sei das das Normalste der Welt.

Vielleicht sollte sie den Stift austauschen, dachte sie bei sich, wenn der ein Eigenleben führte. Sie hütete sich aber, das zu sagen, denn Ella redete sich zunehmend in Rage.

»Auf jeden Fall kam der Tag, an dem alle das fertige Manuskript verlangt haben. Zumindest den ersten Teil wollten sie lesen. Tja, da musste ich Farbe bekennen.«

»Und du warst nicht fertig, oder?«

Ella schüttelte den Kopf. »Du kannst dir nicht vorstellen, was los war. Mein Agent ist ausgeflippt. Warum ich ihm das nicht früher gesagt hätte. Man kann doch über alles reden. Jetzt habe der Verlag schon die Vorschauen gedruckt und so weiter, die ganze Litanei.« Sie machte eine wegwerfende Handbewegung, als wollte sie ein lästiges Insekt verscheuchen. »Gestern hat er wieder angerufen und mich bekniet, etwas zu schreiben. Der Verlag droht mit der Auflösung aller Verträge, die noch laufen.«

Ella schwieg und starrte nachdenklich vor sich auf das zur Hälfte gegessene *Cannolo*. Franzi wagte kaum, sich zu bewegen. Was Ella erzählte, hörte sich seltsam vertraut an.

Die gab sich einen Ruck, richtete sich auf und schob sich trotzig erneut eine Strähne aus der Stirn, die sich dorthin verirrt hatte. »Auf jeden Fall hatte ich die Schnauze voll. Ich habe aufgelegt, meinen Koffer gepackt und bin weggefahren. Die A7 runter Richtung Süden. Unterwegs habe ich ein paarmal getankt, aber hier habe ich mich verfranzt, als ich aus Florenz rausgefahren bin. Eigentlich wollte ich irgendwohin ans Meer.« Sie zuckte mit der Schulter. »Der Tank ist leer, ich komme vermutlich keine zehn Kilometer weit. Die Pension war meine Rettung. Und die alte Dame ist nett. Sie meinte, sie habe gerade ein Zimmer hergerichtet, der Gast sei aber nicht gekommen. Et voilà«, sie hob beide Hände, »hier bin ich.«

Dann grinste sie, griff erneut nach dem Frühstück und aß den Rest mit Genuss auf.

Franzi wusste für einen Augenblick nicht, was sie darauf antworten sollte. Offenbar gab es mehr Künstler, die an sich und dem, was sie taten, zweifelten. Obwohl Ella Schriftstellerin war, ähnelten sich die beiden Geschichten auf verblüffende Weise, auch wenn sie gänzlich anders damit umgingen. Und doch saßen sie nun hier und teilten sich in der Toskana *Cannoli* auf einer Terrasse.

»Du hältst mich vermutlich für völlig übergeschnappt«, fuhr Ella fort, nachdem sie den Rest verspeist hatte. Jetzt lehnte sie sich zurück und holte eine dieser E-Zigaretten aus ihrer Tasche. »Ich weiß, dass das auch nicht gesünder ist«, winkte Ella ab, obwohl Franzi überhaupt nichts gesagt hatte. »Aber im Moment bin ich im Stress.«

»Wow«, brachte Franzi hervor. Überrollt von so vielen Informationen. »Dabei dachte ich immer, Schriftsteller hätten Ideen am Fließband.«

Ella lachte freudlos und zog an ihrer Zigarette. »Das dachte ich auch mal. In einem anderen Leben. Als ich noch nicht von Verlagen abhängig war, die mir diktieren, was ich schreiben soll. Es hat sich einfach falsch angefühlt, verstehst du?« Nun wirkte sie verzweifelt.

»Nicht ganz. Und im Grunde doch«, gab Franzi zurück. »Ich bin Sängerin und hatte einen Zusammenbruch.«

»Ach, dann bist du wirklich Franzi Marino? Ich dachte mir vorhin, dass eine gewisse Ähnlichkeit besteht. Mein Gott, bist du dünn.«

Franzi schwieg. Das saß.

»Tut mir leid«, beeilte sich Ella zu sagen. Jetzt wirkte sie zerknirscht. »Ich rede manchmal schneller, als ich denke.«

»Ist schon okay.« Franzi winkte ab. »Vielleicht brauchst du eine Auszeit? Ich gönne mir gerade auch eine. Ich muss mir über ein paar Dinge klarwerden.«

Ella lachte leise. »Da sind wir also beide Künstler und hadern mit dem, was andere uns diktieren.«

Franzi nickte versonnen. »Genau das ist es. Ich möchte singen, was mir gefällt. Meine Songs so schreiben, wie ich sie haben will. Nicht davon abhängig sein, wie gut die nächste Platte ankommt und darauf schielen, was andere Sängerinnen machen, deren Alben im Moment angesagt sind, um in irgendeiner Weise dasselbe zu machen.«

»Das trifft es ziemlich gut.« Ella verzog das Gesicht und verstellte ihre Stimme. »Du solltest etwas schreiben, das so ähnlich ist wie von XY, die hatte gerade einen tollen Erfolg mit Titel Z. Das ist es, was wir brauchen«, äffte sie jemand anderen nach.

»Und dabei möglichst individuell bleiben«, fiel Franzi ein. »Es soll ja nicht so aussehen, als habe man kopiert.«

In stummem Einverständnis sahen sie sich an.

»Wie lange möchtest du bleiben?«, fragte sie ihre Leidensgenossin.

Die zuckte mit der Schulter und kämpfte erneut mit der Strähne, die sich aus dem Ungetüm auf ihrem Kopf befreit hatte. »Keine Ahnung.« Sie sah sich um. »Eigentlich gefällt es mir ganz gut hier. Es ist so schön ruhig. Vielleicht komme ich auf andere Gedanken.«

»Und wenn du einfach das schreibst, was du magst?«, wagte Franzi einen Vorstoß, wusste aber im gleichen Moment, wie schwierig das war. Sie hatte auch schon Songs geschrieben, die sie auf Nikos Anraten wieder in die Schublade gesteckt hatte, weil sie seiner Meinung nach zu individuell waren.

»Ich weiß nicht mehr, was das ist«, antwortete Ella leise und ihre Verzweiflung, die sie bisher hinter den flapsigen Äußerungen versteckt hatte, ließ sich kaum noch verbergen.

»Hm«, machte Franzi und dachte nach. »Wenn ich ein Lied singe, muss ich es fühlen. Wenn ich es nicht spüre, ist es leer. Es transportiert keine Emotion. Vielleicht ist es bei dir genauso. Verstehst du, was ich meine?«

»Du findest, ich soll einfach aufschreiben, was ich empfinde?«

»Keine Ahnung. Ich kann nur sagen, wie das bei mir ist. In meiner momentanen Situation bin ich aber der denkbar schlechteste Ratgeber.«

Ella nickte langsam und starrte auf den Block, der unberührt auf dem Tisch lag. »Bisher brauchte ich immer einen Plan. Eine Geschichte, die sich geformt hat. Die habe ich auch gefühlt. Zumindest hier oben.« Sie tippte sich an die Stirn. »Mich macht es wahnsinnig, wenn ich nicht auf das Papier bringe, was ich fühle, verstehst du? Ich habe einen Kinofilm im Kopf. Und den muss der Leser sehen, wenn er liest.« Ella rang verzweifelt mit den Händen.

»Ich denke, das ist das Gleiche.«

»Diesmal hatte ich zwar einen Film, aber der fühlte sich falsch an. Meine Hauptpersonen hätte ich am liebsten abwechselnd geschüttelt und geohrfeigt. Als ich anfing, sie zu hassen, habe ich das Dokument gelöscht.«

»Das ganze Dokument?« Franzi verschluckte sich beinahe an ihrem Getränk.

Ella nickte unglücklich.

Eine Weile brüteten sie über ihren verfahrenen Situationen, dann holte Franzi eine neue Runde Cappuccino. Über Alessio, der fluchend unter dem Spültisch ihrer Nonna lag und am Abfluss hantierte, machte sie einen großen Schritt hinweg. Sie merkte, wie sich ihre Laune deutlich besserte. Es war eine Sache, sich bei ihrer Oma wohlzufühlen. Aber eine völlig andere, eine Seelenverwandte zu treffen.

Die Zeit mit Ella verging wie im Flug. Angeregt unterhielten sie sich über ihre Berufe und stellten trotz der Unterschiede Gemeinsamkeiten fest. Schließlich überredete Franzi ihre neue Bekannte zu einem Spaziergang.

Ella erzählte von ihrer Arbeit als Schriftstellerin.

Langsam wanderten sie am Rand des angrenzenden Mohnblumenfeldes vorbei und genossen die Ruhe.

»Mich hat der Durchbruch mit dem ersten Roman völlig überrumpelt.«

»Mir ging es ähnlich.« Franzi nickte. »Zuerst freust du dich und denkst, dir gehört die Welt, und dann fängt dein Umfeld an, Erwartungen an dich zu stellen, die du nicht erfüllen willst oder kannst.«

»Genau.« Triumphierend sah Ella auf. »Weißt du, ich wollte nie etwas anderes machen als schreiben. Jahrelang habe ich mich abgemüht, bin mehr schlecht als recht über die Runden gekommen und habe immer auf den Erfolg gewartet. Dann hat es plötzlich geklappt und es fühlte sich verdammt gut an. Irgendetwas habe ich instinktiv richtig gemacht. Und jetzt erwarten alle eine Wiederholung.« Sie zupfte eine Blüte ab und schnupperte daran, ehe sie sich die Blume gedankenverloren ins Haar steckte.

Sie gingen weiter durch die Olivenhaine und Weinberge. Arbeiter, die in den Feldern und Plantagen ihr Werk verrichteten, winkten ihnen aus der Ferne zu. Bougainvilleen leuchteten am Wegrand und Zypressen und hohe Pinien säumten zum Teil ihren Weg und spendeten Schatten.

Sie kehrten erst Stunden später zurück. Erhitzt und müde, aber bester Stimmung. Speziell Ella sprühte vor neuem Elan und Franzi ließ sich nur zu gern davon anstecken.

»Sieh an, die Laune scheint sich erheblich gebessert zu haben.«

Die beiden drehten sich überrascht um. Alessio trat aus dem Haus, in der Hand einen Schraubenzieher. Prüfend sah er am Türblatt nach oben, ehe er sich den Frauen zuwandte.

»Das könnte daran liegen, dass ich eine Seelenverwandte gefunden habe«, gab Franzi zurück und lächelte.

Zum ersten Mal hatte sie den Eindruck, dass es jemanden gab, der wirklich verstand, wie sie sich fühlte. Weil Ella im Grunde mit den gleichen Schwierigkeiten zu kämpfen hatte wie sie. Das war ein wunderbares Gefühl. Ihr kam es vor, als kannte sie Ella schon eine Ewigkeit. Obwohl sie mit ihrem wilden Dutt und den wallenden Kleidern das Gegenteil von ihr selbst war, faszinierte gerade dieses Chaos Franzi. Außerdem war Ella eine recht abgeklärte Frau, die genau wusste, was sie wollte. Von deren Selbstbewusstsein konnte sie sich eine Scheibe abschneiden. Niemals hätte sie ihre Songs in den Mülleimer gestopft, nur weil sie sie nicht singen wollte.

Was dann? Vermutlich hätte sie getan, was Niko ihr riet. Auch wenn es sich abgrundtief falsch anfühlte. Aber war er nicht ihr Manager? Musste er nicht wissen, was das Richtige war?

»Oh«, flüsterte Ella und schob sich die Sonnenbrille auf den unordentlichen Knoten im Haar. »Wo kommt der denn her? Der ist ja der Wahnsinn!« Ihre Augen glühten und sie schnalzte leise mit der Zunge. »Den würde ich nicht von der Bettkante schubsen.«

Franzi prustete. »Da ist Vorsicht geboten«, gab sie zurück. »Bevorzugt zieht er kleine Mädchen an den Haaren.«

»Aha«, konstatierte Ella und warf ihr einen belustigten Blick zu.

»Ihr redet über mich«, stellte Alessio sachlich fest und Franzi konnte nicht heraushören, ob ihm das schmeichelte oder ihn verärgerte. Er legte den Schraubenzieher weg und sah sie abwartend an.

»Nicht alles dreht sich um dich«, erwiderte sie trocken.

Ella kicherte, obwohl sie kein Italienisch verstand, und wandte sich zum Gehen. »Ich lasse euch dann mal allein. Vielleicht sehen wir uns später. Ich hätte Lust auf einen weiteren Spaziergang. Das war äußerst inspirierend.«

»Gern, mir hat es auch gefallen.«

Franzi konnte gar nicht so schnell schauen, wie Ella verschwunden war. Peinlich berührt fragte sie sich, was ihre neue Freundin von ihr dachte. Dem koketten Augenaufschlag und dem Klimpern ihrer Wimpern nach zu urteilen, gingen ihre

Überlegungen in eine komplett falsche Richtung. Das musste sie bei Gelegenheit richtigstellen.

Alessio sah sie mit einem durchdringenden Blick an, dass ihr plötzlich flau im Magen wurde. Eine Mischung aus Angst, Faszination und einem seltsamen Prickeln stellte sich ein. Deutlich spürte sie ihren eigenen Herzschlag.

»Du siehst besser aus«, meinte er schließlich. »Heute Morgen habe ich mir Gedanken um dich gemacht.«

Ihr Herz klopfte noch ein paar Takte schneller. Er sorgte sich um sie, das war rührend. Wenn sie auch nicht wusste, womit sie das verdient hatte.

Franzi versuchte, Alessio mit Ellas Augen zu betrachten. Mit einem Anflug von Erstaunen konstatierte sie, dass er tatsächlich gut aussah. Verdammt gut sogar, um genau zu sein. Die groß gewachsene Gestalt in den Arbeitsklamotten mit dem unvermeidlichen Hut, den er in den Nacken geschoben hatte, verlieh ihm etwas Verwegenes. Seine Augen funkelten, als habe jemand das Licht angemacht, und sie erkannte ein winziges Grübchen am Kinn, als er die Lippen zu einem Lächeln verzog.

»Bist du ein Morgenmuffel?« Auch seine Stimme hörte sich plötzlich anders an und sorgte für ein aufregendes Kribbeln auf ihrer Haut. Bahnte sich da ein Flirt an?

»Dabei hätte doch eigentlich ich beleidigt sein müssen. Immerhin hast du die letzten *Cannoli* mitgenommen.«

Sie schluckte und drohte ihm scherzhaft mit dem Zeigefinger. »Nur um eines klarzustellen: Das waren meine *Cannoli*. Nonna hat sie für mich gemacht.«

Alessio grinste.

»Ich bin kein Morgenmuffel«, fuhr sie fort, weil ihr wichtig war, das zu berichtigen. Den wahren Grund für ihre schlechte Laune wollte sie ihm nicht sagen. Irgendwie erschien ihr das eigene Verhalten plötzlich lächerlich. Sie wusste, dass Philip kein Mann großer Worte war. Und Sorge und

Mitgefühl in einer kurzen WhatsApp-Nachricht zu verpacken, war schwer. Sie sollte mit ihm telefonieren, dann ließ sich vieles klären.

Franzi räusperte sich. »Wenn du es genau wissen willst, ich möchte vor dem ersten Kaffee nicht angesprochen werden.«

»Und da hält sich dein Umfeld dran?«, fragte Alessio amüsiert und grinste.

»Ich lebe allein«, erwiderte sie steif.

Mit einem Mal kam ihr auch das seltsam vor. Philip hatte ihr einen Antrag gemacht. Wohnten normale Ehepaare nicht zusammen? Er hingegen hatte darauf bestanden, dass sie nach der Hochzeit ihre Wohnungen behielten. Um sich zurückziehen zu können, falls es nötig war. Und sich nicht gegenseitig zu stören, wenn ihre Terminkalender unterschiedliche Arbeitszeiten vorgaben.

Alessio schien von alledem nichts zu bemerken. Er lachte über das ganze Gesicht. »Francesca, Francesca«, sagte er in nachsichtigem Tonfall, als wäre sie ein kleines Kind.

Die Art, wie er ihren Namen aussprach, sorgte für ein weiteres Prickeln in ihrem Magen, das sie verwirrte.

»Mach nicht so ein Gesicht. Ich wollte dir nicht zu nahe treten.« Er zwinkerte scherzhaft. »Kann man dich immer noch so einfach hochnehmen? Ich erinnere mich, du warst schon früher ein kleiner Teufel. Ein zartes Ziehen an deinen süßen Zöpfen und du bist an die Decke geschossen wie ein Schnellkochtopf.«

Wie bitte? Ein zartes Ziehen an ihren – wie nannte er das? – *süßen* Zöpfen?

Sie schnaubte empört auf. »Mir hat den ganzen Tag der Kopf wehgetan.« Dann breitete sich ein triumphierendes Lächeln auf ihrem Gesicht aus. »Ich muss mich übrigens bei dir entschuldigen.«

Fragend sah er sie an.

»Der Stein ist damals tatsächlich auf deinen Fuß gefallen, nicht auf Giulias.«

»Habe ich es nicht gesagt?«

»Das war keine Absicht. Mir ist der Stein versehentlich aus der Hand geplumpst. Dafür, dass dein Fuß darunter war, konnte ich nichts.«

»Ja, ja.« Alessio seufzte. »Wie das Brett.«

Franzi grinste. »Ach, sei nicht nachtragend. Du hast es überlebt.«

»Dem Tod nur knapp entronnen.« Theatralisch hob er die Hand und schloss die Augen.

»Spinner«, lachte Franzi und wandte sich zum Gehen.

Alessio verwirrte sie zunehmend. Sie wollte lieber auf ihr Zimmer gehen und versuchen, Philip anzurufen.

Kapitel 10

Den Nachmittag verbrachte Franzi auf einem Liegestuhl im Garten, im Schatten einer der vielen Pinien, die das Grundstück wie eine luftig grüne Mauer säumten. Sie vertiefte sich in einen Liebesroman, den ein Gast bei Nonna vergessen hatte, und driftete bald weg an die Küste Schleswig-Holsteins, wo eine junge Frau auf einem Pferdehof gestrandet war. Schließlich musste sie eingeschlafen sein, denn als sie aufwachte, lag das Buch aufgeschlagen auf ihrer Brust und sie konnte sich nicht daran erinnern, wo sie gewesen war.

Einen Augenblick starrte sie hinauf. Kleine Wolken zogen am azurblauen Himmel vorbei, fanden zusammen und trieben an anderer Stelle wieder auseinander. Sie bildeten die unterschiedlichsten Formationen. Aus einer Katze wurde ein Haus, um sich kurz darauf in ein Auto und dann in eine Fantasiegestalt zu verwandeln. Franzis Kopf war wie leer gefegt und die Schwerelosigkeit, die sie fühlte, war so angenehm, dass sie überlegte, ob sie einfach liegen bleiben und für den Rest des Tages nach oben starren wollte. Eine sanfte Brise streichelte ihre von den Sonnenstrahlen erhitzte Haut und in der Luft lag ein Hauch von … Tomatensoße.

Ihr Magen begann zu grummeln und augenblicklich wurde sie in die Wirklichkeit zurückkatapultiert und musste sich mit solch irdischen Dingen wie Hunger auseinandersetzen. Seufzend klappte sie das Buch zu und stand auf. Kurz sah sie sich um, aber von Alessio war weit und breit nichts zu sehen. Erleichterung breitete sich in ihr aus und sie ging ins Haus.

»Da bist du ja«, stellte Nonna schmunzelnd fest. Sie stand in der Küche und rührte mit einem riesigen Löffel in einem Topf mit blubbernder Tomatensoße. »Gut geschlafen?«

Franzi spürte, wie sie rot wurde. »Herrlich«, gab sie zurück. Was musste Nonna von ihr denken? Alle arbeiteten den ganzen Tag und sie lag faul in der Sonne und verschlief den Nachmittag.

Doch ihre Oma lachte nur gutmütig. »Du hast es wohl nötig.« Sie warf ihrer Enkelin einen prüfenden Blick zu. »Wenigstens bekommst du langsam ein bisschen Farbe.«

Franzi lachte. »Das liegt an der frischen Luft.«

»E la *dolce vita*«, erwiderte die alte Frau weise und wandte sich wieder ihrem Topf zu.

Einen Augenblick stand Franzi unschlüssig in der Küche und fragte sich, was Nonna damit meinte.

»Giulia nimmt mich später mit in eine Bar. Dauert es noch lange mit dem Essen?«

»Du kannst dich gern frisch machen. Dann kommt die Pasta eben ins Wasser.«

Das ließ Franzi sich nicht zweimal sagen. Bisher war es ein herrlicher Tag gewesen und sie freute sich darauf, sich hübsch zu machen und zusammen mit ihrer Freundin den krönenden Abschluss zu erleben.

Während das warme Wasser über ihren Körper rieselte, überlegte sie, ob sie Ella anbieten sollte, mitzukommen. Sie und Giulia würden sich sicher prächtig verstehen, und wenn Ella kein Italienisch sprach, konnte sie übersetzen.

Schließlich drehte sie den Hahn zu, trocknete sich ab und stand einen Moment unschlüssig vor ihrem Kleiderschrank. Dann entschied sie sich für ein gelbes Sommerkleid, dessen leichter Stoff ihre Figur sanft umschmeichelte. Ihr Haar ließ sie lufttrocknen und so war sie schnell wieder in der Küche, wo Nonna und Alessio am Herd miteinander scherzten.

Als die beiden sie hörten, drehten sie sich um. Zu ihrer Freude klappte Alessio bei ihrem Anblick die Kinnlade herunter. Sie schenkte ihm ein nachsichtiges Lächeln und machte sich daran, den Tisch zu decken.

»Wie viele Teller?«, fragte sie an Nonna gewandt.

»Ein Gedeck mehr, Giacomo kommt.«

Täuschte sie sich oder war Nonnas Gesichtsausdruck verlegen, als sie den Namen des Nachbarn nannte?

»Für mich nicht, danke. Ich muss nach Hause.« Alessio hatte seine Sprache wiedergefunden, auch wenn er auffallend krächzte.

Bei seinen Worten verspürte Franzi einen Stich. Jetzt hatte sie sich auf ein Wortgefecht mit ihm gefreut. Sie fühlte sich ihm gewachsen. Jenes seltsame Prickeln hatte sich außerdem wieder eingestellt. Doch sie zuckte nur lässig mit der Schulter und stellte die Käsereibe und den Parmesan auf den Tisch.

»Ich habe noch etwas vor«, schob er hinterher.

Ob er vergeben war? Wie töricht, dass sie daran bisher nicht gedacht hatte. Ein Mann wie er, der so gut aussah und dazu über Ländereien verfügte, hatte sicher jede Menge Verehrerinnen im Schlepptau. Vermutlich galt er als gute Partie und viele der Mütter im Dorf sähen ihre Töchter gern mit ihm verheiratet. Sie musste Nonna bei Gelegenheit danach fragen.

»Dann einen schönen Abend«, wünschte sie neutral.

»Ebenso.« Alessio trat im gleichen Moment durch den Hinterausgang nach draußen. Als Giacomo hereinkam.

»Warum nehmen eigentlich alle die Hintertür?«, wunderte sich Franzi.

Nonna zuckte mit der Schulter. »Weil ich allen verboten habe, die Gäste zu vergraulen.«

Franzi schmunzelte. Das war schon früher so gewesen. Nur, dass jetzt kaum noch Gäste hier waren. Die Sorgen um die Pension kamen wieder hoch und nahmen sie ein. Sie musste dringend mit jemandem darüber reden. Vielleicht wusste Giulia eine Lösung.

Das Essen dehnte sich in die Länge, was hauptsächlich daran lag, dass Giacomo und Nonna sich prächtig unterhielten. Zu Franzis Erstaunen zogen sich die beiden älteren Herrschaften beinahe liebevoll gegenseitig auf. Sie hätte schwören können, dass sich da etwas anbahnte. Wie lange das schon so ging? Sie erinnerte sich, dass Giacomo früher ein gern gesehener Gast im Haus gewesen war. Nonnas Mann war verstorben, kurz nachdem Franzis Vater zur Welt gekommen war.

Hatten sie damals auch miteinander geflirtet? Vermutlich hatte sie es als Kind nicht mitbekommen. Aber Franzi kannte Giacomo, seit sie denken konnte, und er war Nonna bereits früher zur Hand gegangen.

Kaum waren sie mit dem Essen fertig und Franzi vor die Tür getreten, fuhr Giulia in halsbrecherischem Tempo auf den Hof. Der Wagen zog eine Staubfahne hinter sich her und kam kurz vor der Haustür mit quietschenden Reifen zum Stehen.

»Himmel, wenn man dich Autofahren sieht, bekommt man Angst um deine Kinder«, murmelte Franzi, als Giulia sich aus dem offenen Fenster lehnte.

»Bist du bereit?«, fragte ihre Freundin gut gelaunt zurück.

Franzi nickte, zögerte dann aber.

»Was? Hast du Angst, einzusteigen?«

»Soll nicht lieber ich ans Steuer?«

»Eh, wir Italiener fahren alle so. Wir haben Benzin statt Blut in den Adern. Wir wissen, was wir tun. Schwing deinen hübschen Popo hier rein, sonst starte ich ohne dich. Aber ich schwöre dir, du verpasst etwas. Ich werde mich heute amüsieren.«

Franzi lachte bei der Vorstellung, wie ihre unförmige Freundin auf einem unbequemen Barhocker Wasser trank und einen »draufmachte«.

Sie winkte Nonna und Giacomo zu, die nebeneinanderstanden. Sie mussten sich nur bei den Händen fassen, doch der Abstand der wenigen Zentimeter zwischen ihnen war so groß wie von hier bis zum Mond.

Nachdenklich betrachtete Franzi die beiden und ließ sich auf den Beifahrersitz des kleinen Fiats fallen. Kaum hatte sie die Beine im Auto, gab Giulia auch schon Gas, da war die Autotür noch nicht geschlossen. Hastig zog Franzi am Griff und beschloss, dass sie ihn ebenso gut gleich festhalten konnte. In jeder Kehre, die sie nahmen, wurde sie wild hin und her geschleudert, und sie hoffte, dass ihr Halt im Laufe der Fahrt nicht abriss.

»Fährst du immer so?«, stöhnte sie, als sie unvermittelt aus einer Kurve in eine aufrechte Position zurückbefördert wurde.

Giulia wandte ihr den Kopf zu und lachte über das ganze Gesicht. Franzi machte sich erschrocken eine geistige Notiz, ihre Freundin nicht mehr anzusprechen, während sie das Steuer in der Hand hielt und der rechte Fuß auf dem Gaspedal ruhte.

»Seit ich denken kann«, gab Giulia ungerührt zurück.

»Du warst schon damals die mieseste Dreiradfahrerin in der ganzen Umgebung. Ich hätte gewarnt sein müssen.«

Als sie in dem kleinen Zentrum von Navello ankamen, taten Franzi alle Glieder weh, so angespannt hatte sie im Auto gesessen. Erstaunlicherweise war der Griff noch an der Tür. Mit schlotternden Knien stieg sie aus und schwor sich, ein Taxi nach Hause zu nehmen. Giulia indes war die Ruhe selbst, strahlte freudige Erwartung aus und hakte sich bei ihr unter. Ihre Augen leuchteten und sie kniff Franzi in den Arm.

»Wie herrlich! Wir beide auf dem Weg in eine Kneipe. Wer hätte das gedacht?«

»Ich nicht mehr«, gab Franzi trocken zurück und schüttelte sich. Sie brauchte einen Schnaps.

»Niemals habe ich damit gerechnet, dass ich vor der Geburt noch einmal rauskomme.« Giulia strebte dem Eingang der Bar entgegen.

»Cocktailbar« stand darüber und Franzi fragte sich belustigt, was alles auf der Karte stand.

»Umso besser, wenn wir jetzt hier sind.« Franzi betrachtete ihre Freundin skeptisch von der Seite. Sie hatte den Umfang einer mittleren Regentonne und Franzi war es ein Rätsel, wie sie überhaupt noch laufen konnte.

»Das wird ein Spaß«, meinte Giulia und gluckste.

Franzi sah sie verständnislos an. »Was?«

»Mit dir hierher zu gehen. Du siehst zauberhaft aus in dem gelben Kleid und ich wette mit dir, dass dir die Hälfte der männlichen Besucher der Bar zu Füßen fällt, wenn wir nur durch die Tür gehen.«

»Oh mein Gott, die Frauen werden mich hassen«, stöhnte Franzi auf.

»Ich sagte doch, das wird ein Spaß.« Giulia lachte lauthals. »Nein, sie werden dich nicht hassen. Außerdem hast du mir neulich erzählt, dass du vergeben bist. Das Schauen kannst du niemandem verbieten.«

Jetzt fühlte sich Franzi unwohl. Hoffentlich übertrieb ihre Freundin maßlos. Aber sie kannte natürlich das südländische Temperament und fürchtete es gleichermaßen.

»Apropos vergeben«, fuhr Giulia fort und öffnete die Tür zur Bar. Kurz wandte sie sich zu Franzi um. »Darüber haben wir noch gar nicht gesprochen. Du musst mir alles über ihn erzählen.« Damit betrat sie die Kneipe.

Schummriges Licht hüllte sie ein. Der Raum war größer, als es von außen den Anschein hatte. Das Innere war in Orange- und Rottönen gehalten, die Franzi an einen Sonnenuntergang erinnerten. Die Einrichtung bestand aus Holztischen und dazu passenden Stühlen, an den Wänden hingen Landschaftsaufnahmen der Toskana. Üppige, grüne Topfpflanzen vervollständigten die harmonische Atmosphäre. Lachen und laute Worte drangen an ihr Ohr, im Hintergrund dudelte die Musik eines einheimischen Sängers. Unwillkürlich sang Franzi ein paar Takte mit und fühlte sich sofort heimisch.

Köpfe wandten sich ihnen zu, bewundernde Blicke von Männern streiften sie, abschätzende von Frauen. Giulia nickte hierhin und dorthin, wurde gefragt, wie es ihr ginge, und versprühte aus jeder Pore Energie. Erleichtert darüber, niemandem eine Antwort geben zu müssen, ging Franzi, noch immer vor sich hinsummend, hinter ihrer Freundin her. Verfolgt von den Blicken der anderen Gäste, die sie tapfer ignorierte.

Sie ergatterten einen Platz in einer Nische, weil ein Paar gerade aufstand. Giulia ließ sich ächzend auf die Bank fallen, während Franzi sich ihr gegenüber setzte. Ein junger Kellner näherte sich und stellte eine Schale mit Nüssen auf den Tisch.

Giulia strahlte ihn an. »Ciao, Domenico.«

»Ciao. Was darf es sein?«

»Ich brauche zuerst einen Limoncello, bitte«, bestellte Franzi.

»Giulia ist gefahren«, konstatierte Domenico und warf ihr einen mitleidigen Blick zu.

»Für mich bitte nur ein Wasser«, sagte Giulia und blickte die beiden empört an.

Domenico schenkte ihnen ein Lächeln und zwinkerte Franzi in stummem Einverständnis zu.

»Oha«, meinte Giulia. »Sein Herz hast du schon gewonnen.«

»Ach was. Was du immer denkst«, wehrte Franzi verlegen ab.

»Aber jetzt erzähl. Wie heißt dein Verlobter?« Giulia beugte sich vor und ihre Wangen glühten. »Und was macht er? Wie sieht er aus? Wo habt ihr euch kennengelernt? Wie alt ist er?«

»Stopp!« Sie hob die Hand und unterbrach damit Giulias Redefluss. Ihr war ein Rätsel, wie ihre Freundin Luft holte.

Franzi brauchte einen Moment, um sich zu sammeln. Es erschien ihr seltsam, in einer Bar in Navello über ihr Leben in Deutschland zu sprechen. Irgendwie passte das nicht hierher. Dann schüttelte sie sich und zauberte ein Lächeln auf ihr Gesicht. Wo kamen nur diese albernen Gedanken her?

»Er heißt Philip. Und er ist Politiker.«

Giulia neigte den Kopf und sah sie abwartend an. Offenbar erpicht darauf, mehr zu erfahren.

»Was ist?«

Entgeistert blickte ihre Freundin sie an. »Ist das alles, eh?«

»Du hast mich gefragt, wie er heißt und was er beruflich macht. Ich habe dir geantwortet.«

Giulia hob in einer verzweifelten Geste die Hände, wurde aber von Domenico unterbrochen, der eine Wasserflasche und ein Likörglas auf seinem Tablett balancierte und beides vor ihnen auf dem Tisch abstellte.

»Salute.«

»Grazie.« Automatisch griff Franzi nach dem Zitronenlikör. Das Glas mit der milchig gelben Flüssigkeit war außen von der Kälte des Inhalts beschlagen. Vorsichtig kostete sie und ließ den herben Geschmack auf der Zunge zergehen.

Giulia griff derweil in die Schale mit den Nüssen und schob sich eine nach der anderen in den Mund. Aufgewühlt kaute sie und langte gleich erneut zu.

»Wo ist das Feuer, eh?«, fragte sie und wirkte beinahe verärgert. »Wo die Leidenschaft? Ich frage dich, wie er heißt und was er macht. Da möchte ich als Antwort glühende Augen, Schweißperlen auf der Stirn, Herzklopfen und ein feuchtes Höschen. Keine zwei Halbsätze. Redest du von deinem

Steuerberater oder von dem Mann, den du heiraten und mit dem du den Rest deines Lebens verbringen willst?«

Franzi verschluckte sich an ihrem Likör. Hatte Giulia gerade wirklich von ihrer Unterwäsche gesprochen? Was war in sie gefahren? Sie war verheiratet und stand kurz vor der Geburt von Zwillingen. Was faselte sie da von feuchten Höschen?

Zudem irritierte Franzi, dass ihre Freundin recht hatte. Ein bisschen mehr Verzückung war vermutlich angebracht, wenn sie von ihrem Zukünftigen sprach. Allerdings war sie noch immer verschnupft wegen der WhatsApp-Nachricht von gestern.

Sie kippte den Rest von ihrem Limoncello und räusperte sich. Abwartend legte Giulia den Kopf schief.

»Also, von vorn. Er heißt Philip und ich habe ihn in einer Bar nach einem Auftritt kennengelernt. Eigentlich wollte ich nicht mit ihm ausgehen, aber er ist hartnäckig geblieben und hat mich immer wieder angerufen. Ich fand das charmant. Er ist fünfunddreißig und sieht gut aus. Außerdem ist er ein erfolgreicher Politiker.« Sie stellte das Glas, mit dem sie gespielt hatte, ab und sah ihre Freundin erwartungsvoll an.

»Er sieht gut aus?«, versicherte die sich, als spräche sie mit einem kleinen Kind.

»Tut er.«

Mit einem Augenrollen seufzte Giulia auf. »Seit wann wohnt ihr zusammen?«

Franzi schwieg zunächst. »Noch gar nicht. Wir behalten beide unsere Wohnungen, weil das einfacher ist, wenn wir unterschiedliche Termine haben. Er ist viel unterwegs«, schob sie hinterher und fragte sich im gleichen Moment, warum sie das Gefühl hatte, ihn verteidigen zu müssen.

Die Antwort war ein spöttisches Lachen. »Was habt ihr für gemeinsame Interessen?«, hakte Giulia unerbittlich nach und brachte Franzi zunehmend ins Schwitzen.

»Wir unternehmen gern etwas zusammen. Essen gehen, Oper oder so. Und natürlich begleite ich ihn auf seinen Reisen, wenn es meine Zeit zulässt. Das ist nicht immer einfach, weil wir beide eine Menge zu tun haben. Er reist ziemlich viel, auch außerhalb Deutschlands. Das bringt der Beruf mit sich.«

Einige Zeit herrschte Schweigen.

»Du heiratest den falschen Mann«, sagte Giulia dann in die Stille hinein und bekräftigte ihre Meinung, in dem sie mit der flachen Hand auf den Tisch schlug.

»Wie bitte?«

»Wie dumm bist du eigentlich?«, schimpfte sie und Franzi sah sie irritiert an. »Ich kenne ihn nicht, aber so, wie du von ihm erzählst, ist er der Langweiler in Person. Was willst du mit einem staubtrockenen Politiker? Ich wette mit dir, er hat kein Feuer im Arsch.«

»Wie redest du denn plötzlich?«, fragte sie und konnte ihre Empörung ihrerseits nicht zurückhalten.

Augenblicklich schien Giulia ihren Ausbruch zu bereuen und griff nach der Hand ihrer Freundin. Sie beugte sich vor und sah sie eindringlich an. »Er macht dich nicht glücklich. Er sollte dir den Himmel zu Füßen legen. Den Boden küssen, auf dem du gehst. Dein Herz zum Beben bringen. Und dein Höschen feucht machen. Du musst leuchten, wenn du von ihm redest. Wenn er Straßenkehrer ist und Leidenschaft in dir weckt, dass deine Augen glasig werden, ist er der Richtige. Wenn er Politiker ist und du wie eine Schlaftablette von ihm sprichst, ist er ein Langweiler und der Falsche.«

Franzi lehnte sich zurück und ließ die Worte auf sich wirken. Bebte sie, wenn sie von Philip erzählte? Legte er ihr den Himmel zu Füßen?

Domenico unterbrach ihre Gedankengänge, bei denen sie sich zunehmend unwohl fühlte. Schon wieder trat er an ihren Tisch und schenkte ihr ein hinreißendes Lächeln.

»Signora, noch einen Limoncello?«, fragte er und schmachtete sie an.

»Domenico, du kommst gerade recht.« Giulia sah auffordernd zu ihm hoch. »Wenn du Francesca ansiehst, was denkst du dann?«

Augenblicklich begannen seine Augen zu funkeln. »Mein Herz hüpft bei ihrem Anblick«, gestand er. »Und es würde brechen, wenn ich mir vorstelle, dass sie vergeben sein könnte.« Theatralisch griff er sich an die Brust.

»Domenico, das war eine rhetorische Frage. Du bist unter der Haube«, erinnerte ihn Giulia. »Aber danke, das reicht mir. Siehst du, was ich meine?«, wandte sie sich an Franzi. »Leidenschaft!«

Irritiert runzelte Domenico die Stirn. »Darf es noch etwas sein?«

»Campari Orange«, bestellte Franzi mechanisch.

»Eine Schale Nüsse, bitte.«

»Die gibt es nur, wenn man Alkohol trinkt.«

»Francesca trinkt Alkohol. Sie wird noch mehr trinken. Und wenn du mir nicht gleich eine Schale mit Nüssen bringst, erzähle ich Nicoletta, dass du mit fremden Frauen flirtest und Schwangere schlecht behandelst.«

Seufzend ging der Kellner davon und Giulia wandte sich wieder ihrer Freundin zu. Franzi erlebte ein Wechselbad der Gefühle. Lag ihre Freundin richtig? Plötzlich hatte sie den Eindruck, Philip verteidigen zu müssen. Sie hätte ihr gern mehr erzählt. Von dem romantischen Antrag an seinem Geburtstag vor allen Gästen. Bis sie sich daran erinnerte, dass sie kurz davor gewesen war, mit »Nein« zu antworten. Also schwieg sie.

Domenico kehrte mit dem Campari und den Nüssen zurück und stellte beides auf dem Tisch ab. Nicht, ohne Franzi einen weiteren feurigen Blick zuzuwerfen.

»Okay, lassen wir das«, gab sich Giulia geschlagen. »Das musst du selbst wissen.«

Franzi nickte und war froh über den Themenwechsel. Sie erzählte Giulia von den Problemen ihrer Nonna und gemeinsam überlegten sie, was man tun könne, um die Pension für Touristen wieder attraktiver zu machen. Sie kamen zu keinem Ergebnis, doch die Stimmung besserte sich merklich, auch wenn das, was Giulia ihr an den Kopf geworfen hatten, an Franzi nagte.

Sie bestellte einen weiteren Campari bei Domenico und flirtete ein bisschen mit ihm. Scherzhaft natürlich, aber sie hatte das Gefühl, ihrer Freundin beweisen zu müssen, dass sie nicht langweilig war. Er kehrte gleich darauf mit einem neuen Getränk zurück und stellte großzügig ein weiteres Schälchen Nüsse auf den Tisch. Franzi hatte bisher nicht eine gegessen und fragte sich belustigt, ob Giulia irgendwann schlecht wurde.

Die erzählte unterdessen von alten Freunden, an die sich Franzi vage erinnerte, und was aus ihnen geworden war.

»Stell dir vor, Stefano ist Priester«, sagte sie beispielsweise, was einen prustenden Lachanfall provozierte. Die Stimmung war fast wiederhergestellt, als Giulia unvermittelt das Thema wechselte.

»Hast du eigentlich Alessio schon getroffen?«

Diesmal verschluckte sich Franzi am Campari und hustete sekundenlang, bis ihre Freundin umständlich aufstand, um ihr kräftig auf den Rücken zu schlagen.

»Wie kommst du darauf?«, wollte sie mit krächzender Stimme wissen, als sie wieder Atem geschöpft hatte.

Giulia zuckte mit der Schulter und warf ihr einen lauernden Blick zu, der Franzi verlegen zur Seite sehen ließ.

Nach einer Pause, die ihr selbst viel zu lang erschien, murmelte sie schließlich: »Er ist noch genauso gemein wie damals, als wir Kinder waren.« Obwohl das nicht stimmte, aber etwas musste sie sagen.

Zufrieden lehnte ihre Freundin sich zurück und verschränkte die Arme vor der Brust. Das sah lustig aus, weil sie sie auf dem Bauch abstützte. Franzi unterdrückte ein Kichern. Der Alkohol war ihr bereits in den Kopf gestiegen.

»Warum fragst du?«

»Weil er schon geraume Zeit da vorne an der Bar steht und zu uns herübersieht. Und weil er genau jetzt seinen Platz verlassen hat und herkommt.«

Erschrocken wandte sich Franzi um und starrte zu Alessio hinüber, der auf sie zukam.

Diesmal trug er ein schwarzes T-Shirt, das das Spiel seiner Muskeln nur schlecht verbarg, und eine blaue Jeans, die locker auf den Hüften saß. Franzi fragte sich unwillkürlich, wie sein Hintern darin aussah. Ihr Hals fühlte sich plötzlich staubtrocken an und sie schluckte mehrmals. Ohne Hut sah er verändert aus, aber seine Augen funkelten und seine Lippen umspielte ein Lächeln.

»Mach den Mund wieder zu«, raunte Giulia und knipste ihrerseits ein herzliches Lächeln an. »Ciao Alessio«, sagte sie überschwänglich und ließ sich von ihm auf die Wange küssen.

Warum küsste er sie nicht auch auf diese Weise?, fragte sich Franzi und schalt sich im gleichen Moment eine Närrin. Das wollte sie gar nicht. Oder doch?

»Was machst du hier?«

Als wäre Franzi nicht anwesend, scherzte er mit Giulia. »Ich habe gehört, dass die Frau meines besten Freundes hier ist. Und weil er Kinder hüten muss, habe ich mich bereit erklärt, nach dem Rechten zu sehen. Immerhin ist seine süße Frau mit den Kindern Nummer vier und fünf schwanger und dann sollte schon jemand auf sie achtgeben.«

Giulia stöhnte und lehnte sich zurück. »Erinnere mich nicht daran. Als du gerade gelächelt hast, fühlte ich mich für einen kurzen Moment nicht mehr wie ein gestrandeter Wal.«

Alessio lachte. »Du siehst wunderbar aus. Und wenn du nicht die Frau meines besten Freundes wärst …« Er wackelte mit den Augenbrauen, was lustig aussah, fand Franzi.

Gleichzeitig ärgerte sie sich, dass sie unsichtbar zu sein schien. War ihm nicht vorher in Nonnas Küche bei ihrem Anblick die Kinnlade nach unten gefallen? Und jetzt flirtete er mit ihrer Freundin. Die verheiratet war.

Giulia klopfte mit der Hand auf den Stuhl neben sich und Franzi sah sie erschrocken an. Sie würde doch nicht …

»Möchtest du dich nicht zu uns setzen?«

Der Tritt gegen das Schienbein kam zu spät und irgendwie hatte Franzi das Gefühl, dass er auch nichts gebracht hätte, wenn er rechtzeitig erfolgt wäre, so boshaft, wie ihre Freundin grinste.

»Gern.« Alessio ließ sich auf den Stuhl fallen und berührte unter dem Tisch ihr Bein.

Erschrocken rückte sie ein Stück ab, was ihr einen erstaunten Blick eintrug, der ihr die Röte ins Gesicht trieb. Schnell griff sie nach ihrem Glas und trank einen Schluck.

Domenico schlich enttäuscht an ihren Tisch und Alessio bestellte ein Bier bei ihm.

»Was ist denn mit dem los?«

Giulia kicherte. »Du hast ihm gerade das Herz gebrochen.«

»Ich? Habe ich etwas verpasst?« Alessio sah sie irritiert an.

Noch immer beachtete keiner Franzi und langsam wurde sie sauer.

»Ich dachte, er ist mit Nicoletta …«

Giulia prustete los und hielt sich vor Lachen den Bauch. »Nicht wegen dir, du Dummkopf«, japste sie, als sie wieder zu Atem gekommen war. »Er hat Francesca als sein persönliches Flirtobjekt des heutigen Abends ausgemacht und genossen, dass er der Einzige war, der mit einem Vorwand an unseren Tisch kommen und mit ihr sprechen konnte.«

Jetzt wünschte sich Franzi, wieder unsichtbar zu werden, denn Alessio wandte sich ihr zu und sah sie mit einem durchdringenden Blick an, dass ihr Magen augenblicklich zu flattern begann. Der verdammte Alkohol! Entweder hörte sie auf zu trinken oder sie bestellte schnell Nachschub, damit sie lockerer wurde.

»Hast du das nicht gesehen?« Giulia kicherte noch immer. »Alle haben sich umgedreht und sich den Hals nach ihr verrenkt. Und keiner hat eine Ahnung, wer meine hübsche Freundin ist.« Sie lachte vergnügt. »Dann flirtet die mit Domenico, bis du auftauchst.«

»Ich bin anwesend«, sagte Franzi empört. »Und ich bin der italienischen Sprache durchaus mächtig, wenn auch mit leichtem Akzent. Ich verstehe euch also.«

»Tatsächlich?« Belustigt sah Alessio sie an, ehe er sich wieder an Giulia wandte. »Seid ihr schon länger hier?«

Ihre Freundin nickte. »Wir haben ein bisschen in alten Erinnerungen gekramt. Ich habe ihr eben erzählt, dass Stefano Priester geworden ist.«

Alessio schüttelte fassungslos den Kopf und Franzi war froh, dass sich die Aufmerksamkeit auf andere Dinge konzentrierte.

Franzi winkte Domenico und bestellte einen weiteren Campari. Flucht nach vorn, beschloss sie, und stellte zufrieden fest, wie der Alkohol wirkte. Jetzt machte es ihr kaum noch etwas aus, wenn Alessios Bein versehentlich ihren Schenkel streifte. Der Tisch war auch wirklich klein.

Als er sich kurz entschuldigte, hielt sich Giulia stöhnend den Rücken. »Ich muss nach Hause, ich kann nicht mehr sitzen. Der verdammte Bauch bringt mich um.« Sie schnitt eine Grimasse.

Erschrocken hielt Franzi inne. »Du kannst mich nicht mit ihm allein lassen.«

»Und warum nicht?«

»Weil … weil …«, stammelte sie und wusste selbst nicht, was sie sagen sollte. Sie konnte ihrer Freundin schlecht erklären, dass ihr Magen plötzlich hüpfte, wenn er sie mit diesem komischen Blick ansah. Die bekam das in den völlig falschen Hals.

Giulia sah sie an, als habe sie nicht alle Tassen im Schrank.

»Er war doch früher immer schon so gemein zu mir«, schob sie lahm hinterher.

Ein spöttischer Blick traf sie, dann faltete Giulia die Hände. »Jetzt seid ihr ja beide erwachsen und er wird dich kaum an den Haaren ziehen. Mag sein, dass er damals nicht so nett gewesen ist. Aber dafür hatte er sicher seine Gründe.« Jetzt lächelte sie geheimnisvoll und zwinkerte ihr zu.

»Und welche?«

»Also, wenn ich dir das erklären muss, bist du wirklich dümmer, als ich dachte.«

Ihre Freundin stand auf, als Alessio zurückkehrte.

»Du gehst?«, fragte Alessio.

»Ich kann nicht mehr sitzen. Mein Rücken bringt mich um. Ich bin froh, wenn die halbe Fußballmannschaft endlich raus ist. Ich hoffe, ich kann euch allein lassen«, schob sie hinterher und deutete auf Franzi.

»Francesca und mich? Warum nicht?«

»Nun …«, machte Giulia und brachte ihr Schienbein für ihre Behäbigkeit erstaunlich schnell in Sicherheit. Franzi streifte es nur sacht.

»Du meinst, weil ich früher nicht gerade ein Gentleman war?« Alessio lachte gutmütig und zwinkerte Franzi zu. »Wir sind erwachsen. Du bleibst doch noch, Francesca? Oder hast du Angst vor mir?« Seine Augen funkelten.

Wie er ihren Namen aussprach, verursachte ein Kribbeln in ihrem Magen, sodass sie zunächst nicht antwortete.

Das übernahm dafür Giulia. »Sicher nicht. Sie steigt nicht mehr zu mir ins Auto«, sagte sie trocken.

»Dann werde ich dich nach Hause bringen müssen.« Alessio klang überaus gutgelaunt und Franzi überlegte im gleichen Moment, wie lange sie wohl zu Fuß brauchte.

»Viel Spaß noch ihr beiden.« Giulia winkte und strebte, vergnügt Kusshändchen verteilend, dem Ausgang entgegen.

»Nun zu uns zwei Hübschen«, wandte sich Alessio an Franzi und sah sie eindringlich an, dass ihr gleichzeitig heiß und kalt wurde. »Du siehst ein bisschen so aus, als würdest du gleich schreiend vor mir davonlaufen.«

Er hatte keine Ahnung, wie nah er damit der Wahrheit kam. Für einen Augenblick zog Franzi in Erwägung, einen Besuch auf der Toilette vorzutäuschen und dabei das Weite zu suchen. Er verwirrte sie zunehmend. Der Klang seiner Stimme und sein Blick verursachten ein Prickeln auf ihrer Haut und ein eigentümliches Kribbeln im Magen. Außerdem fand sie ihn plötzlich ungemein sexy und anziehend. Kaum ein Mann schaffte das, Philip eingeschlossen. Eine gefährliche Mischung.

Das lag am Alkohol, mutmaßte sie im Stillen und beschloss, nur noch Wasser zu trinken. Resolut winkte sie Domenico, der sie kaum aus den Augen ließ und umgehend herbeieilte. Er warf Alessio einen misstrauischen Blick zu, den dieser aber ignorierte.

»Ein großes Wasser bitte.«

Irritiert sah Domenico sie an. »Wie groß?«

»Wie es eben geht.«

»Ich nehme noch ein Bier.« Alessio war die Ruhe selbst. »Wozu das Wasser?«, fragte er interessiert, als Domenico, nicht ohne einen warnenden Blick an Alessio, davonging.

Ganz ruhig bleiben, dachte Franzi, und zuckte lässig mit der Schulter, obwohl ihr Herz galoppierte. Verflixt, dieser Mann machte sie wahnsinnig.

»Ich habe einfach das Gefühl, dass ich jetzt besser Wasser trinken sollte.« Das hörte sich zumindest souverän an. Und sie konnte ihm dabei auch in die Augen sehen, ohne dass ihr Magen Salti vollführte.

Alessio lehnte sich zurück, weil Domenico mit den Getränken kam. Kaum, dass er ihr Glas auf den Tisch gestellt hatte, setzte Franzi es an die Lippen und trank in gierigen Zügen.

»Puh«, meinte sie, als sie es wieder auf den Tisch stellte.

Begleitet von einem belustigten Lächeln von Alessio. »Du bist nicht viel gewöhnt, oder?«

»Eher nicht. Das bringt die Arbeit mit sich. Du hast zwei Möglichkeiten. Entweder, du nimmst jeden Drink an, der dir angeboten wird, dann bist du in kürzester Zeit Alkoholiker, oder du lehnst ab. Dafür verdienst du dir den Ruf, ein Spießer zu sein.«

»Und du bist lieber eine Spießerin?«

Franzi dachte einen Moment darüber nach. »Keine Ahnung«, sagte sie schließlich. »Ich schätze, ich bin normal. Aber damit gilt man in der Branche als Außenseiter.«

»Klingt nicht so, als würde dir dein Job Spaß machen.«

Franzi faltete die Hände auf dem Tisch und starrte darauf. War es so? Hatte sie die Freude daran verloren? Nein, das war zu pauschal, wie ihr heute Mittag nach dem Gespräch mit Ella aufgegangen war.

»So ist es nicht«, erwiderte sie und sah zu ihm auf. Alessio direkt in die Augen. Er musterte sie mit Interesse.

»Es hat einmal eine Zeit gegeben, da habe ich das Singen geliebt. Niemals wollte ich etwas anderes machen in meinem Leben und ich habe Himmel und Hölle in Bewegung gesetzt, um meinen Traum zu verwirklichen.«

Sie kicherte und Alessio sah sie amüsiert an.

»Ich bin in den kleinsten Kneipen aufgetreten und habe einmal sogar nur vor zwei Leuten gesungen. Es war kurz vor Weihnachten und im Nachbarort war die Eröffnung des Weihnachtsmarktes, sodass nur die beiden Gäste gekommen sind.« Franzi stöhnte bei der Erinnerung. »Das war so peinlich, das kannst du dir nicht vorstellen.«

»Ihr habt es gelassen und euch nett unterhalten«, mutmaßte Alessio, doch Franzi schüttelte den Kopf.

»Der Mann hatte seiner Frau die Karten zum Geburtstag geschenkt. Glücklicherweise wurde der Raum abgedunkelt, dass ich die beiden nicht sehen konnte. Ich habe alles gespielt, was ich geplant hatte. Jeden einzelnen Song.«

Anerkennend nickte Alessio. »Das hätte nicht jeder gemacht.«

»Da zeigt sich, ob man ein Profi ist oder nicht. Die beiden haben sich bei mir bedankt und die Frau sagte mir, dass sie nie einen tolleren Geburtstag erlebt hat, als mit diesem Privatkonzert. Das ist es, wofür ich meinen Job liebe. Und dann ist es auch kein Job, sondern pure Leidenschaft.« Franzi wurde warm bei der Erinnerung daran.

»Manchmal sind die Begleitumstände ein bisschen schwierig«, fuhr sie nach einem kurzen Moment des Schweigens fort. Eindringlich sah sie ihn an. Plötzlich war ihr wichtig, dass er sie verstand. »Weißt du, ich möchte nichts als singen. Aber da kommen so viele Sachen dazu: Radiointerviews, Fernsehauftritte, Pressekonferenzen, irgendwelche Galas und solche Dinge. Das nimmt mehr Zeit in Anspruch als das, was ich eigentlich machen möchte. Jetzt bedankt sich niemand mehr, weil ich ein Privatkonzert gegeben habe. Weil es das nicht mehr gibt.« Sie rang hilflos nach Worten. »Das hört sich schrecklich undankbar an, ich weiß. Aber ich kann keine Songs mehr schreiben, weil ich sie so schreiben möchte. Immer muss ich zuerst meinen Manager fragen, was er dazu meint. Und wenn er denkt, dass sie beim Publikum nicht ankommen, weil sie nicht Mainstream genug sind, kommen sie höchstens als Nebenprodukt auf die Platte. Wenn ich Glück habe. Wenn nicht, verschwinden sie in der Schublade.«

Franzi biss sich auf die Unterlippe. Plötzlich hatte sie Angst, dass Alessio sie nicht verstand oder für ungerecht hielt.

»Er macht auch nur seinen Job, dafür wollte ich ihn haben. Und er macht ihn gut, weil es seither stetig bergauf gegangen ist. Aber irgendwo unterwegs bin ich auf der Strecke geblieben«, schloss sie leise.

Alessio nickte langsam und in seinem Gesicht breitete sich zu ihrer Erleichterung Verständnis aus. »Bist du deswegen hier? Weil du Urlaub machen und auf andere Gedanken kommen möchtest?«

»So ähnlich.« Sie wollte ihm nicht erzählen, dass sie einen Kollaps gehabt hatte. Zu schnell standen Worte wie »Burnout« und »Nervenzusammenbruch« oder Ähnliches im Raum. Und das war ihr zu persönlich, als dass sie das vor einem Mann ausbreiten wollte, den sie zuletzt als Kind gesehen hatte.

»Du siehst schon ein bisschen erholter aus.« Alessio zwinkerte ihr zu. »Als du hier ankamst, wirktest du auf mich wie der Tod auf Raten. Keine Farbe im Gesicht, abgemagert und eingefallen.«

Jetzt lachte Franzi hell auf. »Ich falle nicht vom Fleisch. Sag das mal meiner Mutter. Sie zählt jede Kalorie, die ich zu mir nehme. Wahrscheinlich würde sie der Schlag treffen, wenn sie wüsste, was Nonna für mich kocht. Und mit meinem Fitnesstrainer ein Extraprogramm für mich vereinbaren.«

Alessio runzelte die Stirn und nippte stattdessen an seinem Bier. »Du bist erwachsen, was mischt sie sich da ein?«

Franzi sah auf. »Sie macht das nicht, um mich zu ärgern, keine Sorge. Sie unterstützt mich bei allem, was ich tue. Sie war selbst Sängerin und kennt sich aus.« Plötzlich hatte sie das Gefühl, ihre Mutter verteidigen zu müssen. »Ihre Karriere war nicht ganz so erfolgreich, aber es hilft mir natürlich, wenn sie mich begleitet«, fügte sie hinzu und merkte selbst, dass das lahm klang.

Alessio erwiderte nichts und trank einen weiteren Schluck, was ihr die Gelegenheit gab, über das Gesagte nachzudenken. Auf einmal hatte sie das Gefühl, alles mit anderen Augen zu sehen. Zum ersten Mal seit langem betrachtete sie ihre Situation von außen. Das hatte heute Morgen begonnen, als sie mit Ella über das Künstlerdasein gesprochen hatte. Alessio hatte ihr, ohne es zu wissen, die Augen ein weiteres Stückchen geöffnet.

»Aber erzähl du mal«, unterbrach Franzi die Stille. Sie mochte nicht mehr über sich reden, weil sie ihre eigene Situation erst verdauen musste. »Was hast du getrieben in den letzten Jahren?«

Alessios Miene verschloss sich, als habe jemand einen Rollladen heruntergelassen. Der kalte Ausdruck in seinen Augen kehrte zurück, ebenso der harte Zug um den Mund. Vor ihr saß ein gänzlich anderer Mann und Franzi bereute, dass sie gefragt hatte. Bis eben war alles gut gewesen. Alessio war ein Mann, mit dem man sich unterhalten konnte. Doch mit einem Mal war das wie weggewischt.

»Tut mir leid«, sagte sie und sah ihn verwirrt an. »Ich wollte dir nicht zu nahe treten.«

»Es ist okay«, presste er hervor. »Ich habe dich gefragt, da hast du auch das Recht, mich zu fragen.« Er holte tief Luft und schien zu überlegen, was genau er ihr sagen sollte. »Ich wollte eigentlich studieren. Es war der letzte Sommer kurz nach dem Ende der Schule. Agrarwissenschaften und Ökologie. Ich wollte die Plantage später auf Vordermann bringen und unter neuen Gesichtspunkten anbauen. Zumindest war das unser Plan.« Er seufzte und atmete durch. »Dann ist mein Vater gestorben. Er hatte einen Herzinfarkt.«

»Das tut mir leid«, sagte Franzi leise.

Alessio verzog das Gesicht zu einem schiefen Grinsen. »Er ist unter seinen geliebten Bäumen zusammengebrochen und war sofort tot. Wenn er sich seinen Tod hätte wünschen können, wäre er vermutlich genau so geschehen. Vielleicht nicht so früh, aber ich bin mir sicher, dass er dort glücklich war.«

Franzi schwieg betroffen. Eine Welle Mitgefühls überrollte sie.

»Wie auch immer, das Studium fiel damit ins Wasser und ich habe direkt angefangen zu arbeiten. Anfangs war es nicht leicht, obwohl ich es im Grunde konnte.«

Einen Moment sagte er nichts und starrte vor sich hin auf den Tisch. Es fiel ihm sichtlich schwer, darüber zu sprechen. Dann sah er auf.

»Es ist eine Sache, Bescheid zu wissen, und eine andere, plötzlich Entscheidungen treffen zu müssen. Entscheidungen, von denen der Erhalt der Plantage und die Arbeit von vielen Menschen abhängen. Ich habe klasse Mitarbeiter und mittlerweile läuft es hervorragend. Sogar mein ökologisches Konzept konnte ich umsetzen.«

Er nahm die Flasche und trank den Rest in einem Zug aus. Franzi hätte gern noch mehr erfahren. Sie hatte das Gefühl, dass Alessio etwas Wichtiges ausgelassen hatte. Doch sie traute sich nicht, weiter nachzufragen. Also trank sie ihr Glas ebenfalls aus und sah auf.

»Ich weiß nicht, wie es dir geht, aber ich bin ziemlich müde«, meinte sie. »Ich denke, ich gehe nach Hause. Es war gestern recht spät, da bin ich bei Giulia hängen geblieben. Nonna denkt am Ende, ich bin überhaupt nicht mehr hier.« Ihr Versuch, die Stimmung mit einem kleinen Scherz aufzulockern, gelang, denn Alessio lächelte wieder.

»Dann bringe ich dich natürlich heim.« Er hob die Hand, um Domenico ein Zeichen zu geben, dass er zahlen wollte.

»Das brauchst du nicht«, gab Franzi zurück. Sie wollte ihm keine Umstände bereiten und der kleine Fußmarsch schadete nicht, wenn sie daran dachte, was sie heute alles gegessen hatte.

»Sei nicht albern, Francesca.«

Wieder war da der Klang in seiner Stimme, als er ihren Namen aussprach. Fast, als würde er ihn singen.

»Natürlich fahre ich dich. Hast du eine Ahnung, wie weit das von hier aus ist?«

Sie zuckte mit der Schulter.

»Oder kommst du damit deiner Mutter und deinem Fitnesstrainer zuvor?«, zog er sie auf.

Franzi errötete. War sie so einfach zu durchschauen?

»Das ist nicht dein Ernst.« Jetzt mischte sich Empörung in Alessios Stimme. »Das war ein Scherz!« Fassungslos schüttelte er den Kopf und murmelte etwas von verrückten und überspannten Künstlern.

Zum Glück kam im gleichen Moment Domenico mit der Rechnung und enthob sie einer Antwort. Sie kramte nach ihrem Portemonnaie, doch Alessio hatte bereits einen Schein in der Hand und bezahlte für sie mit.

»Aber …«

Mit einer Handbewegung und einem vielsagenden Blick stoppte er ihren Protest. »Wenn ich am Tisch sitze, bezahlt keine Frau.«

Italienischer Macho, dachte sie, grinste aber in sich hinein. Als sie zum ersten Mal mit Philip beim Essen gewesen war, hatte sie darauf bestanden, selbst zu bezahlen. Damals hatte sie das Gefühl gehabt, dass sie ihm auf keinen Fall etwas schuldig bleiben durfte, solange sie nicht wusste, wo das mit ihnen hinführte. Philip legte zwar halbherzig Widerspruch ein, gab jedoch schnell auf, als er merkte, wie ernst ihr das war.

Bei Alessio war das etwas anderes. Sie hatte nicht den Eindruck, dass er sie überhaupt nach ihrer Meinung fragte. Zu ihrer Verwunderung fühlte sich das nicht falsch an. Eher … schön. Macho hin oder her, ein bisschen hatte das auch mit seinem Ehrgefühl zu tun und irgendwie schmeichelte ihr das.

Sie verabschiedeten sich von Domenico und Alessio winkte ein paar Bekannten zu, die in der Bar waren. Er erntete einige markige Sprüche und wohlwollendes Gelächter. Die Blicke, die Franzi zufielen, passten dazu. Trotz allem machte sie gute Miene zum Spiel, obwohl sie in den Gesichtern lesen konnte, was alle dachten. Navello war ein kleines Dorf und sicher tratschte man hier ebenso wie zu Hause.

Alessio kommentierte nicht, was man ihm an den Kopf geworfen hatte, als sie auf der Straße standen und die kühle Nachtluft einatmeten.

»Bist du sicher, dass du noch fahren kannst?«, fragte Franzi zweifelnd. Immerhin hatte er mindestens zwei Bier getrunken, von denen sie wusste. Wie viele es davor gewesen waren, hatte sie nicht gesehen.

»Alkoholfrei«, gab er ungerührt zurück. »Und allemal besser als zu laufen. Bis du oben auf dem Hof von Nonna bist, dürftest du zwei Stunden unterwegs sein. So viele Kalorien hast selbst du heute nicht zu dir genommen«, zog er sie auf.

Wieder spürte Franzi, wie ihr die Röte ins Gesicht stieg. Ein Glück, dass Alessio das nicht sehen konnte. Was er wohl von ihr dachte? Plötzlich hatte sie das Gefühl, dass ihr Leben für Außenstehende seltsam erscheinen musste.

»Das Auto steht am Marktplatz.«

Langsam gingen sie durch die verwinkelten Gässchen. Hier hatte sich im Laufe der Jahre nichts verändert, erkannte Franzi im Schein der vereinzelt stehenden Laternen. Die Straße war gepflastert, die Häuser entweder aus sandfarbenem Stein oder in unterschiedlich kräftigen Tönen gestrichen. An den Geländern vor den Fenstern hingen Blumenkästen und trotz der fortgeschrittenen Stunde hörte man noch immer Gelächter und sich lautstark unterhaltende Menschen.

Franzi fühlte sich pudelwohl. Als wäre sie nie weggewesen. Alles war anders als in München, persönlich, herzlich und ehrlich. Anonymität gab es nicht, jeder wusste alles vom Nachbarn, aber man hatte auch Unterstützung, wenn man sie brauchte, und konnte sich aufeinander verlassen. Sie mochte das, wenn man nach nebenan in die Küche gehen und nach einem Ei oder einer Tüte Mehl fragen konnte. In ihrem Wohnhaus kannte sie nicht einmal von der Hälfte der Nachbarn die Gesichter, geschweige denn ihre Namen.

Schweigend liefen sie nebeneinander her, doch das störte Franzi nicht. Es hatte ein wenig abgekühlt und roch nach dem unverwechselbaren Duft nasser Erde. In der Ferne war Wetterleuchten zu sehen und der Wind kühlte ihre erhitzte Haut auf angenehme Weise. Das Lied, das Franzi vorhin gesummt hatte, kam ihr wieder in den Sinn, und plötzlich verspürte sie das Bedürfnis, zu singen. Zum ersten Mal seit langer Zeit hatte sie Lust dazu. Sie begann leise, wurde dann aber schnell lauter.

»Das ist schön«, sagte Alessio mit belegter Stimme, als sie geendet hatte. »Du hast ein großes Talent.«

»Ach, und du erkennst das?«, neckte sie ihn, um zu überspielen, wie sehr ihr das Lob schmeichelte.

»Das vielleicht nicht. Aber ich fühle, was es hier macht.« Er deutete auf sein Herz. »Deine Stimme hat etwas Einzigartiges. Eine unverwechselbare Klangfarbe, die ich unter Tausenden herauskennen würde. Ist es nicht das, was Produzenten wollen?«

Franzi konnte nur nicken, so überwältigt war sie.

»Es wäre schön, wenn du die Freude daran wiederfindest. Ich glaube, dass du kaputtgehst, wenn du nicht singst.«

Nun schluckte sie mehrfach, um den Kloß in ihrem Hals loszuwerden. Alessio brachte auf den Punkt, was sie bewegte und innerlich beinahe zerriss. Ohne ihre Leidenschaft konnte sie nicht leben. Aber im Moment zahlte sie dafür einen hohen Preis.

Nachdenklich sah sie zu ihm hinüber und musterte seine Gesichtszüge, die vom Schein einer Lampe erhellt wurden. Als er bemerkte, dass sie ihn ansah, wandte er den Kopf und lächelte. In ihrem Magen breitete sich ein angenehmes Kribbeln aus. Sie fühlte sich wohl in Alessios Gesellschaft, stellte sie überrascht fest, und lachte leise.

»Was amüsiert dich?«, fragte er und seine Stimme klang wie ein warmer Sommerwind, der prickelnde Spuren auf ihrer Haut hinterließ.

»Wer hätte jemals gedacht, dass wir durch die Straßen gehen, ohne uns an die Gurgel zu gehen.«

Jetzt lachte er. »Heute Morgen hätte ich darauf keinen Cent gewettet. Aber du hast auch keine Zöpfe mehr, an denen ich ziehen kann.«

»Ein Glück.« Franzi grinste. Gern wäre sie noch ein Stück weiter gelaufen, doch sie hatten den Marktplatz mit dem altertümlichen Steinbrunnen erreicht. Tagsüber spuckten die unheimlich anmutenden Gestalten, die weder Mensch noch Tier waren, Wasser. Nachts blieb er stumm.

Alessio schloss sein Auto auf und öffnete ihr sogar die Tür, ehe er um dem Wagen herumging und einstieg. Schweigend fuhren sie los und diesmal fühlte sie sich deutlich sicherer als zuvor bei Giulia im Auto. Plötzlich war sie froh, dass sie eingestiegen war und nicht darauf beharrt hatte, zu laufen. Der Weg hätte sich ganz schön in die Länge gezogen. Außerdem war ihr Alessios Gesellschaft angenehm. Auch wenn er wieder in dumpfes Brüten verfallen war. Etwas beschäftigte ihn, über das er offensichtlich nicht reden wollte.

Als sie bei Nonna auf den Hof fuhren und Alessio den Motor abstellte, ging im oberen Stockwerk des Wohnhauses das Licht aus.

Alessio wandte ihr grinsend den Kopf zu. »Wenn du nicht willst, dass sie dir morgen die Leviten liest, solltest du schnell aussteigen.«

Der schalkhafte Ausdruck in seinem Gesicht sorgte erneut dafür, dass ihr Herz einen kleinen Satz machte und sich ihr Atem beschleunigte. Das war nicht gut, dachte sie. Gar nicht gut. Und doch konnte sie nicht anders, als zurückzulächeln.

Sie fasste nach dem Türgriff und zog daran. »Dann wollen wir uns besser verabschieden.«

Alessios Miene war plötzlich wieder unergründlich, doch seine Augen funkelten, das war im fahlen Schein des voller werdenden Mondes deutlich zu erkennen. Langsam beugte er sich nach vorn und Franzi stockte der Atem. Sie öffnete den Mund, schloss ihn aber gleich wieder.

Panik stieg in ihr auf, gleichzeitig wünschte sie sich nichts sehnlicher, als dass er sie küsste. Was war los mit ihr? Sie schüttelte den Kopf, musste raus aus dem Auto.

»Gute Nacht«, sagte sie hastig, schlüpfte nach draußen und warf die Tür zu, um eilig auf das Haus zuzulaufen.

»Süße Träume«, rief Alessio leise hinter ihr und jetzt drehte sie sich doch noch einmal um. Er hatte das Seitenfenster heruntergelassen, den Ellbogen lässig auf die Tür gestützt und grinste sie an. Ein wenig boshaft, wie ihr schien, und fast war sie froh darüber. Das half ihr, den nötigen Abstand wieder herzustellen. Trotzdem konnte sie nicht verhindern, dass ihr Herz ein paar Takte schneller schlug und ihr seltsam flau im Magen wurde.

Hatte sie sich am Ende alles nur eingebildet? Närrin, schalt sie sich. Wie kam sie nur darauf, dass er sie küssen wollte?

Wahrscheinlich war das im Überschwang mit ihr durchgegangen. Der heutige Tag war ereignisreich gewesen. Zuerst das Gespräch mit Ella, in dem sich herauskristallisiert hatte, was ihr Problem war und warum sie keinen Spaß mehr an ihrem Job hatte. Genau wie Ella war sie unter den Erwartungen ihres Umfeldes zusammengebrochen und hatte dabei aus den Augen verloren, was wirklich wichtig war. Heute Abend war das auf eindrucksvolle Weise zurückgekehrt. Als hätte sich der Knoten gelöst, war die Freude am Gesang wiedergekommen und sie hatte gesungen. Zum ersten Mal seit Langem mit Leidenschaft und großem Spaß. Das hatte sie dem Gespräch mit Alessio zu verdanken, da war sie sich sicher. In Worte zu fassen, was in ihr vorging und es jemandem zu erzählen, der verständnisvoll zuhörte, war ein glücklicher Umstand gewesen, der ihr geholfen hatte, sich auf sich selbst zu besinnen.

Dabei verunsicherte sie nun aber, dass sie sich den Kuss in diesem Moment gewünscht hatte. Wie kam sie nur darauf? Dieser Mann stürzte sie in ein Gefühlschaos, wie sie es noch nie erlebt hatte. Selbst wenn er gemein und boshaft war, fühlte sie sich auf eigentümliche Weise zu ihm hingezogen. Wie konnte das sein? Sie war verlobt. In wenigen Tagen würde sie Italien verlassen und nach München zurückkehren. Vielleicht war es besser, wenn dieser Tag schnell kam.

Trotzdem ging sie mit einem beschwingten Gefühl ins Bett und kuschelte sich in die vertrauten Kissen, weil sie nun endlich wusste, was sie wollte. Fast augenblicklich fielen ihr die Augen zu und sie driftete in einen tiefen Schlaf.

Kapitel 11

Gut gelaunt ging Franzi am nächsten Morgen zu Nonna in die Küche hinunter. Die nach wenigen Tagen so vertrauten Düfte nach frisch aufgebrühtem Kaffee und einem Hauch süßen Gebäcks lagen in der Luft. Beides würde sie schmerzlich vermissen, wenn sie nach München zurückkehrte.

Nonna stand an die Küchenzeile gelehnt, den Kopf über das Spülbecken gebeugt. Wie üblich trug sie eine geblümte Kittelschürze und hatte ihr Haar zu einem straffen Dutt gesteckt. Eine Welle von Liebe und tiefer Dankbarkeit für die alte Frau überrollte sie. Wie viel hatte sie verpasst in den letzten Jahren, als sie ihre Oma nicht gesehen hatte. Dabei hatte Franzi als Kind viele Stunden auf ihrem Schoß zugebracht, wo sie ihr abenteuerliche Geschichten von Zwergen und Prinzessinnen erzählt hatte, die in den Wäldern und zwischen den Weinreben lebten. Nach Nonnas Erzählungen sorgten sie dafür, dass die Trauben zu voller Pracht heranreiften und süß wurden, damit der Wein später sein typisch toskanisches Aroma erhielt.

Oder sie hatte ihr Lieder vorgesungen. Mittlerweile war Franzi fest davon überzeugt, dass ihre Liebe zur Musik hier seinen Grundstein hatte. Unwillkürlich summte sie die ersten Takte des Liedes von gestern vor sich hin und betrat die Küche.

In Gedanken an früher versunken, sah sie ihre Oma an und schwor sich, dass sie öfter zu Besuch kommen würde. Es war nicht nur Nonna, die sie vermisst hatte, es waren auch der Hof und die Umgebung. Die Luft hier war unverwechselbar würzig und frisch und belebte die müden Geister wie nichts sonst.

Außerdem war der Ausblick auf die weite Landschaft mit den Mohnblumenfeldern, den Zypressen und hohen Pinien, die sich sanft in das hügelige Gelände schmiegten, ein beinahe unnatürlich schönes Bild. Als habe es ein Maler in einem Zustand tiefer Liebe auf Leinwand für die Nachwelt festgehalten.

Im gleichen Moment wandte Nonna sich um. Bei ihrem Anblick erschrak Franzi und verstummte sofort. Die Schultern ihrer Oma waren nach unten gesackt, die Haut fahl und die Augen wirkten eingefallen. Die ganze Vitalität, die sie trotz der widrigen Umstände in den letzten Tagen verströmt hatte, war verschwunden und auf ihrem Gesicht lag ein Ausdruck tiefer Trauer.

Als sie ihre Enkelin erblickte, verschwand der Kummer und sie lächelte Franzi an, als habe es den Augenblick des Elends nicht gegeben. Franzi war verwirrt und wusste nicht, wie sie sich ihrer Nonna gegenüber verhalten sollte, da kam die mit einem breiten Lächeln auf sie zu und schloss sie überschwänglich in die Arme.

»Francesca, mein Schatz. Hattest du einen schönen Abend mit Giulia?«

Franzi nickte und spürte, wie sie rot wurde. Nicht nur mit ihr, schoss es ihr durch den Kopf. Auch mit Alessio hatte sie sich gut verstanden. Ob ihre Nonna gehört hatte, wann sie nach Hause gekommen war? Genauer gesagt, mit wem? Sicher, das Licht war in diesem Moment ausgegangen. Aber bestimmt hatte sie nicht aus dem Fenster gesehen.

»Ich hoffe, ich habe dich nicht wieder geweckt«, gab sie zur Antwort und drückte ihre Oma an sich, überwältigt von so viel offensichtlich gezeigter Zuneigung.

»Setz dich, mein Kind. Das Frühstück ist fertig.« Mit diesen Worten schob ihre Oma sie zum Tisch.

Gleichermaßen überrascht wie irritiert nahm Franzi Platz und wartete, was kommen würde. Denn dass ihre Nonna etwas auf dem Herzen hatte, war so sicher wie früher Alessios Boshaftigkeit.

Apropos, wo war er eigentlich? Sonst hatte er weder Nonnas Cappuccino noch ihr Frühstück verschmäht. Ging er ihr aus dem Weg? Hatte sie sich alles doch nicht eingebildet und er bereute, was gestern Abend passiert war? Oder was besser gesagt nicht geschehen war. Wieder stieg jenes prickelnde Gefühl in ihr hoch, als sie daran dachte, wie nahe er ihr gekommen war und dass er sie beinahe geküsst hatte.

Dazu gesellte sich augenblicklich ein schlechtes Gewissen, als sie an Philip dachte. In was für ein Schlamassel war sie da nur geraten!

Ihre Oma brachte ihr eine Tasse Cappuccino und einen Korb mit *Cornetti*, italienischen Hörnchen. Dazu Honig und frische Marmelade, die noch immer so unwiderstehlich duftete wie am Tag zuvor. Allerdings stellte sie nur einen Teller auf den Tisch.

»Kommt Alessio nicht zum Frühstück?«, fragte Franzi möglichst beiläufig und rührte angestrengt ihren Cappuccino um.

»Er hat ein paar Besorgungen zu erledigen und muss sich auch mal wieder um seine Plantage kümmern. Er verbringt ohnehin viel zu viel Zeit hier. Später wollte er den Hühnerstall streichen.« Nonna seufzte und stand auf, um sich ebenfalls einen Cappuccino zu holen.

Mit einem unguten Gefühl griff Franzi in den Korb mit den *Cornetti*, nahm sich eines und biss ein Stück ab. Der Geschmack des luftigen Buttergebäcks mit der Schokoladenfüllung breitete sich auf ihrer Zunge aus. Einfach köstlich! Sie sollte sich dringend angewöhnen, wieder zu frühstücken. Etwas, das sie sich für ihre Rückkehr fest vornahm.

Nonna ließ sich auf den Platz ihr gegenüber fallen. Achselzuckend, als wären die zusätzlichen Kalorien heute sowieso schon egal, nahm sie sich ebenfalls ein *Cornetto*. Statt hineinzubeißen, zerbröselte sie es gedankenverloren auf ihrem Teller. Einen Augenblick war es still, dann setzte sie erneut zum Sprechen an. Sie sah auf und ihrer Enkelin fest in die Augen.

»Francesca, ich werde verkaufen.«

Die Worte trafen Franzi wie ein Stromschlag und sie hob zu einer entsetzten Erwiderung an, doch Nonna gebot ihr mit erhobener Hand Einhalt.

»Nein, sag jetzt nichts. Ich habe mir die letzten Monate das Hirn zermartert, wie es weitergehen soll«, fuhr sie fort und wirkte mit einem Mal entschlossen. »Ich muss an meine Zukunft denken. Ich weiß nicht, wie viele Jahre ich noch vor mir habe. Wenn Gott will und ich die Gene meiner Vorfahren geerbt habe, sind es einige. Jünger und rüstiger werde ich aber nicht. Ich werde die Pension auf Dauer nicht mehr bewirtschaften können. Und du siehst selbst, dass die Instandhaltungsarbeiten mein ganzes Kapital auffressen. Wenn Alessio und Giacomo mir nicht ab und zu helfen würden, hätte ich längst aufgeben müssen.«

Sie seufzte und zerkrümelte weiter ihr *Cornetto*. Auch Franzi hatte aufgehört zu essen. Der Appetit war ihr vergangen, denn unwillkürlich ahnte sie, dass noch mehr kommen würde.

»Ich habe ein Angebot erhalten, das ich nicht ausschlagen kann«, sprach ihre Oma prompt weiter und sah wieder auf. »Ein Hotelier, der bereits mehrere Anwesen in den Alpen und in Norditalien hat, ist auf mich zugekommen.«

Franzi erstarrte. »Aber …«

Doch Nonna hob die Hand und schüttelte den Kopf. »Er möchte einen Erholungstempel auf dem Grundstück bauen«, sagte sie mit fester Stimme. »Richtig schick und mit allem, was dazugehört. Sauna, Außenschwimmbad, Wellness-Bereich und natürlich ein großes Restaurant. All das, was es hier nicht gibt. Damit sollten dann auch wieder zahlungskräftige Touristen hierher kommen, wenn ihnen etwas geboten wird.«

»Aber … aber das heißt ja, dass das Gebäude abgerissen wird.« Franzi fuhr der Schreck in die Glieder. Sie sah bereits eine Armee von Baggern und Lastwagen anrücken, die alles platt walzten, was ihr lieb und teuer war.

Nonna seufzte schwer und kämpfte sichtlich mit den Tränen, dass Franzi spontan aufstand und sich neben sie setzte. Sanft legte sie einen Arm um die Schultern der alten Frau und drückte sie.

»Kind, was soll ich denn machen? Ich möchte meinen Lebensabend doch genießen und nicht jeden Cent umdrehen müssen.«

»Aber wo willst du hingehen?«, fragte Franzi verzweifelt und sah ihre Oma mit einem Einkaufswagen, der ihre letzten Habseligkeiten beherbergte, in Florenz unter einer Brücke sitzen.

Nonna faltete die Hände auf dem Tisch und starrte nachdenklich darauf. »Nun«, druckste sie herum. »Giacomo hat noch ein Zimmer übrig, das er nicht braucht. Er ist ja auch allein. Vielleicht gründen wir eine Kommune in unserem Alter.« Sie grinste ihre Enkelin schief an, die unter Tränen zurücklächelte.

»Das kommt überhaupt nicht infrage«, widersprach sie energisch. »Du behältst das Haus. Ich lasse mir etwas einfallen. Zusammen finden wir eine Lösung.«

Ihre Oma sah sie entgeistert an.

»Keine Sorge, du kannst trotzdem zu Giacomo ziehen, wenn du das möchtest.« Jetzt stahl sich sogar ein Grinsen auf ihr Gesicht, als sie sah, dass zarte Röte Nonnas Wangen überzog. »Glaubst du, ich habe nicht gemerkt, wie ihr euch anseht? Du magst ihn, oder?«

»Sehr«, flüsterte ihre Oma zurück und wurde, wenn möglich, noch eine Spur röter. »Aber Francesca, wie willst du das machen?« Sie wirkte so müde, dass Franzi es augenblicklich mit der Angst zu tun bekam.

Sie musste zuversichtlich sein. Für Nonna und sich selbst. »Wir kriegen das irgendwie hin«, versprach sie und legte so viel Optimismus in ihre Stimme, wie sie aufbringen konnte, obwohl sie im Moment keine Ahnung hatte, wie sie das schaffen wollte. »Ich muss mir nur etwas einfallen lassen.«

»Ach Kind«, seufzte Nonna nur und stand auf, um Cappuccino zu holen. »Lassen wir den Dingen ihren Lauf. Es ist, wie es ist. Mit ein bisschen Vertrauen auf Gott wird alles werden.« Sie bekreuzigte sich und straffte die Schultern. Gezwungen fröhlich kehrte sie an den Tisch zurück. »Dein Vater kommt heute Mittag. Er hat gestern Abend angerufen, als du noch unterwegs warst.«

Wie sie das Wort »unterwegs« betonte, ließ Franzi misstrauisch aufsehen. Doch sie ging darüber hinweg und sagte erst einmal nichts.

»Er möchte ein paar Tage Urlaub machen. Dann kann ich ihm gleich von den Plänen erzählen.«

»Das ist ja schön«, brachte Franzi mühsam hervor. Sie stand unter Schock von dem eben Gehörten und wusste nicht, wie sie es schaffen wollte. Aber eines war sicher: Sie würde den Verkauf verhindern. Und wenn ihr ganzes Erspartes dabei draufging. Sie konnte nicht zulassen, dass der Ort ihrer Kindheit dem Erdboden gleichgemacht wurde und einem Hotel für Snobs weichen musste.

Nonna griff liebevoll nach der Hand ihrer Enkelin und seufzte. »Francesca, Kind. Es ist, wie es ist«, wiederholte sie. »Wenn es so sein soll, füge ich mich. Und bei Giacomo geht es mir nicht schlecht.«

Franzi drückte ihre Hand und versuchte krampfhaft, den Kloß in ihrem Hals zurückzudrängen. Tapfer nickte sie. Nonna sollte nicht sehen, wie sehr sie das mitnahm. Die alte Frau hatte es schwer genug.

»Lass uns lieber überlegen, in welchem der Zimmer wir deinen Vater unterbringen. Wir haben freie Auswahl.« Sie war fast schon wieder zu Scherzen aufgelegt und Franzi nickte entschlossen.

Sie würde ihrer Oma helfen, das Zimmer herzurichten und anschließend hinausgehen. Ein Spaziergang war eine gute Idee, sie brauchte dringend frische Luft.

Als das Zimmer fertig war, floh Franzi nach draußen. Sie musste ihre Gedanken sortieren und sich einen Schlachtplan überlegen. Fest stand, dass sie nicht kampflos aufgeben würde. Der Ort ihrer Kindheit, der Ort, an dem sie die Liebe zur Musik entdeckt hatte, durfte nicht zerstört werden.

Im hinteren Teil des Gartens traf sie auf Ella, die mit gerunzelter Stirn über einen Notizblock gebeugt saß. In der Hand hielt sie einen Bleistift, kaute gelegentlich auf dem Ende herum, um dann mit schief gelegtem Kopf einige Striche hinzuzufügen.

Diesmal trug sie einen weiten, geblümten Rock, eine Rüschenbluse und hatte das chaotische Haar mit einem Band zu zähmen versucht. Es war beim Versuch geblieben. Ein bisschen erinnerte sie an eine entrückte Künstlerin, die ganz in ihrem Schaffen gefangen war.

»Na, was macht die Kreativität?« Franzi schielte auf den Block.

Ella sah auf und grinste verlegen. »Nicht das, was ich mir erhofft habe«, sagte sie und drehte das Papier um.

Zu Franzis Überraschung erkannte sie Bäume, die mit viel gutem Willen durchaus als Zypressen und Pinien durchgingen.

»Ich dachte, du bist Schriftstellerin.«

Hilflos zuckte Ella mit der Schulter. »Waren das nicht deine Worte? Dass ich auf das Papier bringen soll, was ich fühle? Es ist nicht das dabei herausgekommen, was ich gehofft habe, aber besser als ein leeres Blatt ist es allemal.«

»Macht es wenigstens Spaß?«

»Erstaunlicherweise ja. Es ist so … befreiend. Niemand erwartet etwas von mir.« Mit ein paar wenigen Strichen zeichnete sie eine Mohnblume. Sie hielt den Block hoch und betrachtete ihn mit etwas Abstand angestrengt. »Und ich finde, es sieht gar nicht schlecht aus.« Sie zeigte Franzi ihr Werk.

Die nickte vorsichtig.

»Das ist das, was ich gerade fühle. Und damit geht es mir gut.« Ella nickte bekräftigend und malte weiter.

»Na dann … vielleicht sollte ich das auch mal versuchen.«

»Solltest du. Unbedingt.«

Ella war schon wieder in ihre Zeichnung vertieft und merkte nicht, wie Franzi davonging. Offenbar hatte auch sie ihre Leidenschaft erneut entdeckt. So wie Franzi gestern Abend plötzlich Freude beim Singen verspürt hatte. Doch nun musste sie diese zarte Pflanze hegen und pflegen, dass sie nicht gleich wieder die Lust verlor. Wie genau sie das schaffen sollte, wusste sie im Moment nicht. Aber sie war zuversichtlich, dass das gelang.

Sie seufzte. Unweigerlich kehrten ihre Gedanken zu Nonna zurück. Natürlich hätte sie etwas von ihrem Ersparten opfern können, um ihrer Oma die Pension abzukaufen. Das allerdings behob nicht die drängendsten Probleme. Nämlich, dass keine Urlauber herkamen und der alte Kasten dringend in Schuss gebracht werden musste.

Grübelnd ging sie weiter. Überlegte in die eine und die andere Richtung, hatte hier eine Idee und verwarf dort eine. Ein Kinderhotel, ein Reiterhof, nichts gefiel ihr oder war mit einfachen Mitteln realisierbar. Es war zum Aus-der-Haut-

Fahren. Ihr fiel nichts ein, wie sie den Hof attraktiver gestalten und mit neuen Gästen die Renovierung stemmen konnte.

Alessio, der vor dem Grundstück beim Hühnerstall beschäftigt war, unterbrach ihre Überlegungen.

»Was machst du denn hier?«, fragte sie und betrachtete ihn. Er hielt Schmirgelpapier in der Hand und fuhr damit über die hölzerne Außenfassade des alten Schuppens. Drinnen wurde der Protest über die ungewohnte Ruhestörung lauthals zum Ausdruck gebracht. »Nonna sagte, du seist zu Hause.«

Er hielt inne und sah sie an. Mit jenem durchdringenden Blick, der ihren Magen in Aufruhr versetzte und ihr Herz ein paar Takte schneller schlagen ließ. Keine Frage, etwas hatte der Mann an sich, das ihr nicht guttat. Oder gerade doch.

»Der Stall muss gestrichen werden«, sagte er schließlich, hielt das Papier jedoch unschlüssig in der Hand.

»Ach, und deswegen musst du die Bewohner in Angst und Schrecken versetzen?« Es sollte spöttisch klingen, aber wenn Franzi ehrlich war, sagte sie das nur, um irgendetwas zu sagen. Ein Schweigen zwischen ihnen ertrug sie nicht. Sie sollte gar nicht hier sein. Alessio verwirrte sie zunehmend.

Franzi schabte mit dem Fuß über den Boden.

»Bedrückt dich etwas?«, fragte Alessio und legte sein Arbeitswerkzeug zur Seite. »Du siehst aus, als ob du etwas auf dem Herzen hast.«

In seinen Augen las sie Mitgefühl. Und das machte es für Franzi noch schwerer, sich von ihm fernzuhalten, weil sie plötzlich das Bedürfnis verspürte, bei ihm ihr Herz auszuschütten. Zu gern wollte sie etwas mehr von seinem betörenden Geruch erschnuppern, der ihr männlich herb in die Nase stieg. Der sie beruhigte und gleichzeitig in Aufruhr versetzte.

»Es ist … also … wegen Nonna«, begann sie schließlich und blickte zu ihm auf. »Sie hat einen Interessenten für die Pension und möchte verkaufen.«

Jetzt war es heraus. Mit bangem Blick sah sie ihn an.

Alessio schnaufte tief durch. »Puh«, machte er und ließ sich in den Schatten fallen. Er sah zu ihr auf und klopfte auf den Platz neben sich. Ohne zu zögern, setzte Franzi sich zu ihm auf die Erde und lehnte sich an das Holz des Schuppens. Die Hühner hatten sich offenbar beruhigt und waren wieder verstummt. Nur gelegentliches Picken und Scharren drang zu ihnen nach draußen. Alessios Schulter berührte ihre auf beruhigende Art und Weise, und sie musste dem Impuls widerstehen, ihren Kopf dagegensinken zu lassen, so erschöpft war sie plötzlich wieder.

»Früher oder später war damit zu rechnen«, brach Alessio das Schweigen. »Sie kann die Pension, so wie sie läuft, auf Dauer nicht halten. Aber glaub mir, bei Giacomo ist sie gut aufgehoben.«

»Ach, du weißt davon?«

Alessio lachte leise. »Hast du die beiden schon einmal zusammen gesehen? Das pfeifen die Spatzen von den Dächern.«

Franzi nickte. Schockiert darüber, dass Alessio mehr wusste als sie. Kein Wunder, sie war ja Ewigkeiten nicht mehr hier gewesen, dachte sie mit einem Anflug von Bitterkeit. Wie hatte sie erwarten können, alles aufzuholen, was sie in den letzten Jahren versäumt hatte?

»Und was soll ich jetzt machen?«, flüsterte sie und fühlte eine Träne über ihre Wange rollen. Eine nach der anderen rannen sie ihr über das Gesicht. Tränen, die sie lange unterdrückt hatte, weil sie tapfer hatte sein wollen.

Sie spürte, wie Alessio seinen Arm um sie legte, und ließ nur zu gern geschehen, dass er sie an sich zog.

»Das Haus ist dir viel wert, oder?«, fragte er.

Franzi nickte schniefend und sah ihn an. Seine Augen funkelten. Diesmal jedoch voller Wärme und wie schon gestern hatte sie das Gefühl, sich ihm anvertrauen zu können.

»Hier habe ich die glücklichsten Jahre meiner Kindheit verbracht«, sagte sie und kramte in ihrer Hosentasche nach einem Taschentuch. Sie schnäuzte sich, ehe sie weitersprach. »Vermutlich meines ganzen Lebens.«

Erst jetzt wurde ihr in aller Deutlichkeit bewusst, was ihr das Anwesen bedeutete. Die Jahre danach waren geprägt von den Streitereien ihrer Eltern und der Trennung, infolge der sie mit ihrer Mutter allein gewesen war. Hier bei Nonna war ihre Welt in Ordnung gewesen. Doch nicht nur das.

»Es war Nonna, die meine Liebe zum Singen geweckt hat«, sagte sie und schniefte. »Hier wurde unbewusst der Grundstein zu meiner Leidenschaft gelegt. Das kann sie doch nicht einfach weggeben.«

Alessio strich unablässig mit der Hand über ihren Arm und spielte mit den Strähnen ihres langen Haares. Schließlich zog er ihren Kopf behutsam zu sich heran, dass er auf seiner Schulter zum Liegen kam. Sie spürte, wie er seine Nase in ihrem Haar vergrub und einen Kuss darauf hauchte.

»Obwohl es da einen Jungen gab, der dich ständig an den Zöpfen gezogen hat? Und dir dein Eis geklaut hat?«

Sie grinste schief. Gefangen in einem Strudel der Gefühle, der sie durch ein Wechselbad an Emotionen führte. Hin und her gerissen war sie. In einem Moment raubten ihr die Sorgen um Nonna und die Pension beinahe den Verstand, im nächsten war Alessio neben ihr und sie fühlte sich so geborgen wie niemals zuvor im Leben.

»Er hat mir auch die Sandschaufel auf den Kopf gehauen.« Sie räusperte sich und lachte leise. »Und wenn du es genau wissen willst, ist er heute noch ungezogen. Manchmal wenigstens.«

Er rückte ein Stück von ihr ab. Überrascht hob Franzi den Kopf und sah ihm in die Augen. Sie wollte in dem dunklen Braun ertrinken, sich ihm ganz und gar hingeben.

»Bin ich nicht«, flüsterte er und verringerte den Abstand zwischen ihnen. »Überhaupt nicht.« Noch ein Stück.

Franzi starrte ihn an. Er kam immer näher. Und plötzlich wollte sie nichts mehr als von ihm geküsst werden.

»Ich wollte nur ein kleines Mädchen beeindrucken.«

»Das ist aber eine seltsame Art, das zu versuchen«, murmelte sie und schloss die Augen in dem Moment, als seine Lippen ihre berührten.

»Francesca«, wisperte er.

Zart und sacht war die Berührung zunächst. Vorsichtig strichen seine Lippen über ihre. Für Franzi stand die Welt einen Augenblick still. In ihrem Inneren brach ein Feuersturm der Gefühle los. Ihr wurde heiß und trotz der Hitze bekam sie eine Gänsehaut. Ihr Magen prickelte, als habe sich ein Schwarm Schmetterlinge in die Lüfte erhoben, und sandte Wellen des Glücks und des Verlangens durch ihren Körper.

Sie wollte mehr davon, so viel mehr! Wieso konnte der Kerl nur so unverschämt gut küssen? In ihrem Leben war sie noch von keinem Mann je zuvor auf diese Art berührt worden. Seine Lippen, die jetzt drängender wurden, raubten ihr den Verstand und ließen ihr Herz schneller schlagen, als habe sie einen Einhundertmeterlauf hinter sich.

Nur zögerlich löste sich Alessio von ihr. Er war genauso außer Atem wie sie.

»Francesca.« Seine Stimme jagte neue Schauer über ihren Rücken und in ihrem Magen wurde es warm.

Niemand hatte ihren Namen je so ausgesprochen wie er. Wie seltsam er klang. So erhaben. Nicht mehr nach einem kleinen Mädchen, sondern vielmehr nach einer Frau, die wusste, was sie wollte.

Mit hungrigen Augen musterte er sie.

»Es tut mir leid, wenn ich gemein zu dir war.« Seine Stimme klang rau. »Ich habe es einfach nicht geschafft, meine Gefühle in Worte zu fassen. Stattdessen ließ ich lieber Taten sprechen. Ich gebe zu, dass ich über das Ziel hinausgeschossen bin. Speziell damals mit der Kröte in deinem Bett. Es tut mir aufrichtig leid.«

Franzi hielt inne. Was hatte das zu bedeuten? Etwa, dass er schon früher eine Schwäche für sie gehabt hatte? Sie waren so jung gewesen. Kinder. Und heute? Was war der Grund für seine anfängliche Abneigung? Oder hatte sie sich die nur eingebildet?

Je mehr Franzi darüber grübelte, desto sinnloser erschien ihr die Frage. Erst recht, als sich seine Lippen wieder den ihren näherten. Der Kuss machte sie so schwindelig, dass sich sämtliche Überlegungen auflösten. Er wurde noch leidenschaftlicher und der Schwarm Schmetterlinge in ihrem Bauch, der sich in die Lüfte erhoben hatte, wurde von Bienen abgelöst, die aufgeregt summten und wild umherschwirrten. Umso mehr, als Alessio seine Finger über ihren Rücken gleiten ließ. Wo immer er sie berührte, meinte sie, ihre Haut stünde in Flammen, obwohl der leichte Stoff des T-Shirts darauf lag.

Auch Franzi wollte ihn spüren und schob ihre Hände unter sein Hemd. Die Haut darunter fühlte sich unglaublich an. Samtig weich und doch fest. Am liebsten hätte sie ihren Fingern die Lippen folgen lassen und wunderte sich nicht einmal mehr über sich selbst. Diese ungezügelte Leidenschaft entsprach nicht ihrer Art.

In den Kuss, den sanften Wind und das Scharren der Hühner hinter ihnen mischte sich ein anderes Geräusch. Ein schnurrendes, das schnell lauter wurde.

Irritiert hielt Alessio inne, während Franzi sich versteifte. Es war, als würden sie mitten aus einem Traum gerissen und zurück auf die Erde geschleudert.

»Wer zum Teufel ist das?«, murmelte Alessio und löste sich von ihr, um aufzustehen. Mit der Hand schirmte er die Augen gegen die Sonne ab und sah in die Richtung, aus der das Motorengeräusch gekommen war.

Zweifellos war ein Auto auf Nonnas Hof gefahren. Franzi sah ihn mit einem entschuldigenden Lächeln an. »Ich schätze, das Timing ist ein bisschen blöd«, meinte sie und stand ebenfalls auf, um sich den Staub von der Hose zu klopfen.

Warum musste ihr Vater ausgerechnet jetzt auftauchen? Als ahnte er, womit seine Tochter beschäftigt war. Ganz italienischer Papa, der seine Prinzessin schützte, tat er alles, um das zu verhindern.

Alessio hingegen ließ sich davon nicht beirren und griff nach ihren Fingern, um sie zu drücken. Als wollte er das Glück, das er einmal in Händen hielt, nicht wieder loslassen.

Die Hühner hinter ihnen erwachten zu neuem Leben und gackerten wild, als wenn ein Fuchs in den Stall fegte, der die Schar in Aufruhr versetzte. Ganz so, wie es in ihrem Inneren aussah, dachte Franzi und kicherte albern.

Wie Alessio sah sie zu dem Auto hinüber, das auf den Hof gefahren war. Ein schicker schwarzer Lancia stand dort, dessen Fahrertür sich öffnete. Franzi hatte gar nicht gewusst, dass ihr Vater ein solches Auto fuhr. Es passte nicht zu ihm. Ihre Verwunderung vergrößerte sich, als sich schlanke Frauenbeine mit hochhackigen Pumps anmutig aus dem Wagen schwangen.

Sie schlug sich die Hand vor den Mund, als der Rest zu den nylonbestrumpften Beinen das Fahrzeug verließ, und fühlte, wie der Boden unter ihren Füßen zu wanken begann.

»Dio mio«, presste sie hervor und krallte sich in Alessios Arm fest.

Kapitel 12

In Franzis Kopf purzelten die Gedanken wie wild durcheinander. Einer davon schälte sich aus dem Chaos heraus: Wie, zum Teufel, kam ihre Mutter hierher?

Gleichzeitig breitete sich Panik in ihr aus und sie blickte zu Alessio, als sähe sie ihn zum ersten Mal. Was hatte sie nur getan? Wie hatte sie sich hinreißen und von ihm küssen lassen können? Schlimmer noch, sie hatte ihn zurückgeküsst! Sie war ihm beinahe an die Wäsche gegangen. Und es hatte sich verdammt gut angefühlt …

Er stand vor ihr mit diesen dunklen Augen und dem unvermeidlichen Hut auf dem Kopf. Das unwiderstehliche Lächeln auf den Lippen, dem sie eben noch verfallen war.

Das ihr bisher gänzlich unbekannte Verlangen, das einer Urgewalt gleich über sie hereingebrochen war, verschwand ebenso schnell, wie es gekommen war, und ließ eine verwirrte und hilflose Franzi zurück, die Alessio anstarrte wie das sprichwörtliche Kaninchen die Schlange. Als ihr bewusst wurde, dass ihre Finger seinen Oberarm fest umklammert hielten, zuckte sie zurück, als habe sie sich verbrannt. Dann drehte sie sich um und rannte davon.

Ihr Herz hämmerte bis zum Hals, überdeutlich spürte sie den Puls in ihren Schläfen pochen. Sie fühlte sich wie ein gehetztes Tier. Hinter ihr Alessio und vor ihr Diana, die im dunklen Kostüm auf High Heels neben dem Lancia stand und wie ein Alien in der Einöde wirkte. Jetzt schob sie ihre Sonnenbrille ins Haar und Franzi hörte bereits das Klimpern der unvermeidlichen Armreifen an ihrem Handgelenk. Suchend sah ihre Mutter sich um, bis sie ihre Tochter erblickte und ihr zuwinkte.

Franzi keuchte, als sie beim Auto ankam. »Mama«, sagte sie schwach. »Wo kommst du denn her?«

Ihre Mutter hauchte ihr zur Begrüßung links und rechts ein Küsschen auf die Wange.

»Nun, wenn du nicht zurückkommst und dich nicht meldest, muss ich dich eben suchen. Und wie es scheint, hatte ich den richtigen Riecher.« Zufrieden knallte sie die Autotür zu und schloss den Wagen ab, ehe sie sich wieder an ihre Tochter wandte und sich unternehmungslustig bei ihr einhakte.

»Dann wollen wir mal«, meinte sie und ging postwendend über den Hof auf den Eingang der Pension zu.

Diana war früher schon hier gewesen. Nicht über Wochen wie Franzi, aber lange genug, um sich auszukennen. Schwungvoll öffnete sie die Tür und prallte geradewegs mit Nonna zusammen, die im Begriff war, das Haus zu verlassen.

Einen bangen Moment standen sich die beiden Frauen gegenüber und starrten sich an. Keine sagte ein Wort und Franzi überlegte, ob sie sich gar nicht mehr kannten.

Schließlich breitete sich ein Lächeln auf dem Gesicht ihrer Mutter aus. »Maria«, stellte sie fest. Einen Augenblick schien sie zu überlegen, ob sie ihre Exschwiegermutter umarmen musste, dann besann sie sich und reichte ihr die Hand. »Schön, dich zu sehen. Du siehst gut aus.«

Diana sprach ein Italienisch, das ein wenig eingerostet war. Die Sätze wirkten einstudiert. Ob sie den ganzen Weg über gelernt hatte, um sie auswendig aufsagen zu können?

Auf Nonnas Stirn vertieften sich die Falten. Mit zusammengekniffenen Augen schüttelte sie Dianas Hand, aber das Lächeln, das nach wie vor auf dem Gesicht ihrer Exschwiegertochter zu sehen war, wollte nicht erscheinen.

Franzi hatte nie erfahren, wie das Verhältnis der beiden Frauen zueinander gewesen war oder wie sie auseinandergegangen waren. Wenn man in der Miene ihrer Nonna richtig las, war es ein eher unterkühltes gewesen.

Doch auch davon ließ Diana sich nicht beeindrucken. Sie lächelte einfach alles weg.

»Ciao«, kam Nonna schließlich über die Lippen.

Unschlüssig sahen die drei Frauen sich an, als hinter ihnen jemand zur Tür hereinplatzte und das peinlich werdende Schweigen unterbrach.

»Ciao«, grüßte Alessio und strahlte in die Runde. »Lauter hübsche Frauen, da komme ich genau richtig.«

Franzi schloss für einen Moment die Augen und hoffte, dass alle weg wären, wenn sie die Lider wieder aufschlug. Oder dass sich der Boden auftun und sie verschlingen möge.

Nichts davon war der Fall. Als sie die Augen öffnete, ergriff Alessio gerade die Hand ihrer Mutter und hauchte einen angedeuteten Kuss darauf. Diana kicherte albern und selbst in der Dunkelheit des Flures erkannte Franzi, dass sie rot wurde.

»Ciao«, flötete sie. »Ich bin Diana, Franzis Mutter.«

Alessios Blick wanderte langsam zu Franzi. In Zeitlupentempo hob er eine Augenbraue und ein Lächeln breitete sich auf seinen Lippen aus. Keine Frage, er amüsierte sich königlich über die Situation und Franzi hätte ihm am liebsten eine geknallt. Dafür, dass er sich lustig machte, dafür, dass er sie einfach so geküsst hatte. Und noch mehr dafür, dass es ihr gefallen hatte.

Bei der Erinnerung verspürte sie ein warmes Gefühl in ihrem Magen, das sich untrüglich nach unten in ihren Schoß ausbreitete. Unwirsch schüttelte sie den Kopf. Was war nur in sie gefahren?

»Wir sollten das fröhliche Wiedersehen feiern«, meinte Alessio an Nonna gewandt. »Wollen wir uns in die Küche setzen?«

Der Blick, den Nonna ihm zuwarf, fühlte sich für Franzi an, als sähe sie in einen Spiegel. Sie mussten wirken wie zwei

Hexen, und Alessio konnte froh sein, dass noch nie jemand mit Blicken umgebracht worden war.

Diana hingegen lächelte erfreut. »Das ist eine hervorragende Idee! Es war eine lange Fahrt für mich und die Straßen hier sind ja in einem anderen Zustand als in Deutschland. Herrje, und dieser Verkehr.« Sie verdrehte die Augen und lachte dabei. »Das bin ich überhaupt nicht gewöhnt.« Sie plapperte in einer Tour weiter. Hemmungslos in zum Teil haarsträubendem Italienisch, das so stark mit deutschem Akzent eingefärbt war, dass sogar Franzi es heraushörte. Natürlich wusste Diana das, aber es hinderte sie nicht, weiterzureden.

Mit einem letzten giftigen Blick in Richtung Alessio, den dieser grinsend parierte, wandte sich Nonna wortlos ab und ging voran in die Küche. Diana, noch immer plappernd, folgte ihr, dahinter Franzi. Den Abschluss bildete Alessio, der feixend die Haustür schloss.

Franzi fühlte sich wie eine Marionette in einem Theaterstück gefangen. Hilflos jenen ausgeliefert, die die Fäden zogen, und es sich offenbar zur Aufgabe gemacht hatten, die Protagonisten im Stück den erdenklich schlimmsten Szenarien auszusetzen.

Diana sah sich interessiert in der Küche um und nickte. Was dieses Nicken bedeutete, konnte Franzi nicht sagen. Sie wusste nur eines: Wenn ihre Mutter den Mund öffnete, um etwas Herablassendes zu sagen, ging sie ihr eigenhändig an den Kragen.

Nonna hatte den Kopf trotzig erhoben und wandte sich dem Herd zu, um Cappuccino zu machen. Widerwillig holte sie aus dem Kühlschrank eine Schale mit Tiramisu und Franzi lief unwillkürlich das Wasser im Mund zusammen. Wann hatte sie das gemacht?

Sie deckte den Tisch und schließlich saßen alle darum herum und schwiegen sich an. Franzi sah angestrengt auf die

Tischplatte und versuchte, Alessio nicht anzuschauen. Nonna starrte Diana an oder ihr Blick flog mit einem tiefen Stirnrunzeln zwischen Alessio und ihr hin und her. Sie wagte es nicht mehr, ihr in die Augen zu sehen.

Alessio hingegen hatte sich zurückgelehnt und schmunzelte ununterbrochen vor sich hin, während Diana sich langsam unwohl zu fühlen schien. Sie merkte offenbar, dass sie in ihrem Kostüm und den High Heels nicht hierher passte.

»Wer möchte?«, fragte Nonna schließlich knurrig und hob widerwillig einen Servierlöffel für Süßspeisen in die Luft.

Freudestrahlend reichte Alessio ihr seinen Teller. »Ich natürlich. Für dein Tiramisu könnte ich töten.«

Nonna sah ihn einen Augenblick an, als wüsste sie nicht, ob sie ihn umbringen oder doch lieber rot werden sollte. Sie entschied sich für ein neutrales Gesicht und gab ihm ein Stück auf den Teller.

»Diana?«, würgte sie hervor und deutete mit dem Heber auf die Schale.

»Nur ein kleines bisschen für mich, bitte, ich muss auf meine Linie achten.« Sie lächelte und betrachtete die Süßspeise, als sähe sie so etwas zum ersten Mal.

Nonna warf ihr einen säuerlichen Blick zu, ehe sie Franzi mit boshafter Miene einen ordentlichen Löffel auf den Teller klatschte.

Gestern noch hätte sie den Berg verputzt, jetzt allerdings wurde sie sich der überrascht fragenden Miene ihrer Mutter bewusst, mit der die ihre Tochter bedachte. Sie sagte jedoch nichts.

Schweigend begannen sie zu essen, bis es Alessio zu bunt wurde.

»Sie kommen also aus München?«, fragte er Diana und lächelte sie an, während er große Stücke des Tiramisus mit sichtlichem Genuss verspeiste.

»Dort lebe ich«, bestätigte Diana und pickte wie ein Vogel nur kleine Brocken mit der Gabel ab, die sie sich in den Mund schob, um ewig darauf herumzukauen. »Ich unterstütze meine Tochter bei ihrer Karriere. Als eine Art Managerin. Natürlich hat sie einen professionellen Manager. Ab einem gewissen Bekanntheitsgrad geht das ja gar nicht anders.« Ihr glockenhelles Lachen perlte durch den Raum und Franzi wäre wiederum lieber am anderen Ende der Welt gewesen.

Jetzt gefror auch Alessios Miene ein, wie sie verwundert registrierte. Was war plötzlich los mit ihm?

»Übrigens, mein Kind«, fuhr Diana an ihre Tochter gewandt fort, die sich vergeblich abmühte, unsichtbar zu sein. »Ich habe mit Niko gesprochen, darüber sollten wir dringend reden. Du weißt schon, das *Sunset-Beach-Festival*.« Sie klimperte bedeutend mit den Wimpern.

»Francesca hatte erst einen Zusammenbruch und sollte sich ausruhen«, mischte sich Nonna mit strenger Stimme ein.

Franzi fing Alessios überraschten Blick auf und überlegte, ob sie einfach aufstehen und davonlaufen sollte. Bestimmt konnte sie bei Giulia unterkommen. Alessio hatte nichts von ihrem Kollaps gewusst und obwohl sie es nicht musste, fühlte sie sich schuldig, weil sie ihm das verschwiegen hatte.

Ihre Mutter hingegen wartete weiter auf eine Antwort, lenkte dann aber ein. »Gut, wir können das auch auf morgen verschieben.«

Die Köpfe aller ruckten zu ihr herum. »Wie lange möchtest du denn bleiben?«, fragte Franzi schließlich vorsichtig.

Diana kratzte in aller Seelenruhe den Rest ihres Tiramisus auf dem Teller zusammen. »Nun, ich weiß es nicht. Ich dachte mir, ein paar Tage Ausspannen könnten wir uns gönnen, bevor wir zurück nach München fahren. Mein Gepäck ist übrigens noch im Auto.«

In der Küche war es so still, dass man die Fliegen an der Wand husten hören konnte.

Nach dem improvisierten Mahl bot Franzi Nonna an, das Zimmer ihrer Mutter vorzubereiten. Hauptsächlich, um verschwinden zu können und einen Moment allein zu sein. Sie brauchte Ruhe, um sich zu sammeln und die verfahrene Situation zu überdenken.

Alessio stand ebenfalls auf und folgte ihr in den Flur. Er hatte sich Dianas Autoschüssel geben lassen, um deren Koffer aus dem Wagen zu holen. Ehe Franzi nach oben fliehen konnte, packte er sie am Handgelenk.

Beinahe panisch drehte sie sich zu ihm um. Seine Präsenz war übermächtig und sein Geruch, eine Mischung aus dezentem Aftershave und ihm, benebelte ihre Sinne.

»Wir sollten reden«, sagte er und lächelte sie auf eine Art an, die ihr Herz schneller schlagen ließ, obwohl es das Letzte war, was sie im Moment wollte.

Atemlos versuchte sie, sich loszumachen, doch er hielt ihre Hand fest umschlossen. Deutlich spürte sie die Wärme seiner Finger auf ihrer Haut.

Sie schluckte. »Ich wüsste nicht, worüber.«

»Fangen wir mit dem an, was vorhin passiert ist. Hinter dem Hühnerstall. Was sich übrigens fantastisch angefühlt hat und nach einer Wiederholung schreit.«

Er brach ab und musterte sie, augenscheinlich, um ihr Zeit zu einer Antwort zu geben. Wollte er ihre Zustimmung? Prinzipiell wäre das kein Problem, sie hatte den Kuss ebenfalls genossen. Allerdings war das in einem Anfall geistiger Umnachtung geschehen, anders konnte sie sich das nicht erklären. Demnach musste er also lange darauf warten.

Alessio zuckte mit der Schulter, als sie nichts erwiderte. Das Lächeln verschwand von seinem Gesicht.

»Oder möchtest du mir lieber erzählen, warum du wirklich hier bist?«

»Das habe ich dir schon gesagt«, zischte sie zurück. »Ich brauchte eine Auszeit.«

»Weil du einen Zusammenbruch hattest.«

»Das stimmt nicht.«

»Hörte sich eben danach an.«

»Ist aber nicht so. Und jetzt lass mich bitte los. Ich habe zu tun, wie du sicher mitbekommen hast.« Das sollte wütend klingen, verkam jedoch zu einem ängstlichen Gepiepse.

Nachdenklich musterte Alessio sie und sein Blick ging ihr unter die Haut. Für einen kurzen Augenblick verspürte sie das Bedürfnis, ihm erneut ihr Herz auszuschütten. Den ganzen Müll bei ihm abzuladen, der sie belastete. Doch sie riss sich zusammen. Sie durfte nicht noch mehr Nähe zulassen. Der Kuss war ein Fehler gewesen. Und was für einer! Auch wenn sie selten etwas so genossen hatte. Das würde sie jedoch niemals laut zugeben, weil es sie zutiefst verwirrte.

Wieder versuchte sie, Alessios Hand abzuschütteln, und diesmal gab er sie frei.

»Wir reden noch darüber«, sagte er und klang entschlossen.

Franzi drehte sich um und floh die Treppe hinauf. Dort angekommen, blieb sie stehen, schloss für einen Moment die Augen und schnaufte erst einmal tief durch.

In was für eine Situation hatte sie sich da nur gebracht? Nicht nur, dass Alessio sie geküsst hatte. Das allein reichte aus, um ihr Seelenleben durcheinanderzubringen. Nun war auch noch ihre Mutter angereist. Woher hatte sie überhaupt gewusst, wo ihre Tochter zu finden war?

Diana schien wild entschlossen zu sein, sie umgehend nach Hause zu bringen und ihr außerdem endlich die Zusage für das *Sunset-Beach-Festival* abzuringen. Die Luft in der Küche war zum Schneiden dick gewesen, weil ihre Mutter und Nonna zwei so unterschiedliche Charaktere waren, als lebten sie auf zwei verschiedenen Planeten. Ihre Mutter im Kostümchen und mit den High Heels bei ihrer Nonna, die schon früher meist Kittelschürzen getragen hatte, in der altertümlichen Küche.

Und um das Chaos perfekt zu machen, hatte sich ihr Papa angekündigt. Sie waren auf dem besten Weg, das kleine toskanische Bergdorf Navello zum Schauplatz eines bizarren Familiendramas zu machen.

Vielleicht fuhr sie besser nach Hause. In ihrer Wohnung in München vermutete sie niemand. Dort konnte sie sich ungestört die Decke über den Kopf ziehen und abwarten, bis sich der Sturm gelegt hatte.

Kapitel 13

Das Zimmer war schnell gemacht und Alessio hatte das Gepäck schweigend dort abgestellt. Nach einem weiteren intensiven Blick war er nach draußen verschwunden und hatte Mutter und Tochter sich selbst überlassen.

Diana sah sich in dem kleinen Raum um und nickte dann nachdenklich.

Franzi versuchte, die Örtlichkeiten ebenfalls mit den Augen ihrer Mutter zu sehen. Natürlich wirkte alles etwas in die Jahre gekommen und vielleicht ein wenig zu dunkel. Nicht das, was Diana gewöhnt war. Aber eine Pension war nicht mit einem Sterne-Hotel und dessen Komfort zu vergleichen.

War es nicht gerade das, was den Charme ausmachte? Das liebevoll Familiäre? Der intensive Geruch von frischem Basilikum zog durch die Luft. Und wer nach unten in die Küche ging, bekam von Nonna immer eine Tasse Cappuccino, ein süßes Stückchen und wenn gewünscht auch einen guten Ratschlag oder einfach eine nette Plauderei.

Klar, es gab weder eine Sauna noch einen Swimmingpool und schon gar keinen Wellnessbereich. Dafür viel frische Luft, Natur und Liebe, so viel man wollte.

»Klein ist es hier«, stellte Diana fest, aber ihr Tonfall war nicht wertend.

Trotzdem hatte Franzi den Eindruck, sich entschuldigen zu müssen.

»Ich werde jetzt mal den Koffer auspacken und dann sollten wir uns unterhalten. Über all das hier.« Sie machte eine Handbewegung, die alles und nichts umfasste.

»Ich gehe runter in den Garten«, sagte Franzi, weil sie das Gefühl hatte, dass sie dringend Luft brauchte.

»Gib mir eine Viertelstunde, dann habe ich mich ein wenig frisch gemacht und umgezogen.«

Sie schlich hinunter und hoffte, dass Nonnas Gehör nicht mehr ganz das beste war. Doch sie täuschte sich. Ihre Oma schoss aus der Küche, kaum, dass sie die unterste Stufe erreicht hatte.

»Francesca«, sagte sie streng und stemmte die Fäuste in die Hüften. Obwohl sie einen guten Kopf kleiner war als Franzi, hatte die den Eindruck, dass ihre Oma sie überragte. »Wo kommt die her?« Nonna deutete mit dem Daumen nach oben, und hatte einen grimmigen Zug um den Mund.

»›Die‹ ist meine Mutter«, gab Franzi müde zurück. »Und wie es aussieht, wird sie wohl ein paar Tage bleiben. Ich hoffe, wir schaffen das, ohne dass es Todesfälle in Navello gibt.«

»Ich habe dir gesagt, dass dein Vater heute kommt.«

Franzi zuckte mit der Schulter. »Ich weiß«, erwiderte sie unglücklich.

»Sie auch?« Nun deutete sie nurmehr mit dem Kopf hinauf.

»Weiß *er* es denn?«

»Meine liebe Francesca. Du bist zwar meine Lieblingsenkelin, aber das heißt nicht, dass du dir alles erlauben kannst.« Hinter dem rauen Ton zuckte bereits ein kleines Lächeln.

»Ich bin deine einzige Enkelin«, stellte Franzi klar und versuchte sich probehalber an einem Grinsen, das noch ein wenig zaghaft geriet.

Nonna seufzte und winkte ab. Der strenge Ausdruck fiel in sich zusammen und jetzt lächelte sie sogar wieder.

»Soll ich dir ein Geheimnis verraten?«, fragte Franzi, froh darüber, dass sie nicht böse war.

Ihre Oma nickte überrascht, und Franzi beugte sich vor und hauchte ihr einen Kuss auf die Wange. »Du bist auch meine Lieblingsnonna.«

Dann wandte sie sich um und ging nach draußen, um sich für das Gespräch mit ihrer Mutter zu wappnen.

Im Garten war es friedlich still. Von Alessio war weit und breit nichts zu sehen und auch Ella hatte ihren Arbeitsplatz offenbar auf außerhalb des Grundstücks verlegt.

Die Ruhe vor dem Sturm, dachte Franzi und holte zwei Liegestühle, um sie im Schatten eines Baumes zu platzieren. Ihre Mutter ließ nicht lange auf sich warten. Zwar trug sie jetzt Jeans und eine Bluse, aber beides wirkte immer noch deplatziert auf dem Hof. Ebenso wie der große weiße Hut, den sie aufhatte. Ein bisschen erinnerte er an die Raffaello-Werbung. Als sie sich näherte, klimperten die Armreifen, die Franzi von Kindesbeinen auf gewöhnt war. Doch heute nervte sie das Geräusch.

»Mama, setz dich.« Sie deutete auf den Liegestuhl neben sich und ihre Mutter nahm umständlich Platz.

»Du bist aus dem Krankenhaus verschwunden. Einfach so und ohne jemandem ein Wort zu sagen«, begann Diana das unvermeidliche Gespräch und nun war auch der Vorwurf in ihrer Stimme deutlich zu hören.

»Es war nicht so, dass ich einfach gegangen bin. Immerhin habe ich euch Nachrichten hinterlassen«, protestierte sie halbherzig.

Diana wischte das mit einer Handbewegung aus der Welt. »Einen Brief im Briefkasten.«

»Woher wusstest du überhaupt, wo ich bin?«

»Das war nicht besonders schwierig. Die Krankenschwester hat mir von dem italienischen Herrn mit seinem ach so einnehmenden Charme erzählt.« Beißender Spott begleitete ihre Worte. »Ich habe lediglich eins und eins zusammengezählt. Und wo sollte dein Vater dich hinbringen, wenn nicht hierher? Warum bist du überhaupt gegangen? Du hattest nur einen kleinen Schwächeanfall.«

Das war nicht fair, durchzuckte es Franzi, aber noch hielt sie sich zurück. »Ich hatte das Gefühl, dass ich eine Auszeit brauche. Einfach mal ein paar Tage für mich. Hast du eine Ahnung, wann ich das letzte Mal Urlaub gemacht habe?«

»Du warst doch erst mit Philip in Berlin.«

»Das war für ihn eine Wahlkampfveranstaltung und für mich Arbeit, falls du dich erinnerst.«

Über den Rand ihrer großen Sonnenbrille hinweg sah ihre Mutter sie an. »Wenn du die Eröffnung des Klubs meinst, gehört das zu deinem Beruf, mein Kind. Und es war nicht so, dass du das Nützliche nicht mit dem Angenehmen verbunden hast, oder?«

»Mag sein«, gab Franzi zu. »Aber auch Dr. Wagner war der Meinung, dass ich ein wenig kürzertreten sollte.«

»Dr. Wagner«, schnaubte Diana. »Der Mann wird langsam alt, das habe ich dir schon einmal gesagt. Vielleicht ist es an der Zeit, dass du dir einen neuen Hausarzt suchst.« Sie setzte sich wieder auf.

»Wenn ich dich erinnern darf, ist er auch dein Hausarzt«, brauste Franzi auf. »Und bisher warst du sehr zufrieden mit ihm. Weißt du noch, als du ihn damals aus dem Bett geklingelt hast, weil du dachtest, du stirbst?«

Betreten senkte Diana den Blick.

»Er kam, mitten in der Nacht. Um dir ein Mittel gegen Magenverstimmung zu geben, weil du etwas Schlechtes gegessen hattest.«

Ihre Mutter winkte ab.

»Das ist ewig her.«

»Aber deswegen nicht minder wichtig.«

»Sieh mal«, fuhr Diana in ruhigerem Tonfall fort. »Du hast eine Möglichkeit bekommen, die kaum je jemand erhält. Natürlich hast du ein unfassbares Talent, aber das allein reicht nicht aus. Glück und Beziehungen gehören ebenfalls dazu. Und beides musst du pflegen. Davonlaufen ist das Falsche. Hast du eine Ahnung, was die Presse daraus gemacht hat, dass du verschwunden bist?«

»Ich kann es mir ungefähr vorstellen«, murmelte Franzi und starrte auf ihre gefalteten Hände.

»Von Burn-out war die Rede. Von einer schweren Erkrankung, die du verschwiegen hast. Wenn sich die Gerüchte hartnäckig halten, ist es für die Veranstalter ein Risiko, dich zu engagieren. Willst du das alles wegwerfen?«

Ihre Mutter sah sie lange Zeit schweigend an, während Franzi nicht wusste, was sie antworten sollte. War es so schlimm, einzugestehen, dass es ihr nicht gutging? Moment, nicht gut gegangen *war*. Immerhin befand sie sich auf dem Weg der Besserung. Hier hatte sie nicht einen Schwindelanfall gehabt und auch sonst fühlte sie sich zunehmend frischer und erholter.

Jetzt griff Diana gar nach ihrer Hand und drückte sie. »Franzi, ich will dir nicht zu nahe treten. Aber wenn du deine Karriere nicht aufs Spiel setzen willst, musst du zurückkommen und außerdem endlich die Zusage für das Festival geben.«

»Das wird wohl noch ein bisschen Zeit haben.«

»Hat es nicht. Du musst zusagen, sonst wird das mit dem internationalen Durchbruch nichts.«

Diana sah sie eindringlich an und Franzi biss sich auf die Unterlippe.

»Und deine Karriere in Deutschland kannst du auch an den Nagel hängen, weil du weg vom Fenster bist.« Sie atmete tief durch, ehe sie einen versöhnlichen Ton anschlug und ihrer Tochter zuzwinkerte. »Der arme Niko weiß schon nicht mehr, was er den Leuten erzählen soll, und bekommt graue Haare. Du weißt, wie eitel er ist.«

Jetzt schmunzelte auch Franzi. Und wie sie sich das vorstellen konnte, hatte sie erst kürzlich erlebt, welches Theater er veranstaltet hatte, als er ein weißes Haar in seinem blonden Schopf gefunden hatte.

»Im Ernst. Wenn es das ist, was du machen möchtest, wo wirklich deine Leidenschaft drinsteckt, dann nutze diese Chance. Du hast nur eine und du bist noch nicht so weit, dass du dir einen Ausfall am Anfang deiner Karriere erlauben kannst. Überleg doch außerdem mal, was du bisher investiert hast. Allein die Stunden im Fitnessstudio. Willst du auf halber Strecke nach oben alles hinwerfen?«

Franzi schwieg weiter und richtete sich seufzend auf.

»Apropos Fitnessstudio«, fuhr ihre Mutter fort und hob bedeutungsschwanger die Augenbrauen, um sie mit einem vorwurfsvollen Blick zu mustern. »Das Essen scheint dir hier ganz gut zu schmecken. Wenn du nicht aufpasst, gehst du auf wie eine Dampfnudel.« Sie deutete mit dem Kopf in Richtung Franzis Mitte.

»Alle finden, dass ich zu dürr bin«, gab Franzi zurück und spürte Ärger in sich aufwallen.

»Na, das ja nun nicht.« Ihre Mutter wackelte mit den Augenbrauen, was vermutlich scherzhaft aussehen sollte, Franzi aber nur noch wütender machte. Sie biss die Zähne zusammen, um eine patzige Antwort hinunterzuschlucken.

»Ich sage ja nur, dass die Stunden mit deinem Trainer teuer sind. Es wäre schade, wenn sie sich nicht lohnen.«

»Die bezahle ja schließlich ich und nicht du«, konnte sie es sich nicht verkneifen. »Ich fühle mich fit und gesund. Mehr als in Deutschland«, schob sie spitz hinterher.

Kurz hatte sie in Erwägung gezogen, Diana vom Besuch ihres Vaters zu erzählen. Aus Ärger unterließ sie es jedoch. Stattdessen klopfte sie sich auf die Schenkel und stand auf. Navello war ein kleines Nest mit viel Grün drumherum.

Irgendwo fand sich ein Plätzchen, an dem sie ihre Ruhe hatte und nachdenken konnte.

Verfolgt von Mamas »Franzi, mein Kind, ich meine es nur gut mit dir«, verließ sie den Hof und ging hinter dem Hühnerstall vorbei in Richtung der angrenzenden Wiesen.

Einen kurzen Blick warf sie hinüber zum Stall, aber von Alessio war weit und breit nichts zu sehen. Sie verspürte einen Hauch Enttäuschung und schüttelte den Kopf. Das war nicht gut. Gar nicht gut! Sie durfte sich nicht so von ihm beeinflussen lassen.

Unwirsch schob sie den Gedanken beiseite und widmete sich stattdessen den gut gemeinten Ratschlägen ihrer Mutter. War sie wirklich weg vom Fenster, wenn sie nicht umgehend zurückkehrte? Das konnte sie sich nicht vorstellen. Wahre Fans blieben auch treu, wenn man sich mal eine Auszeit nahm. Oder lag das an den Spekulationen, die ins Kraut schossen, weil sie in einer Nacht-und-Nebel-Aktion verschwunden war?

Und wenn das so war, war es das, was sie wollte? Sie wollte singen, ja. Aber um jeden Preis? Oder übertrieb sie selbst maßlos und musste sich einfach ein bisschen zusammenreißen?

In den kommenden zwei Stunden spazierte sie grübelnd durch die Felder, entlang an weiteren Obstbäumen und Olivenhainen. Auf ihrem Weg traf sie auf eine Herde der hier lebenden, typischen Massese-Schafen, die durch ihr dunkles Fell und die auffällige Nase ins Auge stachen. Sie ließ Klatschmohnfelder und Ginsterbüsche hinter sich und kehrte schließlich müde und keinen Schritt weiter zurück. Sollte sie wirklich mit ihrer Mutter zurückreisen? Oder noch ein paar Tage bleiben? Es gefiel ihr hier außerordentlich gut und sie hatte Nonna schon so lange nicht mehr gesehen.

War dieses Festival eine Chance, die die Weichen für ihre weitere Karriere stellte? Und wenn sie ihre Zusage nicht gab, setzte sie alles aufs Spiel, was sie sich hart erarbeitet hatte?

Zugegeben, ein gewisser Italiener mit seinem weißen Hut spielte in ihren Überlegungen ebenfalls eine Rolle, wie sie widerstrebend zugeben musste. Ob sie das nun wollte oder nicht. Aber natürlich auch Giulia, mit der sie sich auf Anhieb wieder so gut verstanden hatte, als hätte es die letzten Jahre nicht gegeben.

Giulia war ein gutes Stichwort. Vielleicht sollte sie zu ihr fahren und den Nachmittag dort verbringen. Sicher konnte sie mit den Kindern spielen und auf ein bisschen Ablenkung hoffen.

Als sie auf den Hof zurückkam, sah sie sich vorsichtig um. Doch Nonna war ebenso verschollen wie ihre Mutter, und von Alessio fehlte ebenfalls jede Spur. Einzig Ella saß im Garten. Den Blick angestrengt auf ihren Block geheftet. Konzentriert kaute sie auf ihrem Stift und kritzelte wie eine Besessene auf dem Papier. Ob sie immer noch Zeichnungen anfertigte? Franzi schüttelte den Kopf. Wenn ihr das half, war alles in Ordnung. Für sie war das nichts.

Allerdings spukte ihr seit heute Morgen eine Melodie im Kopf herum. Etwas Leichtes, Fröhliches. Sie hatte sich nicht hingesetzt und mühsam danach gesucht, sie war plötzlich da gewesen. Wie früher, als ihr das Texten und Schreiben der Songs flüssig von der Hand gegangen war. Sie war längst nicht fertig und ein Liedtext fehlte außerdem. Aber bei den paar Tönen, die sich in ihrem Kopf festgesetzt hatten, hörte Franzi das Rauschen der Blätter in den Olivenhainen und das Summen der Insekten ebenso, wie sie die Strahlen der Sonne auf ihrer Haut spürte. Das war das Gefühl, von dem sie Ella gegenüber gesprochen hatte und das ihr abhandengekommen war. So wie die Schriftstellerin ihren Film im Kopf brauchte. Langsam ging es aufwärts.

Von ihrem Papa war weit und breit nichts zu sehen, auch sonst stand kein fremdes Fahrzeug auf dem Hof. Also holte sie Nonnas altes Fahrrad aus dem Schuppen und schwang sich in den Sattel. Wenig später erreichte sie den Hof von Giulia und ihrer Familie und stellte den Drahtesel am Hauseingang ab.

»Giulia?«, rief sie und blieb zögernd stehen. Auch hier war niemand.

Im Inneren begann der Hund, aufgeregt zu bellen. Sie hörte seine Füße über den Boden schlittern, als er durch den Flur stob, und war froh, dass die Haustür geschlossen war.

»Ciao Francesca!«, vernahm sie eine helle Kinderstimme. Offenbar war eines der Mädchen dem Hund gefolgt. Vermutlich Sofia.

Als sich die Tür öffnete, standen beide im Flur. Elena, ein Stück hinter Sofia, lächelte sie schüchtern an, während ihre Schwester über das ganze Gesicht grinste. Um den Mund etwas, das verdächtig nach Mittagessen aussah.

»Mamma sagt, du sollst reinkommen, es ist genug zum Essen da. Sie will nicht aufstehen, weil das so schwer ist. Wegen der Babys.« Sofia plapperte bereits munter drauflos und verschwand im Inneren des Hauses, ohne zu sehen, ob Franzi ihr folgte.

Elena hingegen wartete still, lächelte sie scheu an und schob dann mit einem fragenden Blick vorsichtig ihre Hand in Franzis.

»Singst du nachher was für uns?«, fragte sie und Franzi nickte lächelnd.

»Wenn du das möchtest, mache ich das gern.«

Sie ging mit Elena in die Küche, wo Sofia bereits wieder am Tisch saß, vor sich ein großes Stück Pizza auf dem Teller.

»Ciao, Francesca.« Giulia stemmte sich umständlich hoch.

»Bleib sitzen«, gab Franzi zurück und grinste. »So schwere Frauen sollten nicht mehr aufstehen.«

»Pfff«, schnaufte Giulia und tat beleidigt, konnte ein Lächeln aber nicht unterdrücken. »Dann musst du dir deinen Teller selbst holen.«

»Sofia hat mich zum Essen eingeladen, ist das überhaupt in Ordnung?«

»Willst du mich beleidigen? Bei uns verhungert niemand.« Sie deutete auf einen Schrank. »Dort oben sind Teller. Nimm dir einen und setz dich zu uns an den Tisch.«

»Ich hatte gehofft, dass du das sagst.« Franzi lachte. »Einer guten Pizza kann ich nicht widerstehen.«

»Und die ist allemal besser als das Zeug, das man bei euch in Deutschland als Pizza verkauft.«

»Da hast du recht.« Franzi seufzte und nahm sich ein Stück von der Platte in der Mitte. Wie es sich gehörte, war sie lediglich mit Tomaten, Käse und Basilikum belegt. »Inzwischen gibt es das eine oder andere Restaurant, in dem es gelingt, annähernd so etwas zu bekommen.«

Franzi biss in das Stück. Der Boden war knusprig dünn und die Soße schmeckte exquisit nach Tomaten. Der Käse war aus Büffelmozzarella und für die Farbe sorgte das frische Basilikum. Okay, eine Pizza dieser Qualität fand man auch in Deutschland nur mit viel Glück. Aber immerhin betrieb Giulias Mann eine Gaststätte.

»Dafür könnte ich definitiv töten«, meinte sie und Giulia freute sich sichtlich über das Lob. »Wie geht es dir eigentlich? Du siehst ein bisschen müde aus.« Sie warf ihrer Freundin einen prüfenden Blick zu. Tatsächlich war Giulia blass um die Nase und hatte Schatten unter den Augen. »Schläfst du genug?«

Statt einer Antwort prustete Giulia los, als hätte sie nie einen besseren Witz gehört. Hilflos deutete sie auf die Kugel, die sie vor sich herschob. »Wie soll man denn mit dem Ballast schlafen? Merk dir das: Schon wenn du schwanger bist, ist dein Körper nicht mehr deiner. Und das wird sich so schnell auch nicht ändern.« Sie seufzte. »Also überleg dir das gut.«

Franzi kaute nachdenklich und merkte gar nicht, dass Elena sich immer näher an sie heranpirschte.

»Singst du mir jetzt was vor?«, fragte sie leise.

Sie beugte sich zu dem kleinen Mädchen hinunter. »Klar, das mache ich gern. Aber du musst noch aufessen.«

»Ich bin satt.« Sie reckte das Stupsnäschen in die Höhe und Franzi war überrascht, wie das schüchterne Mädchen plötzlich auftaute. »Du kannst mein Stück haben.« Sie schob ihr den Teller hin.

»Du hast das gewusst, oder? Dass die Pizza deiner Mamma die leckerste auf der Welt ist.«

Sofia schnaubte auf der anderen Seite neben ihr und Matteo musterte sie nur stumm.

»Die Kinder mögen keine Pizza«, warf Giulia mit Grabesstimme dazwischen.

»Was? Das gibt es doch nicht! Ihr seid richtige Italiener. Was mögt ihr denn?«

»Pommes«, kam es von allen Dreien wie aus der Pistole geschossen zurück.

»Siehst du, ich sagte bereits, dass du dir das gut überlegen sollst.«

Franzi grinste in sich hinein. »Bis dahin geht viel Zeit ins Land. Und wenn ich mir dich so ansehe …«

Erneut seufzte Giulia. »Ich glaube nicht, dass es noch so lange dauert, wie die Ärzte berechnet haben. Ich denke, die beiden wollen früher auf die Welt.«

Franzi erstarrte.

»Nicht jetzt, keine Sorge.« Sie lachte und Franzi entspannte wieder, nachdem sie keinerlei Anzeichen einer anstehenden Geburt bemerkte.

»Aber erzähl mal. Bist du nur hergekommen, weil dir langweilig ist?«

Franzi holte tief Luft. »Meine Mutter ist heute Morgen angereist.«

Giulia schwieg und sah ihre Freundin abwartend an.

»Und mein Vater ist auf dem Weg hierher.«

»Oh, oh«, kommentierte Giulia und sah alarmiert auf.

»Und Alessio hat mich geküsst.«

»Ih«, quietschte Sofia und schüttelte sich. Begleitet von einem inbrünstigen »Bäh« ihres Bruders.

Elena hingegen kicherte hinter vorgehaltener Hand, während Franzi spürte, wie sie rot wurde. Hatte sie das wirklich laut gesagt? Einzig Giulia sah sie mit spöttischer Miene an.

»Kinder, geht spielen.«

Matteo ließ sich das nicht zweimal sagen und war so schnell verschwunden, dass Franzi sich fragte, ob er überhaupt richtig auf dem Stuhl gesessen hatte.

Sofia und Elena erhoben sich hingegen nur zögernd. Eilfertig sammelte Elena die benutzten Teller zusammen, stellte zwei aufeinander und reichte sie an ihre Schwester weiter, die sie umständlich zum Spülbecken trug.

»Ihr könnt mit dem Hund eine Runde gehen«, befahl Giulia.

»Aber Mamma, der war erst draußen«, protestierte Sofia.

»Und wir wollen dir doch helfen«, fiel Elena ein. »Weil du es wegen der Babys so schwer hast.«

»Was sagt man dazu?«, murmelte Giulia. »Ständig bitte ich die Kinder um Hilfe, und dann sind sie weg, wenn ich sie brauche. Wenn es hingegen um Erwachsenengespräche geht, bleiben sie da. Ihr zweiter Vorname ist ›Neugier‹.« Sie stand schwerfällig auf und scheuchte die Kinder vor sich her. »Raus mit euch! Francesca kann mir auch zur Hand gehen.«

»Aber sie ist unser Gast«, unternahm Sofia einen letzten Versuch des Protests.

»Francesca ist kein Gast, sie gehört zur Familie. Und jetzt hopp, nehmt den Hund mit.«

Vor sich hin maulend verschwanden die beiden Mädchen mit einem so trotzigen Gesicht nach draußen, dass Franzi unwillkürlich lachen musste.

»Das war das Netteste, was man in letzter Zeit über mich gesagt hat«, sagte sie leise.

»Was meinst du?«

»Dass ich zur Familie gehöre.«

»Tust du aber«, sagte Giulia und ließ sich mit einem Stöhnen wieder auf ihren Stuhl fallen. »Und jetzt sei eine liebe Schwester und räum das Geschirr weg. Anschließend kannst du Kaffee machen.«

Franzi stand auf und lächelte dankbar in sich hinein. Sie wusste, dass hinter Giulias schroffer Art mehr steckte. Sie wollte nicht rührselig sein und tarnte das geschickt. Darum war Franzi ganz froh, denn bei ihrem aktuellen Gemütszustand war sie sich nicht sicher, ob sie am Ende in Tränen ausbrach.

»Aber jetzt erzähl«, fuhr Giulia hinter ihr fort, während Franzi die Teller in die Spülmaschine räumte und Wasser für den Kaffee aufsetzte.

»Meine Mutter hat herausgefunden, wo ich bin.«

»Das meine ich nicht. Den Part, als Alessio dich geküsst hat, will ich wissen.« Dann stutzte sie. »Warum wusste deine Mutter nicht, wo du warst?«

Franzi seufzte laut auf. »Das ist eine lange Geschichte. Wie viel Zeit hast du?«

»Jede Menge, wenn es um dich geht.«

Bei diesen Worten wurde Franzi warm ums Herz und sie schluckte, um den in ihrem Hals aufsteigenden Kloß loszuwerden. Gerührt ging sie zurück an den Tisch und setzte sich Giulia gegenüber.

»Zuerst Alessio«, verlangte ihre Freundin.

»Wo fange ich bloß an?«

»Am besten am Anfang.«

»Ich weiß nicht, was los ist«, meinte Franzi und sah nachdenklich vor sich auf den Tisch. »Ich verstehe es selbst nicht. Der Mann macht mich wahnsinnig. Ich meine, in der einen Minute ist er der boshafte kleine Junge von damals, der mich bis zum Erbrechen geärgert hat und fies zu mir war. Und im nächsten verwandelt er sich in einen verständnisvollen Menschen, der ein so unfassbar tolles Lächeln hat.«

Giulia sagte nichts und ließ Franzi reden.

»Nonna will die Pension verkaufen«, fuhr sie fort.

»Das ist ja schrecklich!« Giulias Kopf ruckte ehrlich betroffen hoch. »Aber was hat das mit Alessio zu tun?«

Franzi sah ihre Freundin an. Wie gut es tat, sich alles von der Seele zu reden. Wie hatte sie sie nur so aus den Augen verlieren können?

»Ich war ziemlich fertig deswegen. Obwohl ich nicht oft hier war, verbinde ich die schönsten Kindheitserinnerungen mit diesem Ort. Nicht, dass es mir nach der Trennung meiner Eltern in München schlecht ergangen wäre«, fügte sie eilig hinzu, weil sie das Gefühl hatte, das richtigstellen zu müssen. »Aber hier war alles so unbeschwert, so leicht.«

»Das lag am Kindsein«, erwiderte Giulia trocken.

»Mir würde es das Herz brechen, wenn ich nicht an diesen Ort zurückkönnte. Auch wenn ich lange nicht da war. Jetzt merke ich erst, was mir das bedeutet.«

»Ist denn nichts zu machen?«

Franzi seufzte und stand auf, um sich um den Kaffee zu kümmern. »Es sieht nicht gut aus im Moment. Ich weiß nicht, wie ich Nonna helfen kann.« Mit zwei Tassen kehrte sie an den Tisch zurück. »Wie auch immer, ich habe Alessio davon erzählt. Hinter dem Hühnerstall.« Jetzt kicherte sie. »Er war plötzlich so nett und verständnisvoll. Und dann ist es einfach passiert.«

»Und, wie war es?« Giulia schien vor Neugier fast zu platzen. »Erzähl! Bei uns ist tote Hose. Mit dem Bauch geht gar nichts mehr.«

Franzi musste sich erst an die Offenheit ihrer Freundin gewöhnen. Es war nicht ihr Ding, derart ungeniert über ihr Liebesleben zu reden. Aber so ein bisschen schwärmen konnte nicht schaden.

Sie beugte sich vor und senkte die Stimme. »Es war göttlich«, flüsterte sie, als habe sie Angst, dass jemand sie hörte. »Unglaublich. Mein Magen hat gebrannt, als hätte ich flüssiges Feuer geschluckt.«

Giulia strahlte und fasste über den Tisch nach ihrer Hand, um sie zu drücken. »Siehst du, das habe ich gemeint, als du neulich von deinem Verlobten erzählt hast.« Giulia wirkte sehr zufrieden. »Da war keine Leidenschaft, kein Feuer. Jetzt siehst du aus, als könntest du es kaum erwarten, dass Alessio dir die Klamotten vom Leib reißt.«

»Giulia!«

»Tu nicht so erschrocken«, kicherte ihre Freundin. »Darum geht es doch im Leben. Feuer und Leidenschaft.« Dann wurde sie ernst. »Aber nun hast du ein Problem.«

»Nicht nur eines.« Mit einem unangenehmen Gefühl dachte sie an Philip.

»Was bedeutet dir Alessio?«

»Ich habe keine Ahnung.«

»Dann musst du das so schnell wie möglich herausfinden.«

Sie schwiegen in Gedanken versunken. Natürlich hatte Giulia recht. Immerhin war sie verlobt.

»Und was ist noch? Ich meine, mal abgesehen davon, dass Maria den Lieblingsort deiner Kindheit verkaufen möchte und Alessio dich geküsst hat?«

»Ich hatte in Deutschland einen kleinen Zusammenbruch.«

Jetzt wirkte Giulia ehrlich erschrocken. Doch genau in dem Moment stoben die Zwillinge zur Tür herein.

»Mamma, wir sind wieder da.« Sofia strahlte und sah sich unternehmungslustig um.

Giulia stöhnte. »Schon? Dann geht eine Runde spielen.«

»Wollen wir nicht.« Klein Giulia stemmte die Fäuste in die Hüften.

»Wollt ihr ein Eis?«

»Das ist Bestechung«, beschwerte sich Elena und Franzi fragte sich, woher sie das Wort überhaupt kannte.

»Ich möchte ein Eis!« Matteo streckte den Kopf zur Tür herein.

»Funktioniert aber immer«, meinte Giulia grimmig und stand auf.

Als die Kinder mit Süßigkeiten versorgt waren, verschwanden sie zufrieden nach draußen.

»Nicht, dass du glaubst, dass ich das immer so mache. Aber manche Dinge fallen unter den Begriff Selbstschutz.« Sie ließ sich wieder am Tisch nieder. »Was ist das für eine Geschichte mit dem Zusammenbruch und deinen Eltern?«

Franzi erzählte ihrer Freundin alles und ließ auch den Kreislaufkollaps nicht aus.

Giulia schlug erschrocken die Hand vor den Mund. »Warum hast du nichts gesagt?«

»Irgendwie hatte ich das Gefühl, dass es meine Schuld war.« Franzi zuckte mit der Schulter.

»Warum das denn, um Himmels willen?« Ihre Freundin griff über den Tisch hinweg nach ihrer Hand.

»Alle haben mir eingeredet, dass ich mich zusammenreißen muss. Selbst Philip macht sich keine Sorgen um mich. Ich habe nur nichtssagende Nachrichten bekommen. Kein einziges Mal hat er gefragt, wie es mir geht.«

»So ein dummer Mann«, entfuhr es Giulia.

»Du redest von meinem Verlobten.« Franzi verzog das Gesicht.

»Äh, ja. Ist er das überhaupt noch?«

»Ich habe keine Ahnung. Im Moment weiß ich gar nichts mehr.«

»Kann es sein, dass du einen Burn-out hattest?«

»Bestimmt nicht!«

»Und warum nicht?« Giulia beugte sich vor. »Das sind klassische Anzeichen dafür. Du warst müde, rastlos, konntest nicht schlafen, der Job hat dich aufgefressen und das Singen dir keinen Spaß mehr gemacht. Und obendrein der Zusammenbruch. Dir war alles zu viel. Ganz einfach. Und wenn man einen ignoranten Mann an seiner Seite hat, macht es das nicht besser.«

Sie schwiegen beide.

»Ich habe hier erst gemerkt, was mir verloren gegangen ist. Das Singen war für mich nur noch ein Job. Jetzt merke ich aber auch, wie wichtig mir die Unterstützung meines Umfelds ist.«

»Die du bisher nicht hattest.«

Franzi nickte und dachte angestrengt über ihre Situation nach. Langsam fügte sich ein Bild zusammen.

»Wie lange, sagst du, haben deine Eltern sich nicht gesehen?«, unterbrach Giulia ihre Überlegungen.

»Seit sie sich damals getrennt haben.«

»Und jetzt möchtest du Maria mit den beiden allein lassen? Ich frage nur. Nicht, dass mich das etwas angeht. Aber wenn ich das richtig verstanden habe, sind sie nicht im Frieden auseinandergegangen. Was glaubst du, was passiert, wenn sie aufeinandertreffen? Nachdem dein Vater dich praktisch entführt hat.«

»Keine Ahnung.«

Giulia beugte sich vor. »Du bist geflüchtet«, sagte sie Franzi auf den Kopf zu. »Vor dem Krieg.«

Franzi konnte schon wieder lachen. »Ganz so schlimm ist es nicht. Immerhin wollte ich dich gern besuchen. Und die Pizza war es allemal wert. Meinst du, ich soll nach ihnen sehen?«

»Ich traue dem Frieden nicht.«

»Das sind erwachsene Menschen«, widersprach Franzi.

»Das heißt aber nicht, dass sie sich auch so aufführen.«

Franzi seufzte und stand auf. »Wenn du meinst«, sagte sie widerstrebend. »Bleib sitzen mit deiner Kugel.«

»Ach was, ein bisschen Bewegung schadet mir nicht. Außerdem muss ich nach den Kindern sehen. Wenn es so still ist, ist das meistens kein gutes Zeichen.«

»Ich habe Elena versprochen, dass ich ihr etwas vorsinge.«

»Suchst du Ausreden?«

Franzi hob beide Hände. »Man soll Kinder nicht anlügen.«

Gemeinsam gingen sie nach draußen und tatsächlich warteten Sofia und Elena im Garten auf die beiden. Ihr Eis hatten sie gegessen, was man an den Schokomündern deutlich erkannte.

Franzi setzte sich zu ihnen an den Rand des Sandkastens und zermarterte sich das Hirn nach einem weiteren Kinderlied. Die Kinder hatten ihren Spaß, stimmten eines um das andere an, bis sie endlich ein Lied gefunden hatten, das alle kannten. Franzi begann zu singen, und zunächst lauschten ihre Zuhörer aufmerksam, bis zuerst Sofia und Giulia einfielen und schließlich auch Elena mitsang.

»Schade, dass du schon gehen musst«, meinte das kleine Mädchen und ihre Schwester stimmte lautstark zu.

»Ich glaube, Francesca wird in der nächsten Zeit noch öfter zu Besuch kommen«, murmelte Giulia.

Franzi verabschiedete sich mit gemischten Gefühlen. Einerseits fand sie es albern, den Schiedsrichter bei den Streitigkeiten ihrer Eltern zu spielen. Andererseits hatte Giulia ihr diesen Floh ins Ohr gesetzt und jetzt traute sie beiden nicht mehr über den Weg.

Als sie zurückkehrte, stand ein weiteres Fahrzeug auf dem Hof. Zweifellos war ihr Papa angekommen.

Franzi stieg vom Fahrrad und sah sich um. Weit und breit war niemand zu sehen. Leise, damit niemand hörte, dass sie wieder hier war, schob sie das Gefährt in den Hühnerstall und schlich über den Hof in Richtung Eingang. Jetzt vernahm sie zumindest Stimmen, die aus dem oberen Stockwerk zu kommen schienen. Sie drückte die Tür auf und lauschte. Tatsächlich hörte sie Menschen sprechen und das kam ohne jede Frage von oben. Nein, berichtigte sie sich. Sie redeten nicht, sie unterhielten sich lautstark.

Kurz darauf revidierte sie auch das. Die beiden stritten wie die Kesselflicker. Allerdings konnte sie nicht verstehen, worum genau es bei der Auseinandersetzung ging. Einen Moment blieb sie stehen und sah hinauf. Unschlüssig, ob sie nach oben gehen oder lieber unten bleiben sollte.

Sie entschied sich, einen Blick in die Küche zu werfen. Dort saß Nonna, einem Häufchen Elend gleich auf der Bank, und starrte auf ihre gefalteten Hände. Als Franzi eintrat, sah sie mit traurigen Augen auf.

»Geht das schon länger so?«, fragte Franzi und deutete hinauf.

»Seit dein Vater angekommen ist.« Sie seufzte und sah auf die Uhr. »Das war vor über einer Stunde. Sie sind direkt aufeinander losgegangen.«

Franzi nickte nachdenklich. »Das ist nicht gut.«

Nonna schüttelte müde den Kopf.

»Komm, lass uns nach draußen gehen. Die beiden werden sich schon nicht gegenseitig die Köpfe einschlagen. Hast du eine Flasche Prosecco im Kühlschrank?«

»Bist du verrückt? Doch nicht am Tag.«

»Warum nicht?« Franzi zuckte mit der Schulter. »Die Wartezeit, bis die beiden sich beruhigt haben, kann man schlechter überbrücken.«

Nonna stand schwerfällig auf und jetzt wurde Franzi richtig bewusst, wie alt ihre Oma war.

»Gibt es Neuigkeiten zum Verkauf?«, fragte sie, obwohl sie Angst vor einer Antwort hatte.

Nonna nickte und Franzi wartete einen bangen Moment ab, bis sie weitersprach.

»Ich muss mich bis Anfang nächster Woche endgültig entscheiden, ob ich verkaufen will oder nicht.«

»Puh«, machte Franzi und strich sich die Haare aus der Stirn.

»Cara, sei so lieb und geh in den Keller. Hier oben ist kein Prosecco mehr.«

»Hast du dich umentschieden?« Franzi schmunzelte.

»Nicht wirklich. Aber vielleicht muss man auch mal neue Wege gehen. Ein bisschen Alkohol bringt immerhin den Kreislauf in Schwung.«

Neue Wege gehen. War das ein Omen? Hatte sie damit den Verkauf gemeint? Am Ende hatte Nonna sich gar schon entschieden.

Jeder Schritt, den sie weiter die Treppe hinabging, fühlte sich schwerer an. Nicht nur sie hing an diesem Ort. Ihre Nonna sah aus, als bräche ihr das Herz. Die Aussicht, mit Giacomo zusammenzuwohnen, war nur ein Trostpflaster angesichts der Tatsache, den Ort verlassen zu müssen, an dem sie zeitlebens gewohnt hatte.

Franzi war unten angekommen. Es war angenehm kühl. Ein Steinkeller, der gleichzeitig als Kühlschrank diente. Neugierig sah sie sich um. Sie konnte sich nicht daran erinnern, als Kind schon einmal hier unten gewesen zu sein. Sie hatte Angst vor den düsteren Räumen gehabt und Nonna hatte das akzeptiert und sie nie hinunter geschickt.

Ein richtiger Gewölbekeller war das, der sich fast unter dem gesamten Haus erstreckte. Die Luft war frisch, leicht feucht sogar, ohne jedoch modrig zu riechen. Weinflaschen lagerten in einem hohen Regal, wie man sich das in den Weinkellern der Provence vorstellte. Natürlich in weit kleinerem Ausmaß. Sicher konnte man hier tolle Partys veranstalten. Oder Weinproben.

Franzi suchte eine Flasche Prosecco aus dem Regal und ging in Gedanken versunken nach oben. Das Gezanke ihrer Eltern holte sie schnell wieder auf den Boden der Tatsachen zurück.

Nonna nahm ihr mit genervtem Gesichtsausdruck die Flasche ab und murmelte etwas von Kindergarten. In der Hand hielt sie zwei Gläser. Dann stapfte sie entschlossen voran nach draußen und ging zielstrebig auf die Terrasse, wo sie sich an einen der Tische setzte und Franzi auffordernd zunickte.

»Dann wollen wir mal«, meinte sie und deutete mit dem Kopf auf die Flasche.

Franzi entkorkte sie und goss das perlende Getränk ins Glas. Die einfallende Sonne ließ die aufsteigenden Blasen wie funkelnde Diamanten aussehen und die Farbe versprach prickelnden Genuss.

Sie hob ihr Glas und Nonna tat es ihr gleich. Sie nahm einen kleinen Schluck, ehe sie es wieder auf den Tisch stellte und nickte.

»Ich muss schon sagen, das kann man auch am Nachmittag einmal machen.«

Franzi kicherte. »Sag bloß, das machst du nie.«

»Ach Kind, mit wem denn? Allein trinken macht keinen Spaß. Und so viel zu feiern hatte ich in der letzten Zeit nicht.«

»Du machst dir Sorgen, wie es weitergehen soll.«

Ihre Nonna drehte das Glas in der Hand und starrte vor sich auf die Tischplatte. »Im Grunde ist die Entscheidung längst getroffen. Ich hoffe noch auf einen Lottogewinn. Giacomo hat einen Schein gekauft. Einen ganzen. Das hat er nur für mich gemacht.« Jetzt klang sie stolz wie ein kleines Kind, das für seine Sandburg gelobt wurde. »Er hat noch nie einen kompletten Schein gespielt. Wenn er gewinnt, hat er gesagt, gibt er mir die Hälfte ab, damit ich das Haus behalten kann.«

Sie hörte sich wehmütig an, dass Franzi schwer ums Herz wurde. Es musste doch eine Möglichkeit geben, dass Nonna hier wohnen bleiben konnte.

»Nonna, wenn ich dich irgendwie unterstützen kann …«

Wütend funkelte ihre Oma sie an. »Bist du noch ganz bei Trost, Kind? Du steckst dein sauer verdientes Geld nicht in diesen maroden Schuppen. Außerdem wird auch das nicht ausreichen. Hier muss investiert werden. Und zwar richtig. Du siehst ja selbst, wie alles langsam kaputt geht. Wenn Alessio nicht wäre …«

Unwillkürlich zuckte Franzi zusammen und verschüttete ein paar Tropfen des kostbaren Getränks auf den Tisch, was ihr einen prüfenden Blick von Nonna eintrug. Sie sog die Unterlippe zwischen die Zähne und wischte die Nässe mit einem Taschentuch weg.

»Darüber wollte ich ohnehin noch mit dir reden«, sagte ihre Oma ruhig.

»Sieh mal, da kommt Ella.« Franzi winkte erleichtert. »Ella, möchtest du dich zu uns setzen? Es macht dir doch nichts aus, oder?«

Nonna antwortete nicht, sah ihre Enkelin aber aufmerksam an, dass die fast schon wieder den Blick abwandte, weil sie ihm nicht standhalten konnte.

»Hallo, ihr beiden.« Ella strich sich eine Strähne des roten Haares hinter das Ohr, die sich aus dem Band gelöst hatte. Unter dem Arm hielt sie ihren Notizblock und den Bleistift.

»Was macht die Kunst?« Franzi zog einen Stuhl heran. Hauptsächlich deswegen, weil sie Nonna keine Gelegenheit zur Fortführung des eben begonnen Gesprächs geben wollte. Obwohl ihre Oma fortgeschrittenen Alters war, hatte sie Augen im Kopf und war nicht dumm. Franzi vermutete, dass sie den Finger genau in die Wunde legen könnte. Und das war das Letzte, was sie jetzt brauchte.

Auf Ellas Gesicht erschien ein erfreutes Lächeln. »Das glaubst du nie und nimmer.«

»Warte, ich hole schnell ein Glas.«

Nonna amüsierte sich augenscheinlich köstlich über die Bemühungen ihrer Enkelin, ließ diese aber gewähren.

Als Franzi mit einem weiteren Glas zurückkehrte, hatte sich Ella zu Nonna gesetzt und redete mit Händen und Füßen auf sie ein. Ellas Augen funkelten und Nonna hörte ihr selig zu.

»Ich wusste gar nicht, dass ihr euch so gut versteht«, meinte Franzi überrascht und goss das dritte Glas voll.

»Cara, ich habe keine Ahnung, was sie erzählt«, meinte Nonna. »Aber schau nur, wie glücklich sie aussieht. Menschen strahlen von innen. Das hast du übrigens auch schon getan. Und das ist gar nicht lange her.«

Also hatte sie sich nicht geirrt und Nonna hatte etwas gemerkt. Mist, wie kam sie aus der Nummer nur wieder heraus?

Statt zu antworten, hob sie die Hand und unterbrach Ellas Redefluss. »Nonna versteht kein Wort, von dem, was du sagst. Magst du es mir in Ruhe erzählen und ich übersetze dann erst einmal?«

Ella griff beschwingt nach ihrem Glas und nickte. »Das ist so herrlich, so traumhaft. Vielen lieben Dank, liebe Nonna. Salute.«

Die beiden stießen miteinander an.

»Nonna heißt Oma. Und das ist meine Oma«, stellte Franzi klar.

Ella war das überhaupt nicht peinlich. Sie lachte aus vollem Hals. »Entschuldige bitte, das wusste ich nicht. Ich dachte, sie heißt so. Von Italienisch habe ich wirklich keine Ahnung. Ich hoffe, sie verzeiht mir.«

»Worüber amüsiert sie sich?«, wollte Nonna wissen und Franzi machte sich daran, das Gesagte zu übersetzen.

»Nun, wenn sie mich Nonna nennen möchte, warum nicht?«

»Weil du meine Nonna bist«, gab Franzi ungehalten zurück.

»Dann soll sie eben Maria zu mir sagen.«

Nachdem auch das geklärt war, erzählte Ella, was ihr heute geschehen war. Sie holte ihren Block hervor und zeigte die bemalten Seiten.

»Stellt euch vor, ich war in den Weinbergen und habe gemalt. So, wie du es mir gesagt hast«, meinte sie an Franzi gewandt. »Ich habe zu Papier gebracht, was ich fühle. Aber dann ist etwas viel Besseres passiert.« Wieder leuchteten ihre Augen und sie klatschte freudig. »Ich habe ein Bild gesehen. Ein Pärchen, das zwischen den Weinreben durchgelaufen ist. Hand in Hand. Und ich habe Musik dazu gehört. Düstere. Sie hatten so ganz altmodische Kleidung an. Mit Rüschen und Hut und so. Auf jeden Fall musste ich das unbedingt einfangen. Weil ich es aber nicht zeichnen konnte, ich kann keine Menschen malen, das geht einfach nicht«, sie schüttelte den Kopf, »habe ich aufgeschrieben, was ich gesehen habe.« Ohne Punkt und Komma sprach sie aufgeregt weiter. »Das war so toll! Und dabei habe ich etwas gefühlt. Da waren richtig Emotionen drin. Auf jeden Fall kam mir die Idee zu einer fantastischen Geschichte. Seht mal, was ich schon alles geschrieben habe.« Sie legte den Block auf den Tisch und blätterte die Seiten durch. Zunächst waren da nur Zeichnungen, dann einige Worte und schließlich hatte sie nur noch geschrieben. Seite um Seite blätterte sie eng beschriebenes Papier um. »Ist das nicht großartig? Ich habe zum ersten Mal mit einem Bleistift geschrieben. Das hat Spaß gemacht.«

Die Freude sprang ihr aus jeder Pore und Franzi freute sich ehrlich für sie. So verzweifelt, wie Ella gewesen war, gönnte sie ihr das von Herzen.

»Und weißt du schon, was aus der Geschichte werden soll?«, fragte sie, nachdem sie für Nonna übersetzt hatte.

Unbekümmert zuckte Ella mit der Schulter. »Ich habe keine Ahnung. Das ist egal. Ich schreibe einfach drauflos. Das habe ich noch nie gemacht, das ist eine völlig neue Erfahrung für mich. Im Moment fühlt es sich richtig gut an.«

»Passt das denn zu deinem Vertrag?«

»Auch das ist mir egal. Nein, wenn ich ehrlich bin, wohl nicht. Ich habe gefühlt, dass die Geschichte vor dem Ersten Weltkrieg spielt. Und dann soll es so sein. Das werde ich dem Verlag schon verkaufen. Sie sollen froh sein, dass sie überhaupt etwas bekommen.«

»Du hast deine Krise also überwunden.«

»Ich glaube ja. Am liebsten würde ich sofort weitermachen.« Sie hob ihr Glas und prostete den beiden zu, ehe sie es mit einem Zug leerte. »Ja, das mache ich auch.« Sie stand auf und griff nach ihrem Block. »Das ist herrlich. Ich bin überzeugt davon, dass mir der Spaziergang mit dir und die Umgebung guttun. Das ist genau das Richtige für eine geschundene Künstlerseele.«

Sie hopste beinahe davon und Nonna schüttelte verwirrt den Kopf. »Ich konnte nicht ganz folgen, aber sie sah zufrieden aus«, meinte sie. »Und offenbar hat das etwas mit diesem Ort zu tun.«

Franzi nickte und sah Ella nach. Wie schön es war zu sehen, dass sich deren Problem erledigte. Sie hatte nicht nur ihre Blockade überwunden, sie schien sich auch erholt zu haben. Franzi seufzte tief. Sie war ebenfalls auf einem guten Weg. Aber die Gedanken um die Pension bremsten sie aus.

»Na, na, das hört sich ja dramatisch an«, meinte Nonna und hob ihr Glas. »So schlimm wird es nicht sein«, meinte sie. »Mit einem guten Schlückchen kann man das sicher beheben. Ich muss sagen, das war gar keine schlechte Idee. Vielleicht sollte ich das öfter machen.« Sie nickte und nippte erneut.

»Ach, sieh mal, wer da kommt.«

Franzi wandte sich um und sah ihren Vater auf sich zukommen.

»Er zumindest hat überlebt«, kommentierte Nonna trocken.

»Cara«, sagte er und schloss seine Tochter in die Arme. »Geht es dir gut? Du siehst schon viel besser aus.« Er strahlte Franzi an, aber der Ausdruck in seinem Gesicht konnte nicht darüber hinwegtäuschen, dass ihn das Gespräch mitgenommen hatte.

Diesmal trug er einen Anzug und Franzi wunderte sich, dass er geradewegs von der Arbeit hergekommen war und sich nicht einmal umgezogen hatte. Sein Haar stand wirr vom Kopf ab, als wäre er in den vergangenen Stunden öfter mit der Hand durchgefahren.

»Bist du fertig mit deinem Projekt?«, fragte sie und er nickte. Erleichtert, wie ihr schien.

»Mit diesem schon«, fügte er düster an.

»Lebt Mamma noch?«

»Dio mio«, murmelte er und kratzte sich mit einem tiefen Seufzer am Hinterkopf. »Diese Frau treibt mich in den Wahnsinn!«

»Worüber habt ihr eigentlich gestritten? Für einen Moment dachte ich, ich sei im Kindergarten und müsste einschreiten, bevor einer dem anderen an den Kragen geht.«

»Pfff«, machte er und fuhr sich erneut mit der Hand über den Kopf. »Ich schätze, es gab da ein paar unausgesprochene Dinge«, meinte er und wedelte vage mit der Hand in der Luft. »Ich bin völlig erledigt. Ich bringe jetzt meinen Koffer auf mein Zimmer und ziehe mich um.«

»Unausgesprochene Dinge. Soso«, meinte Nonna und sah ihrem Sohn nachdenklich hinterher.

Nur wenig später erschien Diana. Sie bebte vor Zorn, hatte ein hochrotes Gesicht und eine steile Falte auf der Stirn. Auch sie wirkte reichlich derangiert. Ungefragt schenkte sie sich mit klimpernden Armreifen Prosecco in Ellas Glas und stürzte den Inhalt auf einmal hinunter.

»Dein Vater macht mich wahnsinnig«, zischte sie.

Franzi blickte zu ihrer Nonna hinüber. Zwar hatte die nicht verstanden, was Diana gesagt hatte, aber ihrer Miene nach zu urteilen, hatte sie aus dem Tonfall die richtigen Rückschlüsse gezogen. Beide verkniffen sich ein Grinsen.

»Was muss er jetzt mit dem alten Schmarrn anfangen? Er redet von Sachen, die längst Vergangenheit sind. Warum hat mir eigentlich niemand gesagt, dass er kommt?«, wütete sie weiter und schenkte sich erneut ein. Es reichte nur für ein halbes Glas, dann war die Flasche leer, was ihr ein weiteres Schnauben entlockte.

Franzi zuckte mit der Schulter und Nonna hatte ohnehin nichts verstanden. Diana hingegen stürzte den Rest wütend hinunter und verschwand ohne ein weiteres Wort.

»Das könnte noch lustig werden«, meinte Nonna und ein amüsiertes Lächeln umspielte ihre Lippen. Sie hob ihr Glas und prostete ihrer Enkelin zu.

»Ich weiß nicht«, meinte die und sah ihrer Mutter mit gemischten Gefühlen hinterher.

Kapitel 14

Ihre Eltern unterbrachen die Streiterei nur kurz. Als sie das nächste Mal im Garten aufeinandertrafen, ging es von vorne los. Lautstark und gestenreich. Franzi hörte nur heraus, dass es um lange zurückliegende Dinge ging. Was beide jedoch nicht daran hinderte, sich gegenseitig mit Vorwürfen zu bombardieren.

Nonna sprach schließlich ein Machtwort. Dabei übertraf der Geräuschpegel der kleinen, alten Frau den ihres Sohnes und der Exschwiegertochter bei Weitem. Ihre Worte hinterließen jedoch Eindruck, denn die Streithähne schlichen wie Kinder ins Haus. Nur, um kurz darauf im oberen Stockwerk von neuem anzufangen.

»Fenster zu, verdammt nochmal!«, brüllte Nonna. Ihr Gesicht wurde hochrot und die Schlagader am Hals pochte, dass Franzi sich ernsthaft um ihr Herz sorgte.

Um kurz nach sechs wurde es ihrer Oma zu bunt. Sie verkündete, dass die Küche heute geschlossen bliebe, und ging in ihre Räume, um sich umzuziehen. Wenig später erschien sie erneut. Die Kittelschürze hatte sie gegen ein geblümtes Kleid eingetauscht. Dazu trug sie schwarze Schuhe mit einem niedrigen Absatz.

»Ich habe die Nase voll von diesem Affentheater«, schnaubte sie mit vor Unmut bebender Stimme und schob das Kinn nach vorn. »Macht alle, was ihr wollt. Ich bin doch kein Hanswurst. Ihr seid alt genug, um euch selbst etwas zu essen zu machen. Ich gehe aus.«

Damit wandte sie sich um und ließ Franzi verdattert in der Küche zurück. Sie blickte aus dem Fenster und sah, wie ihre

Großmutter über den Hof marschierte. Ihre Haltung zeugte von nur mühsam unterdrücktem Zorn. Sie verschwand im Schuppen, kam gleich darauf mit dem Fahrrad wieder heraus und knallte die Tür zu. Rüstig schwang sie sich in den Sattel und radelte mit festen Tritten davon.

Franzi sah sich einen Moment ratlos in der Küche um und überlegte, was sie jetzt machen wollte. Ihre Eltern zankten sich noch immer lautstark im oberen Stockwerk. Nonna hatte recht. Das war ein Irrenhaus. Und sie hätte alles dafür gegeben, es auch zu verlassen. Aber ihre Oma hatte den einzigen fahrbaren Untersatz mitgenommen, der im Moment verfügbar war. Die Schlüssel der Autos ihrer Eltern wollte sie nicht ausleihen. Zumindest jetzt nicht.

Sie seufzte. In ihrem Kopf herrschte das reinste Chaos. Sollte sie das Festival zu- oder absagen? Längst ging es nicht mehr um eine Karrierechance, sondern vielmehr um das Thema Fremdbestimmung. Weniger von ihrer Mutter und Niko, als von der Branche. Die Richtung, in die sich das zunehmend entwickelte, gefiel ihr nicht.

Außerdem grübelte sie über Alessio nach. Sein Kuss und die Leidenschaft, die er bei ihr geweckt hatte, verunsicherten sie. Zusammen mit den Worten, die Giulia bei ihr hinterlassen hatte, fragte sie sich ernsthaft, ob sie den Rest ihres Lebens mit Philip verbringen wollte. Hatte ihre Freundin am Ende recht und er war nicht der Richtige für sie? Oder befand sie sich in einer emotionalen Ausnahmesituation und war nicht mehr in der Lage zu entscheiden, was richtig und was falsch war?

Im Grunde gab es nur eine Möglichkeit, das herauszufinden, dachte sie entschlossen. Sie musste den Stier bei den Hörnern packen und das Gespräch mit Alessio suchen. Nur durfte sie sich diesmal nicht von ihren Emotionen lenken lassen, sondern musste Herrin über ihre Sinne bleiben.

Davor allerdings brauchte sie etwas zu essen. Da sie mit ihren Eltern, dem Lärmpegel nach zu urteilen, der aus dem ersten Stock zu ihr drang, in nächster Zeit nicht rechnen konnte, öffnete Franzi den Kühlschrank und warf einen Blick hinein. Irgendwo fand sie bestimmt ein Stück Brot, etwas Schinken und Käse. Dazu eine Flasche Wein aus dem Keller. Nicht, dass sie es nötig hatte, sich Mut anzutrinken. Aber man wusste nie.

Unschlüssig sah sie sich um, als sie das Motorengeräusch eines Autos vernahm. Franzi fuhr auf und schlug die Kühlschranktür zu. Wenn Gäste kommen, bin ich aufgeschmissen, dachte sie, eilte zum Fenster und sah hinaus. Erleichterung breitete sich in ihr aus, als sie Alessios Wagen erkannte. Gleichzeitig sah sie ihm mit gemischten Gefühlen dabei zu, wie er ausstieg. Sie hätte gern noch ein bisschen Zeit gehabt, um sich auf das Gespräch mit ihm vorzubereiten.

Sie atmete tief durch. Im Grunde machte es keinen Unterschied, ob sie jetzt oder später mit ihm sprach.

Verändert sah er aus, registrierte sie, als er über den Hof auf die Eingangstür zuging. Er trug eine Jeans und ein T-Shirt, aber es fehlte der unvermeidliche Hut. Wollte er auch ausgehen? Ihr Herz klopfte schneller. Verdammt gut sah er aus und es war alles andere als einfach, gelassen zu bleiben.

Kurz darauf öffnete er die Tür und rief nach Maria.

»Nonna ist nicht da. Komm rein.«

Ihr Herz schlug noch ein paar Takte heftiger, als er die Küche betrat, und in ihrem Magen breitete sich ein warmes Gefühl aus. Alessios Augen funkelten und er grinste schief.

»Ich wollte hören, wie die Lage ist«, sagte er und deutete nach oben. »Aber bei dem Geschrei ist das nicht nötig. Ich nehme an, dein Vater ist ebenfalls eingetroffen.«

Franzi wusste nicht, was sie antworten oder tun sollte. Also hob sie die Schultern und sah ihn unglücklich an. Ihr war peinlich, dass ihre Eltern sich aufführten wie trotzige Kleinkinder.

»Wo ist Maria?«

»Geflüchtet. Sie hat gesagt, dass sie ausgeht, hat sich das Fahrrad geschnappt und ist davongeradelt, als wäre der Leibhaftige hinter ihr her. Wahrscheinlich ist sie ins Dorf zum Essen gefahren oder zu Giacomo.«

Alessio nickte langsam und dachte angestrengt nach.

»Vermutlich ist es das einzig Richtige«, meinte er. »Wie sieht es aus, hast du Lust, auch auswärts zu essen?«

Überrascht sah sie ihn an und suchte in seiner Miene nach etwas, das sie deuten konnte.

»Komm schon, gib dir einen Ruck. Ich habe im Auto einen Korb mit ein paar Sachen, die ich zu Hause aus dem Kühlschrank genommen habe. Wir suchen uns ein hübsches Plätzchen im Grünen, essen da und unterhalten uns ein bisschen. Ich finde, das ist überfällig.«

»Aber ich wollte mir hier gerade etwas machen«, protestierte sie lahm.

»Du hast bis jetzt nichts außer einem leeren Teller.« Abwehrend hob er die Hand. »Ich verspreche, ich tue dir nichts, ziehe dich nicht an den Haaren und falle auch nicht über dich her. Nur reden, okay?«

Franzi schüttelte lächelnd den Kopf. Was für ein netter Einfall. In entspannter Atmosphäre unterhielten sie sich bestimmt besser. Außerdem hatte er recht, eine Aussprache war überfällig.

»In Ordnung«, stimmte sie leise zu und räumte den Teller zurück in den Schrank. »Das ist eine schöne Idee.«

Alessio nickte erleichtert. »Können wir die beiden Streithähne guten Gewissens allein lassen?« Er deutete mit dem Daumen nach oben.

Eine Tür krachte ins Schloss, gefolgt von stampfenden Schritten auf dem Flur. Franzi zuckte zusammen.

»Du machst es dir ja einfach«, brüllte ihre Mutter im gleichen Moment. »Abhauen, wenn es unbequem wird. Es hat sich nichts verändert.«

»Das Problem ist, dass man mit dir nicht vernünftig reden kann«, schnauzte ihr Vater lautstark zurück.

Unwillkürlich zog Franzi den Kopf ein. »Ehrlich, langsam ist es mir egal. Sie sind erwachsen, sie werden schon wissen, was sie tun.«

Als habe er nichts anderes erwartet, nickte Alessio und griff nach ihrer Hand. »Höchste Zeit zu verschwinden«, stimmte er zu.

Seine Finger umschlossen ihre mit sanftem Druck und eine Last fiel von ihr ab, weil sie sich davonmachen konnte. Alessio zog sie hinter sich her nach draußen und sie ging nur zu gern mit. Auf dem Hof ließ er ihre Hand los und öffnete die Autotür, um sie einsteigen zu lassen. Er kam ihr nahe. Näher, als sie wollte, denn sein betörender Duft ließ sie nicht mehr klar denken. Ihre Knie wurden weich wie zu lang gekochte Spaghetti, und es erschreckte sie, wie heftig sie auf ihn reagierte. Sie musste darauf achten, Abstand zwischen sich und ihn zu bringen.

Ehe Alessio losfuhr, wandte er sich ihr zu. »Ich dachte, wir fahren ein bisschen in die Plantage. Da gibt es eine Bank, von der aus man den Sonnenuntergang ansehen kann.«

Franzi nickte. Ihr war alles recht. Zum einen kam sie raus und zum anderen ließ sie die Streitereien ihrer Eltern hinter sich. Darüber hinaus war sie mit Alessio zusammen. Wenn auch widerstrebend, so gab sie zu, dass ihr der Gedanke gefiel.

Die Fahrt dauerte nicht lange und führte sie mitten hinein in den Olivenhain. Wege schlängelten sich hindurch, auf denen das Auto gerade Platz hatte. Und schon bald hatte sie die Orientierung verloren und keine Ahnung mehr, wie weit sie hineingefahren waren.

Auf einem kleinen Schotterplatz brachte Alessio das Auto zum Stehen. Franzi stieg aus und sah sich um. In welche Richtung sie sich auch wandte, überall sah sie prächtige Olivenbäume. Franzi schätzte sie auf über zehn Meter Höhe. Die immergrünen Bäume trugen reichlich Früchte, die noch nicht reif waren, das erkannte sie an der grünen Färbung. Soweit sie wusste, erfolgte die Ernte erst im Herbst. Dann lagen Netze auf dem Boden ausgebreitet, mit denen die Oliven aufgefangen wurden. Daran konnte sie sich noch erinnern. Große Kämme dienten dazu, die Früchte aus den Bäumen zu holen.

Von der Rückbank nahm Alessio einen Korb, der mit einem Tuch zugedeckt war. Der Hals einer Weinflasche ragte heraus. Wie selbstverständlich griff er nach Franzis Hand und führte sie ein paar Meter weiter zu einer schlichten Holzbank, die am Wegrand stand und aussah, als würde sie schon seit Jahrzehnten sämtlichen Wetterkapriolen widerstehen. Trotz der angesetzten Patina wirkte sie solide und stabil und trotzte vermutlich viele weitere Jahre allen Jahreszeiten, wenn sie längst nicht mehr waren.

Jetzt verstand sie, was Alessio mit einem gemütlichen Platz gemeint hatte. Vor ihnen erstreckte sich der Olivenhain leicht abschüssig den Hang hinunter. Die Sonne stand tief und die Bäume warfen lange Schatten. Es dämmerte noch nicht, aber die Farben waren kräftiger und goldener. Der Tag neigte sich langsam dem Ende entgegen. Die Stimmung war ruhig und friedlich und die Zikaden stimmten ihr abendliches Konzert an.

Dankbar ließ Franzi sich auf die Bank fallen. Ihr Blick schweifte über den Olivenhain und sie genoss die letzten wärmenden Sonnenstrahlen, die angenehm und nicht mehr so heiß waren.

»Das sind alles deine Bäume?«, fragte sie, obwohl sie die Antwort ahnte.

»Ja«, gab Alessio schlicht zurück und stellte den Korb zwischen ihnen auf die Sitzfläche.

Franzi war froh, dass das improvisierte Picknick den Abstand zu ihm vergrößerte. Zur objektiven Einschätzung der Lage brauchte sie das. Gleichzeitig war Franzi enttäuscht über die Distanz, die das schuf.

»Hunger?«, fragte Alessio und nahm das Tuch vom Korb. Ohne ihre Antwort abzuwarten, nahm er zwei dickwandige Weingläser mit kurzen Stilen heraus und drückte sie Franzi in die Hand. Routiniert entkorkte er die Weinflasche und goss beide voll.

»Bedien dich. Ich habe Antipasti, Brot, Käse und Schinken und natürlich Oliven. Hauseigene.«

Beim Anblick der Köstlichkeiten lief Franzi das Wasser im Mund zusammen.

»Greif zu«, forderte Alessio sie erneut auf und deutete auf den Korb.

Das ließ Franzi sich nicht zweimal sagen. Sie griff nach einem Stück Brot und nahm etwas von dem hauchdünn aufgeschnittenen Schinken. Er hatte ein kräftiges Aroma und auch das Brot schmeckte würzig und die Kruste war kross, als wenn es noch vor einer halben Stunde im Ofen gebacken hätte.

Alessio bediente sich ebenfalls, lehnte sich zurück und sah versonnen über seine Bäume in die Ferne.

»Dann erzähl mal«, forderte er sie auf.

Franzi schluckte. »Ich weiß gar nicht, wo ich beginnen soll.« Hilflos starrte sie vor sich hin auf den Boden.

»Wie wäre es mit dem Anfang«, schlug er ruhig vor. »Zum Beispiel dem Umstand, warum du hierhergekommen bist. Und lass dir Zeit, ich habe es nicht eilig.«

Franzi seufzte tief auf und versuchte, das Unvermeidliche ein wenig hinauszuzögern. Sie trank einen Schluck Wein. Er war schwer und hatte ein kräftiges Aroma. Aber er passte hervorragend zu ihrem Abendessen. Nachdenklich kaute sie auf einer Olive.

»Die schmecken gut«, sagte sie und sah ihn an.

Er lächelte nur.

»Also gut. Ich habe dir gestern schon erzählt, wie gern ich singe.«

Wieder stockte sie und Alessio nickte ihr aufmunternd zu.

»Der Erfolg hat mich mitgerissen. Am Anfang war das wie ein Rausch«, erzählte sie und zupfte kleine Brocken von ihrem Brot ab, während sie sich an die erste Zeit zurückerinnerte. Es kam ihr vor, als sei das schon Jahre her. Sie sah ihn an und hob hilflos die Schultern.

»Das muss toll gewesen sein. Endlich der Lohn für die ganzen Mühen. Weißt du, dass du unfassbares Glück hattest? Viele bekommen das nie. Obwohl sie ebenso talentiert sind.«

Franzi nickte unglücklich. Deswegen kam sie sich so undankbar vor.

»Manchmal denke ich, dass ich dämlich bin, wenn ich das nicht genieße.« Franzi biss sich auf die Lippe.

Alessio sah sie an und griff vorsichtig nach ihrer Hand. »Du bist nicht dämlich.« Verständnis lag in seiner Stimme, was Franzi die Kraft gab, fortzufahren.

»Alles war neu. Plötzlich hat man zu mir aufgesehen und mich für das bewundert, was ich gemacht habe. Und ich konnte tun, was ich wollte: singen. Zu Beginn war ich der glücklichste Mensch auf der Erde. Mir ist alles zugeflogen und was ich angepackt habe, hat wie am Schnürchen geklappt. Ein Song nach dem anderen wurde ein Hit, ich habe Preise abgeräumt und die ersten beiden Platten, *›Love my life‹* und *›Know the truth‹* stürmten die Charts.« Sie trank einen Schluck aus ihrem Glas. »High sein muss sich ähnlich anfühlen. Man hat das Gefühl, dass man Bäume ausreißen kann, und nimmt alles mit, was auf einen einprasselt.«

»Und was ist dann geschehen?«, fragte Alessio, weil sie in Schweigen verfallen war.

Wieder zögerte sie. »Ich weiß es nicht. Ich kann nicht einmal sagen, wann das genau passiert ist. Es war ein schleichender Prozess. Die Termine wurden immer mehr und die Konzerte zur Routine.« Hilflos sah sie ihn an. »Plötzlich war es ein Job, verstehst du? Einer, der länger geht als von acht bis um fünf. Und einer, der zunehmend an meinen Kräften gezehrt hat. Weil mir irgendwann auch der Spaß gefehlt hat, den ich anfangs hatte.«

Sie starrte über die Baumkronen hinweg zur untergehenden Sonne, deren glutroter Ball den Horizont beinahe erreicht hatte. Das rotgoldene Licht hatte etwas Beruhigendes und Wohltuendes an sich. Gemeinsam schwiegen sie, lauschten dem Gesang der Zikaden und genossen die friedvolle Abendstimmung, die sich nicht nur über das Land, sondern auch über sie senkte.

Franzi wusste nicht, wie lange das Schweigen andauerte. Die Sonne war längst verschwunden und nur noch das Licht ihrer letzten Strahlen streichelte ihre Gesichter. Die Gläser waren leer und Alessio schenkte wortlos nach.

»Mit der Zeit wurde alles zur Routine. Zu einer, die mir keinen Spaß mehr gemacht hat. Ich konnte nicht mehr schlafen, war ständig müde und irgendwann bin ich vor einem Konzert zusammengeklappt.«

Alessio drückte sanft ihre Hand.

»Das Nächste, an das ich mich erinnere, ist das Krankenbett, in dem ich aufgewacht bin. Die Ärzte haben mir geraten, eine Pause einzulegen.« Sie sah zu Alessio hinüber und grinste schief. »Und jetzt bin ich da.«

Mittlerweile hatten sie ihr Mahl beendet. Franzi bedauerte, dass sie nicht bewusster gegessen hatte. Alessio hatte sich mit der Auswahl Mühe gegeben. Was im Korb lag, war frisch und von herausragender Qualität. Über ihren Erzählungen hatte sie die mitgebrachten Köstlichkeiten entschieden zu wenig gewürdigt.

»Es ist nicht so, dass ich einen Burn-out hatte.«

»Aber du bist auf einem guten Weg dahin«, stellte Alessio ruhig fest und nippte erneut an seinem Glas. »Dein Papà ist ein kluger Mann, dass er das erkannt und dich hierhergeschickt hat.«

»Was denkst du jetzt?«, fragte sie kleinlaut, weil Alessio schwieg, und sah ihn von der Seite an.

Auch diesmal ließ er sich Zeit mit einer Antwort. Noch immer saß er entspannt da, die Beine übereinandergeschlagen, in der Hand das Weinglas. Langsam brach Dunkelheit über sie herein. Das Licht des aufgehenden Mondes, der voll am Himmel stand, ließ sie seine Umrisse erkennen. Die kantigen Gesichtszüge und die Locken, die sich um seine Stirn kräuselten. Die Ruhe, die er ausstrahlte, stand im Gegensatz zu ihrem Leben in Deutschland.

»Puh«, machte er schließlich und fuhr sich mit den Fingern durch das Haar, ehe er sich ihr zuwandte. »Ich schätze, ich muss mich bei dir entschuldigen.«

Überrascht sah sie auf. »Warum das denn?«

Alessio räusperte sich und beugte sich ein wenig nach vorn, bevor er sie ansah. »Nun, ich glaube, ich war am Anfang nicht nett zu dir.«

Franzi grinste erleichtert. »Mir fehlt nur der Zusammenhang. Ich weiß nicht, was das eine mit dem andern zu tun hat.«

Jetzt war es an Alessio, sich zu sammeln. Und diesmal hatte Franzi das Gefühl, dass er ihr endlich erzählen würde, was der Grund für sein ablehnendes Verhalten war. Das hatte nicht nur mit kindlicher Boshaftigkeit zu tun.

»Erinnerst du dich an meine Mutter?«, fragte er unvermittelt in die Stille hinein.

Franzi nickte langsam und wartete ab, obwohl ihr viele Fragen durch den Kopf schossen. »Nicht richtig. Ich habe eine Frau mit schwarzem Kleid im Sinn. Weiße Tupfen hatte es. Und einen breiten weißen Gürtel.«

»Das ist mehr als das, an was ich mich erinnere.« Alessio hörte sich bitter an. »Sie hat uns sitzen lassen. Ihren Mann und den Sohn einfach zurückgelassen. Ich habe damals nicht verstanden, warum. Wenn ich ehrlich bin, verstehe ich es auch heute nicht.«

Er schwieg und Franzi spürte seinen Schmerz fast körperlich. Jetzt war es an ihr, seine Hand zu drücken.

»Du brauchst nicht darüber reden«, sagte sie leise, doch er schüttelte beinahe verbissen den Kopf.

»Sie wollte raus in die weite Welt. Hier ist sie verkümmert wie eine Pflanze ohne Wasser. Anfangs war die Liebe zu meinem Vater groß. Stärker als ihr Wunsch, etwas zu erleben. Aber mit der Zeit wurde sie kleiner. Sie bestand plötzlich aus Routine und Alltag.«

Seine Worte hörten sich zunehmend verbittert an und Franzi überrollte eine Welle des Mitgefühls für ihn.

»Eines Tages hat sie ihre Sachen gepackt und uns vor vollendete Tatsachen gestellt. Mein Vater hat nicht versucht, sie zurückzuhalten. Das habe ich ihm lange Zeit vorgeworfen. Heute weiß ich, dass es keinen Sinn gehabt hätte. Sie wollte nach Venedig. Es war das letzte Mal, dass ich sie gesehen habe.«

Er atmete schwer und Franzi spürte den ganzen Schmerz, den der kleine Alessio damals empfunden haben musste.

»Ich habe mir jahrelang Vorwürfe gemacht und mich gefragt, was ich getan habe, dass sie mich nicht mehr sehen will. Verstehst du?«

Verzweifelt blickte er sie an. Franzi nickte und drückte seine Hand.

»Erst mit der Zeit, als ich älter wurde, habe ich begriffen, dass das nichts mit mir zu tun hatte. Da habe ich angefangen, sie zu hassen. Dass sie uns verlassen hat, dass ich keine Mutter hatte, dass sie nie da war, wenn ein Schulfest oder ein Geburtstag war.«

Wieder schwieg er und starrte hinaus in die Nacht. Auch Franzi wusste nicht, was sie sagen sollte.

»Irgendwann war sie mir egal«, fuhr er unvermittelt fort. »Meinen Vater und mich hat das weiter zusammengeschweißt. Je älter ich wurde, desto besser entwickelte sich unser Verhältnis.« Er lachte leise. »Wir hatten unseren Frieden hier zwischen den Olivenbäumen in der Natur. Wir brauchten das Leben, nach dem sie strebte, nicht.«

Mittlerweile dämmerte Franzi, worauf er hinauswollte. Er vergleicht mich mit ihr, dachte sie bestürzt.

»Damals war ich ein kleiner, ungezogener Junge. Ich war so voller Wut und Hass gegen mich selbst, dass ich nicht wusste, wohin damit. Und da gab es dieses kleine Mädchen, das so zart und lieb war und niemandem gegenüber je böse sein konnte.«

Er lächelte sie entschuldigend an und Franzi fühlte, wie sich die beinahe vertraute Wärme in ihrem Bauch ausbreitete.

»Das Mädchen mit den langen Zöpfen, an denen man so wunderbar ziehen konnte. Wenn der Junge das tat, füllten sich ihre Augen mit Tränen. Aber es waren ihre Tränen, nicht seine. Wenn sie auch weinte, fühlte er sich nicht mehr so allein.«

Obwohl er so grausam gewesen war, verstand Franzi ihn sogar. Der unbändige Hass auf die Welt, die Mutter, sich selbst, hatte sich irgendwo entladen müssen. Da war sie einfach zur falschen Zeit am falschen Ort gewesen. Denn damals hatte sie noch das gehabt, was er vermisst hatte. Die heile Familie.

Jetzt sah er sie an und in seiner Stimme lag Bitterkeit, als er weitersprach. »Glaubst du, sie hat mich besucht? Mir einmal eine Karte zum Geburtstag oder zu Weihnachten geschrieben? Ein kleines Geschenk geschickt? Nichts. Es war, als habe sie nie einen Sohn gehabt.« Er atmete tief und schwer und es klang wie ein leidvoller Seufzer.

Franzi schwieg. Ihr dämmerte, was nun kam.

»Und dann kommst du daher. Das Mädchen, das es geschafft hat.« Beinahe entschuldigend sah er sie an. »Das in der großen Stadt Karriere gemacht hat. Sie erlebt etwas. Konzerte, Fernsehauftritte, Partys. All das, was meiner Mutter wichtig war. Immer schön nach der neuesten Mode gekleidet sein und hübsch schlank bleiben.«

Betroffen sah Franzi hinunter auf ihre Hände, die gefaltet in ihrem Schoß lagen. Zumindest mit Letzterem hatte er recht, dachte sie mit einem Anflug von Schuldbewusstsein. Er hatte gesagt, er habe seine Mutter verabscheut, bevor sie ihm egal wurde. Jenen Hass, den sie unvermittelt wieder hervorgerufen hatte, hatte sie bei ihrer ersten Begegnung gespürt.

»Aber ich habe gestern gelernt, dass man auch in so ein Leben hineinfallen kann, ohne dass man weiß, wie einem geschieht. Und dass das, was von einem Star erwartet wird, für den Star selbst zu viel werden kann. Du hast mich zum Nachdenken gebracht, als du mir erzählt hast, dass du Drinks ablehnst und dass du deswegen als Spießerin giltst.«

Er holte tief Luft und blickte sie an. Im Mondlicht hatten seine Augen silberne Sprenkel.

»Dafür, dass ich ein falsches Bild von dir hatte, entschuldige ich mich aufrichtig.«

Franzi nickte langsam. Vieles von dem, was er anfangs zu ihr gesagt hatte, ergab jetzt einen Sinn. Die Ablehnung, die Kälte in seinen Augen, sogar die Boshaftigkeit. Ein bisschen war er wieder zu jenem Jungen geworden, der mit seiner ohnmächtigen Wut nicht gewusst hatte, wohin.

»Es tut mir leid«, sagte sie schließlich einfach. »Ich wusste nicht, dass du so gelitten hast.«

»Wie auch? Wir waren beide Kinder und du viel zu klein, als dass du das verstanden hättest. Außerdem war dein Leben, zumindest damals, perfekt.«

Sie dachte einen Augenblick nach. »Das war es auch später noch, schätze ich. Obwohl meine Eltern sich getrennt haben und nicht im Guten auseinandergegangen sind, wie man vorhin unschwer hören konnte, hatte ich doch immer Kontakt zu beiden. Und keiner hat mir je das Gefühl gegeben, dass er mich nicht haben möchte. Dafür bin ich dankbar.«

Alessio griff nach dem Korb und stellte ihn auf den Boden. Franzi sah ihm schweigend zu. Sie hörte in sich hinein und wusste, dass die Frage, über die sie sich selbst hatte klar werden wollen, beantwortet war. Erleichterung erfasste sie. Gleichzeitig Angst, als ihr bewusst wurde, was das bedeutete. Doch davon wollte sie sich diesen schönen, intimen Augenblick, in dem sie beide ihr Innerstes nach außen gekehrt hatten, nicht verderben lassen. Franzi ahnte, dass Alessio noch nie mit jemandem über seine Kindheit gesprochen hatte. Zumindest nicht in dieser Ausführlichkeit. Ebenso wenig wie sie ihre Sorgen bisher geteilt hatte.

Alessio legte den Arm auf die Bank und sah sie lächelnd an. »Möchtest du?«, fragte er und überließ ihr die Entscheidung.

Nur zu gern gab sie nach. Sie wollte den Moment genießen und die Stimmung in sich aufsaugen, die so einzigartig und so besonders war. Ein Augenblick tiefster Intimität, den es so nur selten zwischen zwei Menschen gab. Dankbar rutschte sie in seinen Arm und barg den Kopf an seiner Schulter.

»Diese Bank hat mein Vater gemacht«, erzählte er unvermittelt weiter. Seine Stimme war ruhig und leise. »Er wollte einen Platz für uns, an dem wir uns von der Arbeit erholen und genießen konnten, was wir geschaffen hatten.«

»Das ist ein zauberhafter Ort«, flüsterte Franzi zurück.

»Gar nicht weit von hier ist er gestorben. Ich glaube, trotz allem hatte er ein glückliches Leben.« Er atmete tief durch und Franzi spürte, dass er bei der Erinnerung dankbar lächelte.

Irgendwann neigte Alessio den Kopf und küsste sie auf das Haar. Auch er schien Kraft aus ihrer Anwesenheit zu schöpfen, wie sie aus seiner. Seine Fingerspitzen ließ er zart über die nackte Haut auf ihrem Arm gleiten und es dauerte nicht lange, bis sie eine wohlige Gänsehaut bekam. Gleichzeitig wurde ihr warm, und wie von selbst suchten ihre Lippen die seinen.

Als sie wieder ins Auto einstiegen, war es bereits tiefe Nacht. In wortlosem Einverständnis hatte Alessio den Arm um ihre Schultern gelegt, in der anderen hielt er den Picknickkorb, aus dem sie sich später noch einmal bedient hatten. Auch die Weinflasche war mittlerweile leer, wobei Alessio sich zurückgehalten hatte, weil er fahren musste.

»Zu dir oder zu mir?«, fragte er in halb scherzhaftem Ton.

Franzi zögerte. Philip tauchte vor ihrem inneren Auge auf und sie spürte, wie das schlechte Gewissen sich durch ihren Körper fraß. Selbst wenn sie nun erkannt hatte, dass sie Welten trennten und sie auf Dauer nicht glücklich werden würden. Sie war es Philip und ihrer gemeinsamen Zeit schuldig, dass sie zuerst mit ihm sprach und die Verlobung löste.

»Alessio«, begann sie zaghaft, »sei mir bitte nicht böse. Aber ich möchte nichts überstürzen. Außerdem glaube ich, dass es besser ist, wenn ich morgen früh keine Fragen meiner Familie beantworten muss. Die sind im Moment alle so mit sich und ihren Problemen beschäftigt.«

Schweigend startete Alessio den Motor. Franzi warf einen bangen Blick zu ihm hinüber. War er sauer? Vorsichtig legte sie ihm die Hand auf das Knie.

Doch Alessios Lächeln, das er ihr nun schenkte, wischte jede Sorge weg. Zwar geriet es einen Hauch trauriger, aber es war durchaus verständnisvoll.

»Ach Francesca«, seufzte er. »Wie könnte ich dir böse sein? Wir haben so lange gebraucht, um dieses Gespräch zu führen, da kann ich auch noch ein oder zwei Nächte auf deine Anwesenheit verzichten. Ich möchte aber zu Protokoll geben, dass mir das schwerfällt.«

Erleichterung breitete sich in ihr aus, als er nach ihren Fingern griff und sie mit seinen verflocht. Selbst als er schalten musste, ließ er sie nicht los. In schweigendem Einverständnis fuhren sie zurück.

Als sie ankamen, lehnte Nonnas Fahrrad an der Hauswand. Sie war also wohlbehalten zurückgekehrt. Ebenso schienen ihre Eltern eine erschöpfte Pause von den Streitereien eingelegt zu haben, denn auf dem Hof war es dunkel. Auch hier war, zumindest für diese Nacht, Ruhe eingekehrt.

Dennoch wollte sie nicht zu lange im Auto neben Alessio sitzen bleiben. Ein bisschen fühlte sie sich wie ein Teenager, der spätnachts heimkehrte und nicht von den Eltern bei einer wilden Knutscherei erwischt werden wollte. Auf einen Abschiedskuss zu verzichten, kam trotzdem nicht infrage.

Ihre Lippen brannten süß von den vorherigen Küssen und schließlich musste sie sich regelrecht von ihm losreißen.

»Träum süß, kleine Francesca«, flüsterte Alessio atemlos. »Ich hoffe, du verzeihst mir.«

Sie lächelte zurück. »Alles«, erwiderte sie.

»Bis morgen. Ich werde erst gegen Nachmittag da sein, weil ich einiges zu erledigen habe. In der letzten Zeit ist viel liegen geblieben.«

Vermutlich war er zu oft hiergewesen.

»In Ordnung. Schlaf schön.« Sie winkte noch einmal, ehe sie die Autotür leise ins Schloss drückte und mit einem seligen Lächeln hinüber zum Eingang lief.

Im Haus war es bis auf ein gelegentliches Schaben und Knarzen, dessen Ursprung sie nicht ermitteln konnte, still. Franzi lauschte angestrengt, doch es hatte abrupt aufgehört, als sie die Tür zumachte. Vorsichtig schlich sie die Treppe nach oben. Am liebsten wäre sie durch die Räume getanzt. Sie war so glücklich wie seit Langem nicht und fühlte sich, als könnte sie die ganze Welt umarmen. Sicherlich hätte sie die Nacht lieber an Alessios Seite verbracht. Aber das erschien ihr nicht richtig. Zuerst wollte sie reinen Tisch machen und Philip anrufen. Vielleicht war es sogar besser, nach Deutschland zurückzufahren. Dazu musste sie allerdings erst einmal in Erfahrung bringen, wo er sich gerade aufhielt.

Doch das waren Gedanken, die sie sich morgen machen konnte. Jetzt wollte sie das eben gewonnene Glück nicht hergeben und diesen Moment für die Ewigkeit konservieren.

Glücklich schlüpfte sie wenig später unter die Decke. Auch wenn sie zuerst glaubte, nicht einschlafen zu können, fielen ihr schon kurze Zeit später die Augen zu.

Kapitel 15

»Buongiorno.« Franzi war bester Laune, als sie am nächsten Morgen in die Küche kam. Es war kurz nach neun, draußen schien die Sonne und der Tag versprach, herrlich zu werden.

Nonna stand am Herd. Sie wandte sich um und musterte sie stumm, die Hände in den Taschen ihrer Kittelschürze vergraben.

Franzi spürte, wie ihr unter dem durchdringenden Blick der alten Frau unwohl wurde. Hatte ihre Oma mehr mitbekommen, als sie gedacht hatte? Sie räusperte sich und ging einem Impuls folgend zu ihr hinüber, um sie auf die Wange zu küssen.

Nonna brummelte etwas Unverständliches, aber Franzi spürte, wie ihre Anspannung nachließ.

»Marmelade?«, fragte sie und deutete auf den Topf, der auf dem Herd stand und aus dem ein unwiderstehlicher Duft drang.

»Es waren noch Aprikosen übrig.« Ihrem Tonfall war nichts zu entnehmen. »*Cornetto*?«

»Gern.« Franzi lächelte glücklich und dachte an das erste Frühstück zurück, zu dem Alessio dazugestoßen war. »Hattest du einen schönen Abend?«

Nonna kehrte ihr wieder den Rücken zu, nickte aber. »Wie mir scheint, war ich nicht die Einzige.«

Franzi biss sich auf die Unterlippe, entschloss sich dann jedoch dazu, das unkommentiert zu lassen. Sie nahm ein Hörnchen aus dem Korb und bestrich es mit der frischen

Marmelade, die in einer kleinen Glasschale neben dem Korb mit den *Cornetti* stand und noch warm war.

Nonna legte den Kochlöffel in einen neben dem Herd bereitstehenden Teller und ging zu Franzi hinüber an den Tisch.

Die heilige Inquisition, dachte Franzi und schob sich schnell ein weiteres Stück vom *Cornetto* in den Mund, um nicht reden zu müssen. Doch ihre Vorsicht war unbegründet. Ihre Oma schwieg eisern, betrachtete sie aber aufmerksam. Vielleicht war die Flucht nach vorn ein probates Mittel.

»Wie ist die Lage da oben?«, fragte sie und deutete mit dem Kopf hinauf.

Heute Morgen war von Streitereien nichts zu hören gewesen. Dafür lief Nonna so rot an wie eine ihrer Tomaten, die sie am Stock vergessen hatte und die nun überreif und kurz vor dem Platzen war. Verächtlich schnaufte sie und schlug mit der flachen Hand auf den Tisch, um einen Schwall italienischer Schimpfwörter loszuwerden, dass Franzi ihrerseits die Hitze ins Gesicht stieg. So hatte sie ihre Oma noch nie erlebt.

»Um Himmels willen«, rief sie aus. »Was ist denn passiert?«

Nonna lehnte sich zurück und verschränkte die Arme mit einer grimmigen Miene vor der Brust. Sie pustete wie ein Dampfkochtopf kurz vor der Explosion.

»Als ich gestern Abend nach Hause gekommen bin, haben sie immer noch gestritten. Heftiger als am Mittag. Sie haben sich wüst beschimpft und für einen Moment dachte ich, ich müsste die Polizei rufen. Dann war plötzlich Ruhe und ich hatte schon Angst, einer von beiden hat das mit dem Leben bezahlt.«

»Und weiter?«, fragte Franzi, weil ihre Nonna nun offensichtlich nach Worten suchte.

»Kurze Zeit später hat das Bett gequietscht. Das Bett deiner Mutter.«

In der Küche war es so still, dass das Blubbern der Marmelade im Topf überlaut zu hören war. Trotzig sah Nonna ihre Enkelin an, die zunächst nur Bahnhof verstand, ehe ihr ein Licht aufging.

Ihre Eltern hatten doch nicht am Ende … Das durfte doch nicht … Bitte nicht!

»Doch, genau das meine ich«, bestätigte Nonna. Ihr war sichtlich peinlich, über dieses Thema zu sprechen.

Franzi war komplett durcheinander und konnte nur hoffen, dass ihr persönliches Kopfkino ganz schnell den Ausknopf oder zumindest die Pausetaste fand. Nein, das konnte, das wollte sie sich nicht vorstellen! Ihre Eltern hatten jahrelang kein Wort miteinander gesprochen. Als sie gestern aufeinandergetroffen waren, hatten sie sich alles Mögliche an den Kopf geworfen und beinahe bis aufs Blut gestritten. Um dann übereinander … Nein, diesen Gedanken wollte Franzi gar nicht zu Ende denken.

»Das darf nicht wahr sein«, stöhnte sie auf. Jetzt erinnerte sie sich an das Schaben und Knarzen, das just in dem Moment aufgehört hatte, als sie die Tür ins Schloss drückte. Sie mussten sie gehört haben, als sie gerade …

Befremdet legte sie das Stück *Cornetto*, das sie eben noch in der Hand gehalten hatte, zur Seite.

»Das ist …«, begann sie, brach aber ab.

»Ganz meine Meinung. Sie haben gemeint, ich merke es nicht. Heute Morgen ist dein Vater zurückgeschlichen. Hat wohl gedacht, ich höre das nicht. Und wie ich das mitbekommen habe! Und sein Bett war auch nicht benutzt. Es besteht kein Zweifel.« Triumphierend schlug sie erneut mit der Hand auf den Tisch und Franzi fragte sich unweigerlich, ob es etwas gab, was Nonna nicht mitbekam.

»Waren sie heute schon unten?«, würgte sie schließlich hervor und fragte sich im gleichen Augenblick, wie sie ihren Eltern mit diesem Wissen gegenübertreten sollte. Die Bilder, die sich vor ihrem inneren Auge abspielten, bekam sie nie wieder aus dem Kopf.

»Mir fehlen die Worte«, sagte sie erschöpft und trank kopfschüttelnd ihren Kaffee aus.

Den Rest des Frühstücks verbrachten sie schweigend. Franzi versuchte zu verdauen, dass ihre Eltern Sex gehabt hatten. Waren sie jetzt etwa ein Paar?

»Besteht die Möglichkeit, dass du dich irrst?« Hoffnung keimte auf.

»Ausgeschlossen.« Nonna schüttelte vehement den Kopf.

Franzi nickte langsam. Ihr war der Appetit vergangen. Mit Philip telefonieren musste sie außerdem. Als das *Cornetto* gegessen war, stand sie auf.

»Letztendlich müssen sie selbst wissen, was sie tun«, meinte sie schließlich.

»Das muss wohl jeder hier im Haus«, gab Nonna spitz zurück. »Es wird nur unangenehm, wenn Gefühle anderer im Spiel sind, die verletzt werden.«

Autsch, das hatte gesessen, dachte Franzi, als sie nach oben ging. Denn mit der letzten Bemerkung hatte Nonna sie gemeint, das hatte sie deutlich verstanden. Schuldbewusst beschloss sie, umgehend das Gespräch mit Philip zu suchen.

Als sie an der Tür ihrer Mutter vorbeiging, war sie kurz versucht zu klopfen. Sie hatte bereits die Hand erhoben, als sie von drinnen ein leises Stimmengemurmel vernahm, das urplötzlich anschwoll.

»Stronzo«, zischte ihre Mutter laut und vernehmlich, dass Franzi zurückzuckte.

Die gesalzene Antwort ihres Vaters ließ nicht lange auf sich warten. Und schon schwoll die Lautstärke erheblich an, und beinahe war Franzi froh, dass wieder alles beim Alten war. Nonna hatte sich getäuscht. Und was sie gestern gehört hatte, war ein Tier auf dem Dachboden gewesen.

Zufrieden ging sie auf ihr Zimmer. Alles war einfacher, als sich vorzustellen, dass ihre Eltern das Ehebett miteinander teilten, und so klammerte sie sich an den Gedanken, dass Nonna einen Floh zu viel hatte husten hören.

Franzi suchte ihr Handy und schaltete es ein. Diesmal war sie auf die Flut von Nachrichten vorbereitet und ignorierte strikt jedes Hupen und Gebimmel. Ihre Mutter hatte eine WhatsApp geschickt, ob sie in Italien sei. Eine weitere, dass sie sich nun auf den Weg machte. Dann ein Hinweis, dass sie gelandet war und sich nun um einen Mietwagen kümmerte. Nun, das hatte sich erledigt.

Sarah hatte geschrieben, aber nur unverfänglich gefragt, wie es ihr gehe. Was an Mitteilungen von Niko eingetrudelt war, überblätterte sie.

Philip hatte eine einzige Nachricht geschickt. Ein Selfie von ihm, auf dem er mit glasigen Augen in die Kamera grinste. Davor ein Tisch mit leeren Flaschen und Gläsern. Im Hintergrund waren Menschen mit erhobenen Armen zu sehen, Männer, die die Ärmel hochgekrempelt hatten, und Frauen, deren Frisuren nicht mehr richtig saßen.

Franzi kniff die Augen zusammen und betrachtete das Bild näher. War das im Hintergrund nicht die Blondine von Philips Geburtstag? Britta? Angestrengt dachte sie nach, bevor sie den Kommentar las, der unter dem Bild stand. »Wahlkampf ist manchmal richtig unterhaltsam«. Dazu einige Smileys, aus denen Franzi schloss, dass er beim Absenden der Mitteilung nicht mehr ganz nüchtern gewesen war. »Hoffe, da wo Du bist, ist es genauso lustig. Grüße.«

War das alles? Keine Frage, wie es ihr ging? Wo sie war und was sie tat? Kein Kuss oder wenigstens ein »Ich habe dich lieb«?

Jetzt war sie sicher, die richtige Entscheidung zu treffen, als sie seine Telefonnummer wählte. Was zwischen ihnen gewesen war, basierte auf Zuneigung, ohne Frage. Sie mochte und schätzte ihn noch immer. Aber das Feuer der Liebe, von dem Giulia gesprochen hatte, fehlte gänzlich. Nicht erst in letzter Zeit, sondern von Anfang an.

Angestrengt lauschte sie in den Hörer und registrierte enttäuscht, dass sie nur die Mailbox erreichte. Ihr wäre es lieber gewesen, so schnell wie möglich mit Philip zu sprechen.

Dann konnte sie es sich ebenso gut mit ihrem Liebesroman im Liegestuhl gemütlich machen, dachte sie und verließ ihr Zimmer. Die lautstarken Streitereien ihrer Eltern hatten fast etwas Beruhigendes an sich. Als wenn alles wieder normal war. Soweit man von »normal« in diesem Zusammenhang reden konnte.

Kurz dachte sie an Alessio und ihr wurde warm ums Herz. Bis sie ihn wiedersah, würde es noch ein wenig dauern. Er hatte gesagt, dass er erst am Nachmittag vorbeischauen wollte. Auch ihm musste sie reinen Wein einschenken. Er hatte es verdient zu erfahren, dass sie verlobt war. Sie wollte von Anfang an mit offenen Karten spielen, auch wenn sie die Verlobung löste.

Unten traf sie auf Ella, die auf der Terrasse saß, das Gesicht der Sonne zugewandt und mit geschlossenen Augen an ihrer E-Zigarette zog.

»Setz dich zu mir«, sagte sie und schob mit dem Fuß einen Stuhl zurecht. Ella wirkte gelöst und entspannt.

Franzi nahm Platz und legte ihr Buch zur Seite. »Du siehst zufrieden aus«, stellte sie fest und betrachtete Ella. Ihr Haar erinnerte heute eher an ein Vogelnest, aus dem wild Strähnen wie Strohhalme heraushingen, als an eine Frisur. Ihre weiße Baumwollbluse hatte Rüschen am Kragen und den Ärmeln und mündete in einem schwarzen, weiten Rock mit Lochstickereien.

»Ich bin glücklich«, gab Ella mit rauchiger Stimme zurück und öffnete die Augen. »Ich habe noch nie etwas so Spannendes gemacht wie im Moment. Nichts ist geplant, ich lasse meine Hauptpersonen im Buch machen, was sie wollen. Und sie haben dabei mindestens so viel Spaß wie ich.« Sie grinste.

Genau das hatte sie in den letzten Tagen auch erkannt. Sie musste Freude dabei haben, ohne darüber nachzudenken, was andere wollten.

»Auf jeder zweiten Seite überraschen mich meine Figuren«, riss Ella sie aus ihren Gedanken. »Ich muss mir oft überlegen, wie ich sie wieder einfange. Aber es ist herrlich. Weil du mir einen unschlagbar guten Tipp gegeben hast: Ich schreibe, was ich fühle.« Sie strahlte über das ganze Gesicht.

»Das freut mich. Dann kannst du deinen Vertrag vielleicht doch einhalten.«

»Nein, das nicht. Dafür ist die Zeit zu knapp. Außerdem liefere ich nicht, was sich der Verlag vorstellt. Aber das ist nicht schlimm, solange ich mein Vergnügen wiedergefunden habe. Was sind schon ein paar verkaufte Bücher mehr oder weniger? Mir muss Spaß machen, was ich tue.«

Franzi grübelte, was diese Worte für sie bedeuteten. Fraglos hatte Ella recht. Noch immer spukte ihr die Melodie im Kopf herum. Bisher hatte sie keine Gelegenheit gehabt, die Noten zu notieren. Das brauchte sie aber auch nicht. Wenn sie die Augen schloss und die Töne summte, sah sie die Weite der Toskana mit blühenden Klatschmohnfeldern vor sich.

»Ich bin überzeugt davon, dass das an diesem wunderbaren Ort liegt«, fuhr Ella fort. »Du hast hier gar keine Möglichkeit, dich ablenken zu lassen. Du besinnst dich wieder auf dich selbst. Er hat etwas Magisches. Wann immer ich künftig Blockaden habe, werde ich hierher zurückkehren und Kraft tanken. Durch die Wiesen und Haine laufen und warten, was ich fühle.«

Franzi seufzte, als ihr bewusst wurde, dass genau das in Zukunft nicht mehr möglich war. Noch drei Tage, dann verkaufte Nonna die Pension an die Hotelkette und nur wenig später würden Bagger anrücken und diesen Ort unwiederbringlich zerstören. Ihr brach beinahe das Herz, als sie daran dachte.

»Was ist los?«, fragte Ella und legte die Stirn in Falten.

»Ich weiß nicht, ob das in Zukunft noch geht.«

»Warum das denn?« Ella zog hastig an ihrer Zigarette und blies künstlichen Rauch in die Luft.

Franzi winkte ab. »Ach, das ist eine lange Geschichte«, murmelte sie.

»Magst du sie mir erzählen?«

Franzi überlegte kurz, beschloss dann aber, dass sie nichts zu verlieren hatte. Vielleicht fiel Ella etwas ein.

»Das ist ja schrecklich!«, meinte sie traurig. »Dieser Ort ist so toll, der sollte der Nachwelt erhalten bleiben. Stell dir nur vor, all die Künstler, die kommen und sich erholen könnten. So wie wir beide.«

»Das ist recht und schön, aber wenn niemand hierher will, wie soll Nonna den Hof halten? Außerdem wird auch sie nicht jünger. Sie kann das auf Dauer nicht bewirtschaften.«

»Das ist verdammt bitter«, meinte Ella, und in diesen wenigen Worten steckte alles, was Franzi fühlte.

Sie brüteten noch eine geraume Weile über einen Ausweg, doch auch Ella fiel nicht ein, wie Nonnas Hof zu retten war.

Schließlich stand Franzi auf und ging zurück ins Haus. Bei ihrer Mutter war es totenstill und sie überlegte sich, ob sie erleichtert oder in Sorge sein musste. Gleich darauf brach das Entsetzen über sie herein, als sie, diesmal aus dem Zimmer ihres Vaters, wieder jenes verdächtige Schaben und Knarzen hörte, als wenn das Bett über den Boden gezogen wurde. Unwillkürlich schlug sie sich die Hand vor den Mund, und als sie ein Keuchen vernahm, hielt sie sich die Ohren zu und schlich, so schnell es eben ging, ohne bemerkt zu werden, zurück auf ihr Zimmer.

Philip war noch immer nicht zu sprechen und sie hatte nicht einmal die Möglichkeit, eine Nachricht zu hinterlassen. Wenn sie ihn bis morgen nicht erreichte, würde sie nach Deutschland zurückkehren und dort mit ihm reden, beschloss sie. Die Situation war äußerst unangenehm, und sie war es allen Beteiligten schuldig, so schnell wie möglich reinen Tisch zu machen. Dann würde sie eben zunächst Alessio die Wahrheit sagen.

Mit eingezogenem Kopf ging sie über den Flur hinunter in die Küche, um nachzusehen, was Nonna zum Mittagessen zubereitete. Doch ihre Oma war nicht da. Die Küche war sauber aufgeräumt und auf dem Herd stand kein Topf, aus dem es einladend roch.

Unschlüssig sah Franzi sich um und griff schließlich nach einem *Cornetto*, das einsam sein Dasein im Frühstückskörbchen fristete. Sie biss ein Stück ab und öffnete die Hintertür. Beinahe wäre sie über Nonna gestolpert, die dort auf den Stufen hockte. In der Hand ein Sektglas, neben sich die Flasche.

»Nonna!«, rief Franzi besorgt aus und bückte sich hinunter.

Die alte Frau winkte müde ab und trank einen großen Schluck aus ihrem Glas. Dabei murmelte sie unablässig vor sich hin, doch Franzi verstand nur die Hälfte von dem, was sie sagte. Einzig das Wort »Irrenhaus« war aus dem Gemurmel zu verstehen, und Franzi gab ihr insgeheim recht.

»Ich koche nicht«, verkündete Nonna dann. »Ich gehe aus.«

Schon wieder?, dachte Franzi, sagte jedoch nichts.

Zögernd blieb sie einige Sekunden stehen, aber Nonna war verstummt. Dumpf sinnierte sie vor sich hin und trank nur ab und zu einen Schluck aus ihrem Glas.

Schließlich gab Franzi auf. Sie warf einen letzten Blick auf ihre Oma, die vor sich hin in den Kräutergarten starrte, aber kein Wort sagte. Irgendwie verstand sie ihre Nonna. Und plötzlich hatte sie das Gefühl, zu stören. Auf Zehenspitzen schlich sie davon und legte sich mit ihrem Roman auf den Liegestuhl.

Lange Zeit grübelte sie vor sich hin. Ihre Gedanken wanderten hierhin und dorthin. Von Alessio zu ihren Eltern, weiter zu Philip und schließlich zu Nonna und der Pension. Ein unbeschwertes Abtauchen in ihren Liebesroman, der auf einem Pferdehof an der Küste Norddeutschlands spielte, war nicht möglich.

Sie musste eingeschlafen sein. Denn als sie ein lautes Motorengeräusch vernahm, schreckte sie hoch. Alessio, durchzuckte es Franzi, und sie stand auf. Sie lief um das Haus herum und tatsächlich stellte er gerade den Motor ab und stieg aus seinem Wagen.

Ihr Herz machte einen Satz und auf ihrem Gesicht breitete sich ein strahlendes Lächeln aus, ohne dass sie etwas dazutun musste. Beim Anblick seiner kalten Augen und der versteinerten Miene jedoch verschwand es augenblicklich. Etwas musste passiert sein. Sorge erfasste ihr Herz. Was war geschehen?

»Alessio«, sagte sie verunsichert und machte ein paar Schritte auf ihn zu.

Mit einer einzigen, herrischen Handbewegung hieß er sie, stehen zu bleiben.

»Ich habe jemanden mitgebracht«, sagte er statt einer Begrüßung und die Kälte in seiner Stimme reichte aus, um die Umgebungstemperatur um ein paar Grad zu senken.

Franzis Blick wanderte zur Beifahrerseite, doch weil die Sonne genau auf die Scheibe fiel, konnte sie nichts erkennen.

Gedanken purzelten durch ihren Kopf. Warum war er sauer? Was war passiert? Hatte sie anfangs gedacht, dass er kühl und abweisend war, so hatte sie ihn so noch nicht erlebt. Und sie betete, dass sie das auch nie wieder musste.

Jetzt ging die Tür auf und Franzi erstarrte, als sie sah, wer eben aus dem Wagen stieg, umständlich einen Koffer herauszog und sie angrinste.

»Dein Verlobter«, spuckte Alessio aus, drehte sich um und setzte sich hinter das Steuer. Der Motor heulte auf, Reifen quietschten, dann verließ der Wagen in einer Staubwolke den Hof.

Kapitel 16

»Franzi, mein Schatz!« Philip stürmte auf sie zu, ohne dem verschwindenden Auto Aufmerksamkeit zu schenken, während ihr Blick auf den Staub gerichtet war, in den Alessio sich samt seines Autos einhüllte. Hoffentlich baute er keinen Unfall, durchzuckte es sie.

Unterdessen hatte Philip sie erreicht, ließ den Koffer fallen und zog sie in eine stürmische Umarmung, aus der sich Franzi nur schwer befreien konnte. Plötzlich war ihr seine Nähe unangenehm. Außerdem schossen ihr Gedanken durch den Kopf, mit denen sie im Moment lieber allein gewesen wäre.

Philip schien nichts zu bemerken. Er ließ sie los, griff nach seinem Koffer und drehte sich nach dem Wagen um, der eben hinter einer Kuppe verschwand.

»Was hat er denn?«, fragte er und legte die Stirn in Falten. »Er schien mir ganz nett zu sein, als er angeboten hat, mich hierher zu bringen.«

»Wie kam das überhaupt?«, stotterte Franzi. »Ich meine, wie bist du hergekommen?«

»Deine Mutter hat mich gestern angerufen und gemeint, dass es gut wäre, wenn ich dich besuche. Ich habe die Einweihung einer neuen Turnhalle abgesagt, obwohl das sehr wichtig für mich gewesen wäre.« Der Hauch eines Vorwurfs schwang in seiner Stimme mit.

Diana also. Franzi überlegte, warum sie ihr nichts gesagt hatte. Plötzlich durchschaute sie, wie viele Fäden ihre Mutter in der Hand hielt. War sie nicht deswegen nach Italien gefahren? Um all dem zu entfliehen? Nicht einmal hier hatte sie ihre Ruhe. Stück für Stück hatte ihre Mutter die Oberhand zurückgewonnen. Franzi merkte, wie Unmut in ihr hochkroch.

»Auf jeden Fall hat mich das Taxi in Navello abgesetzt«, fuhr Philip unterdessen fort.

Jetzt erst wandte Franzi sich ihm zu und sah ihn an. »Du bist mit dem Taxi vom Flughafen hierher gefahren?«

»Warum nicht? Ich traue den italienischen Mietwagen nicht. Und den Verleihern gleich zweimal nicht. Also habe ich beschlossen, das als Auslandsreise abzusetzen. Die Quittung kann ich einreichen.« Beifallheischend sah er sie an.

Franzi wunderte sich über sich selbst, wie sehr sie dieses Verhalten plötzlich befremdete.

»Ich war im Ortskern und der Taxifahrer kannte sich auch nicht aus. Er wusste nicht, wo das Haus deiner Oma ist. Klar, er kommt ja nicht von hier.« Philip lachte laut.

»Warum hast du nicht angerufen?«

»Ich wollte dich überraschen. Also habe ich den nächstbesten Menschen gefragt, der mir über den Weg gelaufen ist. Und das war er.« Philip deutete hinter sich. »Er hat mir gesagt, wo ich hinmuss, und weil das Taxi schon weg war, hat er angeboten, mich zu fahren. Er müsse sowieso hier hoch. Wir haben uns ganz nett unterhalten auf der Fahrt.«

Franzi schwante, worüber und ihr wurde gleichzeitig heiß und kalt.

»Zuerst dachte er, ich sei ein normaler Gast. Ich habe ihn dann aber aufgeklärt, dass meine Verlobte geflohen ist und ich sie zurückholen möchte.« Philip zwinkerte ihr zu. »Wollen wir nicht hineingehen?« Er legte den Arm um sie und ging langsam auf die Eingangstür zu. Neugierig sah er sich um. »Bisschen heruntergekommen ist das alles hier.«

Franzi schluckte und biss die Zähne zusammen. Philips versnobte Art gefiel ihr nicht. Ihre Oma hatte er noch nicht einmal kennengelernt, da urteilte er schon über sie.

Allerdings beschäftigte sie das gerade weniger als Alessio. Kein Wunder, dass er sauer war. Gestern Abend hatte sie die Möglichkeit gehabt, ihm zu erzählen, dass sie verlobt war. Sie hatte es nicht getan, weil sie zuerst mit Philip hatte reden wollen. Das war ein großer Fehler gewesen, wie sie jetzt erkannte.

Sie holte tief Luft. »Philip, wir müssen reden.«

»Das glaube ich auch.« Er lachte. »Einfach so verschwinden und niemandem etwas sagen. Ein Glück, dass deine Mutter mich angerufen hat. Hast du eine Ahnung, was die Presse geschrieben hat? Eine der Schlagzeilen lautete sogar, dass du Krebs hättest und dich zum Sterben in die Schweiz zurückgezogen hättest. Was für ein Blödsinn. Ich hoffe, das schadet mir im Wahlkampf nicht. Langsam geht es in die heiße Phase.«

Franzi blieb abrupt stehen und schüttelte seinen Arm ab. »Ist das alles, was dich interessiert? Ob das deinem Wahlkampf schadet?«

»Jetzt sei nicht so.« Er zog einen Schmollmund. »Natürlich ist das nicht das Einzige. Du warst einfach nicht mehr du selbst und hast eine kleine Auszeit gebraucht. Das ist okay. Aber ich denke, nun ist es genug. Eine kindliche Phase, die du ausgelebt hast. Nun ist es an der Zeit, ins Erwachsenenleben zurückzukehren.« Er zwinkerte ihr zu.

Franzi starrte ihn an wie vom Donner gerührt. Offenbar verstand er den Ernst der Lage nicht. Das war ihr Zusammenbruch für ihn also gewesen. Eine kindliche Phase. Wie engstirnig das war! War er immer so gewesen? Plötzlich fragte sie sich, was sie je an ihm gefunden hatte. Selbst wenn Alessio ihr nicht verzieh, war sie froh, dass ihr die Augen über Philip aufgegangen waren. Mit ihm wäre sie auf Dauer nicht glücklich gewesen.

»Franzi, komm schon. Ich bin müde von dem Flug und der langen Fahrt. Ich möchte mich umziehen, ein bisschen frisch machen und etwas essen. Dann können wir in Ruhe über alles reden.«

»Ich will aber nicht in Ruhe über alles reden.« Franzi spürte, wie ihr heiß wurde. »Ich möchte das jetzt auf der Stelle klären. Ich bin doch kein kleines Kind. Und ich bin auch nicht aus einer ›Phase‹ heraus verschwunden.« Sie wollte mit den Fingern Gänsefüßchen in die Luft malen, das geriet jedoch zu einem unkontrollierten Fuchteln, so sehr redete sie sich in Rage. Sie sprach immer lauter. »Ich hatte einen Zusammenbruch. Verstehst du das nicht? Das war ein Warnsignal meines Körpers. Ich darf so nicht weitermachen. Ich habe niemandem gesagt, wo ich hinfahre, weil genau das passiert wäre, was im Moment geschieht. Ihr alle wisst, was gut für mich ist, und versucht, mich zu irgendwas zu drängen.« Sie funkelte ihn an. »Dabei vergesst ihr aber, dass ich ein mündiger Bürger mit einer eigenen Meinung bin. Zur Abwechslung könnte mich mal jemand danach fragen.« Sie schwieg einen Augenblick, bebend vor Zorn.

Philip sah sie an, als könne er nicht fassen, was er gerade hörte. Vermutlich dachte er, dass sie sich noch immer in jener Phase befand.

»Mir ist es herzlich egal, was die Presse für Schlagzeilen in die Schmierblätter schreibt. Mir ist es auch scheißegal, ob das Auswirkungen auf deinen Wahlkampf hat. Und mir ist es ebenso wurscht, ob ich bei diesem beschissenen Festival singe oder nicht. Ausnahmsweise geht es jetzt mal um mich.« Sie blitzte ihn an und schnaufte, als habe sie einen Hundertmeterlauf hinter sich. Ihr Herz klopfte bis zum Hals.

Gleichzeitig erkannte Franzi, dass nicht nur Philip das Problem war. Sie war fremdbestimmt gewesen in ihrem Leben. Andere hatten Entscheidungen für sie getroffen und geglaubt, das in ihrem Sinne zu tun. Sicher nicht mutwillig oder in böser Absicht. Aber keiner hatte Rücksicht darauf genommen, was sie wirklich wollte.

»Aber Franzi«, hob Philip an. Er wirkte völlig konsterniert.

»Nichts, aber Franzi«, wütete sie weiter. »Ich heiße Francesca. Das bin ich. Und so will ich ab heute genannt werden.«

Jetzt zuckte er zurück, als habe er sich verbrannt, und sah sie mit hängenden Schultern an.

»Das hättest du doch sagen können.«

»Das habe ich aber erst hier kapiert«, zischte sie zurück.

Schweigend standen sie sich gegenüber. Philip war wie vor den Kopf gestoßen. Dem sonst so eloquenten Politiker fehlten die Worte. Wie ein begossener Pudel starrte er sie an. Ihr Zorn verrauchte so schnell, wie er gekommen war, und plötzlich fühlte sie sich nur noch müde. Sie atmete tief durch und versuchte, sich zu sammeln, ehe sie weitersprach.

»Philip«, fuhr sie leiser fort. »Ich denke, es ist das Beste, wenn wir unsere Verlobung lösen.«

»Aber Franzi«, stotterte er. »Francesca, meine ich.«

Sie schüttelte den Kopf und sah ihm fest in die Augen. »Sieh mal, wir hatten eine schöne Zeit miteinander. Aber ich glaube, dass das von Anfang an ein Fehler war. Unsere Leben sind zu unterschiedlich, sie passen einfach nicht zusammen. Lass uns diese Dummheit korrigieren, bevor noch mehr Schaden entsteht. Du bist so auf deinen Wahlkampf und deine Karriere fixiert, ich möchte dir nicht im Weg stehen.« Ohnehin fragte sie sich langsam, ob Philip sie nicht nur als schmückendes Beiwerk an seiner Seite brauchte. Vielleicht nicht bewusst. Aber die Inszenierung ihrer Verlobung und sein ständiger Hinweis auf die Presse ließen diesen Verdacht in ihr aufkeimen. Warum war sie nur so blind gewesen?

Jetzt sah Philip elend aus und fast tat er ihr leid. »Was möchtest du denn?«, fragte er leise. »Wir können das wieder hinbiegen.«

»Um mich das zu fragen, ist es ein bisschen spät«, erwiderte sie fest. »Und nein, ich glaube nicht, dass wir das wieder hinbekommen.«

Philip fuhr sich mit der Hand durch das Haar und holte tief Luft.

»Sag mir nur eines: Gibt es einen anderen?«

Franzi schwieg und dachte einen Moment nach. Keine Lügen mehr, kein Verheimlichen. Sie sah ihm fest in die Augen.

»Um ehrlich zu sein, ja. Aber das ist nicht der Grund für unsere Trennung. Das eine hat mit dem anderen nichts zu tun, denn wie es aussieht, wird das mit uns nichts werden.« Sie merkte, wie Trauer sich ihrer bemächtigte, straffte sich aber. Noch war nicht alles verloren. »Aber es hat mir gezeigt, dass wir beide nicht füreinander bestimmt sind. Du wirst glücklich werden in Deutschland, mit einer Frau an deiner Seite, die dich bei deiner Karriere unterstützt. Aber ich kann das nicht.« Sie holte tief Luft und schluckte. »Ich danke dir für alles. Leb wohl.«

Sie drehte sich um und rannte tränenblind davon.

Obwohl Franzi wusste, dass es das Richtige war, tat es ihr doch weh, Philip so zurückzulassen. Sie hatten eine gute Zeit miteinander gehabt. Anfangs war sie der Meinung gewesen, dass sie glücklich war mit ihm. Selbst an seinem Geburtstag hatte sie das noch geglaubt. Was genau Glück jedoch bedeutete, war ihr erst hier aufgegangen. Auf Nonnas Hof. Natürlich spielte Alessio eine Rolle. Eine große für sie persönlich. Nicht aber für das gesamte Bild, das war ihr nun klar.

Künftig wollte sie das machen, was ihr wirklich guttat. Und darüber musste sie selbst bestimmen und durfte niemandem mehr die Entscheidungen über ihr Leben und ihre Zukunft überlassen.

Gerade hatte sie mit diesem neuen Weg angefangen und das fühlte sich verdammt gut an. Genau damit wollte sie auch weitermachen. Trotzig wischte sie sich die Tränen aus dem Gesicht.

Tief in Gedanken versunken erreichte sie den Hühnerstall. Gelegentliches Scharren und Picken war zu hören, und als Franzi die Tür öffnete, gackerten die Vögel wild durcheinander und schlugen aufgeregt mit den Flügeln. Suchend sah sie sich um, bis ihr einfiel, dass Nonna das Fahrrad genommen hatte, als sie vorhin verschwunden war.

Dann eben nicht, dachte sie entschlossen und warf die Tür hinter sich zu. Sofort wurde es ruhiger im Stall. Ein kleiner Fußmarsch schadete ihr nicht. Weniger wegen der Kalorien, die sie verbrannte. Wen kümmerte es, wenn sie ein paar Kilo mehr auf den Rippen hatte? Vielmehr hatte sie die Gelegenheit, sich ihre Worte zurechtlegen, mit denen sie sich Alessio erklären wollte.

Ihre Gedanken wanderten ziellos umher, kreisten um Alessio, in den sie sich ernsthaft verliebt hatte, und darum, wie sie ihr neues Leben gestalten wollte. Zum ersten Mal fühlte sie sich wirklich frei.

Franzi wusste nicht, wie lange sie unterwegs war. Heute hatte sie auch kein Auge für die zauberhafte Landschaft und die farbenprächtigen Blumen. Selbst der würzige Duft, der in der Luft lag, betörte sie heute nicht. Ohnehin hatte sie nur eine vage Ahnung, wo genau Alessio wohnte. Aber sie fand das Haus auf Anhieb und betrat mit klopfendem Herzen das Grundstück.

Neugierig sah sie sich um. Hübsch war es hier. Rechts war ein Vorplatz, auf dem Alessios Wagen stand. An ihn grenzte eine riesige Scheune. Ob er darin seine Arbeitsgeräte aufbewahrte? Bestimmt gehörten Traktoren und andere große Fahrzeuge dazu. Links lag ein verwildert aussehender Vorgarten. Mit ein paar blühenden Pflanzen könnte er eine heimelige

Atmosphäre schaffen. Ob Alessio etwas verändert hatte, seit sein Vater nicht mehr lebte?

So vieles von ihm wusste sie nicht. Doch sie war begierig darauf, Antworten auf diese Fragen zu bekommen und ihn näher kennenzulernen. Falls er ihre eine Chance gab.

Die Tür ging auf und Alessio trat nach draußen. Er sah aus, wie sie ihn kannte. Weißes Hemd, das oben offen war, die Ärmel hochgekrempelt. Dazu die staubige Arbeitshose und den unvermeidlichen Hut auf dem Kopf.

Ihr Lächeln gefror, als sie ihm in die Augen sah. Härte und Kälte schlugen ihr entgegen und plötzlich bekam sie es mit der Angst zu tun. Dennoch ging sie tapfer weiter.

Alessio schob den Hut in den Nacken, dann nahm er einen Besen zur Hand, der neben dem Eingang stand, und fing an, dort zu kehren.

»Was willst du?«, knurrte er und Franzi fühlte, wie sich ihr Magen in einen Knoten verwandelte.

Trotzdem trat sie näher und blickte unschlüssig auf den Boden, ehe sie wieder aufsah. Alessio direkt ins Gesicht. Was sie erkannte, erschütterte sie, denn nun schlug ihr Hass entgegen.

»Alessio, ich möchte dir das erklären«, begann sie.

Er hielt in seiner Bewegung inne und umklammerte den Besen fest. Seine Fingerknöchel traten weiß hervor.

»Ich weiß nicht, was es da zu erklären gibt«, gab er kalt zurück. »Das war eindeutig genug. Du bist verlobt und hast es mir nicht gesagt.«

»So ist das nicht.« Sie klang zunehmend verzweifelt, hörte es selbst und konnte nichts dagegen tun.

»Ach nein?« Er warf den Besen hin und trat auf sie zu. Das Gesicht zu einer traurigen Maske gefroren. »Jetzt will ich dir mal etwas sagen. Du bist nicht besser, als meine Mutter es war. Ich hätte auf mein anfängliches Gefühl hören und die Finger von dir lassen sollen. Ich bin von dir genauso enttäuscht wie von ihr. Das Leben in der Einöde ist nichts für euch, weil es euch in die Großstadt zieht. Da blüht ihr auf, da habt ihr alles, was ihr braucht. Solche Menschen wie deine Nonna oder mich belächelt ihr doch. Die Provinz ist nur für eine kurze Erholung da.«

Er sprach ruhig. Umso mehr traf Franzi jedes Wort wie eine Ohrfeige und sie war unfähig, etwas zu erwidern.

»Die Leichtigkeit, ja, die nehmt ihr mit. Ein paar Tage hält man es schon aus. Burn-out geplagt oder wie ihr das nennt. Dabei habt ihr alle keine Ahnung, was es heißt, richtig zu arbeiten und dabei Verantwortung für andere zu übernehmen. Existenzängste zu haben und den Menschen, die dort leben und arbeiten, eine Perspektive zu bieten.«

Alessio straffte sich. Die Kieferknochen traten deutlich hervor. Er bückte sich, um den Besen wieder aufzunehmen, und wandte sich ab. »Ich habe nichts mehr zu sagen, verschwinde.« Verbissen begann er, den Hof zu kehren.

Franzi blieb stehen wie vom Donner gerührt. Das sollte es jetzt gewesen sein? Mit solchen Worten gingen sie auseinander? Er hatte ihr nicht einmal die Chance für eine Erklärung gelassen. Hatte nicht auch sie das Recht, etwas zu sagen?

»Nur, damit du es weißt«, fing sie an und biss die Zähne zusammen, um den Kloß in ihrem Hals loszuwerden. »Du hast keine Ahnung davon, wer ich wirklich bin und was ich denke. Du weißt nicht, was mich ausmacht und wofür ich einstehe. Mir ist hier einiges klar geworden und das würde ich dir gern erklären.« Nun rannen die Tränen, die sie bisher mühsam unterdrückt hatte, über die Wangen. »Die Verlobung mit Philip habe ich gelöst.«

Sie wartete einen Augenblick ab, ob Alessio etwas dazu sagte. Stumm starrte sie seinen Rücken an und hoffte, dass er sich umdrehte. Aber ihr Geständnis rief keinerlei sichtbare Reaktion hervor.

»Ich biete dir an, darüber zu sprechen. Eine Chance zumindest solltest du mir geben.«

Jetzt hielt er inne und Franzi hoffte inständig, dass er sich ihr zuwandte.

»Es gibt nichts mehr zu reden«, sagte er fest und kehrte weiter.

Einen Moment blieb sie stehen und schlug die Hand vor den Mund, um das Schluchzen zu unterdrücken. Sie konnte, ja, sie wollte nicht glauben, dass er nicht mir ihr redete und das das Ende von etwas war, das noch nicht einmal begonnen hatte.

Doch Alessio wischte mit dem Besen über den Boden und machte keine Anstalten, sich umzudrehen. Er tat, als wäre sie nicht da, als habe es sie nie gegeben.

Franzi konnte sich nicht mehr zurückhalten und schluchzte hemmungslos. Sie machte auf dem Absatz kehrt und floh von seinem Grundstück.

Sie wusste nicht, wie sie zurück zu Nonnas Pension kam. Auch hatte sie keine Ahnung, wie lange sie für den Rückweg brauchte. Ihr Kopf war leer und das Gesicht tränennass.

Als sie auf den Hof schlich, weinte sie immer noch. Die Eingangstür ging auf und Nonna trat heraus. Ihr reichte ein Blick auf ihre Enkelin, um auf sie zuzugehen, sie in den Arm zu nehmen und fest an sich zu drücken.

Franzi schluchzte unwillkürlich auf und ließ sich streicheln wie ein kleines Kind. Nonna flüsterte beruhigende Worte auf sie ein und machte immer wieder »Schsch«. Wenn die Umstände nicht so dramatisch gewesen wären, hätte Franzi es genossen. So jedoch war das nur ein schwacher Trost.

»Wollen wir uns setzen?«, fragte Nonna sanft und deutete auf die Bank, die rechts von der Tür stand.

Schniefend ließ Franzi sich neben ihr nieder.

»Und jetzt erzähl, piccola mia. Was ist passiert?«

Franzi knetete das Taschentuch in ihren Händen, das nur noch ein nasser Fetzen war. Wieder einmal hatte sie keine Ahnung, wo sie anfangen sollte, und rang hilflos nach Worten.

»Alessio«, stammelte sie schließlich und wusste nicht weiter.

Ihre Oma wartete geduldig und strich ihrer Enkelin unablässig über den Rücken.

»Warst du bei ihm? Habt ihr euch gestritten?«

»Es ist aus«, schluchzte Franzi, bis ihr einfiel, dass ihrer Oma der Zusammenhang fehlte.

Dennoch nickte die. »So etwas Ähnliches dachte ich mir schon«, stellte sie fest. »Euch war anzusehen, dass da mehr war. Und wenn ich ehrlich bin, habe ich mich darüber gefreut. Ihr seid ein hübsches Paar. Was ist denn geschehen?«

»Heute Morgen ist Philip angekommen, mein Ex-verlobter«, sagte Franzi mit Grabesstimme. »Er wollte mich besuchen und ist Alessio direkt in die Arme gelaufen.«

»Das erklärt dann wohl den bekümmerten Mann auf meiner Terrasse«, murmelte Nonna.

Franzi schreckte hoch. »Soll ich …?«

Nonna schüttelte den Kopf. »Ella kümmert sich um ihn.«

Nun sank Franzi wieder in sich zusammen. Bei Ella war Philip gut aufgehoben. Er tat ihr leid, ohne jede Frage. Dennoch war sie der Meinung, dass es das Beste war, dass sie sich von ihm getrennt und die Verlobung gelöst hatte.

»Du warst also verlobt«, stellte Nonna fest.

Franzi spürte, wie ihr das Wasser erneut in die Augen stieg. »Als ich hier ankam, war die Welt noch in Ordnung. Ich war ein bisschen müde von dem ganzen Stress, okay. Aber hier war plötzlich alles anders. Ich habe mich nicht nur erholt, mir ist auch einiges klar geworden. Und dann war da Alessio.«

Sie schwieg, weil sie nicht wusste, wie sie weitersprechen sollte.

»Du liebst ihn«, stellte die alte Dame schlicht fest und Franzi nickte zaghaft. Erst jetzt wurde ihr das in seiner Gänze bewusst. Sie hatte sich nicht nur in Alessio verliebt, sie empfand weit mehr für ihn, als sie je für einen Menschen empfunden hatte.

»Er ist anders als Philip. Wenn ich ehrlich bin, habe ich schon am Tag unserer Verlobung gewusst, dass das mit uns keine Zukunft hat. Kannst du dir vorstellen, dass ich drauf und dran war, ›Nein‹ zu sagen?« Sie schüttelte den Kopf. Das war noch nicht lange her. Und trotzdem kam es ihr vor, als sei es in einem anderen Leben gewesen. »Ich glaube, mich haben nur die anwesenden Menschen und die Presse zurückgehalten.«

»Was für ein Zirkus.« Missbilligung schwang in diesem einen Wort mit.

Unglücklich sah sie zu Nonna hinüber. »Ich habe doch auch nicht damit gerechnet, dass ich mich hier verliebe. Richtig, meine ich. Wie mir scheint, zum ersten Mal. So hat es mich noch nie erwischt.«

»Und was ist dann geschehen?«

Franzi zuckte mit der Schulter. »Ich weiß es nicht. Mama hat Philip angerufen und ihm den Floh ins Ohr gesetzt, dass er herkommen soll.«

»Diese Schlange«, zischte ihre Oma.

»Ich hätte mich ohnehin von Philip getrennt. Das ist mir gestern Abend bewusst geworden. Unabhängig von Alessio.«

Nonna nickte grimmig. »Und weiter?«

»Philip hat ein Taxi vom Flughafen nach Navello genommen.«

»Wie bitte? Was für eine Geldverschwendung!«, entrüstete sich die alte Dame.

Jetzt stahl sich sogar ein kleines Lächeln auf Franzis Lippen. Das war typisch für Philip. Aber auch für ihre Nonna, die Verschwendungssucht bis auf den Tod hasste. »Er traut den italienischen Mietwagenverleihern nicht über den Weg. Und den Autos ebenso wenig.«

»Was ist denn das für ein Mann? Wenn du mich fragst, hast du alles richtig gemacht!« Nonna schickte noch ein paar gemurmelte Verwünschungen über diese himmelschreiende Engstirnigkeit hinterher.

»Auf jeden Fall hat Alessio ihn im Auto hergebracht und jetzt redet er nicht mehr mit mir.«

»Dio mio«, flüsterte Nonna und schlug sich die Hand vor den Mund, bevor sie sich bekreuzigte.

Mit bangem Blick sah Franzi sie an. »Was ist?«

»Das erklärt einiges«, bekam sie düster zur Antwort. »Kennst du die Geschichte von Alessios Mutter?«

Sie nickte. »Er hat mir gestern Abend davon erzählt. Dass sie die Familie verlassen hat, um in Venedig ihr Glück zu suchen. Sie ist nicht zurückgekehrt und er hat als Kind darunter gelitten.«

»Nicht nur ein bisschen. Er ist durch die Hölle gegangen. Mir hat er leidgetan, der arme Kerl. Alle haben in ihm immer nur ein boshaftes Kind gesehen. Aber ich habe gewusst, woher das kam. Deswegen habe ich über vieles hinweggesehen. Es gibt Dinge, die heilen nur durch Zeit und Liebe.«

»Und beides hat er bei dir bekommen«, flüsterte Franzi und war schon wieder den Tränen nahe, weil ihr Herz von Mitleid überflutet wurde.

»Du hast ihm das Herz gebrochen, das ist dir klar, oder?«

Franzi nickte. Es war eindeutig, dass Nonna Alessio meinte und nicht Philip.

»Hast du einen Rat, wie ich das wieder hinbekomme? Du kennst ihn schon so lange. Und besser als ich.«

Nonna starrte vor sich hin und schwieg einige Sekunden. Dann zupfte sie verlegen an ihrem Dutt herum, ehe sie umständlich aufstand. »Wenn ich ehrlich bin, habe ich keine Ahnung. Eben weil ich ihn kenne, glaube ich nicht, dass da noch etwas zu retten ist.«

Niedergeschlagen schlich Franzi hinter Nonna ins Haus. Es war aussichtslos. Sie hatte sich ihr Glück selbst verbaut. Natürlich verstand sie Alessio. Wer so hintergangen worden war, verlor den Glauben an die Liebe. Seine Mutter hatte ihn traumatisiert, als sie ihr kleines Kind verlassen hatte und nicht zurückgekehrt war. Dass er sich ihr geöffnet hatte, zeigte ihr, dass es nicht zu spät gewesen wäre. Die Narben konnten heilen. Doch sie hatte seine Gefühle mit Füßen getreten.

Franzi konnte nur hoffen, dass er sich besann und ihr wenigstens eine Chance auf ein Gespräch gab. Sie musste ihm einfach ein bisschen Zeit geben.

An diesen Gedanken klammerte sie sich mit ganzer Kraft, als sie in die Küche ging und sich auf den Stuhl fallen ließ.

»Cappuccino?«, fragte Nonna. »Oder sollen wir lieber eine Flasche Prosecco aufmachen? Das wird langsam zur Gewohnheit«, murmelte sie vor sich hin und schüttelte den Kopf.

»Wie ist die Lage da oben?«, fragte Franzi. Nicht nur sie hatte Probleme.

Im Moment waren alle mit ihren eigenen Dingen beschäftigt. Schuldbewusst erinnerte sie sich daran, dass mit der größten Schwierigkeit Nonna selbst zu kämpfen hatte. Und dabei war sie die Ruhe in Person und hatte überdies ein offenes Ohr für andere.

Auch jetzt zuckte sie nur mit der Schulter und setzte Wasser für Kaffee auf. »Entweder streiten sie oder sie machen Schweinkram.«

Franzi wusste nicht, ob sie lachen oder entsetzt sein sollte. Mit ihrer Oma über Sex zu sprechen, war befremdlich. Dennoch zollte sie ihr Respekt, wie sie damit umging.

Im gleichen Moment hörte sie Getrampel von der Treppe und nur wenig später stob Diana in die Küche. Als sie ihre Tochter am Küchentisch sitzen sah, blieb sie abrupt stehen.

Sie sah anders aus. Nicht so elegant, wie sie sonst war. Zwar trug sie ein grünes T-Shirt mit Goldstickereien und eine weiße Seidenhose, aber die Stoffe waren faltig und ihr Gesicht wirkte fleckig, als habe sie sich nur nachlässig geschminkt. Oder die Schminke war aufgrund … anderer Dinge verschwunden. Franzi schüttelte den Kopf. Daran wollte sie gar nicht erst denken.

»Was ist passiert? Hast du dich mit Philip gestritten? Wo ist er überhaupt?«

Franzi verspürte Unwillen in sich aufsteigen und biss die Zähne zusammen.

Ihre Mutter schüttelte den Kopf und wandte sich an Nonna. »Könnte ich bitte eine Tasse Tee haben?«, fragte sie auf Italienisch, um sich gleich darauf zu ihrer Tochter umzudrehen und deutsch weiterzusprechen. Mit gerunzelter Stirn sah sie sie an. »Niko hat sich bei mir gemeldet, weil du auf seine Nachrichten nicht antwortest. Wegen des Festivals möchte er wissen …«

Weiter kam sie nicht, denn Franzi stand auf. Breitbeinig stellte sie sich hin und stemmte die Hände in die Hüften.

»Stopp.«

Diana zuckte zurück. »Was ist?«

»Es reicht, Mama.«

»Wie bitte?« Ihre Mutter war zu irritiert, um empört zu sein.

Franzi holte tief Luft. Es war Zeit für die längst überfällige Aussprache. Wenn sie schon dabei war, reinen Tisch zu machen, konnte sie ebenso gut gleich weitermachen.

Ihre Mutter sah sie verständnislos an und setzte zu einer Erwiderung an, aber Franzi gebot ihr mit einer Handbewegung, zu schweigen.

Überrascht registrierte sie, dass sie über die nötige Autorität verfügte, wenn sie das wollte. Bisher hatte sich Diana davon nicht abhalten lassen.

»Es ist an der Zeit, dass wir ein paar Dinge klarstellen«, fuhr sie mit fester Stimme fort. »Hast du Philip angerufen und herbestellt?«

Ihre Mutter zögerte die Antwort hinaus, was Franzi bestätigte, dass sie auf der richtigen Spur war. Schließlich nickte Diana widerstrebend.

»Was hast du dir dabei gedacht?« Franzi musste sich zusammenreißen, um nicht laut zu werden.

»Nichts«, gab Diana verunsichert zurück. »Nichts Schlimmes, meine ich.«

»So kann man es auch nennen. Mama, hast du eine Ahnung, warum Papa mich hierher geschickt hat?« Sie wartete die Antwort nicht ab und sprach einfach weiter. »Ich will es dir sagen. Dieser ganze Zirkus, wie Nonna immer so schön sagt, wurde mir zu viel. Hier Termine, da ein Konzert und noch ein Interview. Ihr alle wusstet, was gut für mich ist.«

»Für deine Karriere«, konnte es Diana sich nicht verkneifen.

»Exakt, Mama. Das ist meine berufliche Laufbahn. Und die geht mir gerade ehrlich gesagt sonst wo vorbei«, brauste Franzi auf. »Ich gehe auf dem Zahnfleisch und habe keine Ahnung mehr, wer ich bin und was ich eigentlich will. Ihr aber, ihr wisst es offenbar. Du und Niko. Und auch Philip.«

Betroffen erwiderte Diana ihren Blick. Nonna stand am Herd und schwieg, betrachtete ihre Enkelin und deren Mutter jedoch aufmerksam.

»Ich bin euch dankbar«, lenkte Franzi ein, weil sich leise ihr Gewissen meldete. »Ihr macht euch Gedanken und helft mir. Ihr vergesst dabei nur, dass ihr mich zwischendurch fragen könntet, ob ich das überhaupt will. Aber damit ist jetzt Schluss«, verkündete sie. »Meine Entscheidungen werde ich in Zukunft selbst treffen. Und Mama, sei mir bitte nicht böse, aber ich habe einen Manager, der alles für mich regelt. Wenn ich deine Hilfe brauche, lasse ich es dich gern wissen. Ab heute möchte ich keine Einmischungen mehr in meine Angelegenheiten. Auch nicht, wenn sie gut gemeint sind. Wir trennen das künftig strikt. Das eine ist privat und das andere geschäftlich.«

»Aber Franzi«, hob ihre Mutter bekümmert an.

»Stopp, ich bin noch nicht fertig. Ich heiße übrigens Francesca. Franzi war einmal. Ich werde in Zukunft aussuchen, auf welchen Konzerten und welchen Festivals ich singe. Und wenn es mir keinen Spaß macht, werde ich sie absagen. Keine Sorge, das werde ich Niko selbst mitteilen. Er wird sich ebenfalls umgewöhnen müssen. Er lebt von dem Geld, das ich ihm für seine Dienste bezahle. Nun bin ich der Boss und demnach entscheide ich auch.«

Francesca warf einen Blick zu Nonna hinüber. Ein feines Lächeln umspielte die Lippen ihrer Oma und sie nickte kaum wahrnehmbar. Während ihre Mutter dastand wie ein begossener Pudel und offensichtlich nach Worten rang.

»Warum auch immer du Philip angerufen hast, lassen wir jetzt mal dahingestellt«, fuhr sie fort. »Auch das ist eine Einmischung in Dinge, die nur mich etwas angehen. Und nur, damit du es gleich weißt, ich habe die Verlobung gelöst.«

Fassungslos sah ihre Mutter auf. Tränen standen in ihren Augen. »Aber Kind, das war eine so vorteilhafte Verbindung für euch beide. Wirf das doch nicht einfach weg.«

Francesca biss die Zähne zusammen. »Das ist genau der Punkt. Ich möchte keine vorteilhafte Verbindung eingehen. Ich möchte aus Liebe heiraten, weil das etwas ist, das ich mit keinem Geld der Welt bekommen kann. Ich pfeife auf vorteilhaft. Weil ich glücklich sein will. Und, Mama, ich glaube, du weißt gerade sehr gut, was ich damit meine.«

Diana schüttelte nur noch den Kopf. »Aber die Presse …«

»Komm mir jetzt nicht mit der Presse. Mein Leben wird nicht von irgendwelchen Boulevardblättern diktiert. Und es kümmert mich nicht mehr, was andere über mich denken.«

Francesca atmete durch, ehe sie nach der Hand ihrer Mutter griff. Einen Augenblick standen sie sich schweigend gegenüber. Tränen rannen über Dianas Gesicht. Aber Francesca fühlte sich frei. Endlich war heraus, was sie längst hätte sagen müssen. So schwer war es gar nicht gewesen, und ihre Mutter würde damit klarkommen. Vielleicht half ihr ja ihr Vater dabei.

Lange Zeit war es still in der Küche, ehe ihre Mutter sich umdrehte und davonschlich. Bei ihrem Anblick sackten auch Francescas Schultern nach unten und sie sank ermattet auf den Stuhl zurück.

Nonna kam zu ihr herüber und fuhr ihr mit der Hand liebevoll über das Haar. »Ich habe zwar nichts verstanden, aber das war auch nicht nötig. Wenn du mich fragst, war das überfällig. Und ich bin stolz auf dich, dass du das geschafft hast. Du wirst sehen, deine Mutter kriegt sich wieder ein. Sie muss lernen, loszulassen. Und verstehen, dass deine Karriere nicht ihre ist.«

Franzi nickte müde. »Ich hätte jetzt doch lieber gern den Prosecco statt des Kaffees.«

Kapitel 17

Nonna hatte sich in den Kräutergarten verzogen und Ella kümmerte sich um Philip und schleppte ihn zu einem Spaziergang in die Weinberge. Francescas Eltern hatten auf wundersame Weise aufgehört zu streiten. Man vernahm sie nur noch leise diskutierend und hörte sorgenvolles Gemurmel durch die Tür. Als sie zum Essen herauskamen, schlich ihre Mutter traurig durch das Haus und ihr Vater raufte sich immer wieder die Haare. Mittlerweile sah er aus wie ein Papagei in der Mauser.

Francesca war froh, dass sie ihre Ruhe hatte. Außer dumpfem Schmerz verspürte sie nichts. Sie hatte mit sich gerungen, ob sie Alessio einen weiteren Besuch abstatten sollte. Dann aber davon Abstand genommen, als Nonna ihr das Abendessen brachte.

»Lass ihm ein bisschen Zeit«, meinte sie. »Er muss das erst verdauen. Wenn der anfängliche Zorn verraucht ist, lässt er vielleicht mit sich reden. Das dauert, mein Kind.«

Francesca nickte schweren Herzens und unter Tränen und kostete von der *Minestrone*. Es fiel ihr nicht leicht, etwas zu essen. Sie hatte keinen Hunger, weil sie sich in Gedanken damit beschäftigte, was heute geschehen war. Sie hatte Philip den Laufpass gegeben, ihrer Mutter die Meinung gesagt und Alessio verloren. Ihr Leben stand plötzlich auf dem Kopf und nichts war mehr wie vor zwei Wochen, als sie in Deutschland gewesen war.

Mal abgesehen davon, dass Alessio sie vermutlich bis an sein Lebensende hasste, war alles, was sonst passiert war, positiv. Ein bisschen wie nach dem großen Reinemachen. Sie hatte mit dem Besen ordentlich in ihrem Leben durchgefegt und musste sich nun überlegen, wie sie mit dem, was noch übrig war, zurechtkam.

Zum ersten Mal in ihrem Leben war sie gezwungen, sich zu fragen, was sie wirklich wollte. Bei aller Freiheit war es ein ungewohntes Gefühl, niemanden um Rat zu fragen und einfach einen Entschluss zu fassen. Und dabei griff sie ausgerechnet auf eine Äußerung von Niko zurück, die dieser ihr gegenüber einmal gemacht hatte: Eine getroffene Entscheidung, auch wenn sie falsch ist, ist allemal besser als eine Entscheidung, die nicht getroffen wird.

Und so sann sie darüber nach, was sie mit ihrem Leben anfangen wollte. Singen war immer ihr größter Wunsch gewesen. Im Grunde konnte sie sich glücklich schätzen, dass sie das tun durfte, was ihr Spaß machte. Das war ein Privileg. Und als solches musste sie es sehen. Doch ab heute zu ihren Bedingungen. Sie brauchte den Erfolg nicht um jeden Preis, denn was ihr der brachte, hatte sie in den letzten Wochen deutlich zu spüren bekommen.

Kurz versuchte sie, die Melodie, die ihr seit einigen Tagen im Kopf herumspukte, zu Papier zu bringen. Aber so sehr sie auch wollte, es gelang nicht und so gab sie auf. Nicht mehr unter Zwang, das hatte sie die letzte Zeit gelehrt.

Musik würde auch weiterhin ihr Leben bestimmen. Aber nicht allein. Sie könnte andere an ihren Erfahrungen teilhaben lassen. Warum nicht junge Künstler unterstützen, die auf dem Weg nach oben waren? Sie erkannten die Gefahren gar nicht, die auf dem steinigen Pfad auf sie warteten.

Wie elektrisiert fuhr Francesca auf, als ihr ein Gedanke durch den Kopf schoss. Sie spielte ein wenig damit, ließ ihm Zeit, sich zu entfalten. Betrachtete ihn von der einen, dann von der anderen Seite. Doch so lange sie auch suchte, sie fand keinen Haken.

Aus Nonnas Büro holte sie einen Block und einen Bleistift, ehe sie sich hinsetzte und ihre Idee skizzierte. Es gab so viel, an das sie denken musste. Gedanken strömten auf sie ein und sie konnte gar nicht so schnell schreiben, wie sich neue entwickelten.

Irgendwann holte sie eine Flasche Wein aus dem Keller. Während sie daran nippte, begutachtete sie versonnen, was sie aufgeschrieben hatte. Dann schenkte sie sich ein zweites Glas ein und schloss die Lider. Vor ihrem inneren Auge lief ein fertiger Film ab, wie es in einem Jahr aussehen konnte. Müde und zufrieden legte sie den Stift schließlich auf das Papier und ging zu Bett. Zwar war längst nicht alles in Ordnung in ihrem Leben, aber zumindest hatte sie wieder eine Perspektive.

Francesca wachte auf, als ein Auto auf den Hof fuhr. Verschlafen öffnete sie die Augen und hielt sich unwillkürlich die Hand an den pochenden Kopf. Das war definitiv ein Glas Wein zu viel gewesen, dachte sie und stöhnte leise.

Von unten drangen Stimmen zu ihr herauf. Neugierig geworden, stand sie auf und trat ans Fenster. Philip war im Begriff, in ein Taxi zu steigen. Noch einmal sah er nach oben, und als sich ihre Blicke trafen, lächelte er traurig und hob die Hand zum Gruß. Sie winkte ihm zum Abschied und war sich im gleichen Moment sicher, dass er seinen Weg gehen würde. Dazu brauchte er sie nicht und bestimmt fand er eine Frau, die an seine Seite passte und ihn weiter begleitete. Die Türen schlugen zu, der Wagen wendete und fuhr langsam davon. Francesca sah ihm nach und wünschte Philip stumm alles Gute, bis das Fahrzeug hinter einer Kuppe verschwand und nicht mehr zu sehen war.

Sie seufzte und ihr Blick fiel auf die eng beschriebenen Blätter, die neben ihrem Bett lagen. Und plötzlich war sie wieder da, ihre Idee. Noch immer ein zauberhafter Gedanke, von dem sie ihr Umfeld erst überzeugen musste. Das galt in erster Linie für Nonna.

Trotzdem wollte sie das nicht länger für sich behalten und beschloss, Giulia zu besuchen und mit ihr darüber zu reden. Ihre Freundin wäre sicher Feuer und Flamme von ihrem Geistesblitz, davon war sie fest überzeugt. Zusammen fiel ihnen bestimmt etwas ein, wie sie Nonna dafür gewinnen konnten.

Voller Elan sprang sie unter die Dusche und versuchte, jeden aufkommenden, traurigen Gedanken an Alessio von sich zu schieben. Sie schlüpfte in ein einfaches, blaues Leinenkleid mit Lochstickereien und ging hinunter in die Küche.

»Buongiorno, Nonna«, grüßte sie und lächelte.

Ihre Oma wirkte so müde, wie sie sich fühlte. Die letzten Tage hatten an den Nerven ihrer Oma gezehrt. Die Sorgen um die eigene Zukunft und um ihre Enkelin hatten sie um Jahre altern lassen. Trotz allem hatte sie ein freundliches Lächeln und eine Tasse Cappuccino für sie übrig.

»Wie geht es dir, Francesca?«

Sie nickte tapfer. »Geht schon.«

Nonna warf ihr einen vielsagenden Blick zu. »Philip wird darüber hinwegkommen.«

»Schneller vermutlich als meine Mutter«, scherzte sie mit einem schiefen Grinsen. »Wo sind die beiden Turteltauben überhaupt?«

»Sie sitzen im Garten und reden zum ersten Mal wie zwei vernünftige Menschen miteinander.«

»Dass ich das noch erleben darf!«, rief Franzi aus.

Nonna nickte und stellte ihr eine Platte mit *Cannoli* hin. »Offenbar ist raus, was gesagt werden musste. Den Schweinkram haben sie erst einmal hinter sich, jetzt können sie sich wie Erwachsene benehmen. Wurde auch Zeit.«

Franzi nickte und lächelte.

»Wir werden nur damit leben müssen, dass die beiden wieder ein Paar sind.«

»Puh«, machte Francesca und trank einen Schluck von ihrem Cappuccino. »An den Gedanken muss ich mich erst gewöhnen.«

»Nicht nur du, glaub mir.«

»Nonna, bist du mir böse, wenn ich ein paar von den *Cannoli* einpacke und zu Giulia radle? Ich muss einiges mit ihr besprechen.«

Die winkte müde ab. »Natürlich, mach nur. Sie wird froh sein, wenn sie ein bisschen Arbeit abgenommen bekommt. Wann ist es denn soweit?«

»Die Ärzte meinten, sie habe noch drei Wochen vor sich.«

»Und das bei der Hitze. Die Arme. Warte schnell, ich packe dir etwas zusammen.«

Wenig später holte Francesca das Fahrrad aus dem Schuppen. Unter dem Arm trug sie ein großes Paket mit frischen *Cannoli*, die sie im Korb auf dem Gepäckträger verstaute.

Tapfer drängte sie jeden Gedanken an Alessio zurück und konzentrierte sich stattdessen auf das, was vor ihr lag. Beim Anblick der Olivenbäume war das nicht einfach. Zu frisch waren die Eindrücke von jenem Abend, den sie dort auf der Bank verbracht hatten. Bei der Erinnerung an seine Küsse wurde ihr warm ums Herz und für einen Moment kämpfte sie mit den Tränen. Trotzig wischte sie die eine, die sich aus ihrem Augenwinkel gestohlen hatte, fort und trat verbissen in die Pedale.

Kurz darauf traf sie bei Giulia ein und wunderte sich über die Stille, die herrschte. War sie am Ende schon im Krankenhaus? Hoffentlich ging es ihr gut. Wo waren die Kinder?

»Giulia?«, rief sie probehalber und erhielt zumindest ein lautes Bellen als Antwort.

Wenig später öffnete ihre Freundin die Tür und winkte. »Hier bin ich.«

Francesca lachte erleichtert und schob das Fahrrad über den Hof, um es an die Hauswand zu lehnen. »Ein Glück! Ich dachte schon, du hast Wehen bekommen.«

Ihre Freundin winkte ab.

»Ein bisschen blass bist du.« Francesca warf ihr einen prüfenden Blick zu. »Geht es dir gut?«

»Alles in Ordnung. Ich bin nur müde, weil ich seit Monaten nicht mehr richtig schlafen kann.«

Giulia wirkte ausgelaugt und hatte Schatten unter den Augen. Trotzdem lächelte sie.

»Wo sind die Kinder?«

»Weg«, bekam sie zur Antwort, und Giulia klang so erleichtert, dass Francesca unwillkürlich zu lachen begann.

»Lach nicht, ich liebe sie alle. Aber im Moment bin ich froh, dass ich meine Ruhe habe. Sofia und Elena sind mit meiner Schwiegermutter zum Einkaufen nach Florenz gefahren und Matteo spielt bei seinem Freund. Luca ist früh raus, weil er viel zu tun hat, und so habe ich Zeit ganz für mich allein. Und für meine Freundin.« Unternehmungslustig hakte sie sich bei Franzi unter und warf einen neugierigen Blick auf das Paket, das Nonna geschnürt hatte. Ein hoffnungsvolles Schimmern trat in ihre Augen. »Sind da Marias Köstlichkeiten drin?«

»Sie hat *Cannoli* gemacht.«

»Francesca, du bist mir heute der liebste Gast«, strahlte Giulia sie trotz ihrer Müdigkeit an. »Komm rein, ich mache uns Kaffee.«

»Das ist ein vernünftiger Vorschlag. Ich muss dir etwas erzählen und brauche deine Meinung dazu.«

Giulia sah sie von der Seite an. »Hat das mit Alessio zu tun?«

Nun verzog Francesca das Gesicht. »Können wir den Teil vielleicht auslassen?«

Giulia griff beherzter zu und zog sie mit sich ins Haus. »Bei dem Tonfall, mit dem du das sagst? Ganz bestimmt nicht.«

»Etwas Ähnliches hatte ich schon befürchtet.« Sie seufzte.

In der Küche machte sie sich daran, den Tisch zu decken, während Giulia Wasser für den Kaffee aufsetzte.

»Ich glaube, mir ist eine Idee gekommen, wie ich Nonnas Pension retten kann«, verkündete sie und stellte die *Cannoli* auf den Tisch.

»Das ist großartig! Aber der Teil mit Alessio interessiert mich noch mehr.«

Gemeinsam setzten sie sich und Giulia griff nach einem *Cannolo* und biss herzhaft hinein.

»Lass mich raten, du hast Maria dazu überredet, eine Bäckerei aufzumachen«, sagte sie, nachdem sie hinuntergeschluckt hatte. »Der Wahnsinn! Ich kenne niemanden, der so gut backen kann.«

Das erste hatte sie bereits gegessen und griff nach dem zweiten. Mitten in der Bewegung hielt sie jedoch inne, ihre Hand mit dem Gebäck verharrte auf halbem Weg zum Teller.

Irritiert sah Francesca auf. »Was ist los?« Sie musterte ihre Freundin, die zuerst rot und dann blass im Gesicht wurde.

»Die Kinder«, presste sie hervor.

»Ich dachte, die sind mit deiner Schwiegermutter unterwegs und Matteo …«

»Nicht die! Die anderen!« Giulia ließ das *Cannolo* fallen und verzog das Gesicht.

Es dauerte einen Moment, bis Francesca dämmerte, was ihre Freundin meinte. Ihr wurde heiß, als ihr klar war, was das bedeutete.

»Du meinst *die* Kinder?«, fragte sie sicherheitshalber und deutete auf Giulias Bauch.

Als die zur Antwort nickte, schoss Francesca von ihrem Stuhl hoch. »Oh mein Gott, was machen wir denn jetzt?« Sie spürte das Adrenalin durch ihren Körper rauschen.

»Ins Krankenhaus fahren?«, schlug Giulia vor und atmete tief durch. Ihr Gesicht hatte wieder eine normale Farbe angenommen und die Züge glätteten sich langsam. »Ganz ruhig, die Wehe ist vorbei.«

Francesca tigerte in der Küche auf und ab. Brauchte man nicht immer Tücher und heißes Wasser? Zumindest in den Filmen war das so.

Giulia griff unterdessen in aller Seelenruhe nach ihrem *Cannolo*, das auf dem Tisch lag, und biss hinein.

»Ich verstehe nicht, wie du jetzt essen kannst«, stöhnte Francesca.

Giulia lachte nur. »Das dauert, glaub mir. Ich habe zweimal über dreißig Stunden in den Wehen gelegen, wir haben jede Menge Zeit. Wir essen in Ruhe zu Ende und messen den Abstand zwischen den Wehen. Dann rufen wir Luca an und er kann mich ins Krankenhaus bringen. Keine Sorge, es ist alles gut.«

Zweifelnd nahm Francesca wieder Platz. »Wenn du meinst«, sagte sie und warf Giulia einen prüfenden Blick zu. Sicherheitshalber sah sie auf die Uhr, ehe sie ebenfalls nach einem Gebäckstück griff.

»Der Einfall mit der Bäckerei ist auch kein schlechter«, stimmte sie Giulia zu. »Aber meine Idee war eine andere. Ich bin gespannt, was du dazu sagst. Im Grunde habe ich sie Ella zu verdanken.«

Giulia hob die Hand. »Du lenkst ab. Was ist jetzt mit Alessio?«

»Darüber wollte ich eigentlich nicht sprechen.«

»Aber ich. Und wenn du schon mal da bist …« Giulia grinste.

»Ich wollte dir erzählen, wie ich Nonnas Hof retten möchte.«

Giulia verzog das Gesicht und schnaufte gepresst, dass Francesca alarmiert aufschoss.

»Also, sei mir nicht böse, mir fehlt es an Wissen und praktischer Erfahrung.« Sie hörte die Panik in ihrer eigenen Stimme. »Aber sind die Wehenabstände am Anfang nicht über zehn Minuten? Eher so fünfzehn Minuten oder so? Das waren vier.«

Giulia nickte und hielt sich die Hand ins Kreuz. »Die mit den größeren Abständen dauern schon eine Weile an.«

»Giulia, hast du sie noch alle?« Wie von der Tarantel gestochen fuhr sie herum. »Wie lange hast du schon Wehen? Wo ist das verdammte Telefon? Ich rufe einen Rettungswagen. Wo ist Luca?«

»Hör auf, wie ein kopfloses Huhn herumzurennen«, widersprach ihre Freundin, hörte sich mittlerweile aber auch gestresst an. »Im Schlafzimmer steht eine Tasche. Die habe ich schon vor ein paar Wochen gepackt und heute Morgen aus dem Schrank geholt. Ich habe es geahnt. Aber die Geschwindigkeit überrascht mich ein bisschen.«

»Dio mio, dich überrascht das Tempo. Frag mich mal, was mich überrascht.« Francesca rannte zur Tür hinaus und kam mit der Tasche zurück. Gerade rechtzeitig, um zu sehen, wie Giulia sich wieder zusammenkrümmte. »Das Telefon, wo ist das Telefon?«

»Du brauchst keinen Rettungswagen zu rufen, der kommt nicht hier rauf. Wir fahren runter in den nächsten Ort.«

»Können wir nicht wenigstens Luca anrufen?«, bat Franzi verzweifelt. »Der hat wenigstens Erfahrung.«

Giulia prustete, als habe sie einen besonders guten Witz gemacht. Francesca war versucht, sie am Arm zu packen und zu schütteln. Sie sah sich bereits zwischen den Beinen ihrer Freundin knien und wollte den Gedanken gar nicht zu Ende führen.

»Giulia, das ist nicht lustig. Ruf ihn bitte an. Ich flehe dich an, das kannst du mir nicht antun.«

»Das machen wir von unterwegs«, entschied Giulia. »Ich glaube, wir sollten losfahren.«

Das durfte alles nicht wahr sein. Wenn selbst Giulia es eilig hatte, war Not am Mann. Sie stützte die Freundin beim Aufstehen und half ihr hinaus. Auf dem Weg mussten sie einmal anhalten, weil sie nicht weiterlaufen konnte, und Francesca betete inständig, dass sie es rechtzeitig ins Krankenhaus schafften.

»Wo ist der Schlüssel?«, fragte sie, als sie vor dem Auto standen.

Giulia zog ihn aus der Tasche und wandte sich wie selbstverständlich zur Fahrerseite.

»Hast du sie noch alle? Her damit«, verlangte Francesca und streckte die flache Hand aus. »Du hast Wehen, du fährst nicht.«

»Ich kann aber fahren, ehrlich.«

»Giulia, ich diskutiere das jetzt nicht mit dir. Gib mir den verdammten Schlüssel, sonst schließe ich den Wagen kurz. Ich schwöre dir, wenn du dich hinter das Lenkrad setzt, steige ich nicht ein und lasse dich allein.« Francescas ausgestreckte Hand zitterte, aber ihr war es ernst damit. Niemals wieder würde sie in ein Auto steigen, das Giulia fuhr. Schon gar nicht, wenn diese Wehen hatte, die im Abstand von weniger als fünf Minuten kamen.

Ihre Ansprache fruchtete. Vielleicht war es auch die nächste Wehe, die über ihre Freundin hereinbrach. Widerstandslos händigte sie ihr den Schlüsselbund aus und stieg ächzend auf der Beifahrerseite ein. »Du kannst keinen Wagen kurzschließen.«

»Und du musst nicht immer das letzte Wort haben.«

Erleichtert sprang Francesca hinter das Steuer und startete den Motor, während Giulia ihrem Ehemann eine Nachricht auf der Mailbox hinterließ.

»Und solange wir unterwegs sind, kannst du mir die ganze Geschichte mit Alessio erzählen.«

Kapitel 18

Francesca saß neben ihrer mittlerweile schweißgebadeten Freundin, die in einem breiten Bett im Kreißsaal lag. Bei jeder Wehe quetschte Giulia ihre Hand wie in einem Schraubstock zusammen, dass Francesca fürchtete, blaue Flecken davonzutragen oder schlimmer noch, gebrochene Finger.

Giulia hatte sie angefleht, bei ihr zu bleiben, bis Luca eintraf, und nun betete sie inbrünstig, dass er es rechtzeitig schaffte. Sie wollte nichts als raus. Das zur Hälfte gegessene *Cannolo* lag ihr wie ein Stein im Magen und die Krankenhausluft tat ihr übriges. Sie wünschte sich nichts sehnlicher, als mit Nonna auf der Terrasse zu sitzen und eine Flasche Prosecco zu leeren, statt seit einer gefühlten Ewigkeit auf einem unbequemen Stuhl zu sitzen und Zeugin einer Geburt zu werden.

»Du bist wirklich bescheuert«, keuchte Giulia neben ihr, als die Wehe nachgelassen hatte. »Warum hast du ihm verschwiegen, dass du verlobt bist?«

Ihre Freundin hatte nicht lockergelassen und auf dem Weg ins Krankenhaus die ganze Geschichte aus Francesca herausgeholt.

»Möchtest du dich jetzt bitte darauf konzentrieren, zwei Kinder auf die Welt zu bringen?« Francesca fühlte sich mit der Situation zunehmend überfordert. Nicht genug, dass sie bei der Geburt zusehen musste, wenn Luca nicht rechtzeitig eintraf. Giulia sollte sich um Himmels willen auf ihre Babys besinnen. Stattdessen überschüttete sie sie mit Vorwürfen.

»Ich habe dir gesagt, dass das noch dauert.« Wieder quetschte Giulia ihre Hand und stöhnte verhalten.

»Sieht aber nicht danach aus.«

»Lass mich in Ruhe und gib mir endlich eine Antwort. Die Sache mit seiner Mutter hat ihm beinahe das Genick gebrochen.«

»Das weiß ich jetzt auch. Aber ich kann es nicht mehr ändern.«

»Himmel, er war damals schon verknallt in dich.«

»Er war acht Jahre alt und ich gerade mal fünf.«

»Trotzdem war er in dich verknallt.« Giulia war hochrot im Gesicht und auf ihrer Stirn standen Schweißperlen. »Du musst das wieder in Ordnung bringen, hörst du?«

»Giulia, bitte. Wie soll ich das denn machen? Er redet nicht mit mir. Ich habe dir doch gesagt, wie er mich gestern weggeschickt hat.«

»Du musst noch einmal mit ihm reden. Er muss dir einfach zuhören.«

»Warum ist dir das so wichtig?«

Giulia hielt inne, krümmte sich erneut zusammen und stöhnte.

»Weil er das Recht hat, in seinem Leben auch mal glücklich zu sein«, presste sie mit zusammengebissenen Zähnen hervor. »Und weil er der beste Kumpel von Luca ist. Und du meine Freundin. Außerdem finde ich, dass ihr ein prima Paar abgebt. Reicht das?«

Die Tür ging auf und die Hebamme trat ein. Sie war eine resolute Frau in den Fünfzigern, die gut und gern zwei Zentner auf die Waage brachte. Der Albtraum eines jeden werdenden Vaters, wie Francesca vorhin am eigenen Leib erfahren hatte, als sie sie mit einem »Stellen Sie sich nicht so an« auf den Stuhl neben dem Bett bugsiert hatte. Erstaunlicherweise hatte sie auch eine sanfte Seite, die aber nur im Umgang mit der Gebärenden zum Vorschein kam.

»Ihr Mann ist da«, verkündete sie an Giulia gewandt.

Francesca befreite hastig ihre Hand aus Giulias Umklammerung und schoss vom Stuhl hoch. Erleichterung breitete sich in ihr aus und sie dankte dem Himmel, dass sie nicht zuschauen musste, wie ein Baby geboren wurde. Am liebsten wäre sie dem Hebammen-Drachen für die Verkündung der frohen Botschaft um den Hals gefallen. Sie konnte sich gerade noch beherrschen.

»Du brauchst mich nicht mehr«, meinte sie, an Giulia gewandt. »Das ist sein Job. Er war auch der Verursacher.« Sie umarmte ihre Freundin und strich ihr über die verschwitzte Wange. »Du machst das ganz großartig«, sprach sie ihr Mut zu. »Du bist eine tolle Mutter und du schaffst das«, sagte sie, obwohl sie bei deren Gesichtsausdruck ihre Zweifel hatte.

»Du räumst das mit Alessio aus der Welt, hast du verstanden?«

»Jaaa!«

Francesca machte auf dem Absatz kehrt und rannte förmlich zur Tür, durch die ein blasser Luca eben eintrat.

»Bin ich zu spät?«, keuchte er und warf einen bangen Blick zu seiner Frau hinüber.

»Mindestens zwei Stunden, wenn du mich fragst«, gab Francesca zurück. »Dafür habe ich was gut bei dir. Viel Glück.«

Damit trat sie hinaus, schlug die Tür hinter sich zu und lehnte sich für einen Moment mit geschlossenen Augen dagegen. Sie musste mehrmals tief durchatmen, um zur Ruhe zu kommen. Sie fühlte sich erschöpft wie nach einem Halbmarathon.

»Du hast auch schon besser ausgesehen.«

Francesca zuckte zusammen, als sie die Stimme hörte, und öffnete die Lider, ohne sich jedoch von dem Türblatt zu lösen. Schweigend betrachtete sie Alessio und er erwiderte ihren Blick ruhig. Aus dunklen, beinahe schwarzen Augen sah er sie mit undurchdringlicher Miene an. Er sah aus, als käme er direkt vom Feld. Ein bisschen zerzaust wirkten seine Locken, den Hut hielt er in der Hand, und Francesca meinte, nie einen attraktiveren Mann gesehen zu haben. Sie spürte, wie sich ihre Knie in Gummi verwandelten und der Schwarm Bienen in ihrem Magen zu neuem Leben erwachte.

Die Stille dauerte an und keiner von beiden schlug die Augen nieder.

»Francesca«, begann Alessio.

»Ich wollte noch einmal …«, hob sie im gleichen Moment an und brach ab. Ein verunsichertes, kaum wahrnehmbares Lächeln stahl sich auf ihre Lippen, und sie bemerkte, wie ein Teil der Anspannung von Alessio wich.

»Du zuerst«, verlangte er.

Franzi holte tief Luft. Sie wusste, dass sie nur diese eine Chance hatte. Was hatte Giulia gesagt? Sie sollte das in Ordnung bringen. Nun, sie würde ihr Bestes geben.

»Alessio, es tut mir leid«, fing sie an. »Ich habe dir nicht mit Absicht verschwiegen, dass ich verlobt bin. Überhaupt bin ich nicht hierher gefahren, weil ich mein Leben in ein noch größeres Chaos verwandeln wollte. Eigentlich hatte ich ein bisschen zur Ruhe kommen und nachdenken wollen.«

Sie löste sich von der Tür und ging langsam auf ihn zu. Alessio blieb mit undurchdringlicher Miene stehen.

»Aber hier ist dann etwas mit mir geschehen, das ich nicht geplant habe. Ich war gezwungen, über mein Leben nachzudenken und darüber, was ich damit anfangen möchte.« Sie atmete tief durch. »Du hast mir gezeigt, dass es Dinge gibt, die wichtiger sind als ausverkaufte Konzerte. Ein Picknick auf einer alten Bank unter freiem Himmel etwa.«

Francesca schluckte und machte eine kleine Pause. Dass Alessio noch hier war, wertete sie als gutes Zeichen. Immerhin hörte er sich an, was sie zu sagen hatte.

»Ich habe gedacht, dass ich mit Philip glücklich bin. Was echtes Glück ist, habe ich erst hier erfahren. Dass ich dir das verschwiegen habe, war ein Fehler. Ich habe dich verletzt und das tut mir aufrichtig leid. Ich kann es nicht rückgängig machen, obwohl ich mir das wünsche.«

Francesca spürte, wie ihre Augen zu brennen begannen. Alessio sah sie immer noch ruhig an und wartete ab. Einzig wie verkrampft er seinen Hut hielt, dessen Krempe er mit den Fingern knetete, zeugte davon, wie angespannt auch er war.

»Falls du nichts mehr mit mir zu tun haben möchtest, verstehe ich das«, sprach sie weiter und konnte die Tränen nun nicht mehr zurückhalten. Unaufhaltsam rannen sie ihr über die Wange und das Sprechen fiel ihr schwer. »Aber du wirst dich damit abfinden müssen, dass wir uns in Zukunft öfter über den Weg laufen. Ich beabsichtige, Nonnas Hof zu kaufen und umzubauen. Navello ist ein kleines Dorf. Ich hoffe, wir können uns trotzdem wie zwei erwachsene Menschen grüßen und uns in die Augen sehen, statt uns ignorieren. Oder dass du mich an den Haaren ziehst.«

Jetzt weinte sie haltlos und sah ihn mit tränenverschleiertem Blick an. Einen Moment stand Alessio unschlüssig da, dann trat er auf sie zu und schloss sie wortlos in seine Arme.

Francesca barg ihren Kopf an seiner Schulter und schluchzte erbärmlich. Ihre Gefühlswelt fuhr Achterbahn und sie war froh, dass sie sich anlehnen konnte. Hieß das, dass er ihr verzieh? Zumindest hatte er sie angehört und sie war losgeworden, was sie hatte sagen wollen.

»Es tut mir leid«, flüsterte Alessio mit belegter Stimme und hauchte ihr einen Kuss auf das Haar. »Ich fürchte, ich bin ein bisschen verkorkst.« Er schluckte schwer.

Francesca machte sich von ihm los und sah ihn an. »Schsch, du brauchst nichts zu sagen.«

Alessio rang nach Worten, hob mehrfach zum Sprechen und ließ es doch bleiben.

»Ti amo, piccola Francesca«, brachte er schließlich hervor und küsste sie fest auf die Lippen. »Tu mir das nie wieder an.

Der gestrige Tag war die Hölle auf Erden für mich. Schlimmer als damals, als meine Mutter weggefahren ist.«

Francesca wurde schwindlig vor Glück, und hätte Alessio sie nicht gehalten, wäre sie vermutlich gefallen. So aber hielten sie sich aneinander fest und genossen den Moment der Stille, der nur ihnen gehörte.

Er währte nicht lange, denn hinter ihnen ging eine Tür auf und verlegen lächelnd fuhren sie auseinander. Der Hebammen-Drache trat auf den Flur.

»Ich soll Sie von Ihrer Freundin fragen, ob Sie das in Ordnung gebracht haben.«

Francesca lächelte selig. »Sieht man das nicht?«

Ein breites Grinsen stahl sich auf das Gesicht der Frau. »Dann dürfen Sie beide eintreten.«

Alessio griff nach Francescas Hand und machte zaghaft einen Schritt nach vorn. Beinahe ehrfürchtig und auf Zehenspitzen betraten sie das Zimmer.

Eine bleiche, aber glückliche Giulia saß halb im Bett, den Rücken an einen Berg Kissen gelehnt, und hielt ein kleines Baby im Arm. Daneben stand Luca, das Gesicht nass und die Lippen zu einem glücklichen Lächeln verzogen. Er war noch eine Spur blasser als seine Frau und hatte ebenfalls einen Winzling im Arm, der verhalten krähte.

Beim Anblick ihrer Freundin schossen Francesca erneut Tränen in die Augen. So aufgewühlt war sie, dass sie vor Freude und Glück außer sich war.

»Na, ihr zwei Streithähne«, sagte Giulia leise und lächelte müde, aber zufrieden. »Ich hoffe, ihr vertragt euch ab jetzt, denn bei der Taufe müsst ihr als Paten in der Kirche nebeneinandersitzen.«

»Giulia, ich …« Francesca fehlten die Worte, sie lachte und wischte sich gleichzeitig die Tränen aus dem Gesicht.

Ihre Freundin streckte ihr das Bündel entgegen. »Magst du sie halten? Die kleine Francesca?«

Vorsichtig nahm sie das Baby auf den Arm und betrachtete gerührt das kleine Wunder.

»Klein Alessio möchte auch ›Hallo‹ zu seinem Paten sagen«, meinte Luca, und ehe der erwachsene Alessio sich versah, hatte auch er ein Baby im Arm.

»Ein Glück, dass Sie sich vertragen haben«, brummte die Hebamme. »Sonst wären das Luisa und Andrea geworden. Luisa hieß meine Grundschullehrerin und Andrea unser alter Nachbar, der mit Steinen nach uns geworfen hat, wenn wir nicht brav waren.«

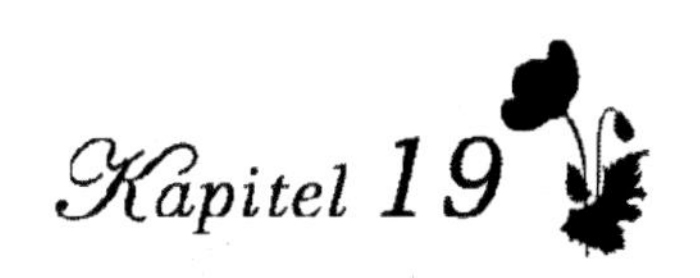

Kapitel 19

Gemeinsam fuhren sie zurück auf Nonnas Hof und Alessio hielt während der ganzen Fahrt ihre Hand. Immer wieder fuhr er mit dem Daumen über ihren Handrücken, warf ihr einen verliebten Blick zu oder gab ihr einen Kuss, wenn sie an einer Kreuzung halten mussten.

Mittlerweile war es später Abend geworden und die Strahlen der untergehenden Sonne tauchte die weite Landschaft in ein goldenes Licht.

»Ich hoffe, Nonna hat gekocht«, meinte Francesca. Außer dem halben *Cannolo* hatte sie nichts gegessen.

»*Pesto* wäre genau das Richtige. Und ein Glas Wein«, stöhnte Alessio. »Man wird nicht jeden Tag Patenonkel.«

»Glaubst du, sie hätte die Kinder anders genannt, wenn wir uns nicht ausgesprochen hätten?«

»Giulia ist alles zuzutrauen.«

Francesca nickte langsam. Vermutlich hatte er recht.

Als sie auf den Hof fuhren, trat Nonna aus dem Haus. Ihre Haare hatten sich aus dem Dutt gelöst und ihre Kittelschürze war falsch zugeknöpft. Hastig stieg Francesca aus und trat auf ihre Oma zu.

»Was ist denn mit dir los?«, fragte sie besorgt.

Nonna strich sich eine Strähne aus dem Gesicht und sah sie böse an. »Was mit mir los ist? Du wolltest nur kurz zu Giulia und kommst einfach nicht mehr. Ich habe mir Sorgen gemacht. Ich habe sogar auf deinem Handy angerufen, aber du bist nicht rangegangen.«

»Oh, Nonna, es tut mir leid!« Sie schloss die alte Dame in die Arme und drückte sie fest an sich. »Bei Giulia haben die

Wehen eingesetzt und ich habe sie ins Krankenhaus gefahren.«

»Sind die Babys schon da? Ich war der Meinung, sie hat noch drei Wochen.«

»Das dachten wir auch. Aber Francesca und Alessio hatten es plötzlich eilig.«

»Francesca und Alessio«, sagte Nonna und schlug sich die Hand vor den Mund. »Heißt das etwa …?«

»Hallo Maria.« Alessio war ebenfalls ausgestiegen und lächelte sie an. »Hast du etwas von deinem leckeren *Pesto* übrig? Mir hängt der Magen in den Kniekehlen.« Er lachte. »Außerdem muss Francesca uns etwas erzählen, das ich auch nicht ganz verstanden habe.«

»Kinder, was macht ihr nur mit mir?«, stöhnte Nonna.

Francesca hakte sich bei ihr unter. »Ist Ella noch da? Und meine Eltern? Ich möchte alle zusammen haben, weil ich euch etwas Wichtiges sagen muss.«

»Darf ich aus deinem heiligen Keller eine Flasche Wein holen, Maria?«, wollte Alessio wissen.

»Natürlich.« Ihre Oma wirkte verdattert und wusste nicht, wie ihr geschah. »Ich muss dich aber enttäuschen. Ich habe *Ragù alla bolognese* gekocht.«

Während sie in der Küche das Essen aufwärmte, trommelte Francesca ihre Eltern und Ella zusammen und hieß sie, auf der Terrasse Tische zusammenzuschieben. Zusammen mit Alessio trug sie anschließend das Geschirr nach draußen und wenig später saßen alle vor dampfenden Tellern und sahen sich ratlos an.

»Was ist denn nun los?«, wollte ihre Mutter wissen. Sie saß neben ihrem Exmann und beide machten keinen Hehl mehr daraus, dass sie wieder ein Paar waren. Wie zwei Teenager im siebten Himmel hielten sie sich an den Händen und tauschten verliebte Blicke aus.

Alessio hob sein Glas. »Zuerst wollen wir auf zwei neue Erdenbürger anstoßen«, sagte er. »Klein Francesca und Klein Alessio haben am späten Nachmittag das Licht der Welt erblickt und nicht nur ihre Eltern, sondern auch die Paten stolz gemacht.« Er ließ das Glas sinken und warf Francesca einen fragenden Blick zu. »Wer ist eigentlich zuerst zur Welt gekommen?«

»Francesca natürlich.«

»Da bin ich mir nicht sicher. Hat Luca nicht vorhin erzählt, dass Alessio fünfzehn Minuten schneller war?«

»Bestimmt nicht.«

Alessio hielt inne und sah sie einen Moment eindringlich an. Dann fasste er in ihr Haar, wickelte sich langsam eine Strähne um den Finger und zog ihren Kopf zu sich heran, um sie zu küssen.

»Hört ihr beiden auf zu streiten«, schimpfte Nonna. »Und mit dem Zupfen an den Haaren ist jetzt auch Schluss. Himmel, ich bin doch nicht im Kindergarten!« Dabei schoss sie einen weiteren Blick zu ihrem Sohn hinüber, der beschämt wie ein kleiner Junge auf den Tisch hinunter sah.

»Keine Sorge, das ist Vergangenheit«, lachte Alessio und hob erneut sein Glas. »Auf die Zwillinge von Giulia und Luca.«

Gemeinsam stießen sie an und begannen zu essen. Es schmeckte köstlich, und selbst Diana schob ihren Teller verlegen lächelnd ein zweites Mal zu Nonna hinüber, die ihr nach einem vielsagenden Blick einen ordentlichen Schlag auftat.

»Nun aber zu dem, was ich euch sagen wollte«, verkündete Francesca und augenblicklich wurde es still. »Mir wollte nicht aus dem Kopf gehen, dass du die Pension verkaufen musst, Nonna. Ich glaube, ich habe einen Weg gefunden, wie wir sie retten können.«

Gespannt sahen alle zu ihr herüber.

»Im Grunde ist es Ellas Schuld.«

Die Schriftstellerin sah überrascht auf. Heute trug sie ihr Haar offen. Es stand ihr wirr vom Kopf ab und erinnerte ein bisschen an eine Löwenmähne.

»Ja, genau. Du hast mir vorgeschwärmt, wie toll dieser Ort ist, um neue Kraft und Inspiration zu schöpfen. Dass er magisch ist. Ich finde, du hast recht. Und deswegen habe ich auch ein kleines Attentat auf dich vor.«

Francesca hatte es mit ihren geheimnisvollen Andeutungen geschafft, dass alle wie gebannt an ihren Lippen hingen.

Sie wandte sich an ihre Oma. »Nonna, wenn du erlaubst, würde ich den Hof gern kaufen.«

Maria setzte zu einem empörten Protest an, doch Francesca hob lachend die Hand.

»Warte erst einmal, bis ich fertig bin. Die vergangenen Wochen haben mir deutlich gezeigt, dass junge Künstler es nicht einfach haben. Sie kämpfen für ihren Erfolg und wenn er sich einstellt, fangen die Schwierigkeiten erst an. Ich glaube, das haben wir beide am eigenen Leib erfahren.«

Ella nickte bekräftigend.

»Ich will die Pension so erhalten, wie sie ist. Aber ich möchte sie einer anderen Zielgruppe zugänglich machen. Künftig soll das ein Künstlerhaus werden. Hier hat man Ruhe und Entspannung und kommt zum Arbeiten. Ich werde eine Wand herausbrechen und ein Atelier für Maler einrichten. Vom Weinkeller möchte ich ein Stück abtrennen und darin ein Tonstudio unterbringen, und am Hühnerstall werde ich anbauen und Schreibzimmer mit dem nötigen Equipment für Schriftsteller auf die Beine stellen.«

Am Tisch war es still und Francesca sah mit einem glücklichen Lächeln in die Runde. »Was meint ihr?«, fragte sie, als sie die Spannung nicht mehr aushielt. »Nonna, du erhältst natürlich Wohnrecht auf Lebenszeit und darfst weitermachen, was immer du möchtest. Und wenn du keine Lust mehr hast, machen wir den Hof zum Selbstversorgerzentrum und die

Künstler haben die Möglichkeit, abends zusammen zu kochen und Erfahrungen auszutauschen. Oder wir lassen das Essen aus Lucas Gasthof kommen, das werden wir sehen.« Sie schluckte. »Natürlich werden wir mit den Preisen ein bisschen heruntergehen müssen, aber wenn das Haus gut belegt ist, macht das nichts aus.« Sie sah sich bang am Tisch um. »Ihr sagt ja gar nichts.«

Nonna weinte stumm, während Ella wie elektrisiert aufsprang und Alessio unter dem Tisch nach Francescas Hand griff und sie liebevoll drückte.

Sie beugte sich unterdessen zu ihrer Nonna hinüber und legte ihre Finger auf deren Arm. »Nonna, ist alles in Ordnung?«, fragte sie leise und hatte plötzlich Angst, die alte Dame mit ihrer Idee überrollt zu haben.

»Nein. Ja, ich meine, das ist wunderbar.« Sie zog ein Taschentuch aus ihrer Kittelschürze hervor und schnäuzte sich, ehe sie glücklich lächelte. »Francesca, mein Kind, das ist eine großartige Idee.«

Erleichtert atmete Francesca durch. Die Anspannung der letzten Tage fiel von ihr ab, und erst jetzt merkte sie, wie sehr ihr das zu schaffen gemacht hatte.

»Das ist toll!« Ella klatschte in die Hände.

»Du musst die Werbetrommel in Deutschland für mich rühren und dafür sorgen, dass wir immer ein volles Haus haben.«

»Mit dem größten Vergnügen!«

Plötzlich redeten alle durcheinander und es dauerte, bis sich die Aufregung legte.

»Aber Kind, was ist mit deiner Karriere?«, fragte ihre Mutter zaghaft.

»Ach, Mama«, seufzte Francesca. »Ich habe nicht vor, die aufzugeben. Dafür singe ich zu gern. Ich werde nur ein wenig kürzertreten. Ich habe Niko heute Morgen meine Zusage für das *Sunset-Beach-Festival* gegeben.«

»Gott sei Dank!« Diana seufzte erleichtert auf.

»Weil ich da gern singen möchte und weil es ein Kindheitstraum von mir ist. Ich habe ihn außerdem um einen Termin gebeten, um ein klärendes Gespräch zu führen. Wenn ich zurück in München bin, werde ich ihm sagen, wie wir weitermachen. Wenn er mich dabei begleiten möchte, gern. Aber wenn nicht, soll er es lassen.«

Ihre Mutter stieß einen erstickten Laut aus.

»Mein Hauptaugenmerk gilt künftig meinem Künstlerhaus und nicht mehr den Interviews oder den Konzerten. Singen werde ich weiterhin, Platten machen auch. Aber was den Rest anbelangt, so werde ich ein bisschen Tempo herausnehmen.«

»Aber, aber …«, stammelte Diana und sah aus wie ein begossener Pudel.

Ihr Vater griff nach ihrer Hand und drückte sie. »Lass sie«, meinte er leise. »Sie ist erwachsen und wird ihren Weg gehen. Wenn sie Hilfe braucht, sind wir für sie da. Francesca, ich bin stolz auf dich.«

Jetzt standen auch ihr Tränen der Rührung in den Augen. Doch der Moment hielt nicht lange an, denn eine Fahrradklingel ertönte.

»Das ist Giacomo«, sagte Nonna und eine zarte Röte überzog ihr Gesicht.

Wenig später trat der alte Mann auf die Terrasse. Er wirkte verlegen, als sich alle Blicke ihm zuwandten, und räusperte sich umständlich.

»Maria«, begann er und es kostete ihn sichtlich Mühe, ihr in die Augen zu sehen. »Ich habe eine gute und eine schlechte Nachricht.«

Nonna sah erwartungsvoll zu ihm auf und nickte ihm ermutigend zu.

»Ich bin gekommen, um dir die Hälfte meines Lottogewinns zu bringen, so wie ich es versprochen habe.« Wieder räusperte er sich. »Das war die gute Nachricht. Die schlechte ist, dass er nur ausreicht, um dich zu einem großen Abendessen einzuladen. Es tut mir aufrichtig leid, dass es nicht mehr ist, aber du bist herzlich willkommen bei mir.«

»Ach, Giacomo«, flüsterte Nonna und stand auf. Wieder hatte sie Tränen in den Augen und diesmal nahm sie den verdatterten alten Mann in den Arm und drückte ihn liebevoll. Der wusste nicht, wie ihm geschah, und tätschelte ihr unbeholfen den Rücken.

Es wurde ein langer und fröhlicher Abend und sie schmiedeten Pläne bis tief in die Nacht hinein, wie der Umbau vonstattengehen sollte. Nun waren Giacomo und Alessio ganz in ihrem Element und brachten tatkräftig Ideen ein. Selbst Diana sah ein, dass ihre Tochter die getroffene Entscheidung nicht mehr rückgängig machen würde, damit aber glücklich war.

Irgendwann griff Alessio nach ihrer Hand und ging ein paar Schritte mit ihr in den Garten.

»Ti amo«, flüsterte er schließlich und küsste sie. »Ich bin froh, dass du hierbleibst und den umgekehrten Weg gehst. Von der Großstadt in die Einöde.«

Francesca lächelte und kostete das Glück, das das Leben für sie bereit hielt, in vollen Zügen aus.

Gemeinsam genossen sie die laue Nacht und lauschten dem Lied, das der Wind und die Zikaden spielten. Dem Lied der Toskana.

Kapitel 20

Dreizehn Monate später

»Francesca, kannst du bitte den Kuchen mitnehmen?« Nonna drückte ihr eine große Torte in die Hand und schickte sie nach draußen auf die Terrasse.

»Hast du die extra für mich gebacken?«

»Man wird nicht jeden Tag dreißig, mein Kind.« Ihre Oma lächelte und strich ihr Kleid glatt. Zu Ehren ihrer Enkelin hatte sie es heute gegen die Kittelschürze eingetauscht.

Wie geheißen, ging Francesca hinaus und platzierte die Torte neben all den anderen süßen Köstlichkeiten auf dem Tisch. Wer sollte das alles essen?, fragte sie sich stumm. Bestimmt blieb für die Arbeiter etwas übrig. Der Umbau der Pension war in der finalen Phase und die Zeit drängte, denn in zwei Wochen erwarteten sie die ersten Gäste. Da schadete ein süßer Motivationsschub nicht.

Ella hatte Wort gehalten und kräftig die Werbetrommel gerührt. Sie gab mittlerweile Schreibkurse und hatte angefragt, ob sie mit ihrer Gruppe zu einem kreativen Austausch herkommen dürfe. Zwei Maler hatten sich angekündigt und eine Sängerin, die in Ruhe ihre erste Platte aufnehmen wollte.

Francesca sah sich um und rief ihre Geburtstagsgäste zusammen. Ihre Eltern waren aus Mailand zu Besuch gekommen, ebenso Giulia und Luca mit den fünf Kindern. Elena war eine hervorragende Schülerin und verkündete, an ihrer ersten Geschichte zu arbeiten, während Sofia beim Sport glänzte und die anderen Fächer eher als Nebensache empfand. Matteo war mit Alessio unterwegs und ließ sich zeigen, wie man einen

Zaun reparierte, und Giacomo war im Haus und ging Nonna zur Hand. Seit sie ihm vor über einem Jahr um den Hals gefallen war, war das Eis gebrochen und beide hatten keine Scheu mehr, ihre Zuneigung zueinander zu zeigen.

Die Zwillinge watschelten unbeholfen die Treppe hinauf. Während Klein Francescas Haar sich im Nacken bereits zu winzigen Locken zusammenkringelte, hatte Alessios schon einen Schnitt bekommen. Er war der Erste, der bei Francesca ankam, sich gegen ihr Bein warf und sich daran festklammerte, ehe er sie von unten anstrahlte.

Francesca nahm ihn auf den Arm und pustete ihm gegen den Hals, was dem jungen Mann ein fröhliches Glucksen entlockte. Geschwind schnappte er sich eine Strähne ihres Haares und zog kräftig daran.

»Aua«, machte Franzi und versuchte empört, seine Finger aus ihrer Mähne zu lösen. »Nimm du den Satansbraten«, wandte sie sich an Alessio, der eben dazukam und drückte ihm den Zwerg in den Arm. Sie nahm stattdessen ihr Patenkind bei der Hand und ging langsam mit ihr zum Tisch hinüber. Vorsichtig kletterte das Mädchen auf ihren Schoß und schmiegte ihr Gesichtchen an ihre Halsbeuge.

»Ganz wie die Paten«, feixte Giulia. »Ich hoffe, der große Alessio zieht dich nicht immer noch an den Haaren.«

Jetzt lachen alle und ließen sich an der Tafel nieder.

Sarah setzte sich neben sie und lächelte sie an. »Na?«, fragte sie leise. »Wie ist die Geburtstagsparty? Denkst du, du hast es geschafft, obwohl keine dreihundert Gäste hier sind?« Sie zwinkerte ihr zu.

Francesca erinnert sich an ihr Gespräch auf Philips überbordender Geburtstagsparty, als er ihr den verhängnisvollen Antrag gemacht hatte, und lachte.

»Ich bin glücklich. Reicht dir das als Antwort?«

Sarah lächelte wissend.

Von Niko als Manager hatte sich Francesca getrennt, weil ihre Vorstellungen zu unterschiedlich waren. Die Freundschaft zu Sarah war jedoch geblieben.

Versonnen sah sie über den Tisch. Die letzten Monate waren stressig und aufregend gewesen. Aber sie hatte jede Minute davon in vollen Zügen genossen.

»Philip hat übrigens geheiratet«, fuhr Sarah fort. »Eine Baronin aus altem Adelsgeschlecht, die ihn anhimmelt und den Boden küsst, auf dem er läuft.«

»Das freut mich sehr für ihn«, sagte Franzi und meinte es ehrlich.

»Alle herhören«, ergriff Giacomo das Wort und stand auf, in der Hand ein Glas mit Prosecco. Es zitterte leicht. Er war kein Mann großer Worte, aber er sprach tapfer weiter. »Liebe Francesca, wir wünschen dir alles Gute zu deinem Geburtstag, und speziell ich danke dir für das vergangene Jahr, das du uns, Maria und mir, geschenkt hast. Mit deiner Idee sind große Sorgen von uns genommen worden und ich glaube, Maria weiß ihren Hof in guten Händen.« Er hob das Glas. »Und weil dieser unsägliche Zustand nun ein Ende haben soll, laden wir euch alle zu unserer Hochzeit im Herbst ein.«

Der Rest ging in großem Gejohle und Glückwünschen unter. Alle gratulierten und selbst die Kinder sprangen aufgeregt herum, obwohl sie nicht wussten, um was es ging.

Als sich die Lage beruhigt hatte, grinste Francescas Vater, während ihre Mutter hochrot im Gesicht war und verlegen auf den Tisch starrte. Auch er hob sein Glas.

»Wenn du erlaubst, Mamma«, wandte er sich an Nonna, »feiern wir eine Doppelhochzeit. Diana und ich wollen es noch einmal miteinander versuchen.«

Wieder klatschten alle und redeten wild durcheinander.

Alessio küsste Francesca auf die Wange. »Meinst du, wir sollen es ihnen sagen?«, flüsterte er ihr zu, aber sie schüttelte glücklich lächelnd den Kopf.

»Lass ihnen den Moment. Ich gönne es allen vier von Herzen. Wir warten bis zum Abendessen und sagen ihnen dann, dass es eine Dreifachhochzeit wird.«

Liebevoll legte er den Arm um ihre Schultern und küsste sie sanft. »Ti amo.«

E N D E

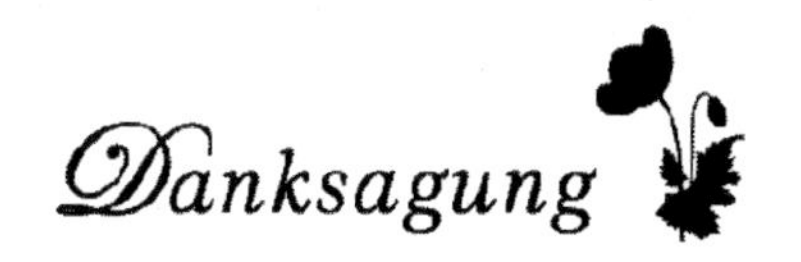

Danksagung

Wieder einmal blicke ich auf viele aufreibende Wochen zurück, die jedes Mal mit dem Schreiben eines neuen Romans einhergehen.

»Das Lied der Toskana« war für mich als Krimiautorin etwas gänzlich Neues. Umso dankbarer bin ich den Menschen, die meinen Text kritisch gelesen und mich mit ihren wertvollen Hinweisen unterstützt haben. Auch hier bin ich neue Wege gegangen, denn das Lektorat haben diesmal gleich zwei geschätzte Autorinnen übernommen, die für mich mittlerweile weit mehr sind als bloße Kolleginnen. Herzlichen Dank an Dr. Christiane Lindecke und Melanie Lahmer. Ihr habt den Roman erst zu dem gemacht, was er jetzt ist! Zwar habe ich anfangs leise geflucht, aber jedes einzelne Wort, das ich geändert habe, war es wert. Ich kann Euch gar nicht genug danken und ich freue mich riesig auf die weitere Zusammenarbeit mit Euch!

Auch meinen zauberhaften Kolleginnen Rana Wenzel und Ute Bareiss danke ich für ihre Hilfe und die ehrlichen Worte. Es ist mir jedes Mal eine große Ehre und ich lerne so unfassbar viel von Euch! Es ist schön, Euch nicht nur als Kolleginnen bezeichnen zu dürfen.

Claudia Heinen gebührt mein Dank für das akribische Suchen der kleinen Tippfehler, die sich bei der Erstellung eines Textes zwangsläufig einschleichen.

Für das zauberhafte Cover zeichnet sich Yasmine Blender von Yourbook Design verantwortlich. Ich liebe es und ich freue mich riesig auf weitere Cover von Dir. Die Pizza holen wir natürlich baldmöglichst nach.

Einem wunderbaren Team von Bloggerinnen danke ich für das Lesen, die Kommentare und ihren unermüdlichen Einsatz. Ohne Euch wären wir Autorinnen und Autoren aufgeschmissen!

Mein Dank gilt nicht zuletzt meiner Familie. Ohne Euren Rückhalt wäre all das nicht möglich. Auch wenn es manchmal nicht ganz einfach mit mir ist. Glaubt mir, ich weiß das wohl und ich weiß es zu schätzen!

Und natürlich danke ich Ihnen, liebe Leserinnen und Leser, dass Sie meine Bücher kaufen und mir mit Ihren liebevollen Rückmeldungen zeigen, für wen ich die einsamen Stunden am Schreibtisch auf mich nehme.

Ich hoffe, ich konnte Ihnen ein paar unbeschwerte Stunden mit einem romantischen Liebesroman schenken. Schreiben Sie mir doch einfach, wie er Ihnen gefallen hat. Wenn Sie mögen, dürfen Sie mich auch gern mit einer Rezension unterstützen.

Ich tauche wieder ab, denn gedanklich stecke ich schon mitten in der Planung des neuen Buchprojekts, und Sie möchten sicher baldmöglichst Nachschub erhalten.

Herzliche Grüße

Julia K. Rodeit

Rezepte

Nicht nur Francesca hat eine Schwäche für Nonnas Kochkünste, sondern auch Alessio und Giulia. Keine Sorge, das ist kein Hexenwerk. Die wichtigsten Rezepte hat Nonna mir verraten. Versuchen Sie es doch einfach. Ich wünsche Ihnen gutes Gelingen und »buon appetito«!

Franzis Lieblingsgericht
Ragù alla bolognese

1 kg Rinderhackfleisch
Olivenöl
4 Zwiebeln
5 Karotten
½ kleiner Sellerie
4 Knoblauchzehen
250 ml trockener Rotwein
5-6 EL Tomatenmark
3 Dosen gehackte Tomaten
1 Packung passierte Tomaten
¾ l Gemüsebrühe
Salz, Pfeffer
1 Bund Blattpetersilie
frisches Basilikum
frischer Thymian
3 EL Zucker

Olivenöl in einem großen Topf heiß werden lassen. Hackfleisch und gehackte Zwiebeln darin anbraten, salzen und pfeffern. Fein gehackte Karotten, Sellerie und Knoblauch dazugeben und zusammen mit gehackter Petersilie mitbraten. Mit Rotwein angießen und fast verkochen lassen. Anschließend das Bratgut zur Seite schieben auf der freien Fläche das Tomatenmark kurz anbraten. Alles mischen und mit Tomaten und Brühe ablöschen. Mit Salz, Pfeffer und Zucker würzen und abschmecken.

Am besten 3-4 Stunden köcheln lassen, dabei gelegentlich umrühren.
Am Ende gehackte Kräuter nach Geschmack unterziehen und zusammen mit Pasta und frischem Parmesan servieren.

Alessios Lieblingsgericht
Rotes Pesto

100 g getrocknete Tomaten, kleingeschnitten
2-3 Knoblauchzehen
60 g Pinienkerne
300 ml Olivenöl

Alles mit dem Stabmixer pürieren. Anschließend 50g geriebenen Parmesankäse und fein geschnittenes frisches Basilikum unterheben und mit Pfeffer, wer mag auch mit Cayennepfeffer, abschmecken.

Giulias große Schwäche
Cannoli

Für 12 Portionen

Teig
50 g weiche Butter
50 g Zucker
3 Eier (Größe M)
50 ml Marsala (oder Weißwein)
2 Pk. Vanillezucker
1 Prise Salz
300 g Mehl
Mehl zum Auswellen
500 g Pflanzenöl zum Frittieren

Füllung
600 g Ricotta
150 g Zucker
2 Pk. Vanillezucker
75 g geraspelte Bitterschokolade
kandierte Früchte, z.B. Kirschen
Puderzucker zum Bestäuben

Zubereitung
Für den Teig die weiche Butter und den Zucker schaumig rühren. 2 Eier, Marsala, Vanillezucker und 1 Prise Salz unter ständigem Rühren zugeben. Anschließend nach und nach das Mehl zugeben und mit den Knethaken des Handrührgeräts kneten, bis ein geschmeidiger Teig entsteht. Den Teig in

Frischhaltefolie wickeln und mindestens 2 Stunden im Kühlschrank kalt stellen, eher sogar länger.
Teig aus der Folie nehmen und auf einer bemehlten Arbeitsfläche ca. 2 mm dünn ausrollen. Der Teig reicht für ca. 12 Quadrate in der Größe von 12x12 cm. Schaumrolle (oder mit Alufolie umwickelte Bambusrohre) von 15 cm Länge und 2 cm Durchmesser diagonal auf jede Teigplatte legen. Das restliche Ei verquirlen. Die gegenüberliegende Teigecke dünn mit Eigelb einpinseln, die Teigplatte aufrollen und leicht andrücken. Teigrollen in das heiße Fett geben und darin in 3-4 Minuten goldgelb ausbacken. Auf Küchenpapier abtropfen lassen. Wenn die Röllchen abgekühlt sind, die Schaumrolle vorsichtig herausziehen.

Für die Füllung den Ricotta in einem Küchentuch gut ausdrücken. Zucker und Vanillezucker dazugeben und gut verrühren. Geraspelte Schokolade und kandierte Früchte zum Ricotta geben und gut verrühren. In einen Spritzbeutel mit großer Lochtülle geben und die *Cannoli* erst kurz vor dem Servieren füllen. Auf einer Platte anrichten und mit Puderzucker bestäuben.